ÇA NE PEUT PLUS DURER

Jeremy, père de deux enfants, est marié avec Anne. Il rencontre Marsha (qui préfère qu'on l'appelle Maria, mais qui se fait aussi appeler Gladys), avec qui il a une aventure. De retour chez lui, sa femme le met à la porte, persuadée qu'il la trompe. Elle n'a pas tort, seulement elle fait une erreur sur la maîtresse présumée de Jeremy. Elle est certaine qu'il a couché avec Nan, la baby-sitter. Du coup, cette dernière est renvoyée et se retrouve à la rue. Elle se réfugie chez son amie Susie, mais voilà, elle tombe amoureuse de Jake, le petit ami de Susie... Quant à Marsha, depuis sa rencontre avec Jeremy, elle a décidé de rompre avec son amant, Max.

Pendant ce temps-là, Tony, qui cherche en vain à séduire durablement Nan, décide de mettre toutes les chances de son côté. S'il est riche, elle ne pourra lui résister, se dit-il, et un braquage de banque devrait lui rapporter une petite fortune. Mais on ne s'improvise pas aisément voleur d'envergure... Tony oublie une partie de l'argent dérobé dans un taxi et se fait rapidement arrêter par la police. Le chauffeur du taxi, George, trouve l'argent et voit là l'opportunité d'offrir une nouvelle vie à la caissière de supermarché dont il est éperdu...

Ce chassé-croisé de personnages, d'amours et de malentendus, de trahisons et de malchances, de quiproquos et de manipulations, maîtrisé à la perfection par Joseph Connolly, fait tout le sel de ce roman truculent à l'humour féroce.

Ancien libraire, Joseph Connolly a dirigé pendant quinze ans The Flask Bookshop à Hampstead. Son humour, son énergie et son goût pour la provocation ont conquis le public anglais, qui voit en lui l'héritier direct de Tom Sharpe et de Kingsley Amis. Il est l'auteur de quatre romans et d'une biographie de P. G. Wodehouse.

Joseph Connolly

ÇA NE PEUT PLUS DURER

ROMAN

*Traduit de l'anglais
par Alain Defossé*

Éditions de l'Olivier

TEXTE INTÉGRAL

TITRE ORIGINAL
It can't go on
ÉDITEUR ORIGINAL
Faber and Faber Ltd., 2000

© 2000, Joseph Connolly

ISBN 2-02-065405-9
(ISBN 2-87929-295-6, 1ʳᵉ édition)

© Éditions de l'Olivier/Le Seuil, 2003,
pour l'édition en langue française

Le Code de la propriété intellectuelle interdit les copies ou reproductions destinées à une utilisation collective. Toute représentation ou reproduction intégrale ou partielle faite par quelque procédé que ce soit, sans le consentement de l'auteur ou de ses ayants cause, est illicite et constitue une contrefaçon sanctionnée par les articles L. 335-2 et suivants du Code de la propriété intellectuelle.

www.seuil.com

*À Cool Cat Charles
(and all that jazz)*

Chapitre I

D'abord, ses jambes. C'était ce qu'il avait remarqué en premier (chose étrange en soi, je vous l'accorde sans problème – si vous le connaissiez un tant soit peu, vous en conviendriez certainement) mais en y réfléchissant après coup, comme il le faisait et devait le faire à présent, ce n'était peut-être pas tant les jambes elles-mêmes que la manière dont elles la portaient vers lui. Cette suggestion même des hanches (était-ce en fait les *hanches*, dans ce cas ? Était-ce donc *ça* qu'il avait remarqué en premier lieu, compte tenu de tout ce qu'elle offrait au regard ?) : leur manière de se tailler un chemin au milieu de ces gens hétéroclites qu'on voyait toujours ici, et qui avaient certainement organisé cette toute dernière et fort vaine réception. Et puis, jaillissant d'elles (là, on en est toujours aux hanches) – tendus comme des ressorts, souples, d'une légèreté féline –, ces objets sympathiques, à la fois languides et distants, frais et lisses et peut-être même soyeux : ses jambes.

« C'est moi que vous regardiez, n'est-ce pas ? »

Plus tard, oh, beaucoup plus tard, il lui avait rappelé – enfin, pas si tard qu'il ne puisse ressusciter l'amorce de ce qu'il pensait pouvoir être considéré comme une adoration – que c'étaient là les premiers mots qu'il l'ait jamais entendue proférer. Bien sûr, elle avait nié ; elle prétendait avoir dit tout autre chose – mais il savait, il savait pertinemment qu'elle se trompait. Pour toutes sortes de raisons – tant de raisons, mon Dieu –, c'étaient là des mots, une rencontre qu'il n'oublierait jamais.

« Ce n'est pas impossible... en tout cas, j'ai, disons, senti votre présence là-bas, même si on ne peut pas dire que je, euh... enfin que je *regardais* à proprement parler. Je m'appelle Jeremy. »

Le crachin sonore, si agaçant – et bientôt insupportable – d'un cocktail les entourait, mais ils auraient pu se croire seuls au monde, peut-être au fond d'un tunnel (les paroles de la jeune femme résonnaient, comme enrobées d'un écho).

« On a enterré mon frère la semaine dernière, déclarait-elle. Une cérémonie très simple, au dire de tous. »

Et Jeremy se demandait, Ai-je bien entendu, là – ai-je pu entendre ça, et si oui, l'ai-je effectivement entendu ? Et de répondre : Oh. Et encore à présent (et pour toujours, soyons réaliste), comment ne pas revoir la façon dont elle avait baissé les yeux, levé les yeux – le regard soudain vif balayant alentour, comme si elle se rendait brusquement compte qu'il y avait des gens là, des gens qui la cernaient. Mais ce n'est que quand elle le regarda de nouveau, lui, droit dans les yeux, qu'il ressentit quelque part en lui, dans un lieu étrange, le premier des spasmes dont cette femme serait inévitablement la cause. Elle hocha la tête, avant d'ajouter d'une voix très douce :

« Et trois jours après... il est mort. Mon pauvre frère. »

Jeremy savait que son visage avait marqué le coup, tout chiffonné d'une sincère consternation. Quelqu'un l'avait heurté de l'épaule en passant, le faisant se détourner, et ses yeux avaient suivi le mouvement, mais en revenant sur elle, il ne vit que la même passivité sereine et simple.

« Je suis... je suis désolé », fit-il – tout en se disant Grands dieux ce n'est pas possible, j'ai dû mal entendre.

Donc, Je suis désolé devrait faire l'affaire – marquer la compassion pour son deuil, certes, mmm – et à la fois le regret d'avoir pu être victime d'une bête petite défaillance acoustique (mais par ailleurs, si je ne suis pas plus ivre que je ne le sens – et si toi, ma fille, tu n'es ni folle, ni dotée d'un curieux sens de l'humour), eh bien, dans ce cas, je déplore que des inconnus aient enterré ou inhumé votre pauvre frère carrément trois jours avant qu'il ne succombe, ce qui occasionne généralement une telle cérémonie, qu'elle soit simple ou pas. (Mais je dois être, sans doute, plus ivre que je ne le ressens.)

« Gladys. »

Cette fois, elle n'avait rien d'autre à ajouter. Donc, pourquoi ne pas se plonger un peu plus profondément dans le rôle convenu d'un type idiot au cours d'une soirée idiote – pourquoi pas ? Et y aller. Comme sa tête avec son épaule : suivre le mouvement.

« Je peux vous chercher quelque… vous ne buvez pas – voulez-vous que j'aille vous chercher quelque… ? »

Ouh là là – mais regardez ces yeux, regardez-les, maintenant : deux aiguillons brûlants qui le traversent. Et Jeremy se sentit d'abord réchauffé, puis calciné – il entendait même les grésillements (eh oui je les entends, comme je les entendais. Dieux du ciel – il fait un peu chaud, ici).

« Ce n'est peut-être pas bien du tout, de boire. Appelez-moi Maria.

– Mon Dieu, *moi*, j'aime bien ça, je peux vous l'…
– tenez, je vais vous chercher un… je croyais que vous aviez dit que vous vous appeliez… ne venez-vous pas de dire que…

– Que quoi ? Qu'avez-vous cru ? Vous connaissez tout le *monde*, ici, tous ces gens, ou quoi ? Pourquoi êtes-vous là ? Pourquoi *agissons-nous* de la sorte, en fait, Jeremy ? Le savez-vous ?

– Gladys. Votre nom. Vous venez de me dire que c'était...
– Pas du tout. Non je n'ai pas dit ça. Pourquoi aurais-je dit ça ? Puisque ce n'est pas vrai ?
– Mais je suis *sûr* que vous m'avez dit que vous vous appeliez... »

Oui, j'en suis sûr, sûr et certain, bon Dieu. Je ne suis certainement pas à ce *point* plus ivre que je ne le ressens – encore que je me sente un peu plus ivre à présent, je dois l'avouer : et de plus en plus à chaque seconde qui passe, avec tout ce truc (je dis truc, parce que je ne sais pas encore ce qui se passe, là).

« Non, non. Gratis. J'ai dit gratis.
– Vous avez dit... ?
– Ouais, gratis. Voilà ce que je suis pour vous. Gratis. »

Jeremy avait à peine osé la regarder. Il savait qu'il était ferré (il sentait la chatouille de l'hameçon, et craignait la piqûre) – et que quand, du regard, elle tournerait le moulinet pour le remonter au bout de la ligne, il serait brutalement arraché à tout ce qu'il possédait. Donc il la regardait, à présent, eh oui, grands dieux – il était bel et bien perdu.

« Maria », se sentit-il prononcer. Ce qu'elle approuva d'un regard posé sur lui et d'un simple « ouais ».

Et plus tard cette nuit-là – dans l'obscure chaleur vespérale, avant que le matin proprement dit ne vienne l'éclaircir et l'animer, Jeremy gisait en travers d'un lit ridicule, massif et immense (haut d'au moins un mètre vingt, réellement – ils avaient dû s'aider l'un l'autre pour y grimper), feignant autant que possible d'être plongé dans la bauge profonde d'une satisfaction accomplie, alors que la seule sensation agréable en lui se limitait au périmètre où son épiderme touchait le sien : tout le reste était tiraillé par une sorte de vivacité douteuse qui ne faisait que présager l'épaisseur cotonneuse d'une amorce de gueule de bois, prémices de la vague immense, toute-puissante, de cette saloperie – et là, aucun doute, oh que non : quand elle déferlerait, il saurait bien la reconnaître.

Mais pire encore était son sentiment de malaise : non qu'il ne se sentît pas complètement *sûr* d'elle – il était parfaitement *sûr* qu'il ne se sentait pas sûr d'elle : parce que dieux du ciel, toutes ces choses qu'elle avait faites, qu'elle avait dites au cours de la soirée (je crois qu'elle dort, là – oui, elle doit dormir, d'après son allure, enfin pour le moment elle dort, voilà), donc, je ne vais pas tarder à enfouir doucement ces détails dans les tumultes trépidants de la réception, dès que j'aurai classé deux ou trois autres dossiers bien proprement dans ma tête, à défaut de m'en débarrasser totalement. Je crois que c'est pour Anne que je souffre. Non, ce n'est pas ça, non. Ce que je veux dire, c'est que je me sens soudain vidé de l'intérieur, puis aussitôt empli d'une brève nausée, quand je pense à la souffrance qu'elle va bientôt endurer à cause de moi. Savez-vous ce qui s'est passé, quand j'ai dit à Maria que j'étais marié ? Vous savez ce qu'elle a dit ? Rien. Elle n'a rien dit, du tout. Elle a enfoncé sa langue plus profondément dans mon oreille et a déclaré que ça lui rappelait un gnocchi.

« Elle s'appelle Anne. Mon épouse. C'est son nom.

– Et un gnocchi salé. C'est bon. »

Le moment n'est peut-être pas idéal pour évoquer les enfants. Adrian et Donna. C'est leurs noms.

« Maria...

– Marsha.

– Marsha ! Comment ça, *Marsha* ! Ne me dis pas que...

– Non – je t'ai bien dit Maria. Mais mon vrai nom, c'est Marsha – simplement, je préfère mille fois Maria.

– Écoute...
– Serre-moi fort.
– Maria – Maria, c'est ça? Pourquoi as-tu fait ça à cet homme? Pourquoi diable lui avoir fait ça? Mmm? »

Eh oui, derrière ces mots s'élevait un hurlement immense, mais silencieux : que vas-tu donc me faire, à *moi*?

« Quel homme?
– Quel homme?! À ton *avis*? Sur combien d'hommes t'es-tu donc jetée durant la soirée, Maria? Je veux dire – moi, je n'en ai aperçu qu'un, juste avant qu'on ne, oh là là – qu'on ne *parte*, mais bien sûr, ce n'est peut-être que le dernier d'une longue liste de...
– Tu es toujours comme ça?
– Mmm? Comment? Comment, comme ça?
– Comme ça.
– Mais qu'est-ce que tu veux dire par comme ça? Comme *quoi*? *Quoi*? Je suis comme quoi? Je te pose la question, dieux du ciel. »

Elle se dressa au-dessus de lui, et le flot de chaleur émanant de ses seins qui chatouillaient les poils de sa poitrine lui coupa le souffle, et bien sûr il oublia sa question. Alors, elle dit :

« Serre-moi fort. »
Ce qu'il fit.

Et après qu'elle l'avait re-baisé (et c'est tout à fait ainsi que Jeremy, les yeux laiteux, avait ressenti la chose – contusionné, était-il, quelque part au niveau de cet endroit où des extrémités atones et apparemment mortes se branchaient on ne sait comment sur ce magma de douleur qui l'agitait et le tiraillait de l'intérieur) – Maria déclara, radieuse, qu'il fallait absolument (vous entendez ça?) qu'elle prépare du bacon, maintenant. Oh *non*, avait gémi Jeremy en réponse – je ne peux même pas penser à manger, après tout cet alcool et tout, et ces drôles de trucs, là, je ne sais pas trop – ces espèces de canapés tout gluants, comme de minuscules tartelettes avec de l'herbe dessus, apparemment. Oh, mais je ne te force pas à *manger*, avait-elle dit avec un petit rire (c'était la première fois qu'il l'entendait, ce petit rire – la première fois aussi qu'il la voyait nue, tandis qu'elle s'éloignait dans le plus simple appareil – et l'un et l'autre suspendaient ses battements de cœur). Mais *enfin*, Maria, l'avait-il pressée (bon, on fait comme ça? On s'en tient à Maria, d'accord? Oui, tout bien réfléchi, Jeremy pensait que c'était le mieux – enfin, jusqu'à ce qu'elle déniche quelque chose d'inédit et d'encore plus loufoque) : mais *enfin*, Maria, tu ne peux tout de même pas songer à préparer, oh mon Dieu – du *bacon*, quand même, pas ça, pas maintenant, ce n'est pas possible? Mais *non*! Voilà la réplique guillerette qui lui était parvenue d'un endroit totalement autre (la cuisine, hein – ouais, ça doit être la cuisine, enfin j'imagine; un grand appartement, dirait-on – vraiment spacieux) – bien sûr que *non*; et de toute façon, je suis végétarienne – tu ne savais pas? Non, non, tu ne devais pas savoir.

Reconnaître le terrain? Était-ce une bonne idée? Oui, peut-être que oui. Peut-être aurait-il dû, là, immédiatement, la suivre à la trace, la débusquer : c'est *quoi*, toutes ces choses que tu dis, que tu fais? C'est censé signifier *quoi*, exactement? Mmm? Et pendant la soirée – ce que tu as dit, ce que tu as fait –, est-ce que ça avait un *sens*, ou quoi? Et sinon – eh bien ça veut dire *quoi*, alors?

Parmi les divers sentiments qui pouvaient l'agiter, c'était la perplexité qui avait à présent cerné Jeremy. Il se souvenait bien d'avoir lutté pour y voir clair dans les toutes premières brumes de doute – quand cela? Il n'y avait pas si longtemps – tout au plus deux de ces heures qui vous changent la vie, à cette fête à laquelle il avait failli ne pas se rendre, lorsqu'elle avait… enfin, nul doute que Maria donnerait une autre version des faits (elle irait probablement jusqu'à nier avoir même été présente), mais en tout cas, moi, c'est bien comme ça que je me rappelle les choses et la manière dont ça s'est passé :

« Vraiment, vous êtes bien sûre ? avais-je reparti. Pour une fois, le vin est tout à fait convenable – le rouge, au moins – et je crois bien avoir vu quelqu'un avec un verre de…

– Non. » Elle pouvait être ferme, Maria. Mais elle mettait une telle détermination à regarder sans les voir les corps agglutinés, et l'espace au-delà, bien plus loin, que l'on se demandait à quoi, en fait, elle disait non. « Je tiens à y voir clair », avait-elle ajouté, d'un ton si neutre et si détaché qu'il en était presque spectral (si elle ne lui était pas apparue à ce point charnelle, et donc magnétique). « Boire, ça ne fait que brouiller la vision. »

Et je devais vaguement m'employer à trouver quelque réponse particulièrement sinistre à cette dernière phrase quand un tiraillement à mon coude me fit sursauter.

« Jeremy ! s'exclama Hugo – parce que c'était Hugo. Pas possible ! » Son visage était d'un rose ardent, tirant sur le violacé – c'est toujours la même chose : l'alcool et la chaleur et le sang qui monte à la tête, voire même cette excitation simulée que chacun arbore lors d'une soirée de ce genre, comme un pirate exhibe son perroquet à l'épaule.

« Bonsoir, Hugo, dis-je. Je pensais bien te trouver ici. »

Parce que je *savais* que je le verrais ici, n'est-ce pas ? Évidemment que je le savais. C'était ça l'ennui, c'était ça, avec ces soirées, ces réceptions ; toujours les mêmes gueules, toujours la même histoire. Et me revint instantanément la question peut-être pas si théorique que m'avait posée Maria : mais pour quoi *agissons-nous* de la sorte ?

« Et voilà, continua-t-il d'une voix de stentor (il est comme ça, Hugo : c'est lui, ça), voilà, si je ne me trompe pas, voilà la ravissante, euh… comment vous appelez-vous ces temps-ci, ma jeune amie ? »

Et tout en m'évertuant à couper court avec quelque banalité du genre Oh – je ne savais pas que vous, euh, que vous vous *connaissiez*, tous les deux, je me disais que Maria ne devait pas apprécier, mais alors pas du tout, la réflexion de Hugo. Il en a toujours été ainsi, avec Maria, depuis le début – je n'ai jamais, même à la fin, jamais su la moindre chose sur elle, et pourtant je parvenais à deviner ses réactions instinctives. Pas toutes, certes, et pas assez pour me sauver plus tard. Mais comme je le dis, cela serait pour plus tard.

« Je ne le connais *pas*, fit Maria d'un ton coupant, et il ne me connaît pas non plus. Ce qu'il veut *dire*, c'est qu'il m'a identifiée comme l'assistante d'un certain Max Bannister – et non, Hugo, Mr. Bannister n'est pas là, donc c'est bon, maintenant – inutile de vous tordre le cou et de baver, il n'y a pas de promotion à gratter ici. »

J'étais largué, bien évidemment, mais ça m'était assez égal. Bien que le nom me dise vaguement quelque chose, je n'étais pas sûr du tout d'avoir jamais entendu parler de ce Max Bannister, au départ (même si je me demandais bien ce qu'elle entendait par « assistante »).

« Je ne vois pas ce que vous voulez *dire* ! », tel fut l'angle qu'adopta Hugo – fausse indignation outragée sur une trame de complicité vaguement crapuleuse ; autre grossière erreur, me sembla-t-il – et encore une fois, je ne me trompais pas.

« Hugo, dit Maria, froidement, aimeriez-vous baiser avec moi ? » Et, devant le « O » vultueux de stupéfaction que faisait sa bouche, elle poursuivit, implacable (et je peux vous dire qu'elle avait toute mon attention – et celle des autres également) quoique peut-être d'un ton plus détaché que réellement glacial, à présent : « Cela vous plairait, n'est-ce pas ? Bien sûr que cela vous plairait. Mais ça n'arrivera pas. Vous savez pourquoi ? Parce que vous êtes immonde, Hugo. Bien sûr, vous êtes également servile et vous rampez comme une larve et en outre – si mes informations sont justes – vous êtes quasiment licencié, à défaut d'être licencieux. Mais oui, *vraiment* Hugo – c'en est à ce point. Donc, c'est avec Max que vous devriez baiser, voyez-vous, pas avec moi. Mais il est trop tard – beaucoup trop tard – même pour ça. S'il n'est pas venu à la soirée, Hugo, c'est qu'il a une fois de plus quantité de choses à régler au bureau. Dont votre sort, incidemment. Et définitivement. »

Hugo était tétanisé. Un vague cillement dans ma direction, peut-être, pour voir si je prenais au sérieux la moindre parcelle de ce discours (pas la totalité, bien sûr, suppliait son regard) – à moins qu'il n'ait bien vainement espéré trouver chez moi une quelconque protection. Mais essentiellement, il était tétanisé. Et lorsque Maria s'éloigna, lui faisant signe de l'index en une parodie de séduction, il la suivit, les yeux hagards, tout comme moi. À peine avions-nous atteint le buffet que Hugo tentait déjà de jouer la complicité (pouvez-vous imaginer ça ?), son sourire insinueusement accrocheur masquant mal une panique soigneusement réprimée.

« Écoutez, euh, Maria, ce que vous dites, là – enfin, tout ce que vous venez de – enfin, de dire à propos de mon *boulot* et tout ça... ça n'était pas sérieux ? Enfin je veux dire – il a *besoin* de moi, Max – il ne va pas... ?

– C'est du vin d'Alsace que vous buviez ? coupa Maria, presque souriante.

– Euh – oui, tout à fait, mais...

– Eh bien reprenez-en donc un peu. »

Sur quoi Maria leva le bras, prête à vider la bouteille sur la poitrine de Hugo – mais comme il faisait une embardée, agitant désespérément les mains pour parer l'assaut, je vis, et compris avec une angoisse inexplicable qu'elle ne renverserait pas réellement la bouteille – non, son intention n'était pas d'en vider le contenu sur lui. Par contre, elle lui imprima un grand mouvement de balancier, et la fracassa sur la mâchoire de Hugo qui la reçut de plein fouet et – renversé, abruti par le choc (c'est plus tard que l'on dérouille) – disparut aux yeux du monde, tandis que Piers déboulait en criant Mais qu'est-ce qui se *passe* ici, mais bon *Dieu*, Jeremy, elle est avec toi, cette salope ? Mais fichez le *camp*, bon sang – c'est pas vrai, c'est pas vrai –, Hugo, ça va aller ? Ça va, dis-moi ? Bon, Jeremy, je t'ai dit de foutre le *camp* avec elle, c'est compris – maintenant, c'est *dehors*, tous les deux.

J'obtempérai.

« Mais c'est qui, en fait ? » grogna Jeremy, un peu plus tard.

Maria servait le thé, de façon très charmante : thé de qualité, jolie théière.

« Qui, qui ?

– Ce... Max – c'est qui – ce type, là, Bannister ?

– Oh – aucun intérêt pour toi.

– Je ne te poserais pas la question.

– C'est... juste quelqu'un, c'est tout.

– Quelqu'un. Mmm. Et moi ? Moi aussi, je suis juste quelqu'un, c'est ça ? »

Maria sourit. « Toi, tu es *Jeremy*. »

Et Jeremy sourit à son tour – en partie parce que quand elle souriait, on était obligé de l'imiter, mais aussi pour lui signifier galamment qu'il reconnaissait avoir encore perdu une de ces minuscules batailles que, curieusement, ni l'un ni l'autre n'avaient engagées. Mais simplement… juste ciel – c'était loin d'être le premier de ces petits échanges aussi tortueux que parfaitement stériles : Maria était capable de bavarder ainsi la nuit tout entière, et l'aube venue, on se retrouvait les mains vides. Je vais peut-être encore essayer. Je ne sais pas, en fait. C'est à cause de cette brève allusion à l'aube (et d'ailleurs, regardez les rideaux : j'arrive à en percevoir la couleur). Que va dire Anne ? Pire : qu'est-ce que je vais m'entendre lui dire ? Bon – on tente le coup encore une fois. Qu'est-ce que j'ai à perdre ? (Et puis perdu pour perdu…)

« Oui, donc – ce fameux Max, là. C'est quoi – c'est ton mec, c'est ça ?

– Mon *mec* ? Quel terme horrible.

– Mais c'est ça, n'est-ce pas ? Et c'est le patron de Hugo – je ne me trompe pas ?

– Plus maintenant. Il l'a viré. Comme je t'ai dit.

– Mais *pourquoi* as-tu fait ça à Hugo ? Tu aurais pu lui casser la…

– Je ne lui ai *rien* cassé. Les gens comme Hugo *s'attendent* à ce genre de chose. Tu restes ? »

C'est vrai, ça. Est-ce que je reste ? Mon Dieu, oui, dans la mesure où j'ai retardé aussi longtemps que possible le moment de rentrer à la maison – et en même temps, plus je tarde…

« Ça dépend. Qu'est-ce qu'on *fait*, là, Maria ? Qu'est-ce que tu veux de moi ? Qu'est-ce qu'on va *faire* de cette histoire ?

– Tu sais très *bien* ce que je veux de toi, Jeremy. Tu le sais parfaitement.

– Et Max ?

– Oh mon Dieu, mais *arrête* avec lui, tu veux bien ? Max, c'est *Max*, d'accord ? Et toi, c'est toi. Ça devrait suffire, non ?

– Eh bien *non*, pas vraiment – pas du tout, en fait. Écoute, Maria – il y a une chose qu'il faut qu'on mette au point : je suis *marié*, et...
– Marsha.
– *Quoi ?!*
– Il y a des jours où je préfère mon vrai nom – aujourd'hui par exemple.
– Ah ouais ? Eh bien ce sera quand même *Maria*, d'accord ? Change encore une fois de nom et je deviens cinglé. Oh là là – j'ai complètement oublié ce que j'étais en train de *dire*, maintenant...
– Ne dis rien. Serre-moi fort.
– Maria... !
– Serre-moi fort. Tu sais bien que tu en as envie.
– Mais *oui* j'en ai envie, oui – mais... Mon Dieu, Maria – je sais que ça fait un peu, comment dire... un peu *cliché*, quoi – le genre de truc qu'on voit au cinéma, je sais que ça fait scène de film, mais j'ai l'impression de t'avoir toujours... l'impression que je te connaîtrai...
– Toujours. Je sais. Serre-moi fort.
– Il faut que je parte. Il faut que je réfléchisse. Il y a *Anne*, aussi... tu ne veux donc rien savoir de moi ? D'elle ? Et puis il y a les enfants – j'ai deux enfants. Je ne veux pas leur faire de *mal* – je ne supporterais pas de leur faire du *mal*.
– Je ne te demande pas de leur faire du mal. Je te demande de me serrer fort. Serre-moi fort.
– Maria – s'il te plaît !
– On retourne au lit ? Tu veux ?
– Il faut que j'y aille. Bien *sûr* que je veux !
– Viens, alors. Viens. Viens au lit et serre-moi fort.
– Oh mon Dieu...
– *Viens*...
– Bon, bon, d'accord. Et puis après, il faudra vraiment que j'y aille. D'accord ? D'accord, Maria ? Dis-

moi oui. À neuf heures, je pars – c'est d'accord ? Oui ? À neuf heures pile, je pars, réellement. »

Je ne suis pas parti.

Enfin, si. Jeremy parvint finalement à s'arracher à cette fille, à tout ça. Cela lui avait pris une éternité, et toute la lyre des arguments, parce que voilà : *premièrement*, à peine une des mains fraîches et apaisantes de Maria le quittait-elle, non sans réticence, que les doigts de l'autre rampaient sur une épaule, par exemple, ou se glissaient dans sa main à lui – ou bien enveloppaient sa mâchoire, ou encore se mettaient à chatouiller ces cheveux follets, soudain raidis et électriques sur sa nuque ; et *deuxièmement*... eh bien, *deuxièmement*, il n'avait simplement pas envie de partir. Mais toutefois, dès qu'il y fut quand même parvenu (je suis *dehors*, oui, je suis sorti de là – je descends l'escalier, je quitte cette chaleur, je retrouve la rue), et ayant brièvement passé en revue non seulement tous les morceaux qui le constituaient, mais également l'état dans lequel ils étaient – alors, il se sentit plus glacé, plus abandonné que jamais ; et cela, non seulement, comme il l'avait d'abord pensé, à la perspective de rentrer au foyer conjugal – de devoir affronter ce qui l'attendait là-bas, non – mais par ce vide qui l'emplissait comme un trou noir. Il cligna des yeux à cette évidence éblouissante que ne pas être avec Maria était un pur non-sens : tout semblait faussé, et plus rien n'avait de raison d'*être*. Et pourtant, avant cette réception à laquelle il avait bien failli ne pas se rendre, il ne savait même pas qu'elle existait. Mais tout, absolument tout semblait différent à présent.

Mieux vaut rentrer à la maison et retrouver Anne et les gosses ; histoire d'entendre de ma propre voix ce que je vais trouver à lui dire. (Mais comment cette fille a-t-elle pu m'accrocher ainsi ? Si encore elle était simplement aimable...)

« Tu sais quoi, fit Max en riant, je pense réellement que Hugo a complètement perdu la boule. Tu écoutes, Glads ? Il dit que tu lui as déclaré que je le virais de la boîte – déjà c'est pas rien – et qu'ensuite, tu l'as matraqué avec une bouteille ! Je ne te croyais tout de même pas capable d'aller jusque-là – mais pourquoi ?

– Parce que je m'ennuyais. Je n'avais pas l'intention de le frapper. Et puis je l'ai fait. Parce que le grand Max Bannister était encore en train de *travailler* – tu te souviens ? Enfin bref – de toute façon, je ne supporte pas ce cafard. Que lui as-tu dit ?

– Je n'ai pas vraiment eu le temps de lui dire *quoi que ce soit*, tu vois. Il débarque le matin à la première heure – l'air vachement remonté, je dois dire…

– Eh *merde*…

– Quoi ?

– J'ai renversé mon verre. Peu importe. Continue.

– Il faut toujours que tu renverses *quelque chose*, pas vrai, Glads ?

– Oh mais pour l'amour de Dieu, cesse de m'appeler comme *ça* ! C'est *Marsha*, je n'arrête pas de te le dire. Enfin, c'est *toi* que je vais bientôt renverser, de toute manière.

– Quoi ? Qu'est-ce que tu dis ? Me renverser ? Et puis tu peux aller te faire voir, avec ta *Marsha*, ma petite fille. C'est du caprice. Si je t'appelle *Glads*, c'est que c'est ton *nom*, d'accord ? N'est-ce pas, Gladys ? Hein ?

– Écoute Max, je n'ai plus envie de discuter avec toi. D'accord ? Plus envie. Plus envie de te voir là.

– Charmant. De toute façon, je file. J'ai une réunion. Donc – tu as dérouillé Hugo, oui ou non ?

– Qu'est-ce qu'il t'a dit ? Et puis, tu n'as pas l'air de bien *comprendre*, Max – je te dis que j'en ai assez de te *voir*, là.

— Ouais, tu l'as déjà dit. Très poli. Non – ce qu'il m'a dit, c'est – il a débarqué comme ça, comme je te disais, et il me fait Alors, Max, espèce d'enfoiré – sympa, hein ? Alors, Max, espèce d'*enfoiré* – je sais tout maintenant, espèce de sale *enfoiré* –, donc moi du coup je m'échauffe sérieusement, tu vois ? Je commence sur le mode Ho là, on se calme, je ne sais pas de quoi tu parles, là. Et lui répond Oh que si tu le sais – elle m'a tout raconté. Bref, il continue – et il est vraiment énervé, là, je peux te dire : les veines prêtes à péter – bref, il me fait Tu sais quoi, ton boulot de merde, tu peux te le carrer là où les étoiles ne brillent jamais, mon vieux – et tu ne vas pas me *virer*, espèce de salopard, parce que c'est *moi* qui me tire d'ici. Hallucinant, non ? Et moi, tout ce que je trouve à répondre, c'est *pardon ?* Je ne pouvais pas savoir ce que cette andouille voulait dire, évidemment. Mais il commence aussi à sérieusement me taper sur les nerfs, donc je craque : *Hugo*, je dis, je ne sais pas qui t'a dit quoi, et je me fous de savoir si tu te crois viré ou si tu prépares ton truc, là, ta *démission*, c'est bien ça ? Mais par contre, il y a un point sur lequel tu as mis dans le mille, mon petit père – tu te tires d'ici, et vite fait encore. Tu aurais vu sa tête !

— Donc il est parti ?

— Il n'est pas allé bien loin. Tu m'étonnes. Il a commencé à vouloir m'agresser physiquement ! Une petite saute d'humeur que j'ai vite calmée. Je lui ai mis les points sur les *i*, à ce merdeux. Et lui – aïe, aïe aïe, alors, d'abord ta bonne femme qui m'assomme à coups de bouteille, et ensuite toi qui me pètes le nez ! Ha ha. Il y avait de quoi rigoler. Quelle andouille.

— Oui, c'est une andouille. Tu sais qu'il a essayé, avec moi, un jour...

— Ah ouais ? Quelle ordure. Tu aurais dû me dire. Là, c'était la porte, point barre.

– Bah… Il est hors jeu, maintenant. Et toi aussi, Max, d'ailleurs. Toi aussi. Ce qui compte, c'est de durer, pas de briller, pas vrai ?

– Attends, c'est *quoi* ça, maintenant, ma chérie ? C'est moi qui possède la *société*, non ? Mmm ? Donc qu'est-ce que tu entends par là, Glads ?

– J'entends par là que tu es hors jeu pour moi, Max. Hors de ma vie. Et ce depuis hier soir. Quand tu n'as même pas daigné venir à une soirée. Une fois de plus.

– Mais que… c'est ça ? Tu plaisantes ou quoi, Gladys ?

– *Marsha*, crétin ! Non, Max. Ce n'est pas une plaisanterie. Pas du tout – j'ai l'air de plaisanter ?

– Gladys – *Marsha*, ma puce ; dis-moi. Qu'est-ce qui te prend, hein ? Ça ne te ressemble pas, d'agir comme ça avec moi. Ce n'est pas toi, ça.

– Si, c'est moi quand c'est *fini*. Tu n'avais pas une réunion, Max ?

– Mmm ? Oh, on s'en fout de la réunion – elle attendra. Écoute, Glads…

– Avant, elles ne pouvaient jamais attendre, n'est-ce pas, Max ? Ça ne pouvait pas attendre, tes putains de *réunions*, tellement importantes, de jour comme de nuit. N'est-ce pas ? Et si tu m'appelles encore comme ça une seule fois, je pars dans l'*instant*, et plus jamais tu ne me reverras, je peux te l'assurer.

– Tu ne… tu n'es pas en train de te moquer de moi, n'est-ce pas, ma chérie ?

– Pas du tout. Bien vu.

– Mais écoute – allons, *écoute* – on est bien, tous les deux ! Tout va bien entre nous. Voilà, on va sortir et se payer un – tiens, on va au Sophie's… tu aimes bien, là-bas, non ? On s'offre un déjeuner super-arrosé, d'ac' ? D'accord ? Qu'est-ce que tu en penses ? Puis on rentre à la maison, et je me charge de te faire changer d'avis. J'appuierai sur tous les bons boutons. Qu'est-ce que tu penses de mon programme ?

– J'en pense qu'il est… risible. *Risible*, Max. Comprends-moi : je ne suis pas en train de te dire que j'ai besoin de plus d'attention – c'était le cas, ç'a toujours été le cas, mais plus maintenant. Je n'en ai plus besoin. J'ai besoin de *partir*. Il est trop tard. Et je ne dis pas non plus S'il te plaît – j'aimerais bien qu'on en *parle* un peu – non, Max, pas du tout. Je suis simplement en train de t'informer que c'est *fini*. Depuis hier soir.

– Depuis hier soir… comme ça. *Fini*.

– Exact. Donc, pourquoi n'irais-tu pas à ta réunion, mmm ? Et quand ta réunion se terminera, tu sauras que toi et moi aussi, c'est terminé.

– Écoute… Marsha ma chérie…

– Adieu Max. On a eu de chouettes moments.

– Ne… ne me laisse pas, ma puce. Ne pars pas.

– Adieu. Pas au revoir.

– Attends – tu as un autre mec ou quoi, espèce de *salope* ?

– Ouais.

– Ouais ! Ouais ! Ça veut dire quoi – *ouais* ? Et depuis quand, espèce de garce ?

– Depuis hier soir. Je t'ai dit.

– Depuis… Attends, ce n'est pas cet enfoiré de *Hugo*, quand même ?

– Oh, Max, c'est pas vrai – tu ne comprends jamais *rien*.

– Ah bon ? Ah *bon* ? Eh bien je vais te dire, espèce de *pute* – il y a une *chose* que je comprends – et que je comprends très *bien* – je comprends parfaitement ce que tu es, *toi*, espèce de… de…

– Bon, j'y vais.

– C'est qui, alors ? Hein ? C'est qui, ton Prince charmant ? Qu'est-ce qu'il a de si génial, hein ? Du fric ? Qui est-ce ? Qu'est-ce qu'il *fait* ?

– Ce qu'il fait, Max ? Il m'appelle Maria – ce qui est déjà un bon point. Parce que c'est ce que je veux, c'est tout ce dont j'ai besoin pour l'instant. Peu importe si tu ne saisis pas. »

Maria se détourna et s'éloigna d'un pas tranquille. Max savait – il le savait si bien – qu'il avait mille arguments pour blesser cette garce, mais fut pris de court, figé et muet devant le mouvement de ses hanches et les longues jambes qui en découlaient. Il demeura silencieux, la bouche encore ouverte, comme la porte se refermait tout doucement, avec un chuintement de baiser.

Donc, j'ai fait ça, hein? Je suis rentré. À la maison. Jeremy s'en était souvent étonné, avec cette distance rétrospective que l'on ne pouvait jamais, jamais, qualifier d'apaisante, en aucune manière – c'était plus tard, tout simplement. Le temps aide à guérir. Il m'a aidé, en tout cas – jusqu'au moment où il a décrit un tour complet et où vous vous retrouvez face à lui, et vous voilà déconcerté, on peut généralement compter sur lui pour faire ce que les gens attendent de lui : vous guérir – ou au moins apaiser un peu la douleur, la rendre moins cuisante. Mais quand vous êtes sous les projecteurs, au beau milieu d'une scène qui fait tic tac, tic tac – même si c'est horrible (et l'épisode avec Anne, cette fois-là, quand je suis rentré à la maison le lendemain matin, Dieu sait qu'il l'a été, horrible) – tout paraît si parfaitement *naturel*, si étrange que ce soit : si parfaitement inaltérable, comme le duvet qui brille à votre avant-bras. Le point positif toutefois, c'est qu'au bout d'une éternité (à vos yeux, mais c'est peut-être juste le temps nécessaire), les poils clairsemés, transparents, du duvet commencent à croître et à épaissir, jusqu'à former une véritable fourrure qui enrobera le plus aigu de la douleur : une sorte de protection dont on a besoin, à laquelle on s'accroche. Mais tandis que vous tenez votre rôle, seconde après seconde, sur cette scène qu'on appelle ici et maintenant – eh bien, il ne peut exister aucune défense : vous êtes à découvert, nu et seul – et vous savez que c'est ça, la réalité, même si c'est presque invraisemblable.

Et bien sûr, il fallait que ce soit un samedi, n'est-ce pas ? Adrian et Donna n'avaient pas école – voilà qui n'aide pas vraiment, vous en conviendrez. Enfin – en ce qui concerne Donna, peu importait, pour être tout à fait honnête. Elle avait tout juste cinq ans à l'époque – et je ne sais pas si ça ne marche qu'avec les petites filles (ç'a toujours été plus dur, avec Adrian), mais j'ai pu constater que si vous leur souriez sans cesser de pêcher bonbon après bonbon dans votre grand sac magique, certaines gamines avalent tout et n'importe quoi – encore qu'une lueur de doute dans leurs yeux montre bien qu'elles ne se font pas entièrement confiance, pour ne pas parler de vous, qui avez besoin de leur collaboration.

Avec Adrian, toutefois, c'était différent – fort différent. Il avait treize ans alors, ou bientôt treize ans (*très bientôt*, en fait, parce que son goûter d'anniversaire était prévu, jamais je n'oublierai cela, pour le jeudi de la semaine suivante – je n'y ai pas assisté – j'étais déjà parti). Et puis il a toujours fait plus que son âge, Adrian – je l'ai toujours considéré avec un certain respect, une certaine crainte, même (et parfois même avec un certain effroi : mon propre fils – bizarre, non ?). Eh oui, je sais bien que les deux enfants avaient beaucoup d'écart – presque huit ans, c'est vrai que c'est long – j'avais même l'habitude d'en plaisanter, naguère (jadis, plutôt) : Baaaaah, faisais-je d'une voix dolente – c'est tellement *crevant*, hein ? En tout cas, cela avait commencé comme une plaisanterie (c'est souvent le cas, n'est-ce pas ?), avant de se révéler inconfortablement proche de la vérité ; vous n'avez qu'à demander à Anne. Non

– non, inutile de vous déranger : elle vous en parlera elle-même – il paraît qu'elle est intarissable sur le sujet, à présent. Elle vous dira un truc du genre (je l'entends d'ici) – Oh *Jeremy*, ce *pauvre* Jeremy – mais il avait une *migraine* permanente, le pauvre amour ; enfin pas permanente en *permanence* : elle commençait le soir quand je le rejoignais au lit et durait jusqu'au moment où il bondissait hors des draps, le matin, impatient d'être simplement ailleurs, n'importe où mais ailleurs ! Enfin, quelque chose dans ce style. Cela dit, il faut reconnaître qu'elle n'a pas complètement tort. Non que je ne la désire pas à proprement parler – mais simplement, il se trouve qu'elle était, enfin – que c'était *Anne*, si vous voyez ce que je veux dire. C'était Anne, et c'était la mère d'Adrian et Donna. Et juste ciel, ils sont tous les deux tellement semblables à elle – je parle des traits, vous savez – que c'en est franchement bizarre. Particulièrement Adrian. Il a quelquefois une manière de vous regarder – comme par exemple ce regard qu'il m'a lancé, en plein visage, pile au milieu, comme si ma tête était une cible, quand je suis enfin rentré ce matin-là, après ma première nuit avec Maria (et là, pas trace de migraine, je m'en souviens bien : j'ai joui comme un train express – et rejoui pareil, un train pouvant en cacher un autre). Et maintenant, regardez Anne – regardez-la, vous voulez bien ? Même expression que son fils – la même exactement. Même visage, vous voyez : même regard voilé, lourd d'accusations – eh oui, très certainement, mêmes sombres pensées dissimulées juste derrière (abandonnant déjà le soupçon pour se focaliser sans hésitation sur la condamnation pure et simple).

J'allumai une dernière cigarette – exhalant la fumée avec une relative décontraction, me sembla-t-il. Je ne fumais pas énormément mais, sans le savoir, j'étais là sur le point de laisser complètement tomber le tabac

– au cours de cette heure même et malgré moi (le tabac et tant d'autres choses – tout ce que j'avais, en fait). Anne s'employait à presser farouchement un demi-citron sur le Juicy Salif – ce presse-agrumes métallique aux arêtes pimpantes – chose que, même si, je le sais, cela semble idiot, je lui avais demandé de ne jamais faire. Je pense que je fais figure d'exception, parmi mes collègues designers, en ceci que ces magnifiques réalisations me paraissent toujours conçues pour n'être pas utilisées – quelle que soit leur fonction : chaises ou étagères, vases, saladiers – même les lampes ou les bouteilles, parfois. Ne vous en servez pas, telle est ma pensée : pourquoi ne les laissez-vous pas exister, en soi ? En tout cas, pas Anne. Non seulement elle se vautrait de tout son long sur la méridienne Charles Eames, ou déplaçait sans ménagement le chef-d'œuvre de Le Corbusier, le Grand Confort tout de cuir et de chrome, le mettant complètement hors d'équerre – mais elle allait jusqu'à les joncher de journaux et de, oh mon Dieu – de *coussins*. Cela me faisait mal – et peu m'importe l'image que ça me donne aujourd'hui. Eh oui, *bien sûr*, je vois à présent que c'est peut-être – et pas seulement peut-être – précisément pour cette raison qu'elle le faisait. En toute autre circonstance, ma première phrase aurait sans doute été, Anne – Anne ? Écoute-moi un peu, Anne : combien de fois te l'ai-je dit ? On a d'*autres* presse-agrumes, n'est-ce pas ? Mmm ? On a même acheté une centrifugeuse, pour les jus de fruits. Alors pourquoi le Starck ? Hein ? Explique-moi, s'il te plaît. Avec tous les gadgets qu'on a, pourquoi ne pas laisser en paix celui qui est justement la perfection même ? Oui, avec Anne, je me retrouvais à avoir ce genre de discours dérisoire, voire même plus encore. Uniquement avec Anne, me semble-t-il (et de plus en plus fréquemment au fur et à mesure que je m'acheminais vers ce qui, je ne le savais pas encore, serait la fin). Mais sous la brûlure tétanisante de ces deux paires d'yeux fixes (et Donna ne tarderait pas à s'y mettre aussi), il m'apparaissait que ce ne serait pas là, maintenant, la bonne formulation. Je ne pourrais vous dire ce que j'aurais trouvé à la place (je me souviens d'une sorte de vertige d'excitation, de tournis hystérique, tant j'étais impatient d'entendre quelles paroles exactement allaient pouvoir se présenter à mon esprit) – car c'est Anne, rejetant l'écorce de citron qui faillit atterrir dans mon étincelante poubelle Brabantia (dont le chrome était à présent tout éraflé, je ne pus m'empêcher de le noter) – qui leva quasiment les yeux vers moi et prit la parole :

« Hugo a appelé. Il a dit qu'il t'avait vu. Tu as passé une bonne nuit ?

– Papa, fit Adrian – avec une gravité non feinte – tu viens *vraiment* de rentrer, là, depuis hier soir ?

– Hugo ? entendis-je, à la seconde où je disais "Hugo ?".

– Il m'a raconté un truc à propos de quelqu'un qui l'a frappé, et en plus il a perdu son *travail* ! Il a l'air dans un état épouvantable. »

C'était quoi, cette voix qu'elle prenait pour me raconter ça à *moi* ? Voilà ce que je tentais de déterminer.

« Hugo ? fis-je de nouveau – de manière parfaitement absurde, cette fois.

– *Papa ?* insistait cette plaie d'Adrian, c'est vrai ? Tu rentres seulement maintenant, ce matin, depuis hier soir ?

– La soirée n'était pas *trop* mal. Enfin, tu connais ça. Toujours les mêmes têtes. Mais tu aurais dû venir ! J'ai fait la connaissance d'un type appelé – enfin, je ne me rappelle plus son… Un nouveau venu. Il a absolument tenu à ce qu'on poursuive dans une espèce de boîte, je ne pourrais même pas te dire où. À perpète. Mais bon, comme c'était un client potentiel, je me suis dit que je ferais mieux d'accepter. Mais je me *demande* comment le temps a pu filer si vite. »

Ah. Donc, *voilà* ce que j'allais trouver à dire.

« Pa*paaaaa* ! s'est exclamée la petite Donna – Dieu la chérisse et la bénisse. Tu m'as rapporté quelque chose ? Papaaaa ? Tu m'as rapporté quelque chose ?

– Et pour moi, alors ? s'écria Adrian (jamais en retard quand il s'agissait d'un cadeau ou d'argent de poche ; dire que deux secondes auparavant, il était à la fois juge et partie).

– Mais bien *sûr*, mes amours – est-ce que je vous oublierais ? Je n'ai jamais su exactement ce que *fait* Hugo, tu vois – je n'ai même jamais songé à lui poser la question. Tu as l'air de le connaître mieux que moi. Il est quelquefois d'un ennui mortel – et c'est encore pire quand il est torché.

– Torché, c'est un *gros mot* », fit Donna, l'air boudeur.

Tandis que je m'esclaffais comme un cinglé – parce que cela me faisait gagner encore quelques secondes, n'est-ce pas ? – Anne commença de me scruter d'un regard profond : j'avais l'impression que toute ma tête était prise de tics, quand elle faisait ça – la sensation d'une exploration insistante, comme celle de l'instrument étincelant et cruel du dentiste (celui qui gratte et qui gratte), qui poussait toutes mes terminaisons nerveuses à se recroqueviller sur elles-mêmes.

« *Torché*, ce n'est pas un gros mot ! fit Adrian d'un ton méprisant, particulièrement supérieur et blasé. Torché, c'est juste dégueulasse. »

Anne eut la bonté de laisser tomber un « *Adrian* » bref et sans appel – et je me surpris, me semble-t-il, à rire sous cape en voyant une intense perplexité traverser les grands yeux innocents de la petite Donna. Puis elle oublia aussitôt et complètement, comme ils le font tous.

« Il est *où*, Papaaaaa ? faisait-elle à présent d'une voix chantante. Il est où, mon cadeau ?

– Ce n'est pas parce que ton père a passé toute la nuit dehors, grommela plus ou moins Anne, qu'il doit forcément te rapporter un *cadeau*… » (Et là, ses deux yeux, tels des forets, avaient réussi leur percée entre les deux miens, et en étaient presque à émerger à l'arrière de mon crâne.) « Pourquoi devrait-il nous apporter *quoi* que ce soit ?

– Mais il a *dit*…, insista Donna, au bord des larmes à présent.

– Et je le *pensais* », telle fut la noble repartie du père tant aimé. Lequel fila dans l'escalier pour rejoindre son bureau aussi vite qu'il pouvait décemment se le permettre (fin du premier round, merci mon Dieu) – car c'est là qu'il dissimulait sa réserve secrète, trousse de survie constituée de Smarties et de lutins en caoutchouc, de boîtes de Tic Tac, de porte-clefs, stylos feutre, poupées, petites voitures, badges et bandes dessinées (jamais trop joliment emballés, toutefois – je n'ai jamais supporté de les voir massacrer les paquets-cadeaux).

Assis à son bureau – une main enveloppant sa tempe à présent douloureuse, l'autre farfouillant à la recherche de la juste nuance de diversion et d'apaisement (un objet un peu plus que simple pour ne pas paraître banal, mais moins que spectaculaire pour ne pas trahir quelque forfait) – Jeremy s'affaissa soudain, envahi d'un flot d'épuisement dû à la cessation provisoire de cette tension qui ne tarderait pas à réintégrer sa place pour le maintenir en alerte, le protéger. Il fut choqué quand tout cela se vit balayé et brusquement remplacé par une vague de désir – c'était la soudaine vision des cuisses longues, fraîches et chaudes et brûlantes de Maria (et soyeuses, oui, tout à fait – elles étaient bien soyeuses) à l'instant où elles s'étaient refermées de part et d'autre de son visage, tandis que sa barbe naissante, le picotant d'abord, enflammait ses joues au contact de cette peau d'une douceur presque effrayante. Oui, c'étaient ses jambes – et la manière dont elles la portaient vers lui : les jambes de Maria, qui à présent le traversaient, le foulaient, le piétinaient.

Chose bien étrange, comme je le disais, pour quiconque me connaît un tant soit peu. J'ai toujours été plutôt attiré par… enfin, par la poitrine, puisque vous insistez. Et puis les fesses, aussi, tout à fait : j'aime bien, les fesses. Sans doute le goût des *protubérances*, en général. Les jambes ? Mon Dieu – oui, les jambes, c'est très agréable, certes, mais elles sont juste *accrochées* là, comme les nôtres, n'est-ce pas ? Ce n'est pas le point crucial, selon moi. Prenez Anne, autrefois : des semaines se sont écoulées avant que je m'aperçoive qu'elle *avait* des jambes (notez bien qu'elle portait beaucoup le pantalon – en ces jours si lointains qu'ils en paraissent irréels, elle mettait des pantalons). Non – c'est ses nichons qui m'ont tapé dans l'œil. Les femmes savent bien quelle partie d'elles-mêmes il faut mettre en valeur, n'est-ce pas ? Une jupe à mi-mollets, un manteau trois quarts – enfin, quelque chose comme ça – indiquent toujours que la femme en question n'est pas trop contente de ce qu'elle propose au rayon hanches et cuisses. Un pantalon ? Des bottes ? Problème au niveau des chevilles, ou tout au moins des mollets. (Et croyez-moi, je les plains sincèrement, dans ce cas : si délicat le pied soit-il, une cheville épaisse le fait ressembler à un véritable sabot – ce n'est pas dureté de ma part : c'est comme ça, et pas autrement.) Évite-t-elle les robes sans manches, même en pleine vague de chaleur ? Elle a des jambonneaux en guise de bras – très possiblement pommelés, en outre – assez semblables à ces tranches de charcuterie italienne (vous voyez bien, ces grosses saucisses avec des tortillons rosâtres et blancs, et des mouchetures vertes quelque peu inquiétantes). Mais par contre, piercing au nombril, minijupe, sandales à talons hauts, ongles d'orteils vernis, jeans littéralement bombés sur le corps et petits hauts moulants – tout ça garantit (et là, à vous de bien jouer) que vous ne serez aucunement trompé sur la marchandise.

Prenez Anne, comme je disais : la toute première fois que je l'ai vue... enfin, selon *moi*, en tout cas, c'était la toute première fois – parce qu'elle a toujours prétendu, comme elle seule sait le faire, que *Non*, Jeremy, *non*, en fait – on s'était rencontrés, mon Dieu, mais des *semaines* auparavant, des *semaines* – au Regatta, tu ne te souviens pas ? Mais enfin tu dois t'en *souvenir*, forcément ? Comment peux-tu ne pas t'en souvenir ? Eh bien non, je ne m'en souviens *pas*, voilà – pas du tout. Je me souviens de toi dans ce restaurant, là, ce bouiboui où je t'avais emmenée – le Bear, j'en suis à peu près certain. C'était notre première rencontre – ne m'interromps pas – et tu portais, ça je ne l'oublierai jamais, ce haut bleu vif, à décolleté plongeant. Tes seins, grands dieux, tes seins paraissaient extraordinaires : je n'en pouvais plus d'impatience – *Non*, Jeremy, *non*, coupait-elle chaque fois : ça, c'était *beaucoup* plus tard – et de toute façon, si c'était effectivement notre premier dîner au restaurant – d'ailleurs c'était au Compleat Angler, en fait –, ça ne pouvait *pas* être la première fois qu'on se voyait – n'est-ce *pas* ? Un peu de bon sens. Quant à mon corsage, il n'était pas *bleu* – je n'ai jamais porté de bleu, enfin pas à cette époque, sûrement pas – et encore moins de bleu *vif*, ça, c'est évident. Non, il était vert émeraude, ce corsage – et je m'en souviens parfaitement. Il venait de chez Peter Jones : quarante-deux livres – une fortune pour moi, à ce moment-là. Maintenant, je regrette vraiment de ne pas l'avoir gardé – mais tu te souviens, quand j'ai fait ce gigantesque nettoyage par le vide ? Quand je pense aux piles de vêtements que j'ai données à l'Oxfam, ou je ne sais plus quelle association… Mon *Dieu*, mais que je regrette à présent – enfin, ça arrive, ces choses-là, hein ? Le besoin, tout d'un coup, comme ça, de se débarrasser de tous ces trucs. Et *franchement*, Jeremy – je me demande où tu as trouvé que ce décolleté était *plongeant* – pour quel genre de fille me prenais-tu ? Il n'était pas *plongeant* – il… il m'allait bien, tout simplement. Non, c'est toi qui étais un chaud lapin, en ce temps-là, et c'est pour cela que tu l'as vu plongeant. (C'est ainsi que tu étais. Que tu étais. Tu étais.)

Et non, pour la petite histoire, je ne me souviens d'aucun « nettoyage par le vide », gigantesque ou pas. Parce que je devrais ? Franchement ? Eh bien *non*, voilà. Je me souviens seulement de la première fois que je t'ai vue, au Bear, avec ce haut bleu vif et ce décolleté plongeant, et de tes seins, oh dieux du ciel – tes seins m'apparaissaient simplement *extraordinaires*.

Donc, voilà un instantané d'Anne et moi, plus ou moins ensemble, un coup de rétroviseur sur les bons moments, avec cette distance convenable, pas encore glaçante du Ça-Reste-Encore-À-Peu-Près-Vivable – quoique Enfin-Pas-De-Quoi- Se-Relever-La-Nuit (du genre Mais-Bon-La-Lune-De-Miel-Ça-Ne-Dure-Pas-Éternellement) – mais à laquelle devaient bientôt succéder ces secousses communément appelées les hauts et les bas (dont on sort le teint vert et l'estomac barbouillé), sur quoi les bas allaient devenir un véritable sujet d'interrogation : comment pouvait-on continuer d'avoir des bas sans la survenue régulière et bénie de hauts d'où tomber ? Tout ça a encore empiré quand elle a déclaré que j'étais un menteur. Enfin non seulement un menteur, tenait-elle à toute force à expliquer – mais un *Menteur*, un *Menteur* et un *Menteur* – espèce de *saloperie* d'hypocrite.

« *Écoute…* », avais-je soupiré et gémi, la première fois (encore qu'Anne, bien entendu, prétendrait que, dieux du ciel, ce n'était certainement pas la première fois, et de *loin*, de *très* loin – ouais, d'accord, mais première fois ou pas, cela aurait fort bien pu l'être : ils se ressemblaient tous, ces affrontements âpres et interminables, aigres, surs comme du lait tourné, et vains). Mais presque encore aimables : quelque main invisible n'avait pas encore remplacé le vinaigre par du napalm – faisant qu'au lieu de tressauter sous la piqûre d'une flèche empoisonnée de mépris, on se retrouvait littéralement éviscéré par une balle dum-dum massacrant encore et encore dans nos entrailles – telle la bille d'une partie de billard sauvage, ricochant et réduisant à néant tous les organes qui lui faisaient obstacle.

Enfin quoi qu'il en soit, retour à nos moutons : «*Écoute*, dis-je – écoute-moi, Anne. Je crois qu'on devrait avoir une petite conversation, tous les deux. Mmm ? Mettre les choses au point. C'est quoi, cette histoire de "mensonge", mmm ? Je ne mens pas. Pourquoi est-ce que je te mentirais, hein ? Qu'est-ce que j'aurais à y *gagner* ? Il faudrait vraiment que tu te poses ces questions-là, Anne. Je veux dire, je suis en position d'accusé, là – mais pourquoi, Anne ? *Pourquoi ?*

– Oh, ça *va*, Jeremy, espèce de sale menteur *minable*. Tu *sais* de quoi je parle – tu le sais *très bien*. Je n'ai qu'à te regarder pour *savoir* que tu sais ce que je veux dire et que je suis *sérieuse*. Toutes ces femmes – toutes *tes* femmes, Jeremy – mais *qui* sont-elles ? Pourquoi fais-tu ça ? C'est qui ? Et les enfants ? Tu y *penses*, aux enfants ? Adrian n'est plus un *bébé* – il voit des choses, il comprend. Ça t'est donc égal, tout ça ? Mais pourquoi fais-tu ça ?

– Attends, Anne – mon *Dieu*, mais ce n'est pas *possible* que tu dises des choses pareilles ! Il n'y a *pas* d'autres "femmes" – évidemment qu'il n'y en a pas. »

Auparavant – quelques années auparavant – j'aurais peut-être ajouté : C'est *toi* que j'aime, Anne. Tu ne te rends donc pas compte ? Mais bon, il y a des limites. Et de toute façon, je savais qu'aujourd'hui, elle aurait assez de gnack pour contre-attaquer :

« Ah ouais ? *Ouais ?* » (Elle venait d'avaler une bien trop grande gorgée de Rioja – ça lui arrivait de temps en temps, ce genre de chose, dans ces moments-là.) « Alors parle-moi de Dubaï, Jeremy. Dubaï – tu vois ? L'été dernier. Tu te souviens ?

– Je m'en souviens parfaitement...

– Oh, tu fais *chier*, espèce de salaud de menteur. Tu vas peut-être prétendre que...

– Mais je te dis que...

– Oh ça va, hein, ça va, ça *va* – espèce de salaud de salaud de *saligaud*. »

Mon Dieu, que vous dire que vous n'ayez déjà compris ? Étaient-ce là les symptômes d'un malaise plus profond ? N'était-ce que cela ? J'imagine qu'à présent, il serait facile et bien pratique de le prétendre. Mais là, ça me rendait simplement dingue. Parce que je veux dire – prenons Dubaï, par exemple – oui, voilà, Dubaï. J'y étais allé, cet été-là – je devais refaire la déco d'un hôtel assez somptueux pour, dois-je le préciser, des clients extrêmement importants et très, très exigeants (et vu la facture, ils pouvaient). Mais du point de vue d'*Anne*, j'allais m'envoyer en l'air au soleil ! Je veux dire, certes il y avait bien une ou deux *filles* dans l'histoire (c'est toujours le cas, n'est-ce pas ? Ça fait partie du contrat), mais ça n'était pas du tout ce qu'elle *pensait*. En outre, il est grossier de refuser ce que l'on vous offre. Ce serait perçu comme un manquement aux règles du savoir-vivre, aucun doute quant à cela. Et puis franchement – laissez-moi *respirer* une seconde, d'accord ? Je ne fais que mon *métier*, comprenez-vous ? Aussi bien que possible. Pour entretenir décemment ma famille, enfin j'espère. Et qu'est-ce que ça m'apporte ? Hein ? Des reproches. Des reproches, voilà tout ce que j'en retire – et des *accusations*.

« Même la fois où on est allés chez Tony et Sheila…

– Oh je t'en *prie*, Anne, épargne-moi ça – tu ne vas pas recommencer avec Tony et *Sheila*…

– *Jamais* je n'oublierai cette honte. Où est donc Jeremy ? Voilà ce que *tout* le monde me demandait. Où donc est passé ce bon vieux *Jeremy* ? Et il était *où*, ce bon vieux salopard d'enfoiré de Jeremy – hein ?

– Anne…

– Eh bien, on n'a pas tardé à le savoir, n'est-ce pas ? Dans la chambre d'amis – grands dieux, *d'amis* –, avec cette garce d'*Ulrika* – ivre mort, à ricaner bêtement et sur le point de la prendre à même le *sol*.

– Oh, mais ne sois pas *idiote*, Anne, pour l'amour de Dieu – je te l'ai dit et redit – je l'aidais simplement à chercher son *manteau*, et…

– Ah ouais ? *Ouais ?* Eh bien, tu avais peu de chances de le retrouver au fond de sa *culotte*, tu ne crois pas, espèce de sale menteur ! Et nom d'un chien – tu étais tellement bourré que tu lui as dit, à voix haute – tout le monde t'a entendu depuis le couloir – elle avait les cuisses nouées autour de ton cou, et tu lui as carrément dit "Fais comme si tu ne me connaissais pas" ! Je veux dire – non, *franchement*, Jeremy !

– Je n'ai jamais dit une chose pareille. Écoute… !

– Oh, fous-moi la paix. Je vais me coucher. Tu éteindras, pour une fois. *Salopard*. »

Eh oui, comme je disais – ça, c'était avant que ça ne tourne vraiment mal. Elle ne racontait que des absurdités, naturellement. Déjà, elle s'appelait Gilda, au départ. Sympa, comme fille. Je l'ai revue, euh, une ou deux fois, après (bien obligé – elles n'aiment pas quand on arrête comme ça), mais c'était destiné à en rester là, pas de problème. Je ne sais pas comment ni pourquoi Anne s'obstine à penser que je lui cache quelque chose d'*important*. Qu'est-ce qui peut bien leur passer par la tête, à ces bonnes femmes ?

Pour être honnête, je croyais sans doute qu'on continuerait ainsi éternellement. Je n'avais jamais imaginé qu'une Maria pénétrerait dans ma vie, l'air de rien. Peut-on jamais anticiper une telle chose ? Certains, peut-être – ils attendent, ils font les cent pas, éperdus d'espoir que cela se passe enfin, exhibant un désir palpable et donc répugnant. Ils filent droit vers la désillusion, bien évidemment – mais il leur serait peut-être d'un grand secours de savoir d'avance que la réalisation de ce rêve suprême n'est que la brève et éblouissante rémission de sa propre fin.

Donc, ce jour-là – qui pourrait aussi remonter à toute une vie auparavant (la mienne, en tout cas, semble bien s'être entièrement écoulée depuis) – quand je suis enfin rentré après cette première nuit avec Maria, Anne n'a pas mis longtemps à s'apercevoir qu'il y avait là quelque chose de différent. Adrian et Donna se virent rapidement évacués de la scène (Allez donc regarder *Le Roi Lion* : Oh *non*, Maman, pas *encore Le Roi Lion* – pourquoi on n'a jamais de nouvelles cassettes, comme Nathan Fieldlander ? Parce que nous ne sommes pas multimilliardaires, comme les parents de Nathan Fieldlander, voilà pourquoi – donc, vous allez me regarder *Le Roi Lion*, parce que votre père et moi avons à *parler*). Et là, ce fut le début de l'horreur :

Elle était nerveuse, agitée – bondissant littéralement entre les courbes lisses et étincelantes de la chaise Mies van der Rohe (à laquelle, avouons-le, sa présence n'apportait rien – encore qu'il ne faille pas voir là une attaque aussi dure et personnelle qu'elle pourrait tout d'abord le sembler : comme tous ces objets ravissants, et comme je le répète sans cesse, la chaise avait bien meilleure allure sans le moindre ajout). Cela dit, elle n'était pas non plus *obligée* de sauter dessus comme ça : que la chaise soit courbe de forme n'en faisait pas pour autant un fauteuil à bascule, ainsi que j'avais depuis longtemps renoncé à lui faire remarquer.

« Alors, commença-t-elle. Ce "client potentiel". Comment s'appelle-t-elle ?

– Maria. Je crois. »

Ma réponse était aussi simple que possible (la deuxième partie involontaire). Je me suis gardé d'exulter en prononçant ce nom – espérant ne pas laisser entendre que « Maria » était, de près ou de loin, le plus beau son que j'aie jamais entendu (rien de ce genre) – mais ne souhaitais pas non plus donner l'impression qu'il m'avait été arraché de force. C'est l'immédiateté même de ma réponse, je le vis bien, plus que toute nuance dans le ton, qui provoqua dans son regard un éclair de surprise, voire même d'effroi (peut-être aurais-je dû mentir ?) – tandis qu'elle retenait son souffle, retardant momentanément ce qu'elle devait dire à présent, elle le savait, ou bien mourir.

« Je veux que tu partes. »

Le regard d'Anne était soudé au sien ; Jeremy sentit qu'il ne pourrait pas supporter une seconde de plus son hostilité, et pourtant, il le soutenait, pétrifié. Il priait Dieu pour qu'elle ait quelque chose à ajouter mais, afin de briser cette horrible fascination, il se mit à tousser et marmonna : Oui, je pars. Les yeux d'Anne étaient toujours aussi durs, mais comme vitreux à présent – bien que son menton, lui semblait-il malgré le flou de sa conscience tétanisée, se mît à trembler – peut-être s'apprêtait-elle simplement à parler de nouveau.

« Donc… elle doit avoir quelque chose de très spécial, cette… Maria. Tu *crois*… »

Jeremy regarda autour de lui, cherchant quelque chose à regarder.

« Elle est…

– Assez spéciale pour prendre la place de tes enfants. Oh, bien *sûr*, je sais très bien que *n'importe* laquelle de tes conquêtes suffirait *largement* à prendre la place de ta *femme* – parce que je suis *quoi*, moi, après tout ?

– Anne...

– Mais pour qu'une petite... *pute* puisse se pointer comme ça et voler à deux enfants leur père, un homme, il faut le reconnaître, si *malheureux* – eh bien, ce doit être quelqu'un, vraiment. Un... canon, c'est bien ça, Jeremy ? Nan va être *tellement* déçue. »

Jeremy leva brusquement les yeux, sincèrement surpris. Quelle que soit la manière dont tournait cette horreur, c'était là un nom qu'il ne s'attendait pas du tout à entendre.

« Nan ? *Nan ?* Enfin – tu veux dire Nan, *notre* Nan ? Mais qu'est-ce qu'elle vient faire là-dedans ?

– Mon Dieu, Jeremy, j'*imagine* qu'elle pensait que votre sordide petite histoire allait – oh disons, déboucher sur *quelque chose* – parce que bon, on les connaît, ces jeunes filles, n'est-ce pas ? Mais quand elle va apprendre que tu...

– Attends ! Attends une minute, là, qu'on mette les choses au point – on parle bien de *Nan*, c'est ça ? La nounou d'Adrian et Donna – cette Nan-*là* ? Mais tu es *folle*.

– À moins que tu aies également baisé avec une *autre* Nan », cracha Anne dans un renouveau d'aigreur. Puis ses lèvres se retroussèrent comme elle levait vers lui un regard vicieux : « Oh, *allez*, Jeremy – tu ne vas pas *nier*, quand même ? Quelle importance ? Pourquoi te donner la peine de nier *quoi que ce soit*, maintenant ? Tu me quittes, n'est-ce pas ?

– Nan ! Mais Nan a dix-neuf *ans*, bon Dieu ! Je n'ai même jamais...

– Oh, arrête tes *conneries*, Jeremy – vous vous êtes entichés l'un de l'autre, c'est aussi évident que – juste *ciel*, mais je l'ai gardée parce qu'il est *impossible* de trouver des nounous, aujourd'hui – mais bon, j'imagine qu'elle va partir, maintenant. Puisque tu n'es plus *là*.

– Anne. Crois-moi. Tu délires. Et puis de toute façon, pourquoi est-ce qu'on parle de *Nan*, là, pour l'amour de Dieu ? On ferait mieux de parler de…

– Qui ? De qui, Jeremy ? De moi ? Non – sûrement pas d'un sujet aussi inintéressant, oh que non : qu'est-ce qu'il y aurait à dire ? De tes enfants ? Mon Dieu – tu n'en as jamais parlé jusqu'à présent, donc pourquoi commencerais-tu maintenant ?

– Anne – c'est… !

– À moins que nous ne parlions de ta *petite amie* ? On fait ça ? Eh bien non, je n'y tiens pas, Jeremy. Je crois que je trouverais ça un tout petit peu immonde. Tu peux partir d'ici demain ? »

Jeremy la regarda, bouche bée. D'ici demain. Est-ce possible ? La vie peut-elle vraiment être telle qu'aujourd'hui, je suis encore plus ou moins ici, et que demain, je serai complètement parti ?

« En tout cas, *essaie* », reprit Anne – bien que son ton badin, faussement malicieux, se soit évanoui à présent, puis ses lèvres se scellèrent comme un coffret dont on claque le couvercle. Elles s'écartèrent de nouveau, avec réticence, mais rien n'en sortit. Elle se leva (pour aller où ?) et, bien que Jeremy fût infiniment soulagé de ce mouvement, il se leva également – peut-être pour la retenir. Pendant quelques secondes, ni l'un ni l'autre n'esquissèrent le moindre geste – Jeremy ne prenant conscience de sa pose figée que quand la voix d'Adrian secoua la paralysie qui s'était emparée de lui.

« Qu'est-ce que vous faites, plantés au milieu du salon ?

– Papaaaa », couina Donna, puis elle courut vers lui, lui entoura les jambes de ses bras, y enfouit son visage, comme elle le faisait toujours. « Quand je serai grande, je serai un gros lion. Grrrrr ! Grrrrr ! »

Jeremy jeta un coup d'œil vers Anne, et eut la sensation brutale que ses propres yeux s'agrandissaient de désespoir. Elle secoua la tête, une fois, abaissa le regard ; puis elle se détourna et se dirigea vers la porte tandis qu'Adrian se ruait vers elle : Maman ? Maman ? Qu'est-ce qui se passe ? Qu'est-ce qu'il y a ? Au moins, se dit Jeremy – peut-être pas à l'instant même, peut-être plus tard, en revivant ce moment pour la centième fois – *quelqu'un* se rend compte, sinon de ce qu'elle ressent, du simple fait qu'elle peut ressentir quelque chose. Juste avant d'atteindre la porte, Anne lâcha un sanglot étranglé – et comme Adrian se précipitait, éperdu d'inquiétude et d'angoisse, Jeremy entr'aperçut son mollet qui disparaissait, et qui lui sembla très blanc, très étrange – comme s'il appartenait à un corps parfaitement étranger. Il ébouriffa les cheveux de Donna, un geste habituel, tandis qu'une voix résonnait dans sa tête : Bon Dieu, et maintenant ?

Jeremy et Anne ne se parlèrent plus qu'une seule fois, ce soir-là. Elle n'avait pas tout à fait achevé d'empiler les vêtements de Jeremy sur le lit, dans la petite chambre d'amis, quand il avait débarqué – sachant fort bien que là était sa place.

« Quand l'as-tu rencontrée ? demanda Anne. C'est celle de Dubaï ? Ou une autre, une plus récente ?

– Je n'ai jamais emmené *personne* à… je te l'ai déjà dit… »

Puis il la regarda bien en face – ressentit une violente décharge électrique, cette fois, comme leurs deux regards fusionnaient – et il est difficile de dire lequel se vit le premier précipité dans un maelström d'effarement, comme Jeremy marmonnait : Hier soir. C'est hier soir. Que je l'ai rencontrée. Tu vois, se disait-il (et Anne semblait prête à partir sur-le-champ, à se jeter hors de la chambre, dans le couloir), je me suis fait renverser comme une simple quille – et c'est pourquoi je me retrouve là, sonné, abruti, parfaitement incapable de faire quoi que ce soit pour toi ni pour moi.

Et puis je me souviens de m'être dit Bien – bien bien : à moins que ce n'ait été le matin suivant que je me sois dit Bien, oui – je me le suis dit plus d'une fois, et même à voix haute, comme ça, pour personne (quelquefois je parvenais tout juste à le garder pour moi, mais ce n'était même pas pour moi-même). Et puis aussi Bon – *Bon*, marmonnais-je sans cesse d'un air résigné, sinistre et viril et – je vous en prie, laissez-moi le croire – également *résolu*. Cela dit, la nature même de la résolution n'apparaissait jamais ; si je m'accrochais à une unique idée un tant soit peu cohérente (et, revoyant mon état d'esprit d'alors, je ne trouve aucune cohérence à portée de main), elle revenait simplement aux grandes lignes, du genre Tu Sais Quoi, Pas Vrai, Mon Vieux Jeremy ? Tout cela est un peu *rapide* : rien de si stupéfiant à ce que je parte (vraiment rien, si ?) – car pour des gens comme moi (et je pense savoir ce que j'entends par là) tout n'est jamais, en fait, qu'une question de temps. Donc, non – ce n'est pas ça. Ce qui me trouble, c'est de devoir partir *maintenant*, alors que je ne me sens pas tout à fait prêt.

Puis, le souffle coupé par cette révélation, je m'employai courageusement à essayer de savoir *pourquoi* je partais : je ne fais pas que *partir*, n'est-ce pas ? Je ne m'en vais pas comme ça, sans me retourner, avec un geste obscène du majeur, déchirant le passé en confettis, du style j'en ai rien à faire – parce que, et écoutez, là : j'en *ai* quelque chose à faire ! À dire vrai, je suis *chassé* : cette garce m'a viré – m'a donné mon congé.

N'est-ce pas purement et simplement la situation ? « Tu peux partir d'ici demain ? » – n'est-ce pas exactement ce qu'elle a dit ? Pas vraiment, n'est-ce pas, les paroles d'une femme à demi folle de passion – désespérée devant la menace d'une insurmontable douleur ? Non, non il ne me semble pas. Je veux dire, personne ne pourra jamais l'accuser de se montrer *collante* : je crois qu'on peut dire ça ? Quant à toutes ces absurdités à propos de *Nan* – mon Dieu, il est clair que cette malheureuse est dérangée. Je veux dire, j'y ai bien *pensé*, évidemment – mais c'est encore une gamine, cette Nan ; en outre, ça ne l'intéressait pas du tout – et pourquoi, de fait, cela aurait-il dû l'intéresser ? Si encore j'étais *jeune* ou je ne sais quoi.

Donc, je vais sans doute traîner, oui, c'est ça, traîner les pieds – adopter un profil bas, tripotant encore deux trois objets, avec amour et regret, avec cet accablement de qui vit l'heure la plus longue de sa vie d'adulte. Et j'aurais certes bien volontiers suivi ce programme – déjà, je m'en souviens, je sentais les picotements salés du chagrin parcourir mes globes oculaires, tant j'éprouvais d'attendrissement envers moi-même – mais c'est alors qu'Adrian a fait son apparition : Adrian, de toute évidence, voulait échanger quelques mots avec moi (en entendre, certes, mais également en proférer certains que je voyais faire la queue, se battant dans les rangs).

Adrian se laissa tomber d'un air résolu – et de biais, naturellement, chose ô combien agaçante, dans la chaise de Wassily (combien de fois Jeremy lui a-t-il dit et répété que s'il s'obstine à laisser pendre ses jambes comme ça, au-dessus des accoudoirs de cuir tendu, la matière va finir par se fatiguer – question de limite d'élasticité à la traction, tu vois ? –, entraînant dans le même mouvement un relâchement de toute la structure d'un dépouillement parfaitement cubique ?).

« Alors, Adrian ? » commença Jeremy. Il lui semblait qu'il le fallait : sinon, le jeune garçon serait resté indéfiniment immobile, à le fixer d'un œil mauvais.

« C'est *vrai* ? » tel fut le reproche d'Adrian – et oui, Jeremy s'attendait à quelque chose de ce genre et nullement, il faut bien le comprendre, à un quelconque cri d'angoisse – rien qui ressemble, de près ou de loin, à une tentative éperdue, stupéfaite pour se voir rassurer, nier la réalité. Adrian le tenait, et il le savait. Déjà, quand on jouait aux dames, il était comme ça – vers la fin de la partie surtout, où que vous alliez, le résultat était clair comme le jour : la dame d'Adrian s'apprêtait à valser dans tous les sens en balayant au passage les quelques pions qui vous restaient. (Et aux échecs également, sans aucun doute, mais Jeremy ne pouvait pas le savoir : il n'avait jamais appris à jouer.) Pour le moment, il s'employait sérieusement à regarder bien en face le fusil à canons jumelés que son fils braquait sur lui, prêt à la décharge de haine imminente, encore aggravée d'une sensible nuance de satisfaction, du style essaie-de-te-tirer-de-là-maintenant – tout cela lui apparaissant comme une offensive quasiment frontale, qui requérait une réponse tout aussi franche.

« Alors, c'est *vrai* ? » insista Adrian – avec une vivacité un peu prématurée, selon Jeremy. Et *certes*, il songea un instant à essayer le truc du « Mon *Dieu*, Adrian – ça dépend un peu de ce que tu entends par *vrai*, tu ne crois pas ? » – ou autre « *Qu'est-ce* qui est vrai ou pas, Adrian – de quoi parles-tu exactement ? » enfin ce genre d'imbécillités. Mais à quoi bon ? Pour remettre quoi à plus tard, précisément ? Parce que tout ce qu'il gagnerait, c'était un peu de temps : il pouvait remettre à plus tard, mais aucunement, aucunement, éviter l'échéance – il le voyait bien.

« Oui, dit Jeremy. Je crois que... »

Adrian demeurait perplexe – et non, Jeremy ne ressentit strictement aucune joie à voir ce vacillement de confusion déformer brièvement un visage si jeune, si attentif, et qui n'aurait jamais dû toucher, pas encore, à toute cette saleté, cette vilenie. La douceur de la stupidité d'un jeune garçon – ou au moins cette feinte innocence qui lui servait de protection – devrait rester préservée plus longtemps, bien plus longtemps que cela.

« Tu *crois*… ?

– Non – désolé, se reprit Jeremy sans tarder. Je ne voulais pas dire "je crois". Je ne sais pas pourquoi j'ai dit ça. Pourquoi je fais ça. Oui Adrian – je suis désolé, mais c'est vrai. » Et Dieu seul sait quelle force insensée le poussa à ajouter : « Bien sûr, ce n'est pas la faute de ta mère. » Toutefois, l'étincelle d'agressivité se voila dans les yeux d'Adrian qui paraissait reculer maintenant, se calant dans un dégoût lointain, très proche d'un mépris détaché.

« Quand pars-tu ?

– J'ai l'impression que tout le monde est pressé…

– Tu pars aujourd'hui ? Ce matin ?

– Dieux du ciel…

– Maman dit qu'il ne faut pas te détester, et que ce n'est pas ta faute.

– Et *toi*, tu en penses quoi ?

– J'en pense que – si ce n'est pas ta faute, c'est la faute de qui ? Bien *sûr* que ce n'est pas celle de Maman, je le sais bien, jamais ça ne pourra être sa faute – mais alors, il reste qui ? Donna et moi, c'est tout.

– Oh, Adrian – ça n'est *pas* comme ça que ça marche – ce n'est pas une question de… écoute, tu sais que ça me brise le… ne t'imagine pas que tout ça *m'amuse*, Adrian, quoi que tu puisses penser – et non, non – je t'en prie, ne me demande pas Alors pourquoi le fais-tu, parce que au fond, en *réalité*, Adrian, je ne fais… rien. Simplement – ces choses-là *arrivent* parfois, tu comprends ? Oui ? C'est comme l'année prochaine – prends l'année prochaine. Tu vas changer d'école, mmm ? Et puis, espérons-le, entrer à Westminster, mmm ? D'accord ? Ça n'est pas pour autant que ton ancienne école n'est plus *bonne*, n'est-ce pas ? Et ça ne veut pas dire non plus qu'ils te *renvoient*. Tu vois ? Tu vois ce que je veux dire ? Quant à Westminster – naturellement, on *espère* tous que ce sera aussi bien que ce que tout le monde dit, mais on ne le sait pas *encore*, n'est-ce pas ? On n'en est pas sûrs. Et on n'en sera pas sûrs tant que tu n'y seras pas entré, réellement, on ne pourra pas vraiment savoir, hein ? Mais si tu changes d'école, Adrian, c'est simplement que... mon Dieu, simplement parce que le temps est *venu* : tu vois ? C'est le moment pour ça, tout simplement. Et c'est peut-être ce qui se passe, pour moi. Tu peux peut-être essayer de voir les choses comme ça ? Qu'est-ce que tu en penses ?

– Mais ce n'est pas... oh Papa, mais ce n'est pas du *tout* la même chose, quand même ? Si ? Ce n'est pas la même chose, pour toi ? »

Jeremy soupira, regarda son fils. « Pas vraiment. Non. Non, tu as raison : c'est différent. Complètement. Oh, écoute... c'est... tout ça est un peu *rapide*, pour nous tous, et franchement je ne – d'accord, Adrian, d'accord : je vais être franc avec toi. D'homme à homme. Je ne sais *pas* si ce que je fais est... tout ce que je peux faire, c'est suivre le mouvement – et non, je ne veux pas *dire* que – oh, bien sûr que je ne fais pas ça à la *légère*, bien sûr que non, mais simplement, c'est tellement soudain pour moi aussi, tu vois – et qui sait ? Peut-être que je vais simplement partir deux ou trois jours, histoire de – enfin, de *réfléchir*, tu vois, et puis, euh, revenir, et tout ça ne sera plus qu'un...

– Mais non, c'est pas vrai. Ce n'est pas ce qui va se passer, n'est-ce pas ?

– Euh... non. Non.

– Je croyais que tu me parlais franchement ?

– J'étais franc. Tout à fait. J'ai *commencé* à te parler franchement…

– Il faut que j'aille aider Maman. Elle s'occupe de tes affaires et tout. Tu vas vivre avec une femme ? Donna m'a dit de te demander.

– *Donna… ? !*

– Elle a aussi dit que…

– Mmm ? Ouais ?

– Que tu nous dois encore cinq semaines d'argent de poche. On en aura toujours, quand tu seras parti ? Je ne pense pas, hein.

– Oh mon Dieu, Adrian… Tiens. Prends ça. Vas-y, prends. Et ça, c'est pour Donna.

– Attends, Papa… !

– Vas-y, prends tout ça. »

Jeremy ressentit un coup au cœur, de pur amour et peut-être déjà de nostalgie, comme l'expression de son fils passait presque instantanément de la gravité à une joie radieuse, et que ses doigts se refermaient vivement sur les billets de vingt livres. Le visage fendu d'un sourire irrépressible, Adrian fit une légère volte-face et s'élança dans l'escalier pour aller rejoindre sa mère. Il la trouva là où il savait la trouver : à genoux sur le sol de la petite chambre, toujours occupée avec les vêtements et les affaires de Jeremy. En voyant Adrian, elle sourit et – comme elle le lui avait promis – lui tendit le cutter, pour que lui aussi puisse s'amuser un peu.

Et maintenant, je suis là. Vautré sur ma planche à dessin, dans la pièce du fond, chez Maria, et ce, depuis (sentiment qui me vient comme de très loin, hors de moi-même) beaucoup trop longtemps. J'essaie de faire la chose la plus simple qui soit, et pourtant je ne cesse d'échouer. Je ne décroche plus les grosses commandes, maintenant : je me *jette* dessus, carrément (enfin – depuis quelque temps, pas tout à fait : après un premier, puis un deuxième tir de barrage de refus, on ne se donne plus ce mal – et de toute façon, la rumeur court : dans ce milieu, la parole est d'or).

Je ne sais pas ce qui se passe – il semblerait que ces temps-ci, ils exigent des concepts plus jeunes, plus ouverts. Du moins, c'est ce que le dernier client m'a dit. Peu après avoir emménagé chez Maria, je me suis proposé pour cette affaire super-juteuse des nouveaux restaurants Dockland – il s'agissait non seulement de la déco intérieure, mais de la façade et des ailes, et aussi d'une grande partie de l'aménagement paysager. Mais tandis que je leur expliquais mes projets jusqu'aux détails les plus pointus, avec toute l'assurance dont je peux faire preuve en ce domaine, élaborant ce que je croyais être un véritable *coup de théâtre* (là, j'en étais, tout vibrant, aux murs rétro-éclairés dont certains étaient une pure illusion d'optique, aux bouches d'aération diffusant un air parfumé à la frangipane – à présent, je ne sais même plus d'où pouvaient me venir de telles inspirations soudaines) – j'ai compris, tout simplement, que les clients étaient en train de bâiller : ils n'interrompirent pas le détail de mes coups de génie, ne demandèrent pas si j'avais songé à l'uniforme du personnel, aux cendriers bon marché destinés à être volés, ou aux verres à pied monogrammés (alors que si, si, j'y avais songé – mais toutes mes ébauches et maquettes sont restées dans leur tiroir).

Peu après, la rumeur m'est parvenue qu'une personne très riche, et très importante dans le milieu de l'art (Getty Museum – voilà, c'est ça), prenait réception d'un jet privé de quarante millions de dollars, et était en quête d'un décorateur pour lui fournir un intérieur dernier cri, mélange de l'esprit *Playboy* et de l'antre frais et monastique recelant la Chartreuse, par exemple.

Donc, *naturellement*, je me suis précipité sur le coup – parce que, hein, quel designer n'en ferait pas autant ? Citez-m'en un seul. Je n'ai pas eu l'affaire – ce qui, j'imagine à présent, était à peu près inévitable.

C'est peut-être à ce moment-là que j'ai commencé de péricliter – et non, non bien sûr (comment le pourrais-je) je ne *blâme* pas Maria pour cela, en aucune manière, mais je suis à présent certain que j'aurais peut-être pu tenir le coup si seulement elle avait bien aimé une seule de mes idées – approuvé ma création (applaudi à n'importe lequel de mes projets éblouissants). Ou bien – si vraiment elle n'appréciait pas du tout ce que je faisais – si au moins, éventuellement, elle était parvenue à le garder pour elle. Mais non :

« Et ça, disait-elle – pointant avec dédain mon dernier projet, une nouvelle boîte de nuit (et pour ce faire utilisant la mine délicate d'un de mes Rotring – bien que je la supplie sans cesse de ne pas y toucher). Et *ça*, c'est censé être quoi, exactement ?

– C'est une – enfin ce *sera* une banquette sinueuse et interminable. Je pense que j'ai dû m'inspirer à la base du sofa de Dalí – tu sais, le rouge, celui qui fait la moue, en forme de lèvres de Mae West ? Mais là, l'idée, c'est de garder le côté sensuel, d'accord ? – cette sorte d'*engorgement* érotique de l'original – mais de le rendre serpentin et comme *enlaçant*, de sorte que, quand les gens arrivent et descendent l'escalier, leur premier sentiment est une sorte de…

– Jeremy. Mais tu parles de *quoi* exactement, là ? Ce que les gens aiment, pour s'asseoir, ce sont des *chaises*, non ? Pourquoi vous ne comprenez jamais ça, vous tous ? Quand je vais quelque part – en boîte, dans un bar – ce que je veux, c'est une chaise, hein – et une table toute con pour poser mon verre. Alors où sont les *tables*, dans ta boîte de cauchemar, là ?

– J'ai vraiment essayé de rénover le concept de boîte.

Tiens, regarde, là – tu vois ça ? Il y aura des centaines de petites corniches de verre trempé de vingt centimètres, à différentes hauteurs – légèrement courbées, un peu style Noguchi – et qui, au fur et à mesure des changements de température, prendront toutes ces teintes pastel. Ce sera complètement excitant parce que...

– Faux, Jeremy – faux. C'est là que tu te plantes. Les gens – les gens, tu sais, ça ne les excite pas *du tout*, ce genre de truc. Les *designers*, peut-être – mais pas les humains, du tout, crois-moi. Je ne connais personne, Jeremy, qui puisse aller prendre un verre quelque part et finir avec un orgasme grâce à un malheureux sofa ou des *corniches*, de chez Gucci ou pas. Et c'est qui, cette Mae West ? Parce que je peux te dire que si ce n'est pas une fille branchée ou une chanteuse, tu peux faire une croix dessus, parce qu'elle n'y mettra même pas les *pieds*, dans ton petit bar miteux. Et sans ces gens-là – tu es un homme *mort*, mon pote. »

Sur quoi Jeremy ne put que lever les yeux vers elle, et il remarqua alors deux choses : que le mépris implicite que dénotaient ses narines tendues le vidait de ses forces tout en le remplissant d'une vague de désir – et également que ses seins, vous savez, étaient en fait très petits (si on les comparait sans concession à ceux des autres). Ses jambes, bien sûr, demeuraient l'essentiel – et, il le reconnaissait, c'est quand il les regardait s'éloigner de lui d'une allure détachée qu'il avait le plus envie d'elle, et non quand il était tapi, enlisé entre ses jarrets, suffoquant, cherchant l'air à défaut d'un minimum de pitié.

À l'arrivée de Jeremy, le sexe avait tout fait entre eux – et cela demeurait vrai (au sens, se disait-il, où il n'y avait plus rien d'autre à présent). Cette arrivée avait été à la fois très étrange, et pas étrange du tout. Il était venu si naturellement vers Maria, alors que la veille encore il était à la maison, avec femme et enfants (chacun s'employant bientôt, ainsi qu'il devait s'avérer plus tard – eh oui, ces êtres si chers à son cœur –, à détruire froidement tout ce à quoi il tenait le plus) ; Anne était allée, et Jeremy a encore de la peine à évoquer cela pour vous, jusqu'à scier une chaise Mackintosh Hill House, avant de lui envoyer les morceaux par colis postal. Elle aurait au moins pu la vendre – si sa présence l'offensait et qu'elle se fût sentie incapable de lui garantir plus longtemps l'hospitalité : Dieu sait que, par les temps qui couraient, cet argent n'aurait pas été inutile.

Au départ, ce qu'il savait de Maria se traduisait par un zéro, un zéro absolu – et à présent, avec tout ce temps vide passé ensemble, il ne pouvait que s'interroger sur ce que l'on pouvait difficilement qualifier de somme totale, tant l'addition revenait à presque rien. Elle s'appelait *effectivement* Gladys ; le soir de leur rencontre, donc, elle n'avait nullement annoncé qu'elle était gratis (et elle ne l'était pas, ô que non, elle coûtait cher, terriblement cher). Et son frère ? L'enterré vivant ? Je ne peux pas vous dire – je ne vais même pas hasarder une supposition. Elle avait bien fait une nouvelle allusion à cette cérémonie, une seule fois – l'enterrement (si jamais il avait eu lieu – si jamais elle avait eu un frère, vivant ou mort) auquel elle n'avait pas assisté. Elle disait qu'au moment même où le cercueil était descendu dans la fosse, suspendu à mi-hauteur, déjà dans le froid et l'obscurité, le trille aigu d'un portable avait résonné à l'intérieur. Puis, avait-elle ajouté d'un air théâtral : ça s'est *arrêté*.

« Arrêté ? Ça s'est arrêté de sonner ? Mince. Mais bon Dieu – pourquoi l'avoir enterré avec un portable... ?

– Tu ne fais pas *attention* à ce que je dis, n'est-ce pas, Jeremy ? Il ne s'agit pas d'un simple *enterrement*. Mmm ? Il était *vivant*, je te dis. Il a répondu au téléphone, tu vois ? Quelqu'un l'a appelé alors qu'on le mettait en terre. Pauvre amour. »

Bien, comme je disais – essayez de vous y retrouver. Une autre fois – d'accord, j'étais un peu bourré, sinon je n'aurais jamais osé – j'ai dit Hé, dis donc, Maria (je l'appelais encore ainsi, c'était devenu ma manière à moi de l'appeler, je suppose) – Hé, Maria, écoute un peu : durant les trois jours avant qu'il ne cane, ton fameux frangin, là – comment il s'appelait, déjà ? – pourquoi est-ce qu'il n'a pas appelé les pompiers avec son portable pour qu'ils viennent le déterrer ? Elle m'a regardé durement et a laissé tomber : C'est *immonde*. Elle a continué à me fixer d'un regard cruel, et a ajouté Tu es *malade*. Puis elle s'est mise à rire, comme si c'était une absurdité, et a conclu De toute façon, je ne crois pas qu'il aurait pu obtenir de connexion, depuis le sous-sol ; et il s'appelait Des – mais comme il zozotait, il prononçait son propre nom comme *Death*.

Bon, vous voyez bien – j'ai essayé, essayé encore, et je n'y arrive pas. Une fois, nous étions en train de manger des steaks que j'avais préparés – je ne suis pas un cordon-bleu, croyez-moi : un steak, une poêle, c'est la limite de mes talents – quand, tout à coup, une pensée m'a frappé de plein fouet : Maria ? Maria ? Je croyais que tu m'avais dit que tu étais végétarienne, l'autre fois ? Non. Non, pas du tout, voilà ce qu'elle a répondu. Comment, ai-je bafouillé, tu ne m'as pas *dit* ça ? Ou plutôt Non, tu n'es *pas* végétarienne ? Oh – mange et tais-toi donc, voilà ce que j'ai obtenu d'elle. Et tout ce que je trouvais à penser, c'était Mais qu'est-ce que je fais donc ici avec elle ? Alors que de toute évidence, je suis quasiment seul.

Et Maria elle-même ? Que diable pouvait-elle bien tirer de ma présence chez elle ? me demandais-je. Même maintenant, je ne sais pas trop. Au départ, elle paraissait contente d'elle, perchée au sommet d'une tour (construite de ses propres mains), fière de mon arrivée comme d'une *installation*. Ce que je lui apportais – sans doute pas grand-chose, à vrai dire – semblait lui suffire et même plus, au début : au début, sans aucun doute. On restait beaucoup à la maison – j'avais mis mon travail en suspens (elle n'a rien eu sous la main à critiquer jusqu'à ce que je le reprenne) – et quant à l'argent que je dépensais, je ne veux même pas y songer. J'en envoyais encore davantage à Anne, bien sûr – qui disait ne plus pouvoir travailler à présent, à cause des enfants : elle avait viré Nan, la nounou. (*Évidemment* qu'elle l'avait virée, précisait-elle – comment vivre sous le même toit qu'elle ? Avoir sans cesse sous les yeux un rappel de mes infidélités à répétition ? Juste ciel.) Je payais le crédit immobilier – et voyais d'un sale œil l'entrée d'Adrian à Westminster (juste à l'inverse de mes sentiments d'avant – mais quelquefois, c'est ce que font le temps et les circonstances – inverser les sentiments – et puis vous savez combien ils *demandent*, dans ce genre d'établissement ?). Quant à Maria – Mon Dieu, j'imagine que ce fameux Max Bannister devait l'entretenir, avant : elle n'avait visiblement pas un sou vaillant (je payais également son crédit immobilier). Ni boulot, ni rien : son unique occupation était de trucider les miennes.

On sortait pas mal, aussi : cinéma, restaurant, soirées. Cela dit, j'ai assez vite renoncé aux soirées. Parfois, son regard tombait sur un homme dont elle décidait qu'il était l'incarnation du diable, et j'arrivais tout juste à l'empêcher de le renvoyer, physiquement, droit en enfer. Mais elle aime toujours y aller – à ces soirées. À présent, je lui donne directement les éventuelles invitations qui me parviennent (rares, tellement rares, depuis quelque temps – parce que la rumeur court : dans ce milieu, la parole est d'or).

Hier soir, tenez. Elle y est allée. À une soirée, je veux dire. Si j'en parle, là, c'est que – mon Dieu, c'est le matin, maintenant : il est presque onze heures, et elle

n'a pas encore réapparu. Non que je m'inquiète ni rien
– enfin pas à proprement parler; je veux dire, enfin:
c'est une femme, une femme adulte – elle peut prendre
soin d'elle-même, non? Mais simplement, je ressens un
froid, un froid nouveau pour moi. J'ai toujours plus ou
moins été seul, je le sais à présent, mais jamais je n'ai
connu cette chose singulière : la solitude; et c'est la
menace de ce froid extrême que je ressens maintenant.
Épouse. Enfants. Clients. Et cette femme qui est venue
vers moi, pour partir avec moi : ils semblent tous avoir
disparu. Et vous savez quoi? Sans ces gens-là, tu es un
homme *mort*, mon pote.

CHAPITRE II

« Oh non, non, je t'en *prie*, Hugo – par pitié, ôte ta main de là – mais *lâche-moi*, pour l'amour de Dieu ! »

Ainsi s'exclamait Anne, de ce ton qui était à présent le sien – désespoir né du traumatisme de la fracture et comme ancré, broyé profondément en elle par un épuisement aussi absolu que quotidien, lesquels exerçaient de concert une pression permanente sur son larynx : sa voix coassante, elle l'aurait juré, était maintenant nettement plus aiguë, plus criarde qu'elle ne l'avait jamais été (et menaçait sournoisement de se briser).

« Oh, mais *Anne*, ma merveille – comment pourrais-je ? Comment ? Comment veux-tu que je m'empêche de te toucher, quand je vois cette beauté, cette chair tentante ondulant à portée de ma main ? »

Anne posa brusquement deux assiettes (elle était en train d'essuyer les assiettes) et se tourna vers l'homme.

« Oh, arrête tes *idioties*, Hugo – et fous-moi la *paix*. Ce sont *mes* seins – les miens. Va plutôt jouer avec tes nichons qui pendouillent, mon pauvre Hugo. Dieux du ciel – tu es gras comme un *porc* depuis quelque temps – ils sont *cent fois* plus gros que les miens. Et non, non, je t'en *prie*, n'en rajoute *pas*, ne me regarde pas comme ça, avec tes yeux de chien battu. Il faut que je m'occupe du goûter des *enfants*, Hugo, et Adrian tient à son beurre de cacahuète, mais pour lui, il faut qu'il y ait des petits *morceaux* croquants dedans, n'est-ce pas, quant à *Donna*,

aaah, mais Donna ne voudrait même pas *s'approcher* d'un beurre de cacahuète avec des petits morceaux croquants dedans, hors de question – hein, à ton avis ?
– Anne…
– Mais *non* – pas Donna. Il faut qu'il soit *crémeux*, comprends-tu ? En outre, elle a laissé tomber les Penguins – il n'y a plus que les Kit Kat qui comptent, à présent, et c'est à moi – à moi de *gérer* tout ça, Hugo – il n'y a que *moi* pour m'occuper de tout ça, et ça *change* tout le temps, ça ne cesse de *changer*, de jour en jour, et pas seulement la nourriture, oh que non – s'il n'y avait que la nourriture, j'arriverais peut-être à… mais les *vêtements*, juste ciel – ils sont épouvantables, avec les vêtements, surtout Adrian. Dans le temps, c'étaient plutôt les filles, n'est-ce pas ? C'étaient les filles qui étaient terriblement exigeantes – mais je te jure, je voudrais que tu entendes Adrian, quelquefois. Parce que *ceci* doit avoir un pli bien net, alors que cela doit être simplement *froissé* – et toutes ces affaires, ces chemises et tout ça, avec des trucs *écrits* dessus, mais ça me rend folle, simplement *folle* de repasser tout ça, parce qu'on ne peut pas s'empêcher de lire et de relire les mêmes idioties à chaque coup de fer – "Converse", tiens, en voilà un – et aussi "NY City" et "Total Sport" et Dieu sait, Dieu seul sait quoi encore – c'est tout ce que je trouve le moyen de *lire* à présent – d'ailleurs je ne fais plus *rien* – et là, crois-tu, par hasard, crois-tu qu'ils te diraient *merci* ? Crois-tu que tu obtiendrais d'eux une seule *syllabe* de reconnaissance ? Avec les gosses ? Tu auras droit à "Beurk, il y a du *marron* au fond de la cuvette des chiottes", et inutile de répondre Eh bien c'est parce que vous êtes incapables de chier *droit* – et de toute façon, je n'ai pas encore fait les cabinets, c'est le mardi que je fais les cabinets – les *cabinets*, Adrian : les cabinets, ou les toilettes – qu'est-ce qu'on t'apprend, dans cette stupide école ? Non, ce

serait parfaitement inutile, parce qu'ils s'imaginent que la maison, ce doit être comme tous ces hôtels où leur *père* les emmenait, avant de nous plaquer, de nous abandonner comme *ça*. Alors *j'essaie* – *j'essaie* d'expliquer : *écoute*, Adrian…

– Anne…

– Oh, ça *va*, Hugo, écoute donc : *Adrian*, dis-je – tu connais la situation, n'est-ce pas, mmm ? Maman ne peut *plus* se payer une femme de ménage, d'accord ? Ni une nounou. Parce que Papa ne veut plus nous en offrir, parce qu'il nous a *quittés* pour dépenser tout son argent avec une *danseuse* quelconque et sans doute acheter encore des idioties de *chaises* et autres – même si je leur dis bien qu'ils ne doivent pas lui en *vouloir*, ça, j'insiste, parce que je crois que ce n'est pas bien du tout, que les enfants prennent parti. Et Adrian ne répond rien, il se contente de faire des dessins dans la poussière – il dessine avec son doigt sur tous les meubles : sur tous les meubles de la maison, il écrit "Sale" dans la poussière. Tous, ils hurlent "Sale !" Partout où je pose les yeux, je lis "Sale, Sale", et moi je n'en peux plus, je n'en peux plus, je n'en peux *plus* ! »

Hugo, tentant de la calmer, sinon de la faire taire, ouvrit grands les bras – le visage voilé du lourd rideau de la compassion, et cette fois elle se laissa aller contre lui, avec un sanglot pathétique, faisant rouler ses yeux mouillés d'humiliation.

« Oh, Hugo ! Oh, Hugo ! Je *hais* cette vie. Je la hais, je la hais, je la hais ! Comment ce salaud a-t-il *pu* me faire ça ?

– *Anne*, fit Hugo d'une voix apaisante – la tenant contre lui, enveloppant ses pensées d'un velours plus sombre encore. Anne… Anne… Anne…

– Hugo… Hugo ? Arrête de me *toucher*, espèce de dégueulasse. Ôte ta *main*. Combien de fois faudra-t-il que je te le *dise* ? »

Sur quoi elle s'écarta de lui, exactement comme Hugo l'avait prédit. Sa voix avait encore monté d'un cran, près de se briser, ce qui signifiait que sous peu... ah non, tiens – c'était *maintenant* : elle se lançait déjà dans sa fameuse diatribe :

« Mais *qu'est-ce* que vous avez, vous les hommes ? Pourquoi êtes-vous *collés* à nous une minute, et complètement absents la minute suivante ? Pourquoi une femme ne peut-elle jamais savoir à quoi s'en *tenir* ?

– *Moi*, je ne te quitterais jamais, Anne – tu le sais bien.

– Mais tu ne *peux* pas me quitter, Hugo, n'est-ce pas ? Comment pourrais-tu me quitter ? Tu n'es même pas *là*. J'aimerais bien que tu te rendes compte de ça. Oh, juste ciel – la porte. Voilà Adrian qui rentre de l'école, et je n'ai même pas... Mon Dieu, il va devenir *cinglé* s'il est obligé de porter la même chemise demain, et j'ai complètement oublié de faire une machine, et en plus il n'y a plus de lessive – oh, mais ne reste pas là dans mes *pattes*, pauvre idiot... »

Alors Hugo fut en alerte – il ressentit même une nuance d'effroi – car Anne s'était soudain tue, ses traits durcis, glacés, luttant contre l'incrédulité. Tous deux écoutaient : « Maman ? » – « Maman ? », voilà ce qui leur parvenait, du couloir peut-être. Et là, elle chuchota d'une voix sifflante (et chargée de venin, de pleines fioles de venin) :

« Tu l'as... mangé. Tu l'as *mangé* !

– Mmm ? Oh... oh oui. C'était juste un bout de pain et...

– Juste un bout de... ? Ce n'était pas juste un bout de *pain*, Hugo, espèce de gros morfale *immonde* – c'était la dernière *tranche* de pain, et je l'avais tartinée avec le beurre de cacahuète avec des morceaux croquants d'Adrian, et maintenant il est *là* et moi qu'est-ce que je vais *faire* ? Qu'est-ce que je vais lui *dire* ? Dis-moi ! Ah

— tiens, le voilà, justement – vas-y, *explique*-lui, Hugo, explique-lui précisément ce que tu as *fait* ! »

Sur quoi Anne s'assit et se mit à pleurer, puis à hululer, serrant fort sa cage thoracique secouée de sanglots, tandis que Hugo et Adrian se regardaient, sans avoir même besoin de se poser la moindre question.

Ça ne peut plus durer, se disait Anne : ça ne peut plus durer, pas comme ça. Ces fortes paroles lui venaient souvent à l'esprit, sans qu'elle sache très bien – ça n'était pas vraiment *clair* dans son esprit, voyez-vous – ce qu'elle entendait par là. Et en cet instant, elle éprouvait de nouveau ce sentiment, tandis qu'elle se regardait bien en face dans cet assez joli miroir ovale au cadre d'acajou qu'elle avait jadis repéré, quelque peu marchandé et finalement obtenu : elle l'avait introduit discrètement dans la maison et, l'air théâtral, les lèvres crispées par une résolution inflexible, l'avait accroché bien en évidence, à une place qu'elle espérait particulièrement choquante dans – et elle ne pouvait s'empêcher de grimacer à ce souvenir – cette pièce qu'elle avait tout naturellement baptisée « le cœur du foyer ». (*Ça*, avait-elle fait remarquer à Jeremy, ça, c'est du *mobilier*. C'est fait en bois, avec une jolie incrustation ; pourquoi ce que tu me montres sans cesse comme de magnifiques exemples de – juste ciel – de *design* hyperpointu est-il toujours fait en métal et en ardoise, et ressemble toujours à des parties d'une *selle* ?)

Anne avait finalement réussi à mettre Donna au lit, et Adrian aussi dormait ; enfin, il était dans sa *chambre* – et ce qu'il y faisait ne regardait que lui. Parce que franchement : elle ne pouvait tout de même pas passer sa *vie*, n'est-ce pas, à lui dire qu'il y avait *école* demain, alors vas-tu enfin *éteindre* cette lumière, et dieux du ciel, mais as-tu absolument besoin de mettre à fond cette musique épouvantable en pleine *nuit* ? (Et s'il ne voulait pas se brosser les dents, mon Dieu tant pis pour lui. S'il a envie de devenir un jeune homme aux dents jaunes et toutes gâtées, avec des gencives qui saignent, eh bien c'est *son* affaire, voilà comment je raisonne à présent – je ne vais pas passer ma vie à le materner comme un *bébé*, quand même ? J'ai certainement mieux à faire.) C'est comme ses lectures : Mr. Masters a bien précisé dans son dernier bulletin d'anglais que s'il voulait avoir la moindre chance d'entrer à Westminster, il fallait qu'il se mette sérieusement à la lecture pendant ces vacances – et plus important, essayer de *comprendre* ce qu'il lit. Et dire qu'on se tue, qu'on se tue à répéter toujours les mêmes... mais pourquoi, en fait, pourquoi les enfants n'ont-ils pas l'air de saisir qu'il s'agit de leur *avenir*, de leur *vie* – Parce que moi, hein... et franchement, Adrian, lui dis-je, tu ne penses pas être un tout petit peu trop *âgé* pour lire ces bandes dessinées, mmm ? Et vous savez ce qu'il me répond ? Ce qu'il fait ? Il me *regarde*, comme ça – avec cet air qu'il prend quelquefois, comme si toutes les *années* que j'ai passées sur terre (mais par pitié, ne me forcez pas à parler d'*âge*, là) ne se réduisaient absolument et définitivement à rien – puis il fait cette espèce de grimace, de rictus complètement insupportable (je suis sûre qu'il a pris ça dans un film quelconque) et me dit (et si vous croyez savoir ce qu'est la condescendance, eh bien attendez donc d'avoir *entendu* Adrian dans ces moments-là, croyez-moi), Mais ce sont des *romans illustrés*, Maman – cela s'appelle des romans illustrés : tu n'es donc au courant de *rien* ? Si *moi*, je ne suis au courant de rien ?! Extraordinaire, n'est-ce pas, venant de la bouche d'un gamin de treize ans, c'est franchement... ! Et de toute façon, c'est son *père* qui devrait s'occuper de toutes ces choses-là, pas moi. C'est son fils, c'est un garçon. Est-ce que je n'ai pas assez à faire avec une petite fille ? Et non seulement je dois m'occuper d'elle, mais je dois aussi la défendre – la protéger de ces relents de menace et de trahison qui rôdent partout à présent. Il est *parti*, et il n'envoie pas *d'argent* – et nous, on reste *là* abandonnés, et ça ne peut plus, ça ne peut plus durer – non, ça ne peut plus durer : impossible.

Je me suis calmée, à présent. Ça, c'était quand la situation était nouvelle pour moi. Il faut du temps, savez-vous, pour se rendre compte qu'un homme est vraiment *parti* – qu'il vous a quittée (que c'est fini, N, I, NI). Et il n'est pas facile non plus de mettre le doigt sur ce qui s'est passé exactement quand il était encore là ; le simple fait qu'il ne le soit plus semble rendre les choses tout autres. Pires, oh certes, bien pires – aucun doute quant à cela, même si cette idée me fait mal. Au départ, j'ai essayé – j'ai vraiment essayé de, oh... je ne vais pas dire de *positiver*, non (je ne suis quand même pas sotte à ce point), mais au moins de tenter de faire ressortir certains *avantages* à cette nouvelle situation : plus besoin de se prosterner devant un pauvre clown sans intérêt, de s'inquiéter si par malheur je déplaçais d'un demi-centimètre un quelconque machin chromé, anguleux et imbécile (encore que, n'allez pas imaginer que j'aie jamais accordé la moindre importance à ce qu'il a une fois appelé – dieux du ciel, Jeremy, quel con prétentieux tu fais – ses *souffrances* esthétiques – à n'y pas croire, hein ?). Mais simplement, dès que, à ses yeux, quelque chose était *de travers*, il n'en finissait plus, il radotait et radotait jusqu'à ce que, vraiment, on n'ait plus qu'une envie – prendre une hache et tout massacrer : ce que j'ai d'ailleurs plus ou moins fini par faire – avec cette grotesque chaise Mackintosh, en tout cas (quelle idiotie, ce meuble – on ne pouvait même pas s'y asseoir ; cela dit, maintenant, je regrette de ne pas l'avoir vendue – l'argent serait le bienvenu, à présent).

L'argent, justement : il n'en a jamais envoyé, d'argent. Soi-disant, il n'en avait pas. J'imagine bien qu'il n'en avait pas – surtout après avoir claqué des fortunes pour cette *femme* en vêtements de créateur, vacances, dîners et petites surprises et grandes surprises et tous les, oh mon Dieu – toutes les *choses* que ces pilleuses de la vie d'autrui semblent considérer comme leur dû inaliénable (« Regardez donc tous les gens que j'ai escroqués, démolis et piétinés – et passez la monnaie, je vous prie, et sans lésiner »). Quand je pense à Adrian, et à Westminster... c'est ça qui me préoccupe maintenant – une angoisse qui s'insinue et continuera à infiltrer mes faibles défenses, s'il en reste. Parce que je veux dire, Adrian va vraiment mettre un coup de collier et réussir son examen d'entrée, voyez-vous (enfin, vu le rythme de ses progrès et son attitude, certainement pas – mais bon, laissez-moi en venir à ce que je veux dire), et là, son salaud de menteur de pauvre type de tête de nœud de fumier d'absent de père va lui accorder un regard et lui dire Oh *bravo*, Adrian, superbe, bel effort – mais les choses étant ce qu'elles sont, mon petit gars, il ne faut pas y compter, impossible : par contre, la prochaine fois que tu passes devant un magasin Prénatal, balance donc un cocktail Molotov, et on pourra peut-être te dénicher une place en centre d'éducation surveillée. Génial n'est-ce pas ? Il croise un joli minois, et il y va : tout ce qui est laid, il le laisse derrière lui.

Et tout le monde me suce et me tanne : les enfants, certes – mais on peut difficilement le leur reprocher, n'est-ce pas ? Ils ont un esprit *curieux* – c'est comme ça, les enfants. De sorte que quand Adrian me dit... enfin, comme il m'a encore dit l'autre jour :

« Maman, pourquoi Papa est-il parti, au fond ? On ne le voit même plus du *tout*. Je croyais qu'il allait revenir. Mais il ne reviendra jamais, alors ? »

« Il nous déteste. » Ça, c'était Donna, avec ce regard plein de défi qu'elle a toujours maintenant – et ses paroles l'obligèrent à plisser les yeux avant de les ouvrir à nouveau tout grands, tout noyés de larmes, brillants de je ne sais quelle pensée horrible qui lui était venue, et qu'elle gardait pour elle.

« Mais non, bien sûr que non, fit Anne, hésitante. Simplement, c'est comme ça, pour l'instant – et non, Adrian, je ne sais pas combien de *temps* cela va durer – il doit être… quelque part, ailleurs. Mais il ne nous déteste pas, bien sûr que non. Il nous aime. À sa manière.

– Je t'ai entendue dire à Hugo que c'était un *salaud*.

– Mon Dieu, Adrian, reconnut Anne – d'un ton on ne peut plus raisonnable –, bien sûr que *oui*, c'est évident – mais ça n'altère pas nécessairement les données de base.

– Ça veut dire quoi ? »

Je ne sais pas, se dit Anne : ça m'est venu comme ça. Même en le disant, je n'ai pas compris. Et maintenant, cela me serait égal s'il changeait d'avis et revenait *effectivement*, parce que je ne le reprendrais plus, plus maintenant : au début, j'aurais sans doute dit oui (pour les enfants ? Non, pour l'argent), mais plus maintenant, non, rien à faire. Je ne supporterais plus de l'avoir à la maison. Enfin, si nous *possédons* encore une maison. Je lui envoie les courriers de l'organisme de crédit : ils se font de plus en plus fréquents.

« Et pourquoi Nan a-t-elle été obligée de partir ? » reprit Adrian – impitoyable, s'engageant dans les ornières d'un sentier depuis longtemps défriché – sentier battu et rebattu que, malgré les supplications d'Anne, il s'obstinait toujours à emprunter en présence de Donna (pense à ta petite *sœur*, l'avait-elle un jour imploré, ce à quoi Adrian avait répondu du tac au tac : c'est ce que je fais).

« Elle me manque, Nan, fit Donna, presque en larmes. Elle me manque encore plus que Papa. Quand est-ce que Nan reviendra, Maman ? Elle nous déteste aussi ? Papa et elle sont ensemble, quelque part ? »

Anne se contenta de secouer la tête. Non : Nan était la pute *domestique* vois-tu, ma petite Donna, celle que Papa avait choisi de baiser à la maison – mais maintenant que Papa est *loin*, eh bien il est très, très occupé à baiser une pute complètement différente ! Comme il l'a toujours fait, cela dit – Dieu seul sait combien de fois, et où – oh, à Dubaï, bien sûr – mais il y en a eu bien d'autres. (Les hommes, hein ? Tous dans le même sac.)

« Tu es trop jeune pour comprendre.
– C'est pas vrai ! se récria Donna.
– Mais si, mais si, insista Adrian, parfaitement dégagé et sûr de lui, à présent – il en était toujours ainsi, quand ils se retrouvaient seuls tous les deux. Ce que tu ne vois pas, c'est que Maman nous le *dit*, mais sans vraiment le *dire*. Tu es trop jeune pour comprendre ça.
– Pour comprendre *quoi*, Adrian ? Dis à Barbie que tu es désolé, parce que tu ne lui as pas fait de bisou.
– Écoute – je pense que Papa ne reviendra *jamais*. On va rester comme ça, entre nous. C'est ce que font les hommes, quand ils vieillissent. J'ai plein de copains qui n'ont plus de papa – enfin, ils en *ont* un – ils le voient le week-end, la plupart du temps, mais il ne vit plus à la maison. On s'en sort.
– Dis-le. Dis-lui que tu es désolé.
– Oh, *Donna* !
– Allez, dis-le.

— Je suis désolé, Barbie, de ne pas t'avoir embrassée – là, c'est bon ? Je pense que je ferai la même chose, quand je serai plus âgé. Partir, comme ça. En fait c'est assez cool comme truc. Enfin pour un homme.

— Tu vas aller à Westminster. Toi non plus, tu ne reviendras pas ?

— Oh, si – je reviendrai. Westminster, c'est juste une école – moi, je veux dire quand je serai plus grand – *vraiment* grand.

— C'est quoi, un salaud ?

— Ça vient de Shakespeare. Ça veut dire dégueulasse.

— C'est un gros mot, ça. C'est pas beau. C'est quoi, shake-see ?

— Spear. Un vieil écrivain de dans le temps. Prise de tête. Tu as de la chance, Donna – tu n'as pas encore à te *coltiner* ces trucs-là.

— Maman est tout le temps triste.

— Ouais. Et en colère, aussi. C'est la faute à papa.

— Il aurait dû lui dire qu'il était désolé parce qu'il ne lui faisait jamais de bisous. Alors c'est un salaud, hein – Papa ? Il est dégueulasse ?

— Je sais pas. Sans doute.

— Et Hugo ? Hugo, il apporte toujours des bonbons.

— Oh, *Hugo* ! Hugo, il est simplement *triste*. Pas triste comme Maman, c'est pas ce que je veux dire – mais triste, tu vois ? Tragique.

— Ça veut dire quoi ?

— C'est dans Shakespeare, ça aussi. Hugo, c'est une tragédie. Ça veut dire qu'il n'a plus du tout d'espoir. Qu'il est complètement dans la merde.

— Ça aussi c'est un gros mot. Merde dégueulasse ! Merde dégueulasse !

— Cccchhhh – Maman va t'entendre, et elle va encore se fâcher. Je sais, tiens ! Je vais aller chercher mon Action Man.

— Non ! La dernière fois, il a écrasé Barbie avec son

engin, et il lui a défait toutes ses tresses avec des *perles* dedans.

— Ben oui, évidemment puisque c'est Action Man. Franchement Donna — tu es trop jeune pour *comprendre* tout ça. »

« *Écoute* », avait commencé Hugo — le lendemain même du départ de Jeremy, Hugo était déjà là, à plaider sa cause. « Écoute : Jeremy, *lui*, est peut-être un salaud — tout à fait, c'en est un — mais pas *moi*, Anne. Je ne suis pas comme lui. Je suis plus gentil.

— Tu es un *homme*, n'est-ce pas ? » Eh oui, se disait Anne, je peux bien me permettre de ricaner : Hugo peut encaisser.

« Tous les hommes ne sont pas pareils, Anne — tu le sais bien. Pourquoi dis-tu des choses comme ça ? Tu *sais* que je ne suis pas comme lui.

— Je ne sais plus *rien*, et je ne veux plus rien savoir. Ne pose pas ton verre là, Hugo — ça va faire une marque.

— On croirait entendre…

— *Non*, Hugo : n'en dis pas plus. D'accord ?

— D'accord. Je ne dis rien. Mais quand même. Enfin, peu importe : okay, okay, on ne croirait entendre personne. Mais *réponds*-moi, Anne, tu veux bien ? Tu veux bien faire ça pour moi ? Je t'en *prie*, Anne — je ne peux même plus m'approcher de lui, à présent. Nom d'un chien — je lui ai carrément dit où il pouvait se le mettre, son boulot pourri, je ne sais pas pourquoi, mais c'est comme ça — et crois-moi, Max n'est pas le genre de type à oublier facilement. Mais si *toi*, tu lui parles, Anne…

— Mais pourquoi *moi*, Hugo ? Je ne l'ai rencontré qu'une fois, cet homme, et il y a des siècles de cela.

— Ouais, mais toi, il acceptera de te *voir*, de t'écouter

– tandis que moi, il ne veut même pas me prendre au téléphone. J'ai essayé toute la matinée. »

Et c'est ainsi qu'Anne – sans même savoir pourquoi – avait appelé Max Bannister et lui avait proposé un déjeuner pour bavarder (Ouais, ouais, avait-il dit – bien *sûr* que je me souviens de vous, ma chère : *de première bourre*). Donc voilà : Jeremy, son époux, avait rencontré une créature la veille et aussitôt abandonné femme et enfants, et maintenant, Anne était (l'était-elle vraiment ?) – sur l'insistance flagorneuse de ce bon à rien méprisable de Hugo – en train de prendre rendez-vous avec son ancien patron, qu'elle ne connaissait même pas, dans le but de lui faire récupérer son job. Pourquoi acceptait-elle de faire ça ? Peut-être (et là, elle se posait la question en toute franchise) se rendait-elle compte qu'un Hugo redevable, et solvable, n'était pas une si mauvaise carte à garder sous le coude ? Je sais pas. Possible. Je sais pas.

Et alors qu'elle se préparait pour le rendez-vous avec ce Mr. Bannister (je me demande si je ne devrais pas me refaire couper les cheveux très court ?), Anne faillit appeler pour se décommander. Son esprit lui lançait des signaux de détresse, prémices blafardes de l'embarras à venir (Je ne peux quand même *pas* faire une chose pareille, comme ça, froidement – et pourquoi devrais-je, de toute façon ? Il m'est quoi, en fait, ce Hugo ?), puis finit par s'abandonner à une résignation dolente : et pourquoi pas, finalement ? Ce que je fais, à qui je parle : quelle importance ? Mon mari Jeremy vient de rencontrer une créature et a aussitôt abandonné femme et enfants – alors, qu'est-ce que j'ai à craindre, maintenant ?

Mais quand même, quand même – elle faillit appeler pour tout annuler : déjà elle serrait le téléphone sans fil dans sa main, un doigt levé prêt à enfoncer les touches. Puis elle le reposa et se dit Oh, et puis mince, quoi – on y *va*.

Donc, pourquoi ai-je dit d'accord, quand cette nana tombée de nulle part m'a appelé, comme ça, sans rime ni raison ? Je vais te dire pourquoi, fiston – parce qu'à ce moment-là, dans ma vie, si je n'avais eu personne à qui parler, j'aurais, enfin je ne sais pas – j'ai du mal, vous voyez, à mettre des mots sur tout ça... c'était à cause de cette putain d'histoire, là, avec Gladys – ça me démolissait complètement, à n'y pas croire. Je veux dire, je me disais mais attendez, là, c'est *quoi* ? Pas plus tard qu'hier, on était ensemble, sans problèmes, sans questions – et non, comprenez-moi bien, je ne suis pas en train de dire que c'est un ange ni rien, mais le sont-elles jamais ? Mmm ? Vous l'avez déjà rencontrée, vous, la Créature de Rêve, la Perfection Incarnée ? Quand tu as un peu de kilométrage au compteur, tu as compris que jamais tu n'obtiendras tout et le reste. Voyez ce que je veux dire ? Donc Gladys, oui – elle claquait du pognon comme s'il en pleuvait, d'accord – et elle pouvait aussi se montrer carrément odieuse, orgueilleuse à mort, quand ça la prenait... Mais par contre, côté positif, c'était quelque chose : une femme qu'on avait envie d'avoir à son bras, réellement : la grande classe. La femme qu'on peut emmener partout – voyez ? Et puis ses jambes, ses longues jambes que tu n'en finissais pas de remonter, dieux du ciel : en plus, toujours partante.

Et justement, elle est partie. Elle rencontre un mec – et hop, plus personne. Bon, écoutez : j'ai eu quelques bonnes femmes dans ma vie, vous pouvez me croire – probablement plus que ma part, ouais, je ne nie pas – mais moi, je les ai toujours bien traitées, comme des dames. Et des fleurs, et des voyages sur la côte Ouest – toujours un petit mot gentil à propos de la robe, même s'il y a de quoi se marrer. Et aucune – je dis bien aucune – ne m'a jamais plaqué. Ça, c'est une chose que vous devez bien comprendre : on ne me fait pas *ça*, pas à moi : Mr. Max Bannister n'est simplement pas un homme que l'on plaque. Et là – c'est drôle, quand on y repense : deux heures avant que cette truie sans vergogne de Gladys me fasse son coup de Trafalgar, c'est cet enfoiré de Hugo qui me quitte, carrément ! Bon, il y a une chose qu'il faut savoir, à propos de Hugo – c'est un crétin, d'accord ? Un branleur de première. Cela dit, il fait bien ce pour quoi on le paie. Ce n'est pas un créatif, naaan – il n'arriverait même pas à monter une campagne correcte pour sauver sa propre vie – mais Dieu sait qu'il n'aurait aucun problème pour la vendre à de gros clients ! C'était Hugo qui obtenait toujours la signature, là, en bas, sur la ligne pointillée – voyez ce que je veux dire ? Sans doute grâce à sa nature de lèche-bottes et de lèche-cul, et je peux vous dire que dans la pub, on a toujours besoin d'un ou deux mecs comme ça. Donc, ça m'a bien fait suer, de perdre ce connard – mais il m'y a *obligé*, hein ? Je sais pas – d'ailleurs je n'ai toujours pas pigé : j'avais dit que je le virais – ou Gladys avait dit que je le virais, un truc comme ça, je sais plus – et tout d'un coup il se met à me gueuler dessus. Chose que personne – absolument personne – ne fait jamais. D'accord ? Pas sur moi. Donc, qu'est-ce que je pouvais faire ? Coincé, hein ? Je lui ai dit de dégager. Et deux heures plus tard, Glads débarque et m'annonce qu'elle aussi se tire ! Rencontré un autre type : vous pouvez croire ça ? Elle va à une soirée, sapée comme un mannequin – et c'est moi qui avais raqué, en plus –, elle rencontre un mec, et voilà : adios. Elle balance le bébé avec l'eau du bain. Donc je lui ai dit de dégager. Enfin, j'aurais bien aimé. Je ne voulais pas qu'elle parte, en fait. Non. Voilà. Elle s'est barrée quand même.

Le lendemain : on me passe une communication. Une nana, une certaine « Anne », amie de Hugo (c'est nouveau, ça – Hugo aurait des *amis*). On s'est rencontrés une fois, dit-elle – j'imagine que vous ne vous en souvenez pas. Tu parles : moi aussi, j'imagine que je ne m'en souviens pas. Combien de gens ai-je rencontrés, dans ce boulot ? Donc je fais Si, ouais – bien *sûr* que je me souviens, ma chère : *de première bourre*. La vérité, c'est qu'elle avait une bonne voix. Et moi, qu'est-ce que j'avais de mieux à faire ? Mmm ? À faire de ma vie, ce jour-là ? En outre – elle me dit qu'elle est amie avec Hugo, et je peux peut-être obtenir d'elle qu'elle lui, je ne sais pas – qu'elle lui *parle*, hein ? Qu'elle le pousse à revenir, et qu'on oublie toutes ces conneries. (Ce pauvre crétin – il a passé toute la journée à téléphoner – mais pas question, n'est-ce pas ? Non, impossible. Obligé de répondre Va te faire foutre, de se montrer ferme.)

Donc, je m'apprête à sortir quand Monica me tombe dessus, naturellement (Bon, je ne dis pas que… certes, certes, elle gère ma vie comme une excellente assistante qu'elle est – et Dieu seul sait ce que je deviendrais si *Monica* devait me plaquer, mmm, sûr – mais je peux vous dire que c'est une chieuse de première, quand elle s'y met : faites ceci, faites cela – soyez ici, allez là-bas ; quelquefois, je me dis qu'elle oublie qui signe les chèques, dans cette boîte).

« Max, commence-t-elle. Vous ne pouvez pas sortir maintenant – vous avez rendez-vous avec Simon Bowman – c'est noté sur votre agenda.

– Ah ouais ? Eh bien, vous lui direz de se le carrer quelque part, son rendez-vous. Bowman est un emmerdeur fini.

– Il est *important*, Max. Il y a des *siècles* que ce rendez-vous a été pris, et vous savez bien comment il est quand il…

– Ouais, ouais. Je sais comment il est – il est comme un *con*, voilà comment il est. Dites-lui d'aller se faire voir. Ou plutôt dites que je le rappellerai. Enfin dites n'importe quoi, ce que vous voudrez, ma petite Monica – mais pour une fois, un seul jour dans ma vie, il faut que je sorte d'ici – okay ? »

Quelquefois, quand je conclus – enfin, vous voyez, quand je baisse le rideau, comme ça, avec un « okay », Monica – je ne sais pas du tout ce qu'elle a en tête dans ces cas-là – a l'air de *réfléchir* à cela, presque comme si elle essayait de jauger si ce que j'ai dit est *convenable*.

« Ça ne va pas lui plaire », voilà tout ce qu'il lui restait à dire ; lèvres pincées, cul serré, telle est notre Monica – une perle.

« Tant pis – qu'est-ce que j'en ai à foutre, moi ? »

Donc, je vous pose à nouveau la question : pourquoi ça ? Hein ? Pourquoi ? Cette gonzesse inconnue au bataillon, Anne, là, m'appelle de but en blanc, et me voilà en train de laisser tomber des rendez-vous en abandonnant cette pauvre vieille Monica dans tous ses états. À l'époque, j'ai pensé que c'était le destin qui nous avait fait nous retrouver. Les phéromones, ou un truc comme ça. Enfin bref, déjà, commençons par le commencement :

Je lui avais donné rancard au Sophie's, et je m'en suis franchement félicité : une excellente idée. L'endroit l'a renversée, Anne – ça se remarque toujours. Parce que vous voyez – dans mon milieu, il faut tester tous les endroits qui montent, dès le début – et je peux vous dire que le Sophie's, à une certaine époque, a été presque aussi branché que The Ivy : ils leur avaient piqué toutes les idées de déco, naturellement, jusqu'aux vitraux des fenêtres (et quel restau, parmi ceux qui n'ont pas mis la clef sous la porte, n'a pas essayé ?), et puis avec le temps, et les acteurs qui changent tout le temps de QG, le Sophie's est devenu, comment dire – plus *discret*, voilà. Il est resté plus que fréquentable, certes, mais avec un côté plus *décontracté* ; naturellement, c'est toujours le coup de fusil – ce qui, quand on est bien décidé à coincer un client (un déjeuner est fait pour ça, à la base), demeure l'atout numéro un, même si on essaie de vous faire croire n'importe quelle imbécillité. En outre – je suis connu, là-bas : vous voyez ce que je veux dire ? Je n'ai pas droit aux conneries du style Oh mon Dieu, je suis *navrée*, nous n'avons plus de table libre : j'appelle – il y a une table (ils en gardent toujours une ou deux en réserve, pour les VIP : il faut). Et Armand, le maître d'hôtel, hein – il est là depuis toujours – s'occupe de moi si gentiment. Raison pour laquelle je suis toujours un tout petit peu en retard : pas besoin de vous faire un dessin. La nana ou le client (ça se ressemble beaucoup : c'est de *négociation* qu'il s'agit, d'accord ?) – qui ne connaît pas l'endroit n'a qu'à prononcer votre nom à la personne de la réception et bingo ! le tapis rouge et les sourires jusque-là : c'est la Gloire. Enfin, le *véritable* accueil vient d'Armand, quand mézigue passe la porte d'un air dégagé : arriver en premier, c'est le gâchis total.

Donc, nous voici au moment où je pose les yeux sur Anne – toute recroquevillée dans un coin. À ma table habituelle – naturellement : pas trop de regards indiscrets et, de là où elle était assise (jolie petite robe – rien de sensationnel, mais juste assez pour montrer qu'elle avait ce qu'il faut), que dalle à voir, sinon moi : c'est ainsi que j'aime les choses. Quelle allure j'avais, moi ? Pas mal, pas mal, même assez bonne – et compte tenu du choc que je venais d'endurer, on peut même dire superbe. Il n'y a pas que les femmes, savez-vous, qui ont droit aux jours de teint brouillé et de cheveu pauvre – mais ce jour-là (pur miracle – je n'avais même pas pris le temps de passer chez Trevor's me faire faire un de leurs brushings légendaires), ma coiffure était cool

– un peu longue, quelque chose de sexy, mais quand même classe – voyez ce que je veux dire ? Et le costume ? Mon Dieu – mes costumes les font toujours tomber à la renverse, il faut l'avouer : à douze cents sacs pièce, il y a drôlement intérêt.

Comme il arrivait enfin à la table, Anne leva les yeux ; elle avait bien perçu l'accueil qui lui était fait et son approche soigneusement étudiée, bien sûr, mais c'est ici et maintenant qu'elle avait choisi de lever les yeux.

« *Anne* », fit Max – prenant place sur son trône face à elle, plus que s'asseyant à proprement parler. Il déplia d'un geste sa grande serviette de lin raide et blanc et la fourra – Anne le constata avec soulagement – négligemment sur ses genoux, qu'elle recouvrit en grande partie (Jeremy avait cette manie de, juste ciel – de disposer sa serviette en droite *parallèle* à la table, mon Dieu, je ne peux même pas vous dire : ce simple souvenir parmi tant d'autres souvenirs horribles me fait grincer des dents et des plombages).

« Vous devez me trouver odieuse, commença Anne, de vous appeler comme ça, sans raison. J'ai d'ailleurs peine à le croire moi-même. »

Max avait élevé une main – peut-être pour couper court à toute autre dépréciation de soi, et possiblement, aussi, dans l'espoir de héler un taxi en maraude.

« Ah, Johnny », fit-il, adressant un sourire radieux au jeune homme brun à l'œil brillant, empressé et quelque peu craintif, qui s'était soudain matérialisé à ses côtés. « Nous allons prendre le DP, n'est-ce pas ? Ça vous va, Anne ? »

Anne hocha la tête en silence – et Max se dit Ouais, c'est ça : tu sais ce que ça veut *dire*, hein ? Je t'ai déjà ferrée, ma chérie, pas vrai ? L'art du maître : la volupté du luxe aimablement partagé – mais tout dans la nuance, toujours : de première bourre, si je puis me permettre.

« Naaan », reprit-il après que Johnny se fut éclipsé en toute hâte. « Nous nous sommes déjà rencontrés – vous l'avez dit vous-même. Nous ne sommes pas des étrangers l'un pour l'autre. Je m'en souviens très bien. Vous êtes une dame que l'on n'oublie pas, Anne, si je puis me permettre. »

Anne baissa les yeux. Génial – c'est déjà parti – elle boit du petit-lait, elle adore ça, celle-là (ça va être les doigts dans le nez, fiston). Mais vous savez quoi, j'aime bien ce genre Je baisse les yeux, chez certaines nanas – j'apprécie la réserve. Comme dans ces trucs qu'on voit à la BBC (d'ailleurs c'est tout ce qu'ils passent de bien), où tout le monde se pavane en culotte de cheval et queue-de-pie et autres conneries, en bavardant de ce ton idiot qu'ils prenaient dans le temps. Puis arrive la jeune vedette – robe décolletée, du monde au balcon, un éventail à la main, et les yeux baissés, comme ça : elles en veulent, ces petites salopes. Comme je dis – j'apprécie la réserve (et cette petite mère-là – elle en a à la pelle).

« J'ai une idée, Anne, ma chère – si vous fourriez votre joli petit nez dans le menu, hein ? Jetez un coup d'œil, histoire de voir ce qui vous tenterait – je dois vous prévenir que leur saumon fumé est au poil, si vous êtes saumon fumé – et après, on va pouvoir discuter, tranquillement. Ça vous dit ? On fait comme ça ? »

Joli petit sourire – et la voilà qui étudie la carte comme une gentille fille qui fait ce que je lui dis : j'aime bien ça, chez une femme. Quant à ses nibards, ouais, vraiment de quoi faire. Plein la main d'un honnête homme.

« Mmmm… » Anne se faisait sémillante à présent (tenterait-elle, par hasard, de prendre un genre gamin ? Possible, possible). « Des coquilles Saint-Jacques – c'est divin, ça. À moins que ce ne soient des *pétoncles*, peut-être ? Parce qu'on ne peut jamais vraiment savoir. Ooh regardez – ils ont des *moules* !

– Ça, je ne pourrais pas vous dire, ma chère : je n'y jette même pas un coup d'œil. Inutile de s'arrêter sur ces espèces de fruits de mer dérisoires – non, il faut viser directement une friture variée, peut-être – ou bien le saumon fumé, on gagne à tous les coups. Pourquoi pas une bonne tranche de saumon fumé, pour attaquer, hein ? Et puis quoi, après ? Une sole dieppoise ? En filet – ça se mange tout seul, c'est un vrai bonheur. »

C'est donc ce qu'elle choisit, comme il aurait foutrement pu y mettre sa main à couper. Voyez – la bonne femme, il faut bien la jauger dès le départ, sinon c'est râpé. Et celle-là – elle a besoin qu'on la guide. Naaaan – j'efface tout : elle a besoin qu'on lui *dise* quoi faire. Et moi, je suis là pour ça – pigé ? C'est facile, quand tu sais à quoi t'en tenir (et naturellement, quand tu as le fric pour assurer. Avec les nanas, enfin avec la plupart, sans pognon, tu es un homme mort : elles reconnaissent l'odeur. Regardez simplement la manière dont elle mate le Dom Pérignon : aïe aïe, qu'elle se dit : aïe aïe. Et elle a repéré la Rolex, aussi – évidemment qu'elle l'a repérée. Il n'y a qu'à la regarder, ça clignote de partout).

« *Armand*, mon vieux pote, fit soudain Max comme le maître d'hôtel approchait de nouveau d'un pas feutré. Laissez-moi vous présenter une amie à moi, une dame très spéciale – Anne, je vous présente Armand : l'homme à connaître, en ces lieux. N'est-ce pas, Armand ?

– Les amis de Mr. Bannister sont les très bienvenus », sourit Armand – et Max s'émerveilla, franchement, de la manière dont il poursuivit – tellement *cool*, vous voyez, complètement *discret*, mais en même temps hyper-*classe* – enfin vous voyez ce que je veux dire : « Le champagne est-il à votre convenance, madame ?

– Il est super, Armand, coupa Max. Bien, écoutez, Armand – je crois que nous allons commander, maintenant. Deux saumons fumés – pas de *trucs* en plus, dans le mien, enfin vous savez comment je l'aime. Madame aimera peut-être tous les machins, là, en accompagnement… naaaan nan, je ne pense pas. On le prend comme ça, nature. Ensuite, deux soles – des grosses, hein ? Vous savez comment j'aime la sole. Et puis des légumes sautés avec, deux trois fayots, enfin ce que vous voudrez, d'accord ? Ce qu'il y a de mieux, quoi.

— Bien sûr, Mr. Bannister. Aimeriez-vous consulter la carte des vins ?

— On continue à ça. Je crierai quand il faudra une autre bouteille.

— Parfait. *Merci*, Mr. Bannister. Madame… »

Vous avez vu ? Dans un endroit comme le Sophie's, vous avez droit au respect total. Et puis je vais vous dire – reprenez-moi si je me plante, mais je pense qu'il y a un rapport. Voilà : depuis que j'ai franchi cette porte, je ne pense plus à Gladys : jusque-là, c'était comme un crochet dans ma tête, qui n'arrêtait pas de m'arracher la cervelle. Mais voilà, cette Anne *réagit* à moi – elle me fait me rappeler qui je suis. Et peut-être que Glads avait raison, sur un point – je restais *effectivement* au bureau, je travaillais trop, je manquais les soirées – ouais, tout ça. Bon, soyons clair : je n'ai jamais manqué une occasion *importante* (je ne suis pas ballot à ce point), mais quand même – ouais, sans doute – je ne me montrais pas à droite et à gauche autant que j'aurais pu le faire. Par exemple – et l'exemple est criant : si j'étais allé à cette réception de la veille, Gladys n'aurait pas déconné et ne serait pas partie avec son Prince charmant de mes deux (je ne l'aurais pas quittée des yeux une seule seconde – jamais je ne l'ai fait, jusque récemment). Et puis aussi – si j'avais écouté cette andouille de Monica, à l'heure qu'il est, je serais coincé dans un rade pourri avec cet enfoiré de Simon Bowman – au lieu de quoi, je suis là, objet de toutes les *attentions*, comme il se doit, bien évidemment : Armand s'occupe de moi avec la plus grande gentillesse, et Anne – mon Dieu, Anne me voit vraiment tel que je *suis*. Et après Gladys, ça fait un bien immense, tout au fond de soi.

« Alors, ce saumon ? Le meilleur de tout Londres – je vous ai prévenue.

— Mmm – il est vraiment...

— Ouais, ouais – sensationnel, inutile de me le dire. Alors, comment connaissez-vous Hugo, Anne ? Quel calvaire pour une jeune et jolie femme comme vous, de connaître cet affreux Hugo ! Vous devez avoir dans les – quoi, trente-huit ? Ouais, un peu moins de quarante, à vue de nez – je me trompe ?

— Je, euh... non, pas trop. Trente-cinq, en fait. Je vais sur mes trente-cinq.

— Ouaaaaiiis... Je ne me trompe jamais. Vous faites moins. On vous donnerait quinze ans, on vous verrait en uniforme d'écolière. Vous êtes mariée, ou quelque chose ? Séparée ? C'est comme moi – je suis séparé. Attendez – vous n'êtes pas avec cette andouille de *Hugo*, quand même ? Ça, je ne supporterais pas !

— *Non* – oh mon Dieu, non non – pas avec Hugo, pas du tout. Non, je suis mariée – enfin, jusqu'à *hier*, j'étais – enfin, plus ou moins mariée, en tout cas... là, je ne sais plus. J'imagine que non.

— Ma nana aussi s'est tirée. Je comprends pas, franchement. Vous savez ce que James Bond a dit, une fois ? Non ? Eh bien, il a dit comme ça – au restau, hein, pas de problème pour commander autant de caviar qu'on peut en avaler – mais essayez seulement d'obtenir assez de toasts, putain ! Même chose avec ce saumon – jamais assez de pain complet, selon moi. Parce que moi, je suis un super-amateur de pain complet, avec du beurre.

— Max, euh – écoutez, autant que j'en vienne directement aux, euh... Hugo espérait que vous pourriez le reprendre – et non, ne me demandez pas pourquoi c'est *moi* qui vous le demande, parce que, honnêtement, je ne pourrais pas vous le dire. Ni même pourquoi je suis ici, d'ailleurs. C'est terrible, vraiment…

– Mais vous êtes bien, ici, n'est-ce pas ? Avec moi ? Non ?

– Je… c'est un endroit très charmant.

– Tout à fait, tout à fait : on est bien servi, ici. Si jamais vous voulez une table, vous demandez Armand et vous citez mon nom. Donc Hugo "espérait", c'est bien ça ? Il est drôlement fort en matière d'espoir, ce Hugo. Quel optimisme. Enfin, que je me fasse bien comprendre – je ne vois rien de mal à prendre la vie du bon côté, hein : sinon, on n'a plus qu'à s'ouvrir les poignets chaque matin au réveil. Mais ce que je veux dire, en fait, c'est qu'il faut être *réaliste*. Comprendo ? On ne peut pas passer son temps à *espérer* – pour avoir quelque chose, il faut se bouger les fesses et l'attraper par les couilles. Vous me suivez ?

– Je crois que je vois ce que vous voulez dire.

– Je *sais* que vous voyez. Il n'y a qu'à vous regarder : une femme intelligente. Oh, *séduisante*, hein, pas de problème – mais vous avez aussi une bonne petite cervelle, là-haut, Annie – ça se voit à des kilomètres.

– Anne. Je m'appelle Anne, si ça ne vous… désolée de paraître… c'est juste que je ne supporte *pas* que l'on m'appelle "Annie" – jamais pu.

– Anne, Annie : du moment que Madame trouve du plaisir… Bon, Hugo : je vais vous donner un exemple, à propos de son côté optimiste. Tous les matins, on a une réunion, d'accord – à huit, dix, douze, ça dépend. Chacun balance ce qu'il a à dire, et après, on prend deux trois petits cafés et on discute les propositions, on les examine, on bavarde en griffonnant sur nos blocs – je suis un grand griffonneur. Vous griffonnez ? Non ? Moi, tout le temps : je fais des fusées – ne me demandez pas pourquoi –, et des signes de dollar et des Snoopy – vous connaissez ? le chien de la BD ? *Peanuts* ? Je le dessine allongé sur le toit de sa niche : ça me fait bien marrer. Mais Hugo, ouais – Hugo, il sort son *Times*, il le plie bien soigneusement, pose les mots croisés sur ses genoux et – et c'est parti : *il sort son stylo !*

– Mm-mm. Et... ?

– Non, Annie, non – vous n'avez pas saisi. Pas une fois, mais alors pas une, Hugo n'a réussi à comprendre une seule de ces définitions à la con – mais tous les jours, il faut qu'il sorte son putain de stylo. Voyez ce que je veux dire ? Ça ne sert à rien d'être optimiste, s'il n'y a simplement *aucun* espoir.

– Oui. Je vois. Autrement dit... Il n'y a aucun espoir que Hugo récupère un jour son poste, c'est bien ça ?

– *Naaaan !* Nan – c'est pas du tout ce que je dis. Oh ! Oh, regardez-moi cette sole dieppoise – bon Dieu, je sais bien que j'ai demandé des "grosses" soles, mais là... oh là là ! Hé ! Johnny ! Je sais bien que j'ai demandé des *grosses* soles, mais je n'ai pas commandé deux *baleines*. Heh heh ! C'est carrément des *baleines*, ça – pas vrai ?

– Elles ont l'air délicieuses.

– Les meilleures de tout Londres, je vous l'ai dit. Naaan – Hugo peut revenir quand il veut, cette andouille. Je ne sais pas pourquoi il est parti. Par contre, je peux vous dire qui est parti pour de *bon* – ma nana. Je ne veux pas vous accabler avec mes trucs ni rien, mais ça me reste coincé là. Avec tout ce que j'ai fait pour elle. Putain, elle était dans un sale état, Gladys, quand je l'ai ramassée. Elle me faisait *pitié* – vous voyez ce que je veux dire ? Vous prenez des haricots, Annie ? Des patates ? Non ? Écoutez, ce qu'on va faire, on va les laisser là au milieu, et qui en veut se sert, d'accord ? Ouais – comme je disais, à l'époque, c'était vraiment une, euh, comment dire, une *paumée*, quoi. Vous voyez – ces nanas toutes maigres, qui ne bouffent rien. Elle s'est remplumée depuis – il faut le reconnaître. Et puis voilà qu'elle commence à vouloir jouer avec moi. Parfait : dehors. Je suis comme ça, moi – je ne supporte pas les entourloupes. Je lui ai dit, droit dans les yeux : fini, N, I, NI – tu gicles, ma chérie. Ç'a été dur, sur le moment – c'est dingue ce que ça me semble loin, alors que... mais maintenant, je sais pas, je ressens comme une espèce de *soulagement*. Vous voyez ce que je veux dire ?

– Oui. Oui, je vois tout à fait – je connais très bien ça. Moi aussi, j'ai été terriblement déçue. Mon... mon époux avait visiblement quelqu'un d'autre dans sa vie, il était tout le temps en train de s'admirer et de se faire *beau* – alors une fois, vous voyez, je l'ai carrément mis au pied du *mur* – et je vous raconte tout ça, mon Dieu, je n'y crois pas – et ç'a été Elle est merveilleuse, et elle est extraordinaire, et elle est ceci, et elle est cela... Alors j'ai dit *bien* : si elle est *géniale* à ce point, Jeremy, va la rejoindre, n'est-ce pas ? Mais *vas-y* !

– Excellent. Vous avez bien fait. Bon débarras. Ce Jeremy, il faut que ce soit un loser-né, pour aller voir ailleurs quand il a chez lui une créature aussi charmante que vous, Annie. Vous êtes un véritable rêve, vous êtes...

– Oh... non, je vous en *prie*, Max...

– Non non – c'est sérieux : c'est ce que je pense. Bon, écoutez : on joue cartes sur table. Je suis un homme d'affaires talentueux, riche, séduisant, paraît-il – enfin tout ça, quoi –, qui ne supporte pas qu'on se foute de lui, d'ailleurs les gens me respectent parce que je suis un homme *dur*, vous voyez ? Mais tout au fond de moi – à l'intérieur – je suis hypersensible, un vrai petit chat – romantique, quoi. C'est vrai. Franchement. Et vous, Annie – non, non, allons, laissez-moi parler

– vous, vous êtes un super-canon. Et en plus – vous avez des couilles. Quand je vous regarde, je vois une femme qui trace dans la vie, d'un bon pas, les jambes bien ouvertes – n'est-ce pas ? Qu'est-ce qui ne va pas ? Annie ? Vous ne dites plus rien. »

Ce déjeuner, il semblait à présent dater d'il y a des siècles – et bien qu'il ait très possiblement été un des moments les plus pénibles, les plus nauséeux de toute la vie d'Anne (et peut-être précisément, en y réfléchissant, pour cette raison même), elle s'en remémorait fort bien, aujourd'hui encore, chaque écœurant détail. Aujourd'hui, où elle allait enfin l'appeler, appeler Mr. Bannister et dire Ouais, okay – okay, ça *marche*.

Mais cet homme, juste ciel ! Arrivez-vous à *croire* que de tels individus puissent *exister* ? Je veux dire, une vanité *pareille* ? Le mot « frimeur » semblait avoir été inventé à son usage personnel. À votre avis, est-ce qu'il lui arrive *jamais* d'aller juste manger un morceau quelque part dans un endroit – sinon *normal* (c'est probablement trop demander), au moins un tantinet *discret* ? Dieux tout-puissants – je n'en ai pas cru mes oreilles, quand il m'a proposé un déjeuner au Sophie's… je veux dire, mis à part le fait que c'est un endroit hyper-branché et invraisemblablement cher, il a aussi la réputation de n'avoir jamais, mais alors jamais de table libre, de sorte qu'il marquait d'office de sacrés points – le message était bien passé, d'accord ? Et pourquoi cela ? Il ne me *connaissait* pas, n'est-ce pas ? Quoi qu'il ait dit, je *savais* qu'il ne se souvenait pas de moi, bien sûr que non – pourquoi diable aurait-il dû ? Pour une rencontre, comme ça, dans une soirée ? Donc, qu'est-ce que ça voulait dire, tout ça ? Et dieux du ciel, je me suis sentie encore plus mal à l'aise arrivée là-bas, avec ce cafard de maître d'hôtel (comment s'appelait-il déjà ? Snoopy ? Non, ce n'est pas ça – *Amande*, il me semble bien) qui me passait de la pommade tant qu'il pouvait : incroyable, comme si n'importe quelle femme déjeunant avec Max « Dieu-Pour-Les-Intimes » *Bannister* était évidemment la nénette la plus chanceuse que la terre ait portée ! Et cette petite table bien en évidence à laquelle il m'a collée – comme s'il m'*exhibait*, carrément, comme s'il disait Bienvenue à la Cérémonie Sacrificielle, veuillez vous installer confortablement sur la dalle de pierre. Je suis sûr que vous vous entendrez bien, toutes les deux.

Et quand le maître est enfin arrivé, oh mon Dieu – j'ai cru *mourir* ; je veux dire – je ne savais pas vraiment à quoi m'attendre, mais juste ciel, il était tellement *petit* – je veux dire réellement petit, tout petit, vous voyez ? Avec de ridicules jambes courtes – et plutôt trapu, en plus. Et puis pourquoi les hommes qui ont si peu de cheveux les portent-ils toujours trop longs, avec derrière des espèces de mèches complètement *beurk*. (Je parie qu'il les noue en catogan quelquefois – s'il n'en reste qu'un, ce sera celui-là.) Quant au costume à reflets... mauves ? Au secours. Notez bien qu'il allait parfaitement avec cette espèce de montre monstrueuse, cette espèce de poing américain qui lui tombait carrément jusqu'au milieu de la main, comme pour parodier ces abominations à deux sous qu'on voit partout : sur n'importe qui d'autre, on aurait cru un de ces, enfin vous voyez – une de ces contrefaçons qu'ils présentent directement dans des valises, à Florence ou Bangkok (et qui ne coûtent rien). Mais là, c'était le mec qui vous a toujours laissée perplexe : le crétin qui a claqué une fortune pour une horreur *authentique*.

Et sa voix ! Bon, certes, quand on vit à Londres, on a l'habitude d'entendre à peu près tous les accents possibles et imaginables – j'en sais quelque chose – et à la télévision, ces derniers temps, il semblerait que, si l'on n'a pas un accent régional, avec des voyelles abominablement étranglées et quasiment pas de consonnes (ou irlandais, ou écossais, enfin bref, un truc plus ou moins du *Nord*), on n'a simplement pas la moindre chance de trouver un emploi. Mais *là* – juste ciel, j'arrivais à peine à comprendre ce qu'il *disait*, cet homme – sauf qu'il m'appelait sans cesse *Annie* et qu'il jurait comme un charretier et multipliait les allusions horriblement grivoises (je suis encore rouge comme une tomate, rien qu'en *repensant* à certaines d'entre elles : les jambes bien *ouvertes* ?! *Pardon ?* Il existe *encore* des gens pour faire ce genre d'esprit ? Mon Dieu, il en existe encore un, en tout cas : cette andouille de Max Bannister).

Et je n'ai même pas pu *commander* moi-même ! *Évidemment* que je n'ai pas pu, évidemment – comment une si Jolie Petite Chose pourrait-elle même essayer d'amorcer une vague tentative de décision quant à ce qu'elle a envie de *manger* ?! Chez moi, tout était soit « petit », soit « joli » – pas joli, cela dit, au point qu'il me donne beaucoup moins de quarante balais (ce qui ne l'empêchait pas d'avoir les yeux rivés sur mes seins), alors que je n'en ai que trente-huit (je crois lui avoir dit que j'étais plus jeune – je ne sais même plus, maintenant). Je ne sais plus trop non plus ce que nous avons mangé – je me souviens que je n'ai pas eu droit aux coquilles Saint-Jacques (ou aux pétoncles ?), tout simplement parce que lui, n'est-ce pas, *lui* n'était pas porté sur les fruits de mer ! Ah ouais – des soles, voilà ce qu'on a mangé. Je m'en souviens parce qu'il a fait un cinéma invraisemblable, parce qu'il les voulait de la taille d'une baleine – et je dois dire qu'elles étaient absolument délicieuses, même s'il a laissé la plus grande partie de la sienne.

Quant à certaines choses qu'il m'a dites – oh, quelle

dégoûtation. À un moment, il me demande – non, il me *dit*, et sans plaisanter – d'arrêter de tapoter sur le rebord de l'assiette avec mon ongle (je ne m'en étais même pas rendu compte). Vous-même n'avez donc jamais, ai-je rétorqué – avec toute l'ironie glaciale dont j'étais capable (pure perte de temps, évidemment – de l'eau sur le cul d'un canard), jamais de tics nerveux, de gestes machinaux ? Êtes-vous donc absolument sans défaut, Max ? Dans le temps, je me rongeais les ongles, dit-il (les « angles », voilà ce que cela donnait), mais maintenant – attendez, vous allez voir l'humour –, maintenant, j'ai plein de gens prêts à le faire pour moi ! Il a failli en crever de rire, sur ce coup – ça a fini en quinte de toux ; en une demi-seconde, nous voilà cernés par les visages angoissés d'un personnel incroyablement nombreux pour un si petit établissement. Ça *va*, Mr. Bannister ? Nous allons vous chercher quelque *chose*, Mr. Bannister – tenez, prenez de *l'eau*, Mr. Bannister : dieux du ciel, c'est moi que ça rendait malade. Parce qu'il n'y avait pas d'eau à notre table, voyez-vous, dans la mesure où nous ne buvions strictement que du champagne (j'avais bien fait allusion à de l'eau minérale, au cours de la conversation, mais de toute évidence le message n'était pas passé, Max, très clairement, n'étant pas intéressé). C'est d'ailleurs quand le champagne est arrivé que j'ai compris ce qu'il avait commandé. Je veux dire – du *Dépé* ? Qui va jamais deviner ce que ça peut bien vouloir *dire* ?

Donc, pourquoi diable ai-je supporté tout ça ? Eh bien à la base, c'était pour Hugo (un peu) – et quand Max a déclaré d'un ton dégagé Oh ouais, Hugo peut parfaitement revenir quand ça lui chantera, je me souviens de m'être dit : À noter – tuer Hugo pour m'avoir obligée à *ça*. Et puis, je ne sais pas – je me suis en quelque sorte laissé emporter par le truc : c'est peut-être comme ça, avec ces gens-là. La seule chose positive que je pouvais voir chez lui, c'est qu'il ne faisait pas de manières avec sa *serviette*, comme l'autre enfoiré de vous-savez-qui. Ça, et le fait qu'il avait envie de moi. Ha! Grands dieux, vous auriez dû voir sa tête, à la fin – après les cafés et ses vingt-cinq cognacs et l'immonde barreau de chaise qu'il s'est fourré dans le bec. Il y croyait vraiment, savez-vous – il était persuadé que j'allais rentrer avec lui, chez lui, et que j'allais *baiser* avec lui, ce salaud : il a été littéralement sidéré quand je me suis levée avec un sourire et que je suis partie. Depuis, il m'appelle chaque jour, sans arrêt. Des fleurs, dites-vous ? La maison ressemble parfois à un funérarium.

Mais ça, c'était avant, et là, nous sommes maintenant. Et je suis aux abois, et affreusement triste. Adrian a réussi son examen d'entrée à Westminster (je vous l'ai dit peut-être ?) et Jeremy déclare qu'il ne peut en aucun cas assurer financièrement. Je ne saurais même pas situer la dernière fois que je me suis offert un vêtement neuf, et je n'arrive plus à regarder Donna en face – elle me demande de lui acheter les nouveaux accessoires de Barbie, parce que toutes ses *amies* les ont – et il y a pire, bien sûr, bien pire que ça : c'est la façon dont elle me fixe, dont son regard me *pénètre*. Son père est parti – *salopard* – et elle n'a plus que moi sur qui s'appuyer, à qui faire confiance. Et moi, je ne fais que la décourager. La maison est en vente. Je vous ai dit ? Voilà : ce matin même, en fait, Jeremy appelle, et cette fois j'ai décroché, je ne sais pas pourquoi. J'ai tellement l'habitude d'entendre ses gémissements pitoyables sur le répondeur : « Anne ? Anne ? Tu es là, Anne ? C'est Jeremy... réponds, Anne, s'il te plaît... Anne, si tu es là, décroche s'il te plaît – j'ai à te parler. Anne ?... Anne ? C'est moi, Jeremy... décroche s'il te plaît... Anne... ? » Et aujourd'hui, j'ai pris son appel. *Anne*, a-t-il fait d'une voix étranglée, merci mon *Dieu*. Qu'est-ce qui ne va *pas* ? ai-je demandé sèchement, un problème dans ta réincarnation aux côtés d'une Créature de Rêve ? Je ne sais pas, a-t-il dit – je ne suis plus sûr de rien, là. J'ai l'impression que ça ne peut plus continuer. Ah ouais ? *Vraiment ?* Eh bien vous êtes légèrement *gonflé*, cher monsieur, vous ne trouvez pas ? Il a bien *fallu* que moi, je continue, n'est-ce pas ? J'ai été obligée, non ? Je n'ai pas eu le *choix*. Puis il se tait. Puis il me parle de la maison : il me dit qu'Adrian, Donna et moi serons plus heureux – plus à l'aise – dans un endroit plus petit, un peu en dehors de la ville. Moi : Mmm-mmm – tu crois ça, hein ? Erreur, Jeremy – erreur : nous serions tous plus heureux si tu étais *mort*.

Donc, vous voyez où j'en suis. Il y a bien *Hugo*, naturellement – oh mais je vous en prie, pour l'amour de Dieu ne me demandez pas de vous parler de Hugo. Il me tanne sans cesse ces derniers temps, jour et nuit. Simplement parce qu'une fois, oui, j'ai... j'ai dû l'allumer un peu, j'imagine – la fois où cette ordure de Jeremy, visiblement lassé de cette petite garce de *Nan*, avait filé à *Dubaï* avec une autre salope quelconque. Et juste à cause de ça, Hugo pense, on se demande pourquoi, qu'il a une sorte de *droit* sur moi, ou je ne sais quoi. C'est terrible. Les hommes. Tous dans le même sac. Parce que, écoutez, j'ai aussitôt été claire : je ne ferai *rien* avec lui, rien de rien (parce que, malgré tout ce que Jeremy m'a infligé, au long de toutes ces années, je ne peux *pas* : souvent, j'aimerais bien, mais je ne peux pas).

Mais maintenant, peut-être... peut-être que je peux ? Qui sait ? Et c'est sans doute l'unique raison pour laquelle je m'apprête, à la seconde, à appeler Max Bannister et à lui dire Ouais, okay – okay, *ça marche*.

Chapitre III

« Ton problème, Nan – enfin, tu sais *bien* quel est ton problème, n'est-ce pas ?
– Mon Dieu, je *déteste* qu'on me dise ça ! » coassa Nan, posant brutalement sa tasse de café et libérant ainsi ses deux mains dont elle enserra son crâne, protection dérisoire contre ce qui l'attendait, quoi que ce fût – tandis que ses yeux s'ouvraient tout grands en une semi-parodie d'indignation mêlée d'une terreur de personnage de BD, face à l'inévitable et imminente mise de points sur les *i* de Susan.

« Ton *problème*, Nan, c'est... » – Susie s'obstinait, et son ton affectueux ne sapait aucunement un bon rappel à l'ordre.

« Non ! Non, je t'en prie ! » supplia Nan, serrant les paupières et secouant la tête avec raideur, comme le font les enfants. « Quand les gens commencent comme ça, tu sais qu'ils vont te le dire et vraiment, honnêtement, je n'ai simplement pas *envie* de le *savoir*. Je *sais* que je ne sers à rien – je sais que je suis une inutile, Susie – alors, par pitié, Seigneur – tu n'as pas besoin de me le *dire*.

– Tu n'es pas – oh mon *Dieu*, Nan », hulula Susie, lui balançant un coussin (dieux du ciel, cette fille : elle peut être d'un *frustrant*). Nan repoussa le coussin pour qu'il ne renverse pas la tasse – elle y parvint, mais de justesse. « Tu n'es absolument *pas* inutile, et tu le sais très bien. C'est justement là le cœur du problème – tu es dix fois trop *utile*, et les gens le sentent à dix kilomètres à la ronde, Nan, et ils sont toujours à – toujours là à *profiter* de toi. Ce n'est pas vrai ? Tu le sais bien. Comme Tony, maintenant. Non, le problème, Nan – c'est que tu es trop *gentille*.

– Mais c'est *horrible* d'être comme ça, non ? » Et Nan de s'offrir une bonne vieille bouffée d'angoisse après un verdict aussi sévère, bien que de soulagement ses paupières se desserrèrent peu à peu, révélant dans ses yeux un éclat de tendresse envers Susie. « Et je ne pense pas vraiment que ce soit le cas pour Tony, tu sais – je crois simplement que les hommes en général fonctionnent ainsi. C'est leur sexe qui veut ça – et non, Susie, ne commence pas : pas de plaisanterie douteuse, d'accord ? Quelquefois, je me dis que, oh... je pense que les hommes doivent me trouver bien ennuyeuse – parce que je *suis* bien ennuyeuse – mais *si*, *si*, je suis ennuyeuse. Alors, peut-être qu'ils, je sais pas... qu'ils essaient, pour voir s'ils peuvent obtenir davantage de moi. C'est peut-être ça. On ne peut pas vraiment leur en vouloir. »

Susie la regarda, avec une sincère compassion pour sa chère amie Nan. Comment une personne si bonne, si généreuse, pouvait-elle en arriver à *penser* ce genre de chose d'elle-même ? Par la faute de tous ceux qui l'avaient piétinée : ç'avait toujours été le cas, pour autant que Susie s'en souvienne, depuis qu'elles s'étaient rencontrées. Ce qui, en fait, ne datait pas de si longtemps – ça paraît incroyable quelquefois : j'ai l'impression de l'avoir toujours connue. Cela arrive, voyez-vous – c'est assez rare – mais cela arrive, vraiment : vous tombez sur quelqu'un par hasard (naturellement, c'est toujours quand vous vous y attendez le moins), et sans rien savoir de cette personne, strictement rien, une chaleur s'installe aussitôt – une chaleur créée par ce contact, et qui vous gagne tous deux : le sentiment que ce n'est rien d'autre que la reprise d'une histoire commencée il y a des siècles de cela (et qui s'est peut-être même poursuivie dans vos rêves). Cette pauvre Nan, en fait, était dans un sale état, par cette horrible matinée pluvieuse (on en a plaisanté depuis, bien sûr, mais sur le moment, c'était vraiment à la limite du tragique – il était évident que Nan avait besoin, non seulement d'un lieu correct où vivre, mais aussi d'un ou une amie – sérieusement, et d'urgence ; et donc, comme je le disais, j'ai su instantanément que c'était moi).

Tous les trois – Sammy, Carlo et moi – avions eu, mon Dieu, mais des *douzaines* d'entretiens avec des gens, depuis plus de deux jours : à en devenir *dingue*. Cela faisait à peine une semaine que Kylie avait quitté l'appartement, ou même moins (tout ça pour emménager avec son fameux docteur, un Australien complètement craignos appelé *Keegan* – et qu'elle surnommait Kiwi, chose absolument ridicule si on y réfléchit cinq minutes ; et que je me marie, comme ça, carrément. Et même pas enceinte. Mais *pourquoi*, Kylie, lui disais-je – pourquoi *lui*, sur six milliards d'individus ? Il est tellement, oh, *eeecchhhh* ; je sais, disait-elle – je vois ce que tu veux dire – attends, je ne suis pas *idiote*. Mais il a du *pognon*, d'accord ? Et moi, j'en ai par-dessus la tête de ce boulot, et il a un *bateau* et tout ça – et puis hein, si ça ne marche pas, je le plante et voilà tout : c'est comme *ça* que les gens fonctionnent, tu sais. Enfin bref – voilà, vous connaissez un peu Kylie ; notez bien que, présenté comme ça, j'étais obligée de trouver que ça faisait sens).

Quoi qu'il en soit, il nous fallait quelqu'un pour la chambre, et rapidement, parce que le loyer de cet appart, je peux vous dire que vous n'y croiriez même pas : chaque mois, c'est le cauchemar total. Ce doit être génial d'être propriétaire – de se contenter d'encaisser les chèques en se foutant des réclamations. Ce sont tous de vrais salopards – ils te tiennent par la peau du cul, parce que, où que tu ailles dans cette partie de Londres, ce sera aussi cher – et que tu ne sais jamais, n'est-ce pas (et c'est ça tout le problème) avec qui tu vas tomber. Je peux vous dire que personnellement, je ne pourrais jamais partager un appartement avec quelqu'un d'un tant soit peu *eeecchhhh*, même un peu, garçon ou fille – et c'est pourquoi on passe un temps fou en entretiens : on essaie de trier tous les tarés, les beaufs, les psychopathes et les emmerdeurs – les glandeurs et les enfoirés, les obsédés, ceux qui n'ont pas un rond et ceux qui cherchent à se planquer. C'est peut-être eux les pires de tous, enfin c'est ce que je pense, parce que, quoi qu'ils essaient de fuir, ça finit toujours par les rattraper, et résultat ? Je vais vous dire – vous vous retrouvez assailli par des dingues malades de jalousie – avec des gens qui s'enferment dans la salle de bains et menacent d'avaler tous les cachets à portée de main (on en a eu une comme ça, Simone – Simone la Déprime –, raison pour laquelle maintenant, on n'y laisse plus que du Nurofen et de l'aspirine, et ces drôles de petites pilules bleues pour les problèmes de constipation de Carlo – chose dont nous ne parlons pas, et encore moins lors des entretiens : il passe parfois la majeure partie de la soirée aux toilettes, et au bruit, on croirait qu'il est en train d'enfanter par le trou de balle, ou bien d'avoir des orgasmes en chaîne).

Ce qui me rappelle – ça m'a tuée, cette histoire – une des filles dont j'ai oublié le nom – Julie, peut-être bien – que l'on avait failli prendre (elle semblait correcte – et mon Dieu, j'en avais tellement par-dessus la tête, croyez-moi, de répondre à des questions sur l'usage de la cuisine et le partage équitable du lait et les amis qui éventuellement pouvaient passer la nuit et le fait de ne fermer les portes à double tour que quand tout le monde était *rentré* – je crois que j'aurais accepté un assassin unijambiste). Mais elle s'est révélée être la pire des malédictions – la nana en cavale. Elle a dit qu'elle avait quitté son petit copain, essentiellement parce qu'il était incapable de garder sa braguette fermée. Donc je l'ai questionnée un peu plus avant à ce sujet (normal, n'est-ce pas ? Ce n'est pas tous les jours que tu entends parler d'un vrai maniaque sexuel, à part sur Sky, la chaîne info), et la voilà qui répond Non, non – jamais je n'oublierai sa tête : non, non, non, faisait-elle – ce qu'il a, c'est un problème de vessie. Vous louez une vidéo, par exemple, eh bien il va se ruer neuf ou dix fois hors de la pièce, et on ne peut pas à chaque fois mettre sur « pause » parce qu'on ne comprend plus rien à l'*histoire*, d'accord ? Alors je me suis dit, très bien, mon gars – moi je me tire. Mais l'idée que ce serial pisseur pourrait débarquer ici pour la récupérer et constater, au cours d'une discussion longue et animée, que les toilettes étaient colonisées en permanence par Carlo et sa constipation était franchement au-dessus de mes forces, de sorte que j'ai dû, là encore, mettre mon veto. Et puis il y a eu un type aussi – lui aussi avait l'air correct, plus que pas mal – mais il s'appelait Sam *Burger* – et par pitié, ne me demandez pas pourquoi, mais j'ai trouvé ça d'une drôlerie tellement atroce, tellement abominable qu'à chaque coup d'œil qu'il me lançait, je lui éclatais de rire au nez, et c'était absolument *horrible*, en fait, parce que Sammy m'écrabouillait des coussins sur le visage pour me faire taire tandis que lui, le type, devenait *écarlate*, mais vraiment je ne pouvais pas m'en empêcher – et quand Carlo a dit *Parfait*, Mr. Burger, de toute façon nous nous appelons tous par nos prénoms, ici, bien entendu – là, j'ai cru *mourir*. De sorte que ça n'a pas marché – il est quasiment parti en courant ; après coup, je me suis sentie désolée pour lui. Cela dit, ça me fait encore rire quand j'y pense.

Donc, vous comprendrez qu'au moment où la petite Nan s'est présentée, on était tous plus ou moins au bord de la crise de nerfs, n'est-ce pas ? Si bien qu'au départ, j'ai essayé de me convaincre que c'était cela que je ressentais, et uniquement cela : Ouais Super Enfin Quelqu'un De Bien (et maintenant, pour l'amour de Dieu, on se prend un *verre* pour fêter ça). Mais en fait, ce n'était pas ça du tout : je ne lui ai pas simplement dit Bonjour, comme ça – je me souviens de son visage surpris –, j'ai fait Oh ; Bonjou-ou-our !, comme si je la connaissais depuis – enfin, c'est comme je disais –, une impression de retrouvailles : comme si elle revenait à la maison. Je ne sais pas trop si les deux autres partageaient mon sentiment – je veux dire, ils l'aimaient *bien*, aucun doute (comment faire autrement ? Tout le monde aime bien Nan – il est impossible de ne pas l'aimer – elle est toujours d'une telle gentillesse : ce qui, comme je ne cesse de lui dire, est son problème essentiel – les gens étant ce qu'ils sont).

Quoi qu'il en soit, on a fait un brin de causette avec Nan, et on était tous immédiatement partants – en principe, on est plutôt du style, vous savez : Bon, Très Bien – De Toute Façon On A Votre Numéro, et patati, et patata. Mais la simple idée que Nan puisse s'installer ailleurs me tuait littéralement, donc on a tenu un petit conciliabule dans la cuisine, Sammy, Carlo et moi, et en sortant on arborait tous les trois des sourires de maniaques (au point peut-être de la rebuter) et, moi, naturellement, je m'attendais à ce qu'elle dise Très bien, mais j'ai encore deux ou trois endroits à voir, donc je vous recontacterai, enfin ce genre de chose. Mais nous avons eu droit à un *Oui* oh *oui*, je la prends, s'il vous plaît, je la prends ; merci, *merci*. Ce qui m'a fait redouter, l'espace d'un instant, qu'elle soit une de ces personnes en fuite ; mais il s'est très vite avéré qu'elle était juste le contraire de cela : une personne chassée, éjectée d'un lieu – quasiment jetée sur le trottoir, et pas plus tard que la veille, si vous pouvez croire ça. Notre appartement était le deuxième qu'elle visitait (le premier offrait des parquets d'érable blond bien cirés – terriblement classe –, mais Nan disait qu'ils grinçaient au moindre pas, ce qui la rendait folle par avance : et aussi l'odeur de fromage qui régnait dans les lieux. De gorgonzola ? ai-je demandé – avec un sourire complice. Non, a-t-elle répondu en me rendant mon sourire – elle a réellement le plus joli sourire qu'on puisse imaginer, d'adorables petites dents –, quelque chose de relativement moins violent : de l'édam, peut-être).

Quoi qu'il en soit, elle adorait notre appartement, ce qui, je dois dire, m'a fait grand plaisir, car c'est moi la décoratrice, ici, en quelque sorte. Ikéa R'Us. Je veux dire, les autres s'y intéressent, ils apprécient les couleurs et tout (et ils sont *ordonnés*, merci mon Dieu – c'est toujours une des premières choses que je demande ; avec Nan, c'était inutile), mais c'est moi qui organise le tout, qui fais que ça fonctionne esthétiquement. Elle adorait les rideaux de mousseline (on la trouve pour trois fois rien à Brick Lane, et ensuite il suffit de la tremper dans une de ces extraordinaires teintures à froid, et le résultat est *stupéfiant*). Hé hé, je me souviens d'une fois, j'étais au beau milieu d'une teinture orange – j'avais envie de quelque chose dans l'esprit bouddhiste – quand Carlo débarque et me dit qu'il lui faut absolument utiliser les toilettes parce qu'il sent bien, il est sûr cette fois que ça va être la *bonne*. Eh bien vas-y, dis-je, mais moi je ne peux pas abandonner ces trucs-là maintenant, sinon, ils vont être pleins de marques, alors il me regarde, à moitié pétrifié, et me dit Enfin, Susie, je ne peux pas si tu restes là – et moi je lui réponds Oh écoute, Carlo de toute façon tu ne vas pas, n'est-ce pas ? Tu ne peux *jamais*. Donc – il faut reconnaître – il s'assoit et commence à se donner un mal de chien. Moi, je sors le tissu orange, rince la baignoire et commence à préparer la teinture verte ; je fais ma tournée de vert, et quand je suis sortie – au bout de trois plombes, hein – il était toujours assis là, les muscles bandés à mort, les veines violettes. Alors ? lui ai-je demandé plus tard. Il s'est contenté de secouer la tête, l'air sombre, et a disparu dans sa chambre en marmonnant ce qui lui tient lieu de mantra : Un Jour – Un Jour Tu Verras : Un Jour J'y Arriverai. (Ce doit être abominable, en fait.)

Et puis elle trouvait super les coussins du divan, Nan, et aussi le presse-agrumes Philippe Starck, dans la cuisine. Je me souviens qu'elle a dit que son ancien employeur (c'est sa femme, cette garce, qui l'a jetée dehors) en avait un semblable – et qu'elle n'avait même jamais su ce que c'*était*, ce que j'ai trouvé trop touchant ; elle adorait aussi la cheminée de brique brute, et j'étais ravie parce que c'était moi qui l'avais dégagée, cette merveille, de l'immonde crépi qui devait la recouvrir depuis des dizaines d'années. Carlo avait rapporté cette incroyable traverse de chemin de fer (en chêne, très certainement – où il avait trouvé ça, mystère, et ça pesait une tonne) – que l'on avait réussi je ne sais comment à monter jusqu'ici (Sammy ne nous était d'aucune aide – elle ne sert jamais à rien dans ces cas-là, mais elle est extraordinaire en matière de potage et de pudding), et une fois dans la pièce, elle paraissait immense et sombre, comme un Finger géant – et Carlo avait déclaré, le visage impassible (avec Carlo, on ne peut jamais savoir s'il plaisante ou non), que s'il *pouvait* un jour, vous voyez, eh bien c'est ce à quoi ça ressemblerait : ça le déchirerait en deux, et alors qu'adviendrait-il de lui ? Il est vraiment à hurler de rire, ce Carlo – je ne sais pas s'il s'en rend compte.

Nan s'est très vite installée. En ce qui me concerne – je ne peux pas parler pour les autres – c'était comme si elle avait toujours habité ici : plus aucun souvenir de la vie avec Kylie – et pourtant, elle avait dû rester avec nous, disons – une bonne année, au moins. Ce n'est qu'un peu plus tard que j'ai appris que Nan était au bord du désespoir, le matin où elle s'était présentée pour visiter l'appartement. Mon Dieu, elle avait drôlement bien joué la comédie ; heureusement, d'ailleurs, sinon Sammy et Carlo auraient pu la prendre pour une de ces dérangées qui pleurent sans arrêt, et ç'aurait été un boulot d'enfer pour la leur faire accepter. En fait, elle n'arrivait pas à avaler le fait d'avoir été virée de son emploi de nounou (Dieux du ciel, m'étais-je écriée – *nounou*, mais quelle horreur – sans doute une question de vocation, un truc inné. Et vous, que faites-vous, Susie ? m'avait-elle demandé. Oh, moi ? Je suis plus ou moins attachée de presse, dans la mode. Ça se ressemble beaucoup, alors, avait-elle murmuré. Depuis, j'ai beaucoup réfléchi à ça). Non qu'elle ne puisse pas trouver un *autre* emploi ni rien – l'agence d'intérim s'était littéralement *ruée* sur elle, et elle a multiplié les petits boulots, dès le premier jour. Mais ce que je n'ai pas compris, au départ (sans doute parce que j'étais totalement incapable de m'identifier à elle – les enfants m'effraient, réellement ; je ne sais pas pourquoi), c'est qu'elle était très liée à ce petit garçon et à cette petite fille dont elle s'était occupée, vous voyez, et que devoir les quitter lui avait pratiquement brisé le cœur. J'imagine que ce doit être normal, quand on vit avec eux. Et lorsqu'elle m'a raconté la scène, je dois dire que même moi, j'en ai eu la gorge nouée.

« Mais *pourquoi*, Nan : *pourquoi* cette sale bonne femme vous a-t-elle virée comme ça ? Il doit bien y avoir une *raison*, non ? »

Et Nan s'était dit Oui, il y a toujours une raison valable, mais non, non – pas celle qu'Anne m'a donnée : c'était de la folie. Quand j'y pense – la journée

avait commencé de manière parfaitement normale
– enfin, du point de vue de Nan, bien qu'elle eût tout
à fait entendu Adrian et Donna parler sans cesse d'une
sorte de – oh, disons de *scène* qui avait eu lieu tout
récemment entre Jeremy et Anne, mais cela n'avait rien
de très nouveau. Apparemment, il était parti ; mon Dieu
– Jeremy était souvent en déplacement, pour ses affaires,
donc là encore, rien d'inédit, rien de particulier. Comment Nan aurait-elle pu deviner qu'Adrian et Donna
allaient lui être arrachés, tout simplement parce que
Jeremy avait fait ses valises ? Ceci, plus quelque idée
folle qui avait envahi l'esprit d'Anne ? Nan, terrifiée,
tentait de se défendre :

« Mais *pourquoi*, Anne ? *Pourquoi ?*
— Vous savez très bien pourquoi, Nan.
— Mais non, Anne. Je ne sais pas.
— Nan, je vous en prie.
— Anne – ne faites pas cela. Je ne – je ne comprends
pas, Anne.
— Vous comprenez parfaitement, Nan.
— *Écoutez-moi*, Anne ; je ne comprends *pas*. Ce n'est
pas *possible*.
— Si, c'est possible, Anne. Je veux dire Nan. Oh, juste
ciel.
— Mais pour l'amour de Dieu… !
— Assez de bavardages : préparez vos affaires et partez. Si vous voulez de l'argent – ce dont je ne doute pas
un instant – les femmes comme vous veulent *toujours*
de l'argent –, je vous suggère de vous adresser à votre
ex-amant. Il vous paiera pour cette liaison ancillaire.
— Anne ! Anne – je vous en prie écoutez-moi : Jeremy
n'a jamais été mon *amant*. Et je ne – je ne sais pas ce
que veut dire ancillaire, mais ça n'a jamais été le cas
– je ne comprends pas pourquoi vous me faites *ça*.
C'est Adrian – Adrian et Donna qui comptent pour
moi ; c'est *eux* que j'aime, Anne – pas… *Jeremy* ! »

Et c'était vrai. Certes, elle avait bien éprouvé une réelle attirance envers Jeremy, inutile de le nier, mais pour autant qu'elle s'en soit aperçue, il ne lui avait jamais accordé un seul regard, ce qui ne l'avait blessée que de manière très superficielle – d'ailleurs elle ne ressentait plus rien – parce que écoutez : elle avait un petit ami, évidemment. Enfin, elle en avait eu un, plutôt. David vivait à Édimbourg – elle avait fait sa connaissance au mois d'août, pendant le Fringe Festival pour lequel elle avait trouvé des billets pas chers, et mon Dieu – quelle quinzaine ils avaient passée ensemble : inimaginable. Et puis elle avait reçu une lettre – elle venait juste de réunir le prix du voyage et du logement pour un nouveau séjour, aux alentours de Noël, et cette Lettre était arrivée. Nan n'a aucune intention de vous ennuyer avec les détails de toute cette histoire, mais en gros, il apparaissait que David avait rencontré une charmante jeune fille de Glasgow (la fille d'amis de ses parents – tu te souviens sûrement d'eux) et Nan comprendrait, il en était certain. Elle n'avait pas compris. Elle était triste, elle avait mal. Et là, elle ne comprenait toujours pas (triste et blessée, encore une fois) – mais, en plus, on m'arrache *mes bébés*, et c'est moi qui dois m'en aller : c'est sur moi que tout retombe, alors que je n'y suis pour rien.

Nan se rendit compte qu'une de ces adorables petites chemises vert pâle que Donna portait pour aller en classe venait de lui échapper des mains – elle vint se poser doucement sur ses chevilles avant même qu'elle ait senti ses doigts gourds la laisser glisser. Elle en avait besoin demain matin, Donna : pour jouer à la balle au camp.

« Quand voulez-vous que je parte ? s'entendit-elle demander d'une voix atone, chaque mot douloureux lorsqu'il passait la barrière de ses lèvres, puis la heurtant de nouveau comme il se répercutait. Leur avez-vous… Comment Adrian et Donna ont-ils… qu'est-ce qu'ils ont dit ?

– Écoutez, Nan », conclut Anne d'un ton bref, prenant son sac et y fourrant des cigarettes, de l'argent liquide, un paquet de Wrigley's et un briquet – sa main planant un instant comme une serre au-dessus du coin où devaient être rangées ses clefs de voiture avant de les attraper brusquement dans une coupelle de verre, juste là-bas, dans laquelle elle était pourtant sûre de ne les avoir jamais posées, « je ne tiens pas à *débattre* avec vous, d'accord – je traverse un véritable traumatisme, là, et plus vite vous aurez quitté cette maison, mieux je pourrai, oh mon Dieu – je ne sais pas si je vais pouvoir m'en *sortir*, mais je sais que je n'y arriverai *jamais* si vous restez dans les parages, pour me rappeler sans cesse votre ignominie avec mon salaud de mari. » Sur quoi Anne, toute rouge, se retourna brusquement vers Nan, les yeux écarquillés, lui aboyant littéralement au visage : « Mais bon *Dieu*, Nan – comment avez-vous pu me faire une chose *pareille* ? J'avais *confiance* en vous – je vous aimais bien, comme nous tous ici. Mais qu'est-ce qui a bien pu vous passer par la *tête* ? »

Nan se crispait sous la douleur, sous la terreur, mais tenta d'étouffer son effroi pour que ses yeux ne le trahissent pas. Elle regarda vers Anne, plus qu'elle ne la regarda franchement, et répéta d'une voix sans timbre :

« Comment Adrian et Donna ont-ils… qu'est-ce qu'ils ont dit ? »

Anne était déjà à la porte, déjà hors d'ici. La grimace qui lui échappa sembla cruelle à Nan, même si elle était due, elle le voyait bien, au chagrin qu'Anne elle-même éprouvait.

« Grands dieux, vous n'imaginez tout de même pas que je le leur ai *dit*, quand même ? Ce n'est pas à *moi* de faire le sale boulot pour vous, mademoiselle – le sale boulot, c'est *votre* rayon. C'est vous qui partez

– c'est vous qui les quittez. C'est vous qui avez, eh merde – *fricoté* avec leur père. Ne m'interrompez pas – je vous ai dit que je ne tenais pas à *débattre* de tout ça. Donc, c'est *vous* qui allez le leur dire, Nan – vous allez leur expliquer toute l'histoire, bien gentiment, bien joliment, comme vous savez faire les choses. Et *tout de suite*, encore, espèce de garce – parce que je veux que vous soyez partie d'ici ce soir. C'est clair ? »

Anne se rua au-dehors – non sans avoir jeté un dernier regard lourd de haine par-dessus son épaule – et claqua violemment derrière elle la porte de la cuisine. Quelques secondes plus tard, celle de l'entrée recevait le même traitement sommaire, et Nan demeura là, abandonnée au silence qui suivit. Elle était sur le point de vagir de désespoir quand une nouvelle voix se fit entendre.

« Maman est partie, alors… ? »

Nan se tourna vers Adrian, espérant autant que redoutant l'expression qu'elle s'attendait à lire sur son visage. Il leva les yeux vers elle, un regard franc qui se voulait peut-être consolateur, mais qui réclamait également qu'on le rassure, ce qui à présent la dépassait complètement. Peu à peu, un désespoir mutuel s'infiltra en eux, et une sorte d'affliction sans douleur ni couleur s'abattait sur Nan, tandis qu'Adrian, lui, paraissait déterminé à raviver dans son regard la flamme de quelque énergie combative – peut-être parviendrait-il à tranquilliser, réconforter au moins l'un d'eux ?

Nan posa une main sur ses cheveux. « Tu as entendu ? »

Adrian tourna la tête, sans pour autant esquiver le contact de ses doigts. « Un peu. Je ne comprends pas.

– Non », dit Nan, et ce simple mot était chargé d'un incroyable chagrin qu'elle ne devait pas, surtout pas trahir, elle le savait – qui implorait l'oubli, exigeait immédiatement une bonne couche vigoureusement appliquée de fanfaronnades bien épaisses et bien lourdes. La dernière chose à faire, c'était d'enfoncer plus profond encore ce jeune garçon – Nan le savait, certes, mais comment empêcher cela ? Elle était tout emplie de désarroi – pas encore en larmes, mais comme prête à se fragmenter. Peut-être est-ce Donna qui, arrivant du salon, permit à Nan de s'arracher à la margelle de ce puits d'une désillusion suprêmement obscure – il lui fallait maintenant être forte (mon Dieu, je vous en prie, donnez-moi la force) – pour remettre à plus tard les sentiments de meurtrissure et de perte, qu'elle pouvait peut-être persuader d'attendre sagement leur tour, au lieu de l'assaillir impitoyablement, sans patience ni merci.

« Est-ce qu'il y a des… ? Je peux avoir un Pim's, s'il te plaît ?

– Oh, c'est pas *possible*, Donna ! » La voix d'Adrian s'était faite dure – beaucoup plus dure que Nan ne l'avait jamais entendue. Peut-être était-ce une sorte d'angoisse qui le rendait ainsi agressif ? Avant tout cela, Nan aurait su le dire. « Quel bébé tu fais, Donna ! Ce sont des choses *sérieuses*, là !

– Qu'est-ce qui est sérieux ? Hein ? Pourquoi je ne peux pas avoir un gâteau ?

– On n'est pas là pour parler de… pffff, *dis-lui*, Nan. »

Nan fermait posément le couvercle de la boîte à gâteaux. Elle se baissa vers Donna et, d'une voix altérée, d'une fragilité presque inconcevable, lui dit Tiens, Donna – *tiens* : un Pim's.

Adrian, lui, secouait la tête comme pour chasser des abeilles insistantes.

« Elle part. Nan. Elle part, Donna. Elle nous quitte. »

Une bouffée de chaleur envahit Nan, soudain consciente de l'horreur qui s'annonçait.

« Mais *non* – jamais je ne… ! Oh, mais c'est vrai,

Donna – Adrian –, c'est vrai que je dois partir, apparemment. Et je ne... je n'arrive pas à le croire. Votre papa et votre maman ne veulent plus que je reste. Et honnêtement, je ne sais pas pourquoi.

– Mais Papa n'est pas là ! s'exclama Donna d'une voix flûtée, postillonnant de grosses miettes de gâteau dans son ardeur à vouloir parler de façon intelligible. Papa nous a quittés – et maintenant, tu nous quittes aussi. Ce n'est pas juste. Je ne veux *pas* que tu partes. Dis-lui, Adrian – empêche-la. Elle ne doit pas partir – il ne *faut* pas. Je ne veux pas que tu partes, Nan – ne pars pas. Ce n'est pas juste. S'il te plaît, ne pars pas. S'il te plaît ne nous quitte *pas* ! »

Nan prit une brusque inspiration, comme si quelque détail négligé venait de lui surgir à l'esprit. Une main s'éleva jusqu'à sa bouche ouverte, et elle posa un regard angoissé, implorant vers Adrian – mais oh ! regardez-le, le pauvre enfant, oh mon Dieu – mais regardez-le ! Il ne *comprend* pas – bien sûr qu'il ne comprend pas ; alors comment pourrait-il faire en sorte que Donna comprenne (toujours pas de larmes – bien trop attentive à la douleur qui poignarde et poignarde, et à la peur panique de devoir la subir encore et encore) ?

« Écoutez, dit-elle, si on allait tous les trois s'asseoir à côté ?

– Pourquoi ? Ça servirait à quoi ?

– Eh bien, c'est plus... oh mon Dieu – je ne sais *pas* à quoi ça servirait, Adrian – mais simplement, enfin – on reste là debout au beau milieu de la cuisine, et...

– Nan ?

– Qu'est-ce qu'il y a, Donna, mon petit ange ?

– Je t'en *supplie*, ne nous quitte pas ! Dis-nous que tu ne pars pas ! »

Nan essayait vraiment, à présent – elle tentait de toutes ses forces de les regarder tous deux avec un sourire plein d'amour et d'indulgence ; elle avait conscience des secondes qui s'égrenaient, lourdes de tension, et cependant les traits de son visage, qu'elle appelait désespérément à son aide, refusaient obstinément de lui obéir – se désintéressaient de cette illusion qu'il leur fallait donner. Elle leva les yeux, regardant autour d'elle, à la recherche d'une aide quelconque, venue de n'importe où, et c'est seulement quand sa voix contrefaite artificiellement apaisée craquant brusquement, elle s'apprêtait à bredouiller Dieu seul savait quoi – c'est à cet instant qu'Adrian et Donna se jetèrent contre ses flancs, se serrant l'un l'autre et se serrant contre elle – leurs petits corps tremblants, chaque membre secoué d'une trémulation qui lui était propre – puis elle sentit la chaleur mouillée de leurs larmes au travers de ses vêtements.

En larmes à présent, oh que oui – des larmes de sang, puisque mes bébés me sont arrachés ; qui (pas moi en tout cas !) aurait la force de supporter une vie pareille ? Parce qu'une vie pareille (enfin, pour moi en tout cas) – ça ne peut plus durer.

Et donc, c'est sans doute avec une certaine, comment dire... ? Un certain effarement, peut-être – cela dépassait même le chagrin, au cours de ces premiers jours. J'étais dans un état de – mon Dieu, il y a probablement un mot plus approprié, mais je dirais une sorte de transe, vous voyez ? Je veux dire – cela faisait une éternité que je vivais avec Jeremy et Anne, avec Adrian et Donna ; j'ai bien dû passer deux Noëls avec eux. Je m'y sentais tellement à l'aise, tellement à ma place – je n'avais jamais trop pensé à *après* ; j'aurais dû, bien sûr, parce que quand on est nounou, il y a nécessairement un après, et cet après n'est jamais aussi plaisant que le *maintenant* – parce que les gens grandissent, les choses avancent, tandis que la nounou, je ne sais pas, elle semble ne jamais *s'apercevoir* de tout ça : pour elle, c'est comme si tout demeurait immuable.

Mais le changement qui menaçait, quel qu'il soit, jamais, jamais je ne l'ai imaginé (parce que qui aurait imaginé ça ? Tous les gens à qui je l'ai raconté étaient simplement stupéfaits – et moi aussi, moi aussi) – non, pas l'ombre d'une seconde il ne m'est venu à l'esprit que je pourrais être *jetée* – que du jour au lendemain, je n'aurais plus nulle part où vivre, nulle part où aller – et plus d'enfants à aimer. Cela dit, à l'agence, ils ont été vraiment sympas : vous pouvez travailler de nouveau dès que vous voudrez, ont-ils dit, il y a une énorme demande. Mais *Anne*, ai-je fait timidement remarquer, je m'en souviens – elle ne voudra jamais me fournir de lettre de références : elle me hait réellement (pourquoi?). Et la fille de l'agence s'est contentée de sourire en disant Allez, Pas de Problème, Faites-moi Confiance. Et puis elle a ajouté Vous ne croyez pas que la première chose à faire serait de vous trouver un chez-vous (en attendant un poste définitif) ? Il y a une sorte d'agent immobilier avec lequel nous travaillons souvent en parallèle – tout à fait fiable, et pas trop requin : voulez-vous… voulez-vous que je lui passe un coup de fil ?

De nouveau, la peur m'a saisie : je ne savais même plus comment on s'y prenait pour chercher un logement. Bien sûr, je l'avais bien souvent fait quand j'étais étudiante – juste ciel (aujourd'hui ça semble tellement comique, enfin d'un comique un peu noir) : quand je pense aux endroits où j'ai pu crécher, à Manchester, c'est indescriptible ! Tout le monde prenait de la dope, à l'époque – et on ne savait jamais vraiment qui habitait là, et quel autre dingue de camé ne faisait que passer. Bien entendu, j'étais consciente que je n'aurais pas à revivre tout cela, mais l'agence m'avait toutefois prévenue que je ne pourrais en aucune façon m'offrir le genre de lieu dont, me semblait-il, j'avais réellement besoin, à moins de partager un appartement. Et ce simple mot de « partager » – ça m'avait cassé le moral. Parce que *partager*, je l'avais fait – j'avais partagé toute ma vie avec Adrian et Donna – et là, il fallait que je choisisse d'autres gens, et que je m'expose à me faire renifler sous toutes les coutures, et rejeter. Une fois de plus. Et donc, quand j'ai débarqué ici – que j'ai rencontré Susie – je ne peux même pas vous dire le – oh mon Dieu, le soulagement extraordinaire que ç'a été. J'avais déjà visité quelque chose comme six endroits épouvantables en l'espace d'une journée (à Susie, j'ai dit un seul – je ne sais pas pourquoi ; peut-être que je ne voulais pas apparaître comme une errante aux pieds sanguinolents, une sorte de réfugiée sans cesse repoussée), et tous étaient tellement... le plus curieux, c'est que ce n'étaient pas toujours les trucs évidents qui n'allaient pas, ceux auxquels on s'attend ; je veux dire, bien sûr – certains étaient étriqués, ou sombres, ou puaient – l'un était atrocement bruyant, je m'en souviens (il donnait directement sur l'avenue) ; mais essentiellement, je ne me sentais pas à ma *place* : que ces endroits soient agréables ou non, qu'est-ce qu'ils avaient à voir avec *moi* ? Qu'est-ce que je faisais là, assise sur un divan inconnu dans un salon inconnu, à bavarder de manière aussi embarrassante pour l'un que pour l'autre, j'en suis certaine, avec toute une série de personnes inconnues susceptibles d'être mes colocataires dès le lendemain matin ? Un truc de dingue – effrayant.

Et puis il y a eu Susie. Là, je me suis sentie chez moi. Avec Sammy aussi – elle paraissait vraiment bien, quoiqu'un peu sérieuse. Je n'ai pas beaucoup vu Carlo (ce n'est qu'après que j'ai découvert pourquoi : s'il n'y avait qu'un seul inconvénient à ce lieu, c'était cette histoire de WC unique – et dans la salle de bains, en plus).

En fait, c'est réellement tragique – Carlo n'utilise pas la pièce à proprement parler, il y vit plus ou moins : il y a apporté des piles de BD et de magazines d'art de vivre (un jour, il m'a dit qu'il était dans le graphisme, mais je ne sais pas trop ce qu'il fait exactement), et quand il en sort enfin, il n'a rien à nous dire, rien à nous offrir si ce n'est cette, mon Dieu – cette expression si morose sur son visage. Je vais vous dire – un soir, Susie et moi avons décidé, et nous n'étions même pas (honnêtement) ivres à ce point – que si, réellement Carlo arrivait à produire, une vraie, bonne, sérieuse, voire historique… euh, enfin *crotte*, quoi, d'accord, eh bien le moins que l'on puisse faire serait d'organiser une super-fête. Mais jusqu'à présent, aucune occasion de réjouissance ; peut-être après mon départ, qui sait – mais ça semble assez peu probable.

Et à propos de fêtes – Susie, Sammy et Carlo ont fait quelque chose de vraiment adorable pour moi, le tout premier week-end après mon installation. Ce vendredi-là, j'avais gardé la petite Emily (elle n'a que huit ans, mais elle est gâtée que c'en est indescriptible), et avant de partir, le matin, Susie avait dit qu'ils comptaient louer un film pour la soirée – aujourd'hui, je ne sais même plus ce que c'était (un truc qui venait de sortir en vidéo, avec Hugh Grant, j'en suis presque sûre, parce que je l'aime vraiment beaucoup), alors arrange-toi pour être rentrée vers les sept heures, avait-elle ajouté. Donc, moi, toujours idiote et crédule comme pas permis, je rentre vers sept heures, comme indiqué – et dans un état *épouvantable*, je dois dire (Emily et moi nous étions fait des peintures de guerre indiennes sur la figure, et je venais juste de m'étriller le visage pour enlever tout ça – enfin bref, peu importe) – et là, je vois dans le salon un super-dîner de gala, tout prêt – tout ça en mon honneur ! Je n'en croyais pas mes yeux – il y avait des barquettes de traiteur et du chardonnay et du chianti, et de la bière et des bougies et tout : une merveille.

Et puis Jake, le petit ami de Susie, était là lui aussi – on ne s'était pas encore rencontrés (même si, Dieu sait – j'avais déjà *tellement* entendu parler de lui) – et Sammy avait invité une collègue de travail, avec des tresses d'une longueur interminable, et puis il y avait ce type un peu plus âgé, je ne me souviens plus de son nom – qui semblait être resté bloqué quelque part dans les sixties : je ne sais plus trop s'il était avec Carlo, ou si c'était un ami de Jake. Je ne sais pas exactement (personne, d'ailleurs) où Carlo se situe, par rapport à ça : il n'a pas *l'air* gay ni rien, mais il ne fait pas non plus franchement hétéro, si vous voyez ce que je veux dire. Susie a dit un jour que selon elle, il ne lui restait plus assez d'heures par jour pour même amorcer une quelconque relation, entre son boulot de graphiste en free-lance et le temps qu'il passe aux toilettes. Pauvre Carlo – vraiment, je ne devrais pas rire, parce qu'il a été incroyablement gentil avec moi, récemment, en particulier (compte tenu de ce nouvel élément – le dernier coup vache que m'ait fait Dieu, en qui pourtant je croyais : ce ne devait pas être réciproque, finalement. Pourquoi faut-il que ni Lui ni personne ne me laisse jamais la possibilité de me poser quelque part ?).

Nan était restée plantée là au milieu de la pièce, et s'était débarrassée d'un coup d'épaule de son grand, vieux sac de cuir – surprise et ravie, certes, mais aussi consciente du spectacle piteux qu'elle offrait (elle adorait Susie pour avoir préparé tout ça, bien sûr – mais elle lui en voulait vaguement de s'être aussi parfaitement arrangée : eye-liner, boucles d'oreilles, et une robe floue d'une nuance champagne, et Dieu tout-puissant, regardez de quoi j'ai *l'air*, moi), et espérant pouvoir se souvenir de tous ces nouveaux noms : Chloe, c'est ça ? Simon ? Moi et les noms, ç'a toujours été une catastrophe. En fait, ce n'est pas que je les oublie, mais je ne les entends simplement pas, au départ : je vois les lèvres de la personne remuer avec bonne volonté, mais comme celles d'un mime – et le silence est total, et moi je reste complètement larguée.

« Tu ne vas pas t'envoyer tout le vin, Jake ! » s'écria Susie, à présent que tout le monde était assis (enfin, Dieu merci, pensait Carlo), tendant les mains vers les assiettes et saladiers, et se les passant à tour de rôle (« Je ne sais pas vraiment, déclara-t-il soudain, ce que devient toute cette bouffe, une fois à l'intérieur de moi » ; et ceux qui le connaissaient un tant soit peu eurent un vague sourire suivi d'une grimace de dégoût, tandis que les autres ne relevèrent pas).

« Qui veut du rouge ? proposa Jake. Susie, tu sais que tu es une véritable plaie ? Est-ce que tu as pu trouver des radis, ou pas, finalement ?

– Les nouilles chinoises sont *géniales* », soupira la fille aux longues tresses – on aurait cru à l'entendre que les nouilles l'emmenaient au septième ciel, et qu'elle y demeurait, en extase.

« Merci, Clodagh, sourit Susie. Mais tu sais, je ne me suis pas échinée au-dessus d'un fourneau brûlant pour les faire moi-même. Tu es le seul à *aimer* les radis, Jake. Tu es vraiment immonde. »

Oh, Clodagh, enregistra Nan : je pensais que c'était Chloe.

« Moi aussi je les *aimais*, déclara Sammy – lentement, presque avec componction, selon son habitude. J'aimais énormément de choses que je n'aime plus, à présent.

– Oh ouais, à propos » – Jake venait d'y penser –, « Tony doit passer plus tard. Je lui ai dit qu'il n'y avait pas de problème.

— C'est qui, ce Tony ? s'enquit Susie. Tiens, Nan – tu as pris du riz ? Carlo – tu peux aller nous chercher une bouteille de chardonnay dans le frigo ?

— Oh – tu ne connais pas Tony. Un type super. Un Américain. Tu vas l'adorer, affirma Jake. Hé, Carlo, tu iras aux toilettes *après* avoir été chercher le vin, d'accord ? Sinon, on va tous mourir de soif, là.

— Oh, fais chier, grommela Carlo, qui se dirigeait déjà vers un endroit ou l'autre.

— Ce n'est pas *drôle*, déclara Sammy d'une voix posée.

— *Moi*, ça me fait rire », répondit Jake, le visage fendu d'un large sourire, puis il se mit à s'esclaffer comme Susie tentait de le faire taire d'une main languide, sans grande conviction. « Écoutez : ça aussi, c'est drôle : il y a un gars, au travail…

— Je suis vraiment d'humeur à voir un bon film, ce soir, déclara soudain Susie. Carlo ? ! *Carlo ? !* Mais où est le *vin*, juste ciel ? ! *Casablanca*, ça dit à quelqu'un ?

— Complètement surfait », laissa tomber celui qui était peut-être l'ami de Carlo. Il parlait derrière un rideau de cheveux raides et sérieusement grisonnants, et chacun s'interrompit, attentif – peut-être parce que c'étaient là les premiers mots qu'il prononçait – mais en dépit de cette pause spontanée, il n'avait apparemment rien d'autre à dire.

« Pourquoi est-ce qu'il ne prend pas l'avion avec elle, à la fin ? fit Nan d'une voix pointue – tout en posant une main sur celle de Susie.

— Oh, mais *Casablanca*, on s'en *fout*, s'écria Jake. Écoutez – ce gars, au boulot – Tony et moi, ça nous fait mourir de rire – Oh, Carlo, déjà. Tu as rapporté le… le machin, là ? Le tire-bouchon ? » Puis, à l'adresse de Carlo qui s'éloignait de nouveau : « Tu t'en vas ?

— Oh, mais *laisse*-le, siffla Sammy.

— Fais chier, Jake, grommela Carlo – de façon presque inaudible, car la porte de la salle de bains s'était déjà presque refermée sur lui.

— Pourquoi pas un James Bond ? suggéra celui qui était peut-être l'ami de Carlo.

— Oh *non*, fit Susie d'une voix plaintive, tout le monde va encore se mettre à discuter de Sean Connery, et puis de l'autre qui est tellement minable, et de Roger Moore et tout – c'est tellement... euh, en fait – je suis vraiment navrée, mais j'ai oublié votre nom, euh... ? »

Celui qui était peut-être l'ami de Carlo hocha la tête avec conviction, comme s'il s'y était bien évidemment attendu. « Sid », dit-il.

Susie hocha la tête en réponse. « Sid. C'est ça. » Sur quoi elle se tourna et fit une grimace affreusement expressive et uniquement destinée à Nan, car elle se sentait au bord du fou rire incontrôlable, comme avec le fameux Sam Burger.

« Bon, s'écria Jake d'une voix faussement outrée, puis il posa son couteau et sa fourchette. Est-ce que quelqu'un a envie, oui ou non, que je raconte l'histoire de ce gars, au travail ? Mmm ?

— Oh, je t'en *prie*, Jake, soupira Susie. Vas-y, si tu y tiens – mais *cesse* de...

— Si je ne *cesse* pas, c'est que – oh, enfin bref : donc, ce mec, hein ? Tout ce qu'il fait – la seule chose qu'il ait en tête, c'est d'organiser une soirée pour ses cinquante ans ! »

Tout le monde eut le vague sentiment d'avoir peut-être manqué quelque chose, là, avant que Nan, non sans hésitation, osât faire remarquer Mon Dieu... enfin vous savez... cinquante ans... c'est vraiment un âge charnière, hein ?

Jake eut un sourire radieux, littéralement triomphant. « Ouais ouais, approuva-t-il, mais attendez : il n'a que vingt-sept ans, ce mec ! »

Une rumeur d'amusement général vint récompenser cette chute.

« Tu *plaisantes*…, fit Susie.

— C'est *vrai* », affirma Jake, mastiquant énergiquement un morceau de quelque chose pour s'en débarrasser avant de se lancer dans la suite : « Il n'achète que des trucs de vieux, c'est une obsession. Il a une baignoire spéciale, avec une porte. Et il oublie toujours de la vider avant d'ouvrir. Trois fois, il a inondé l'appart d'en dessous.

— Oh, *Jake*, pouffa Susie, tu inventes n'importe quoi !

— Non, je te *jure* ! protesta Jake, écarquillant les yeux pour bien prouver sa sincérité. L'autre jour, il est arrivé au bureau avec une canne pliante : il nous a dit qu'il avait failli se tuer avec.

— Comment ça ? demanda Nan.

— Eh bien, elle s'est *repliée*, hein ? Il dit qu'il va peut-être la remplacer par un de ces trucs pour s'appuyer quand on marche, en forme de cadre, là…

— Un déambulateur, déclara Sid avec assurance — comme si l'idée, au moins, ne lui était pas totalement étrangère.

— Ouais, c'est ça. Non, ce mec est *cinglé*, je vous dis. Il prétend que ce qui lui fait le plus envie au monde, c'est un fauteuil monte-escalier — il s'était promis de s'offrir ça pour son fameux cinquantième anniversaire, mais maintenant il dit qu'il n'aura sûrement pas la patience d'attendre aussi longtemps !

— Donc, il est… vraiment *atteint*, c'est ça ? » fit Susie, sérieusement intriguée à présent.

Jake haussa les épaules. « À part ça, il a l'air normal.

— Célibataire, j'imagine, laissa tomber Sammy.

— Il a une nana. Un canon. Enfin — pas mal pour son âge, en tout cas. Elle a cent six ans.

— Oh, *Jake* ! » hurla Susie, le frappant à coups de serviette, au grand déplaisir de Sid, comme celle-ci atterrissait sur son poulet.

« Vous savez… », commença Sammy – tout à la fois hésitante et déterminée, un peu comme si elle se préparait à annoncer à l'aimable assemblée qu'enfin, elle avait résolu de quitter définitivement la pataugeoire pour se lancer dans le grand bain. « Je pense que je préfère véritablement la cuisine indienne à toute autre sorte de – enfin, la cuisine chinoise, aussi, peut-être… mais l'indienne et la chinoise sont vraiment les cuisines que je préfère, vous savez, depuis quelque temps. Avant, c'était la cuisine italienne… et *française*, aussi, bien sûr…

– Moi, je mange à peu près de tout, oui, de tout, déclara Sid. À part les abats. Je ne supporte pas les abats, sous aucune forme.

– Je les hais, chuchota Nan.

– Donc, après le pudding, avait déjà enchaîné Susie, qui veut voir *Casablanca* ? Levez la main !

– Le *foie* ! s'exclama Sid, la bouche grande ouverte puis refermée avec une expression de répulsion quasiment lascive, l'air propulsé entre ses dents comme pour éjecter le mot le plus loin possible de ses muqueuses.

– Le foie de *veau*, ça passe…, murmura Jake. Pourquoi est-ce qu'on parle de ça, d'ailleurs ?

– Très bien – si personne n'a envie de voir *Casablanca*, pourquoi ne suggérez-vous pas autre chose, alors ? fit Susie, l'air boudeur. Et *non*, Sid, pas de James Bond. À moins qu'on joue à un jeu ?

– Quant aux *rognons*, reprit Sid avec fureur (il avait déjà oublié James Bond), il n'y a qu'à *imaginer* leur *fonction* dans l'organisme. » Sur quoi il émit un *Beuuurkk* évocateur, si sonore, si guttural qu'il aurait pu retourner n'importe quel estomac et donner la nausée à n'importe qui. Carlo réapparut, accablé par les toutes dernières nouvelles de sa vie hautement personnelle, lesquelles une fois de plus se révélaient désespérantes, et s'enquit, moyennement intéressé : Qu'est-ce qui ne va pas ? Pourquoi personne ne parle ? Sur quoi Sammy marmonna quelque chose à propos des, euh des *fonctions* organiques, et Carlo répondit Oh je vois, on rigole bien ici, merci, sympa les mecs.

Clodagh prit une gorgée de chianti et déclara (avec une vivacité étonnante de sa part) J'aime beaucoup tes rideaux, Susie.

« Ils sont superbes, n'est-ce pas ? fit Susie avec enthousiasme. C'est une mousseline vraiment pas chère que l'on trouve à...

– Oh *pitié*, Susie, coupa Jake, épargne-nous la saga des rideaux-teints-à-la-maison – ce sont des *rideaux*, point barre, d'accord ? Et on a tous entendu ça cent fois.

– Ah ouais ? Ah *ouais* ? Eh bien moi, j'aimerais bien te voir faire quelque chose d'un peu *créatif*, Jake – essaie, une fois de temps en temps, pourquoi pas ? Je te jure, Nan – tu devrais aller chez *lui*. C'est une vraie *décharge*.

– Ça se mange, ces fruits, là ? demanda Sid avec précaution. Ou bien c'est juste fait pour regarder ? Pour décorer ?

– Mmm ? fit Susie, se penchant. Bien *sûr* que ça se mange, Sid, évidemment. Servez-vous. Non, franchement, Nan, si tu *voyais* l'appart de Jake...

– C'était juste pour savoir, déclara Sid, sélectionnant attentivement une banane avant de se rabattre brutalement sur une grappe de raisins.

– Ce n'est *pas* une décharge, du tout, affirma Jake d'un ton dur. Absolument pas, Nan – ne l'écoutez pas. Sammy – tu peux me passer le rouge, s'il te plaît ? C'est ce qu'on appelle le *move* industriel, Susie, si tu veux le savoir... »

Susie ricana. « La *merde* industrielle, tu veux dire.

— Ha, ha, fit Jake d'une voix sèche. Avant, on appelait ça high-tech. On y ajoute des éléments rétros de pop art.

— Oh *non*, mais ce qu'il faut *entendre*! s'exclama Susie. Et en plus, il est sérieux, tu sais, Nan – il est *tout à fait* sérieux!

— *Casablanca*, ça ne me dérange pas, intervint Sammy, l'air néanmoins rongé par le doute. Ou pourquoi pas l'autre, là... celui avec cet homme, ce type, là, le mec marrant...?

— Ce qu'il a chez lui, continuait Susie, d'une voix forte, c'est le genre de vieilles étagères métalliques que l'on trouve dans les *garages*, tu vois, dans cette espèce de gris immonde et sinistre, et des tréteaux de chantier, et une espèce d'énorme bobine posée au milieu du plancher recouvert de vieilles boîtes de conserve!

— *Bobine*, ricana Jake, avec un mépris non feint. Ça s'appelle un tambour, et c'est fait pour enrouler les câbles de chantier, mon petit chou – et pour ce qui est des boîtes de conserve: Heinz et Campbell's. Ça te dit quelque chose? Warhol, tu as entendu parler? »

Susie resta pétrifiée, fixant Jake, l'œil exorbité et la joue cramoisie: sa bouche béante signifiait à qui voulait le comprendre que, de toutes les choses qu'elle aurait pu prévoir, de toutes les menaces diffuses qui pouvaient se matérialiser, la dernière était bien une telle claque dans la figure, comme assenée avec une grosse morue grasse et gluante, fraîchement pêchée et encore ruisselante d'eau de mer.

« Comment peux-tu...?! » Elle parvint enfin à déglutir, à reprendre souffle. « Comment *oses-tu* me demander à *moi* si j'ai entendu parler de...

— Bon, eh bien si on regardait ce film, alors..., intervint Clodagh, non sans hésitation. En fait, je n'ai jamais *vu Casablanca*, pour être honnête. J'en ai toujours entendu *parler*, bien sûr...

– C'est pas mal », déclara Sammy.

Sid retira délicatement un pépin d'entre ses dents, le déposa avec précaution sur le rebord de son assiette, secoua la tête et dit : Surfait.

« Nan ! s'exclama Susie en un crissement de chouette hulotte, il n'est pas *possible*, ce mec – c'est moi qui lui ai offert cette gravure de *Marilyn* en vert et orange, et imagine-toi que ce pauvre crétin n'a rien trouvé de mieux à faire que de lui dessiner une *moustache* – ce pauvre *crétin*.

– C'est du Duchamp, sourit Jake. Dada. » Sur quoi il leva les avant-bras comme pour se protéger le visage, baissa la tête, avec de grands yeux, et se sentit alors paré pour ajouter : « Tu as entendu parler ? »

Susie était presque debout, prête à se jeter sur lui, et Nan comprit que ce qui avait commencé comme une simple taquinerie d'amoureux – un échauffement des muscles en prévision d'une autre lutte, l'exhibition quasi sexuelle de leur confrontation aguicheuse – avait, à certain moment et sans qu'on s'en aperçût, tourné à autre chose, quelque chose d'assez vilain. Jake aussi l'avait peut-être senti : la sonnette résonnait encore qu'il s'était déjà levé de sa chaise et avait presque quitté la pièce en claironnant vers les convives qui n'avaient pas pris le parti de Susie : Pitié Empêchez-La De Me Tuer (Elle devient folle, quand elle est dans cet état).

« Il y a de la mousse au chocolat dans le freezer, si quelqu'un en veut », lança Susie à la cantonade, soudain très maîtresse de maison – transformant subtilement sa charge féroce contre Jake en un saut à la cuisine. Puis, plus doucement, à Nan qui l'avait rejointe : « Je ne le supporte pas, quand il est dans cet état. »

Nan se contenta de hocher la tête – il lui paraissait déjà naturel d'approuver toute opinion, tout sentiment passager que Susie pouvait exprimer : elle se surprenait à la suivre comme si cela allait de soi, avant d'avoir pu soupeser ou simplement déterminer ce dont il était question. Mais Nan savait aussi que tout à l'heure – quelques minutes auparavant, en fait – si elle n'avait pas exactement évité le regard de Susie, au cours de cet échange qui tournait au vinaigre avec Jake, elle avait sans aucun doute dissimulé son amusement. Nan était infiniment heureuse et soulagée que Jake soit là pour animer un peu la soirée (tout ce qu'avaient pu trouver à dire Sammy et Chloe – ou Cloder, enfin je ne sais pas comment ça s'écrit – l'avait franchement déprimée ; même Susie, avec son *Casablanca*, s'était vite montrée extrêmement lassante – Nan était bien obligée de le reconnaître) : je ne comprends rien à toutes ces histoires sur les classiques du cinéma. Je veux dire – je l'ai *vu*, leur fameux *Casablanca*, d'accord, et à la fin, il ne prend pas l'avion avec elle (pourquoi ? personne ne me dit jamais pourquoi), donc quel intérêt, juste ciel, de le revoir encore et encore et encore ? Et tout le monde de dire Oh, regarde – ça c'est un moment génial, j'adore ce moment-là, et puis c'est trop génial cette chanson, *A Kiss Is Still A Kiss* – c'est tellement *romantique* – et Tiens ! Tiens ! Écoute bien, en fait il ne dit pas vraiment *Play It Again, Sam* – tu le savais ? Woody Allen devait bien le *savoir*, lui, mais il a quand même gardé ça comme titre pour un de ses films (super, d'ailleurs, ce film : à hurler de rire). Vous aimez Woody Allen ? Moi, je le trouve génial : ses premiers films étaient vraiment marrants, et *Annie Hall* – ça m'a carrément fait décoller : comme la *cocaïne*, vous voyez ? Par contre, j'en ai trouvé d'autres pénibles : tous ceux du genre Ingrid Bergman. Non, non – ce n'est pas ça, tu te plantes : tu veux dire *Ingmar*, le metteur en scène – l'autre, c'est une actrice. D'ailleurs elle jouait dans *Casablanca*, qui est le classique des classiques, mon préféré, toutes époques confondues. Tout le monde croit que c'était Lauren Bacall qui jouait dans *Casablanca*, mais pas du tout – c'est dans l'autre, là, où elle se retourne sur le seuil et dit la fameuse phrase, Vous Savez Siffler, Non ? ou quelque chose comme ça, un truc hypersexe ; c'était avec Bogarde, encore un de ces vieux films. Non, c'est Bo*gart* que ça se prononce – Bogarde, c'est Sir Dirk, qui est mort lui aussi, à présent. Je l'ai bien aimé dans *Darling*. Et Julie Christie – elle est toujours absolument superbe, n'est-ce pas ? C'est bien la dernière personne que l'on soupçonnerait de s'être fait faire un lifting – mais bon, va savoir. Parce que la vie, hein – on n'en a qu'une. Personnellement, je ne suis pas du tout sûre que je supporterais la chirurgie esthétique, parce que les opérations, les hôpitaux – *beeeehhh* –, tout ça me terrorise, mais en même temps regardez Cher par exemple – effarant, pour son âge. On lui a décerné un Oscar pour je ne sais plus quoi (elle avait une robe incroyable) ; je ne supporte *pas* tous ces trucs d'Oscar et de César (vous supportez, vous ?), où on les voit toujours sur leur trente et un, en train de se taper dans le dos et de se congratuler et de remercier le monde entier, et puis de *pleurer* quand ils en reçoivent un. Hitchcock, savez-vous, n'a jamais remporté un Oscar de son vivant – enfin je crois que c'est Hitchcock. C'est peut-être l'autre, là, le mec qui a fait *Citizen Kane* – voilà un film, par exemple, que je n'ai jamais pu complètement *comprendre*, alors que tout le monde dit que c'est un chef-d'œuvre. Orson quelque chose. Tous les gens prétendent que c'est leur film préféré (Welles, Orson Welles), ou alors c'est *Casablanca*, mais bon, je l'ai vu, ce fameux *Casablanca* et franchement, vous savez : je sais comment ça *finit* (et *pourquoi* est-ce qu'il ne… enfin, bon ? Et personne ne fait jamais la remarque : *pourquoi* est-ce qu'il ne prend *pas* l'avion avec elle ? Mmm ?) et honnêtement, je n'ai pas envie de me taper tout ça une fois de plus. Et qu'est-ce que ça *change*, en fait, qu'ils aient Paris pour toujours ? Parce qu'ils ne l'auront pas toujours : c'est du pipeau. On ne possède vraiment plus du tout, du tout ce qui n'est plus là, parce que, par définition – c'est du *passé*, c'est *fini* ; la seule chose qui nous reste, c'est cet immense avenir, tout blanc, angoissant – tous ces jours vacants qui peuvent se voir souillés ou enrichis par à peu près n'importe qui ou n'importe quoi, ce qui croisera notre route. Et c'est là, selon moi, ce qu'il y a de passionnant et de terrifiant à se réveiller chaque matin : le fait de ne rien *savoir* – ce qui, mon Dieu, peut être considéré comme une bonne chose, en fait, en y réfléchissant, parce que, imaginez, imaginez seulement ce que le contraire donnerait. C'est seulement en ne voyant rien qu'on peut continuer à avancer.

Nan rejeta ces pensées d'un haussement d'épaules et récupéra une certaine bonne humeur, comme Jake revenait (on aurait dit que sa présence illuminait la pièce – vous voyez ce qu'elle veut dire ?).

« Hep, vous tous ! s'exclama-t-il sur le seuil. Voici Tony ! » Jake l'entoura d'un bras ferme et lui pétrit l'épaule – et accompagna l'entrée maladroite de son ami de l'inévitable sourire niais, mi-ravi mi-embarrassé, qu'imposait la circonstance. « Tony, je te présente la célèbre Susie – qui, je crois, m'aime encore !

– Je te *hais*, oui, sourit Susie. Bonsoir, Tony. Je vous présente Nan – une nouvelle venue à l'asile – et Sammy, qui vit aussi ici, comme Carlo... où est... ? Oh, Carlo a dû s'éclipser une seconde – pas de *réflexion*, Jake, pour l'amour de Dieu. Et voici Clodagh – et enfin Sid. »

Les yeux de Tony s'étirèrent simultanément avec sa bouche, tandis que sa paume ouverte décrivait un mouvement d'arc-en-ciel en un salut général et stylisé qui, il l'espérait, conviendrait à tout le monde.

« Asseyez-vous donc, Tony ! s'exclama Susie, reprenant aisément son rôle d'hôtesse. Avez-vous déjà mangé ? Il y a largement de quoi. Jake – tu trouveras encore du chianti sous l'évier. »

Tout en se dirigeant vers la cuisine, Jake répondit à Susie, d'une voix de stentor : « Ouais, ouais – Tony a sûrement mangé : il est toujours en train de s'empiffrer, pas vrai Tony ? Et toujours de ces saloperies américaines. Si ça ne vient pas tout droit des *States*, n'est-ce pas, le gars se tire immédiatement – hein, Tony ? Dis-nous donc ce que tu as mangé pour le dîner. »

Nan observa Jake qui revenait d'un pas dégagé, deux bouteilles noires ballottant mollement, pendues à ses mains puissantes et vaguement parsemées de poils roux.

« En fait, elles n'étaient pas rangées sous l'évier, sourit-il en les posant bruyamment sur la table. Elles étaient sur le rebord de fenêtre. Enfin – tu avais raison pour la cuisine, au moins. »

Le coup d'œil de Susie fut d'acide pur – auquel elle incorporait déjà copieusement de la mélasse, prête à se tourner vers Tony.

« Alors, dites-nous, Tony : qu'y avait-il au menu, ce soir ? »

Tony prit une gorgée du vin que Jake lui avait servi, sourit, étendit ses longues jambes – son expression d'aimable convivialité s'altérant à peine comme il murmurait une excuse, car elles avaient brièvement frôlé quelque chose sous la table (Sammy marmonna Pas grave) –, et, accompagnée de l'éclat de dents innombrables, immenses et immaculées, sa voix roula comme un torrent bienveillant :

« Des fèves de Lima et du corned-beef à la poêle, Susie – avec deux trois Bud.

– Une fois, j'ai mangé du gruau de maïs, en Amérique, fit Clodagh d'un ton léger.

– Mis à part leurs hamburgers, affirma Sid – élevant son verre et clignant de l'œil en direction de Jake et de la bouteille de chianti, alternativement –, la cuisine américaine est complètement surfaite. Je veux dire – c'est *quoi*, ces fameuses fèves dont vous parlez ? Des haricots noirs, c'est ça ? Comme dans cette soupe horrible, là ? »

Tony, on ne sait comment, parvint à sourire encore plus largement que largement – et encore plus largement, d'aucuns le remarquèrent, quand, glissant sur les visages, il s'arrêta sur Nan.

« *Hééé...*, fit-il lentement, avec une candeur désarmante, on ne va tout de même pas parler de *fayots*...
– Absolument ! rugit Jake. Bon, on fait *quoi*, alors ? On ne va pas se taper ce film, j'espère.
– Oh, non, non ! fit Nan, très vite – sans regarder Susie, car Susie, elle, la fixait (chose qu'elle semblait faire en permanence).
– *Quatre mariages et...*, laissa tomber Clodagh, comme pour elle-même.
– Oh non, *merde* ! protesta Jake – et même si Nan fut surprise de sentir monter à ses lèvres, venu de loin, et presque s'y installer, un sourire de connivence, elle dut s'employer à le réprimer, car en fait, elle aimait vraiment beaucoup Hugh Grant (mais même dans celui-là – pitié : pas *encore* ! On *sait* qu'il finit avec cette espèce d'Américaine finalement complètement agaçante et plutôt décharnée, alors que l'Anglaise – pas Tronche de cane, même si elle est pas mal non plus –, mais l'autre, la fille classe – était à des *lieues* au-dessus : enfin, mieux vaut peut-être éviter ce genre de réflexion en présence de Tony, parce qu'ils peuvent être drôlement susceptibles, ces Américains, vous savez – Nan avait déjà remarqué ça – et quelquefois pour des détails complètement infimes).

« Café pour tout le monde ? proposa Susie. Vous prendrez bien du café, n'est-ce pas, Tony ?
– *Yeah*, du café », intervint Jake, avec un accent fleurant bon le ranch et le cuir de selle.

Tony lui adressa un sourire, puis ferma les yeux, d'un air de sereine approbation : « *Merci*, Susie.

— Très bien », fit celle-ci, se levant et commençant de débarrasser les assiettes. Nan et Sammy — et Clodagh, après un petit temps — tendirent aussitôt les bras et restèrent là, niaisement, les mains au-dessus d'un reste de ceci et d'un saladier de cela, désireuses de montrer leur bonne volonté, jusqu'à ce que Susie leur assure que non, c'est bon — ne bougez pas — je n'ai pas besoin de vous, vraiment. « Jake a de l'herbe excellente, si ça dit à quelqu'un. Et si on faisait un jeu de la Vérité, si personne n'a envie de regarder un film ? Bonne idée, ou mauvaise idée ? Qu'est-ce que vous en dites ?

— *Beuuurkk*, frissonna Sammy, secouant ses cheveux. La simple *odeur* de ce truc-là me rend malade. Je ne sais pas comment vous pouvez avaler ça — enfin, inhaler ça. Moi, à l'école, je n'ai même jamais réussi avec une cigarette normale — j'avais toujours des haut-le-cœur. Enfin, je suis bien contente, maintenant — trop mauvais pour la santé, c'est *complètement* évident. Ce devait être des Gold Leaf, je crois bien…

— C'est quoi, ce jeu, Susie ? s'enquit soudain Tony (l'air tout à la fois intrigué et séduit, mais sans doute était-ce là pure politesse, avait-elle vivement conclu).

— Je *pense* que…, pensa Clodagh.

— C'est un jeu très simple, très direct, coupa Jake, en veine d'explications. Assez marrant. Tu mets les gens dans n'importe quelle situation imaginaire…

— Et tu leur poses…

— Ouais, merci, Sammy — des *questions*. Ça va, je peux continuer, Sammy ? Oui ? Parfait. Et tout le monde a juré sur l'honneur de répondre la vérité. Si quelqu'un pense que la personne ment, on peut la mettre en doute jusqu'à ce qu'elle craque.

— C'est bien plus drôle que ça n'en a l'air, renchérit Susie. Croyez-moi.

– La plupart de ces soi-disant jeux intellectuels sont extrêmement surfaits, prévint Sid. Ça ne sert qu'à mettre les gens dans l'embarras, rien de plus.

– Oh, on n'est pas *obligés* d'y jouer, précisa Susie.

– Mais bien sûr que *si*, on va y jouer, affirma Jake avec force. Pourquoi pas ? C'est autrement plus intéressant que ton pauvre *Casablanca*. Bien, braves gens – déroulez le tapis rouge : voici, mes amis, le joint du siècle – un prince dans un océan de prolos. Mesdames et messieurs, je peux vous assurer en toute sérénité qu'un pétard comme celui-là – ça ne s'oublie jamais.

– Oh pour l'amour du *ciel*, Jake, se lamenta Susie, allume ton truc et fais-le *tourner*, bon Dieu. Fais-en deux ou trois, comme ça ils ne seront pas tout trempés, comme le mien la dernière fois. Miles Davis, ça convient à tout le monde ?

– Pourquoi pas les Beatles ? s'enquit Sid. C'est cool – mais pas le cool *agressif*, comme tous ces trucs de jazz d'ascenseur. » Il tira une profonde bouffée sur le joint qu'il avait plus ou moins arraché aux doigts serrés et assez peu complaisants de Jake. « *Sergeant Pepper*, par exemple, ce serait plutôt pas mal.

– Je ne suis pas sûre que nous *ayons*…, répondit Susie, hésitante.

– Si, on l'a, coupa Jake. Quelque part dans la pile, là-bas – ça fait des siècles que je ne l'ai pas écouté.

– Moi, j'adorais, soupira Sammy. Ça, et *Bridge Over Troubled Water*. Je ne sais plus du tout si ça me plairait, aujourd'hui. Maintenant, je suis plutôt branchée…

– *Pffffuuuu*, fit Jake, les épaules voûtées, mimant l'épuisement total.

– Si je *t'ennuie*, tu n'as qu'à le dire, déclara Sammy d'une voix sèche.

– Eh bien tu *m'ennuies*. Tout le monde se *moque* de tes goûts musicaux, tu sais, Sammy ? Mmm ? Il faut voir les choses en face. Ça n'intéresse *personne*.

— Oh, mais *laisse-la*, Jake, souffla Susie. Tiens, le *voilà* – super-pochette. Sur un CD, on ne discerne pas aussi bien tous les détails. On essayait toujours d'identifier les gens – vous aussi, non ? On n'a jamais réussi à déterminer qui c'était, au dos – et je ne me souviens jamais qui est le boxeur noir.

— Ali, dit Sid.

— Non – non ce n'est pas lui, pas du tout ! » s'exclama Clodagh, presque avec frénésie. Son visage exprimait une telle urgence que même Jake suspendit ce qu'il était sur le point de déclarer (probablement quelque sottise à propos de Frank Bruno, ce genre). « C'est… c'est… Oh, mon Dieu, ce n'est pas Ali, c'est *l'autre*… oh mince, je ne *connais* que…

— Sonny Liston, dit Carlo, qui s'était soudain matérialisé parmi eux.

— C'est *ça* », fit Sammy d'un ton sans réplique. Puis, à Carlo : « Alors ? »

Carlo secoua la tête avec un désarroi non feint.

« Sonny *Liston*… ? répéta Clodagh, l'air complètement effaré. Mais qui c'est Sonny *Liston*… ?

— Jake, tu veux bien aller voir si le café est prêt ?

— Vos désirs, Ô Impératrice Susie, sont des ordres. Tu vois, Tony. Je sais me tenir à ma place. D'ailleurs j'ai intérêt. »

Nan, qui l'observait, ne le quitta pas des yeux tandis qu'il se levait, souriait, s'étirait, bâillait, se grattait le ventre, ébouriffait ses cheveux et s'éloignait vers la cuisine, les jambes raides.

Clodagh était vautrée de tout son long sur le divan, la tête à peine surélevée par ce qu'elle avait d'abord pensé être une espèce de coussin avant de constater, l'ayant saisi, que c'était probablement un jeté de lit plié, et pas nécessairement très épais. « Oh noooon, gémit-elle – d'un ton d'une réelle sincérité – ça ne va pas encore être à *moi*, quand même ? »

Susie battit des mains, absolument ravie, tandis que Jake s'exclamait Mais si, mais si – c'est ton tour, Clodagh, et *tiens*, voilà ta question.

« Tu n'as qu'une chose à faire, affirma Sammy avec une sentencieuse sérénité qui commençait à rendre Nan très légèrement cinglée, c'est dire la vérité. Tu n'as même pas à *réfléchir* ni rien – tu donnes simplement la réponse qui est en toi.

– Ouais… », renchérit Jake – quelque peu à contre-cœur, néanmoins, parce que *certes*, c'était l'idée, on ne pouvait le nier, mais comme tous les jeux, celui-ci était censé être au moins un peu… comment dire ? Amusant ? Distrayant ? Enfin quelque chose comme ça. Bien sûr, la libanaise avait son rôle à jouer dans la langueur générale (Tony avait apporté avec lui un ou deux grammes de coke – et il lui avait dit que c'était un peu, enfin ?… tu évites de l'exhiber, d'accord ? Susie n'apprécie pas trop ça chez elle) ; mais dieux du ciel, quand on posait à Sammy, comme je l'ai fait tout à l'heure, une question du genre Qu'est-ce que tu choisirais d'acheter dès demain, immédiatement, au réveil, si l'argent ne posait aucun problème – on n'avait pas franchement envie de s'entendre répondre *ça* (n'est-ce pas ?) :

« Des pots de fleurs », répliqua aussitôt Sammy, sans ciller. « Enfin, des *jardinières*, plus exactement », précisa-t-elle, l'air grave. « En terre cuite, de préférence. J'ai toujours trouvé affreusement *nu* ce bout de mur, juste à côté de la fenêtre de la cuisine, et…

– Ouais, ouais, coupa Jake – et l'agacement se mêlait à un réel effarement. Merci, Sammy – et bonne nuit. »

Et là, c'était de nouveau le tour de Clodagh (elle avait à peu près assuré lors des trois premiers tours – raisonnablement sincère, et pas trop l'air d'une andouille, telle était l'opinion générale).

« *Sid* », fit soudain Jake d'un ton ferme (autant prendre Sid, se disait-il, avant que le pauvre mec ne soit complètement cassé : il avait apparemment été sevré et mis au hasch à un très jeune âge, et le besoin de téter le joint ne l'avait visiblement jamais abandonné). « C'est vous qui posez la question, cette fois. Celle que vous voudrez. »

Sid hochait la tête – tel un vieux sage, peut-être, même si personne ne le croyait vraiment. Après quelques dodelinements, un vague sifflement et une exhalaison ou deux, Susie était prête à foncer et à poser elle-même sa question – mais Sid se reprit (il sembla soudain quasiment éveillé) et sa bouche en forme d'ellipse se mit lentement à former des mots qui sortaient un à un – chacun comme une affaire à saisir, et séparé du précédent et du suivant par une pause gracieusement offerte par la maison.

« Bon... Okay, d'accord... Susie...
– Clodagh.
– Clodagh, c'est ça, Clodagh... absolument... *Clodagh*...
– Oh, *écoutez*, stridula Susie, que quelqu'un d'*autre* s'en charge – sinon on va y passer la nuit. Où est Carlo ? »

Jake émit un bruit nasillard. « À ton avis ?
– Non, non, insistait Sid. Ça y est, je l'ai. C'est bon. Bien, Clodagh – voilà la question : est-ce qu'il y a un homme qui te plaît, dans cette pièce ? »

Jake et Susie ricanèrent de concert (enfin, *voilà* de la question ; ça finissait généralement par tourner à ce genre de chose, évidemment – mais juste ciel, ça avait pris des siècles, ce soir – tu m'étonnes, avec Sammy et ses pots de fleurs à la con).

Clodagh s'était à demi redressée – appuyée de tout

son poids sur un coude qui, selon Susie, n'allait pas tenir longtemps. Elle secouait la tête sur un mode j'ai-déjà-vu-ça-quelque-part particulièrement agaçant et tiré – aux yeux de Nan en tout cas – de ces atroces séries américaines : Hé-les-mecs-je-n'y-crois-*pas*, le résultat étant une parodie de stupéfaction horrifiée – même si, Nan devait le reconnaître, j'imagine qu'un peu de comédie n'est pas malvenue.

« Ouuuuiiii… », finit par dire Clodagh, le regard toujours baissé, la tête encore vaguement agitée de balancements résiduels.

« *Qui ?* » rugit Jake.

Sur quoi Clodagh leva les yeux, l'air surpris et un tantinet outragé, comme confrontée à une injustice. « Ce n'était pas *ça* la question – j'ai *répondu* à la question, et maintenant, c'est à mon tour d'en poser une autre à quelqu'un – pas vrai, Susie ? C'est bien ça la règle, hein ? » Puis, comme s'élevait une rumeur de frustration : « J'ai *répondu* à la question… ! »

– Elle a raison, vous savez », arbitra Sammy.

Susie le savait bien, mais lui lança néanmoins un regard haineux, avant de s'abandonner à la résignation. « Okay, okay – tu as gagné, Clodagh : vas-y, pose ta question.

– *Parfait*, Susie, fit Clodagh, ravie – j'ai une question pour Jake. Jake : est-ce que tu as eu ce soir une pensée cochonne – je veux dire une pensée sexuelle – à propos de quelqu'un dans cette pièce ?

– Non ! Je plaide non coupable ! s'exclama Jake, dominant les gémissements et les clameurs.

– Tu *mens* ! cria Susie. Je ne te crois *pas* !

– Moi non plus », renchérit Tony en riant – et en riant de plus belle comme Jake faisait mine de lui donner un coup de poing sur l'épaule, et le manquait.

« Mais *évidemment* que je mens, brailla Jake. *Évidemment* que j'ai eu des pensées…

– Il en a *tout le temps*, des pensées cochonnes, affirma Susie. Il est franchement répugnant – n'est-ce pas, Jake ? Un vrai malade. Bon – à moi.

– Hé là ! s'exclama Jake, outré – renversant un peu de vin dans son élan. « Où tu vas, là ? C'est à *moi* de poser une question maintenant – à moi.

– *Faux !* rétorqua Susie. Tu as *menti* – tu l'as dit *toi-même*, Jake ! »

Jake se trouva un instant pris de court. « Oh… *ouais*, mais… !

– C'est les *règles*…, coupa Susie, impitoyable. Donc, c'est à moi, d'accord ? Bien – essayons d'avoir quelques *vraies* réponses, maintenant. Nan – à toi de tout nous dire, et dis-nous la *vérité*, n'est-ce pas ? Bien : qui te *plaît* vraiment, dans cette pièce ? »

Et tandis que Jake se mettait, de deux doigts raidis, à tambouriner sur la table tout en hululant comme un chien de prairie, Nan leva les yeux au ciel – et malgré la protection élastique de son sourire, sentit le feu monter à ses joues. Comme le murmure général s'estompait, Susie se tourna vers Clodagh et lui expliqua fort patiemment que c'était là la bonne *formulation*, pour les questions, tu vois – comme ça, tu n'obtiens pas seulement un oui ou un non : tu obtiens un *résultat*.

Tous les yeux (sauf ceux de Sid, fermés) étaient à présent fixés sur Nan, qui pressa vivement ses mains blanches aux doigts lisses de chaque côté de son visage, creusant ses joues pour faire de sa bouche un ovale de silence mortifié. Son regard, quoique brillant de l'excitation de la soirée, était encore vaguement empreint d'angoisse – et comme elle fermait les paupières tels des volets, tandis que ses dents supérieures venaient brièvement écraser sa lèvre inférieure avec un bruit de succion, Susie comprit qu'elle s'apprêtait à répondre. Sans trop savoir, toutefois, si tout ce cinéma était le pur produit d'une aimable charité – destiné à en donner au bon public non seulement pour son argent, mais un petit supplément de suspense érotisant – ou avait servi à gagner du temps et éventuellement élaborer une stratégie de fuite point trop risible.

« Aloooors ? fit Jake d'une voix égrillarde.

– On attend », insista Sid – l'air incroyablement éveillé, tout à coup – avec une expression radieuse aussi peu naturelle que nécessaire.

« Quel *dommage*... » – c'était la voix mélancolique de Sammy (nullement en accord avec l'humeur du moment, se dit Susie avec un fort accès de rancune). « Carlo qui va manquer ça...

– De toute façon, il manque *tout*, fit Jake d'un ton sec. Il y a des gens qui se bougent, qui attrapent la vie par la peau du cou – et d'autres qui passent la leur sur les chiottes. Allez, Nan ! La vérité ! La vérité ! Répondez ! Répondez !

– Eh bi-eeennn..., articula Nan d'une voix traînante.

– Ta réflexion était infecte, Jake, commenta brièvement Sammy.

– Elle va dire "personne", soupira Clodagh. Et elle en a le *droit*, tu sais, Susie, malgré ce que tu dis – c'est une *réponse*.

– Oh, pour l'amour de *Dieu*, Clodagh – ne lui souffle *pas* ce qu'elle a à répondre, siffla Susie. De toute façon, "personne", c'est minable, comme réponse. Tout le monde est d'accord, n'est-ce pas ? Ce serait trop minable, quand même !

– Mais tout ce que je dis..., protesta Clodagh.

– Oh, mais fermez-la donc, tous ! beugla Jake. Putain, mais laissez-la *parler*. Allez, Nan – l'heure a sonné. Vous ne pouvez plus traîner les pieds, là.

– Bon, très bien, dans ce cas, acquiesça Nan. Je vais vous le dire. C'est... » Et pendant le silence absolu qui suivit, toutes les respirations suspendues, elle se tourna et regarda Susie bien en face... « *Tony*. »

Cette révélation déclencha un grand soupir de soulagement (Sammy souriant, Clodagh désignant Tony d'un index réjoui, tout en essayant de l'autre main de couvrir ses dents), mais déjà Jake s'était rué sur Tony et mimait sur lui une frénétique copulation canine, tandis que Susie éclatait de rire, puis s'autorisait sans vergogne un sourire sur le mode c'est-bien-ce-que-je-*pensais*, teinté de l'imperceptible cynisme de qui connaît la vie. Sid demeurait immobile, triste comme une allée de cimetière.

« Wouah…! » Telle fut la réaction de Tony, enfin dans l'immédiat. Son visage semblait plein d'attente, à la fois heureux et hésitant, tandis que Nan secouait la tête, un peu à la Clodagh, sans doute pour signifier – à elle-même comme aux autres – qu'elle ne pouvait pas croire (vous entendez bien?), qu'elle ne pouvait pas croire qu'elle avait dit ça!

Carlo se dirigeait vers la table, avec sur le visage son éternelle expression d'aimable effarement. Qu'est-ce qui se passe, voulait-il savoir : c'est quoi tout ce chahut?

« Ce n'est pas toi que Nan préfère, déclara Jake d'une voix dure. Mais c'est vrai que tu n'étais pas présent dans la pièce, n'est-ce pas, Carlo? Parce que tu n'es *jamais* présent.

– *Laisse-le*, fit Sammy d'un ton menaçant, pour l'amour de *Dieu*, Jake. »

Il devait apparaître plus tard (« Pas possible ! » s'exclama Jake) que personne ne savait ce que Sid faisait là : finalement, il s'avérait qu'il n'était l'ami de personne.

Et dès le lendemain, Tony avait appelé Nan pour l'inviter à sortir – exactement comme, en l'embrassant pour lui souhaiter bonne nuit – il le lui avait promis. Et après tant de mois écoulés, ce n'était pas pour cette raison que Nan se souvenait de cette soirée de bienvenue, ni parce qu'elle avait marqué le début de sa relation suivie – jusqu'à une date récente – avec Tony. Non, se disait Nan : non, pas du tout. Ce dont je me souviens surtout (et pour toujours peut-être ? Qui sait ? Le doute est en moi : qu'est-ce qui peut durer *toujours*, en fait ? Existe-t-il encore une seule chose qui puisse *durer* ?), mon seul souvenir de cette soirée, c'est Susie, et uniquement Susie, et la toute première fois où je lui ai menti en la regardant bien en face.

Chapitre IV

Les lèvres et les yeux de Nan s'employaient une fois de plus à mettre en scène le témoignage aisément crédible d'une authentique satisfaction, que confirmaient un abaissement des paupières et un sourire discret, plein d'une niaise affection. Les doigts de Tony jouaient avec les siens et elle ne les pressait pas, mais ne retirait pas non plus sa main – équilibre délicat qu'elle avait appris à rude école. À présent, Tony devait certainement être tout aussi conscient et angoissé qu'elle de la manière dont cette histoire évoluait ; si seulement cela le poussait à ne plus rien *dire*, mais non – jamais. Il laissait les paroles planer là entre eux comme des lances pointées – et comme, outre le sourire un peu niais, elle ne répondait rien, il ne s'était jamais contenté, pas une seule fois, de les laisser s'émousser et se dissiper, de sorte que Nan pourrait prétendre les avoir oubliées, ou ne pas les avoir entendues. Mais non. Il fallait – comme il allait une fois de plus le faire, là, elle le savait – qu'il répète, encore et encore :

« Nan. Nan, ma chérie – tu n'as pas entendu ? Je *t'aime*, Nan, mon petit ange. Je t'aime comme je n'ai jamais aimé personne – et de loin. J'ai besoin de toi, mon bébé – j'ai besoin de toi pour toujours. Je n'ai jamais, jamais cru que cela pourrait m'arriver. »

Nan se leva et fit les trois pas qui suffisaient pour la porter jusqu'au fond de la chambre sombre et peu sympathique de Tony. Dans la pièce voisine (enfin – juste de l'autre côté de la cloison), se dressait un vieux réfrigérateur américain, énorme et ventru, vert de Nil et orné de chromes, semblable à une Buick ronronnant à la verticale : un truc immense et somptueux, contrairement à tout le reste ici. À l'intérieur il y avait toujours un sac d'oranges – de cela, on pouvait être sûr (et c'était bon, songeait Nan, de pouvoir être sûre de quelque chose, à présent – bon au point d'amortir tout le reste).

Elle s'adossa négligemment à la cloison de placoplâtre qui vibra légèrement lorsqu'elle plongea l'ongle de son pouce dans l'écorce ferme d'une orange. À côté d'elle, était scotché un dépliant de papier glacé tiré d'un magazine que Tony se faisait envoyer, et exhibant non pas – c'était déjà ça – un extraordinaire buste huilé, mais un mur solide de ce que Nan supposait être des joueurs de football américain, entièrement capitonnés de noir et blanc et la mine sévère (menaçants, sous leurs casques), bras croisés, chaque avant-bras infiniment plus épais et plus musculeux que toutes les cuisses qu'elle avait pu connaître.

« Pourquoi, soupira Tony, ne me réponds-tu pas la même chose ? »

Et pourquoi, songea Nan – une fois de plus, une fois de plus –, te crois-tu obligé de me poser la question ?

« Écoute, Tony, fit-elle (et son ton n'était-il pas plus las que jamais, cette fois ?), on est très bien comme ça, non ? Mmm ? Laissons les choses comme elles sont. D'ac' ? »

Tony leva les yeux (était-il frustré ? Cherchait-il quelque distraction ?) vers un des coins du plafond bas, puis passa à l'autre. Il secoua doucement la tête comme pour exprimer une sorte de tristesse muette, tandis que Nan, elle, baissait la sienne. C'est vraiment idiot, tout ça, se disait-elle. En fait, ça va plus loin que la simple idiotie, évidemment, mais le seul fait de *dire* ces choses-là, c'est quand même idiot, n'est-ce pas ? Parce que, quel que fût leur état mental, en cet instant fragile de ce court et interminable séjour qu'ils faisaient dans la vie l'un de l'autre, « très bien » était non seulement approximatif, mais en fait à mille lieues de la direction générale que, selon Nan, les choses prenaient.

Même si, au début, c'était différent – en ces, comment dire, en ces jours heureux, peut-être ? – où Nan, nouvelle venue à l'appartement, bénéficiait du réconfort chaleureux que lui apportait Susie, bien qu'encore couverte de cicatrices douloureuses et effrayée par la succession d'enfants en bas âge qu'on lui confiait brièvement (alors qu'elle sentait encore en elle, âprement, sourdre l'amour qu'elle éprouvait toujours pour Adrian et Donna – qui font quoi, se demandait-elle souvent, que font-ils à cette minute précise – maintenant que Nan avait disparu de leur présent, et de leur avenir ? Quelle chose étrange que tout cela puisse continuer, en sa totale absence).

« Une toile, ça vous dit ? » Voilà ce qu'avait prononcé Tony (et aux oreilles de Nan, c'était exactement ce que cela évoquait, comme toujours avec les Américains : une scène tirée d'un film). Et Nan avait répondu Super – parce que c'était tout à fait le genre de chose simple qui lui disait : une toile, une pizza quelque part, une partie de bowling (ils en avaient fait une, un soir, et Nan s'était révélée meilleure que Tony – à chaque coup – mais ça n'avait pas l'air de le contrarier, il se contentait de rire et de la serrer contre lui ; toutefois, ils n'y étaient jamais retournés) et puis peut-être une ou deux vidéos, et puis on rentre chez moi pour prendre une bière tranquilles, je sais pas ? Et tout cela aussi lui disait – tout comme le contact de la peau de Tony sous ses doigts hésitants (l'idée d'une nouvelle brûlure la glaçait). Le sexe – cette ombre omniprésente – s'était révélé chose légère et délicieuse : ils s'étaient vautrés dans le canapé de la chambre meublée étonnamment petite et déprimante de Tony, elle sirotant puis avalant goulûment du vin californien, lui ne la quittant pas des yeux tout en sniffant de la coke. Chose que Nan ne faisait pas. Puis qu'elle avait fait. Donc c'est au lit qu'ils s'étaient retrouvés un peu plus tard, et leurs sourires languides, les baisers collants qu'ils se donnaient sur les épaules leur assuraient tous deux que quelque plaisir avait certainement été reçu là, et peut-être donné.

Puis, Tony commença avec ses « Pourquoi ? » et ses « Pourquoi pas ? » – parce qu'il disait cela, aussi. Nan voyait bien à présent le côté feignons-d'en-rire-de-peur-d'avoir-à-en-pleurer qui sous-tendait chacune de ses questions. Non pas ce soir, Tony, vraiment, disait-elle par exemple : mais pourquoi me demandes-tu Pourquoi *pas* ? Je n'ai simplement pas *envie* d'aller au cinéma ce soir, d'accord ? J'ai juste envie de rester seule chez moi – vraiment, c'est l'unique chose qui me tente. Mais je ne peux pas te dire *pourquoi*, Tony, tu comprends ? Je le sens comme ça, c'est tout – je suis crevée, j'ai passé une mauvaise nuit hier, il faut que je me lève tôt demain parce que les petits James partent en pique-nique avec leur classe et que je dois tout préparer avant. Là, il finissait par hocher la tête et accorder à Nan, non sans rechigner ostensiblement, ce qui, dans son esprit, était d'office à *elle* ! Je veux dire – grands dieux ! – mais c'est *ma* soirée, je la passe comme *je* l'entends, non ? Pourquoi devrais-je toujours fournir une raison pour vouloir ceci ou cela ? Hein ? De sorte qu'après un certain temps – assez bref – elle jeta aux ordures ses balivernes diverses et variées, migraines, crampes d'estomac et autres levers aux aurores : *pourquoi ?* rétorquait-elle maintenant – *pourquoi ? !* Mais parce que c'est ce que je *veux*, voilà pourquoi, Tony : c'est clair ?

Retour de bâton : quand elle décidait qu'elle pouvait supporter ce soir de regarder encore un film quelconque, il en était venu à voir cela comme un événement exceptionnel (« Ce soir, je sors avec mon bébé chéri ! »). Et à présent, elle prenait soin de ne jamais laisser filtrer le moindre désir ou le moindre enthousiasme passager – car, quel qu'il soit, l'objet de désir ou d'enthousiasme serait déjà là à l'attendre ; Ouais, Tony, je *sais* que je t'ai dit que j'aimais bien la Häagen-Dazs aux pépites de chocolat, mais dieux du ciel, que veux-tu que je fasse avec une véritable barrique de crème glacée ? (En outre, d'où venait l'argent ? Cette question la laissait perplexe – sans la tracasser pour autant. Il avait une piaule miteuse, et il ne faisait jamais allusion à son travail : tant mieux d'ailleurs – pour être vraiment franche, elle n'avait aucune envie de savoir quoi que ce soit sur qui que ce soit.)

Et Susie, comme de coutume, comprenait tout de travers (elle était tellement intelligente – comment faisait-elle pour ne pas voir ce qui, semblait-il à Nan, devait clignoter comme un néon ?). Lorsque Nan demeurait seule dans sa chambre – par exemple en train de lire Catherine Cookson – parce qu'elle *aimait* Catherine Cookson, okay ? – ou bien se vautrait sur le divan aux côtés de Sammy, zappant d'une chaîne à l'autre, Susie semblait croire que c'était à cause de Tony, qui avait une fois de plus négligé de l'appeler. Il joue avec toi, il te balade dans tous les sens, lui disait-elle souvent – et toi, tu acceptes ça : tu sais quel est ton problème, n'est-ce pas, Nan ? Et certes, Nan le savait, aucun doute – mais en dépit de tout ce que Susie pouvait imaginer, elle n'arriverait pas (peut-être jamais) à même s'approcher de la vérité.

« Tu es trop *gentille*, Nan – c'est ça, ton problème. »

Nan se contenta de sourire. Ces derniers temps, sourire était son activité essentielle. « Je vais aux toilettes et je sors.

– Carlo y est. Je croyais que tu ne devais pas sortir. Tu as bien dit que tu passais la soirée à la maison, non ?
– Oui. Je devais. Mais maintenant je sors. »
Et si Susie pensait Attendez, là – si elle ne sort pas avec Tony, avec qui, alors ? Mon Dieu, si elle se posait cette question, grand bien lui fasse.

Nan se souvenait très bien de sa première soirée avec Jake – chaque instant lui revenait, avec mille coups au cœur, tendres ou brûlants, comme si c'était le tout premier homme qu'elle rencontrait. (Les détails de sa défloraison effective – et Nan y pensait en ces termes, car elle se souvenait d'avoir eu la sensation d'être cueillie, pas tant choisie que cueillie, arrachée comme une fleur, oui, c'est cela – et aussi comme une mèche de cheveux... étaient à présent oubliés. La véritable première fois n'avait pas été ce que l'on peut qualifier de mémorable – il y a combien d'années de cela, à présent ? – en ceci qu'aujourd'hui, elle ne savait plus trop où c'était – probablement dans ce terrain vague près du stade, me semble-t-il – ni quand – en troisième ? En terminale ? –, et ni même quel était le vrai nom du joyeux moissonneur, comme elle le considérait toujours. Elle l'appelait Star Trek à cause de ses drôles d'oreilles, comme le personnage de la série, là, Je-Ne-Sais-Plus-Trop-Qui ; voilà à peu près tout ce que Nan pourrait vous en dire.)

Mais avec Jake, ç'avait été le choc. Comme son torse immense, couvert d'une douce sueur, haletant follement, s'approchait et la recouvrait, et que le mot de *Mon Dieu* s'échappait de lui pour l'imprégner, elle, elle écartait grands ses bras trempés, inutiles, puis avait serré les paupières, concentrée sur le cœur noir, profond où tout se déroulait, et l'étreinte de ses cuisses le faisait chercher son souffle tandis qu'elle jetait Vas-y, mon Dieu *vas-y,* et elle se sentait emplie, comblée de ses coups furieusement mortels et furieusement vivants, sur quoi il s'était abattu au travers de son corps, à l'agonie, tandis qu'elle gémissait et poussait de petits jappements de jouissance, et s'exclamait enfin, triomphante – *Oh!* Oh Mon Dieu, Tu M'as Tuée. Puis, lentement, dans le silence et la chaleur des corps, ses membres écartelés s'étaient réunis, et elle avait poussé un long soupir de gloutonne repue, à présent que ce désir félon était enfin satisfait, apaisé.

Il était tout juste huit heures, ce soir-là, quand Nan avait sonné à sa porte. Elle venait de passer une pénible journée à réfléchir, réfléchir, réfléchir, je ne peux pas faire ça, je ne peux pas, je ne peux pas – puis, retour précipité à Pourquoi pas, en fait? Mmm? Pourquoi je ne devrais pas? Parce que finalement c'est ce que je *veux*. Et je vais le faire, je vais le faire, je vais; mon Dieu non, je ne peux *pas*. Mais pourtant si, je vais le faire. Je dois le faire. Et, immobile à la porte, attendant – la voix puissante de Jake se faisait à présent plus sonore au-dessus du ronronnement de la télé : Ça va – ça va, disait-il, j'arrive, j'arrive – elle sentait toujours en elle résonner les clameurs de son dialogue intérieur (mais j'y suis, maintenant – j'ai franchi le pas!).

Si Jake, en ouvrant la porte, s'était trouvé nez à nez avec, voire même chargé par un rhinocéros couvert de fourrure bleue, il aurait très possiblement exprimé une surprise encore plus intense, son visage, de perplexité stupéfaite, se serait peut-être creusé de sillons plus profonds, agité de plus violentes trémulations d'effarement, avait estimé Nan.

« Nan…, parvint-il à articuler. Susie va bien? Il s'est passé quelque chose ? »

Nan se dressa sur la pointe des pieds et désigna de l'index la pièce derrière son épaule, ses yeux agrandis exprimant de toutes les manières possibles son désir d'entrer. Jake recula dans un mouvement spontané, et donc empreint d'une grâce généreuse, et se colla sur le visage un sourire de quasi-bienvenue mêlé d'un plaisir quelque peu abruti, lequel masquait difficilement une vague irritation, à laquelle venait s'ajouter une nette inquiétude du style Mais qu'est-ce que c'est que ce *bordel*, maintenant ?

« Depuis ce fameux dîner…, commença Nan d'un ton léger – tournant en rond au centre du vaste salon de Jake, comme si elle jaugeait sereinement si on lui accordait le droit de continuer ou non – et d'ailleurs, je n'aime *pas* votre soi-disant jeu de la Vérité – même revoir *Casablanca* aurait été préférable –, Susie n'arrête pas d'expliquer à quel point votre appartement est immonde, donc je me suis dit que j'allais venir voir ça par moi-même. Moi, je le trouve… *cool*. »

Ce que Jake apprécia infiniment. « Ouais », approuva-t-il, désignant d'un doigt la boîte de bière qu'il tenait à la main en levant les sourcils. « Tout à fait.

– J'en prendrais bien une. Elle est fraîche ? »

Jake sourit. « Glacée. Vous me prenez pour qui ? »

Nan se déhancha et posa une main sur sa taille, dans la posture classique de la poule d'un voyou des bas-fonds de Brooklyn et, coinçant dans sa joue un chewing-gum imaginaire, déclara d'une voix traînante : « Pour un mec qui aime la bière fraîche… et les filles *chaudes*. »

Ce à quoi Jake s'esclaffa, avant même que Nan ait pu se laisser aller à rire niaisement de son propre petit jeu – se pinçant la base du nez (toute gênée à présent, une vraie gamine de douze ans). Puis elle vint se poster devant lui, recomposant son visage muscle après muscle et faisant en sorte que des éléments comme ses seins, par exemple, affirment bien leur présence (et là, nous sommes dans le féminin pur, celui que, ouais, l'on dit éternel).

« Très *coooool*…, fit-elle d'une voix languide, pensive, effleurant de la main un classeur de métal brossé (on aurait pu croire qu'elle l'appréciait vraiment).

— Ouais, ça vient d'un hôpital, fit Jake avec enthousiasme. Vous devriez voir les toilettes – c'est des trucs de prison. Même matière – et sans siège.

— C'est un peu glaçant, sourit Nan.

— Non, curieusement, répondit Jake, avec une apparente sincérité. Mais j'imagine que ce pauvre Carlo n'apprécierait pas outre mesure.

— Oh, il s'y *ferait* », répondit Nan en riant. Puis elle se fit sérieuse : un sourcil levé, les lèvres demeurant entrouvertes après que les mots en furent sortis : « Et cette bière ?

— Je vais la chercher, dit Jake, disparaissant pour ce faire.

— Qu'est-ce qu'il y a, là-haut ? » lança Nan – caressant de la paume le flanc d'un escalier d'aluminium aux marches raides, apparemment tendu et fixé par des câbles d'aluminium poli.

— C'est là que je pionce. » Puis, avant de disparaître par l'unique porte de la pièce : « Que je fais de beaux rêves. »

Debout devant le frigo, Jake se concentrait sur ses gestes : prendre une boîte de Foster's, une seule, repousser doucement et bien refermer la porte d'un pied cambré – puis tirer sur l'anneau avec précaution en prêtant l'oreille au psssst quasi buccal que faisait le gaz en s'échappant, puis s'attarder sur les petites bulles qui montaient. Plus tard, des semaines plus tard, il se demanderait, franchement, Mais *qu'est-ce* que tu t'imaginais ? Pourquoi croyais-tu, dieux du ciel, qu'elle était *venue* ? Pour voir à quoi ressemblait ton intérieur ? Personnellement, je n'y crois pas trop, mon petit Jake, et tu ne me feras pas avaler une minute que toi, si. Allez… ? Tu *croyais* ça ? Mais à ce moment-là, Jake s'était librement et passionnément dévoué corps et âme aux soins que requérait cette unique boîte de bière – même s'il est vrai qu'il dut employer toutes ses ressources pour feindre la surprise (un coup d'œil à gauche, un coup d'œil à droite), voire un soupçon de contrariété offusquée quand, retournant au salon, une boîte mollement tenue dans chaque main, la voix de Nan lui parvint, flottant dans l'air, du haut de la mezzanine :

« Venez donc voir ! le héla-t-elle, très à l'aise, avec tout l'enthousiasme d'un joyeux randonneur. La vue est superbe, d'ici ! »

Jake, il le savait, pouvait répondre Non – non non : c'est vous qui descendez ; mais la pensée ne lui vint que quand il eut atteint les dernières marches, un bras tendu vers elle, brandissant une bière. Là-haut, il avait un grand, un immense futon – il l'avait fait fabriquer spécialement dans ce curieux endroit, à Fulham, et il offrait vingt mètres carrés de surface et un double matelassage. Ce qui laissait encore beaucoup d'espace au sol – mais, eh oui, naturellement (devinez quoi ?), c'est sur le futon que Nan s'était installée.

« J'*adore* vos muscles, murmura-t-elle dans un soupir.

– Merde, fit Jake, sans trop savoir ce qu'il entendait par là.

– C'est la première chose que j'ai remarquée chez vous. Ça, et votre sourire. Un très gentil sourire. Venez vous asseoir, Jake.

– Nan... écoutez...

– Bon – restez debout, alors. Ça m'est égal. Ça ne changera rien à ma vie.

– Je peux... enfin... je peux *m'asseoir*...

– Peu m'importe, Jake. Restez debout, asseyez-vous – faites ce qui vous plaira. Vous avez l'air assez doué pour ça.

– Bon – je suis *assis*, d'accord ? Assis. Vous voulez cette bière, ou pas ?

– Ce que je veux, c'est... » Sur quoi elle fit durer le silence aussi longtemps qu'elle l'osait. « ... c'est *toi*. Je sais que tu dois me trouver horrible et tout, mais ça aussi, ça m'est un peu égal. Je ne voulais *pas* te vouloir. Mais voilà. »

Et même si Jake essayait à présent de prendre le ton d'un cardinal affable et bienveillant, semonçant non sans indulgence quelque postulant aux yeux illuminés, il jouissait de l'instant comme il n'est pas permis (parce que c'est un mec, d'accord ? C'est ainsi qu'il avait expliqué les choses à un vieux pote, au boulot, une fois que tout s'était cassé la figure, et lui aussi. *Écoute*, s'était-il écrié, les yeux agrandis de désespoir et de dépit, engorgés d'une impuissance affligée – et suppliant le destin de lui accorder une dernière *chance* : je suis un *mec*, d'accord ?).

« Je pense que Susie n'aimerait pas trop ça, dit-il. C'est mon – aïe ! – mon *oreille* que vous mordez, là, Nan – c'est pas vrai ! Ne faites pas ça.

– Susie n'est pas là, chuchota Nan. Moi, si.

– Est-ce qu'elle n'est pas censée être votre *amie* ? Qu'est-ce qui vous prend, quelquefois, vous, les femmes ? Je pensais que vous vous serriez les coudes. Ce n'est pas vrai, alors ?

– Je ne fais jamais – mon Dieu, ton cou, il est si fort, ton cou... il est divin... je ne fais jamais, jamais, Jake, ce que je suis censée faire.

– Écoutez, Nan... je *l'aime*, Susie. D'accord ?

– Et alors ? » Puis, surprise : « Pourquoi ?

– C'est comme ça. Et elle m'aime aussi, j'en suis à peu près sûr. Je sais qu'elle ne... enfin vous savez, qu'elle *n'agit* pas toujours comme si... mon Dieu Nan... non... ne me *touchez* pas comme ça... je pense que ce n'est pas une très très bonne idée de... »

À présent, Nan était derrière lui, à genoux – et respirait sa chevelure, étreignant doucement son grand torse, chaud et solide. « Tu en as une meilleure ? *Casablanca*, peut-être ? »

Jake eut un petit sourire en coin et se dégagea. Ses yeux semblaient danser, tandis qu'il maintenait écartés les poignets de Nan, la regardant avec toute la suffisance d'un homme qui sait avoir la situation parfaitement en main.

« Nan, fit-il d'une voix sereine, écoute-moi. Quoi que tu fasses, quoi que tu dises, il y a une chose que tu dois absolument comprendre : il n'est pas question que je couche avec toi. Tu entends ? Je n'ai pas l'intention, Dieu sait, de te *blesser*, ni rien, mais c'est comme ça et pas autrement. Pigé ? »

Et, en revoyant tout cela, beaucoup plus tard et beaucoup trop tard, Jake se souvenait – il en était à peu près sûr – que Nan n'avait rien trouvé à répondre, que Pas de problème – pigé. Oh, si – elle avait ajouté quelque chose : Alors fais de beaux rêves. Et puis, ç'avait été le choc.

Et certes, en y réfléchissant, Nan aurait été bien d'accord avec vous : ça ne lui ressemblait pas, tout ça – comment pourrait-on même la soupçonner de ne pas le savoir ? Mais voilà, déjà au cours de ce fameux dîner – peut-être dès l'annonce en fanfare de l'arrivée imminente de Tony, avant même qu'il ne soit là – Nan avait senti le coup venir, inévitable : senti qu'il serait immédiatement attiré par elle, qu'il apparaîtrait aux yeux de tous comme l'homme idéal (elle savait que Susie et Sammy, plus tard, avaient tout reconstitué, tout analysé et démonté). Et puis, tout cela était tellement mignon – ses premières journées dans un nouvel appartement, un petit pot de bienvenue, et bingo ! arrivée du Prince charmant (Oh, dieux du ciel : c'est même peut-être carrément pour cela qu'on l'a invité – mais non, ce n'est pas *possible*, tout de même ? Je n'en sais rien. Je n'ai jamais posé la question à Jake : on a d'autres sujets de conversation). Quant à Tony, bon, ouais – il est chouette, je ne dis pas le contraire ; mais qu'est-ce que ça signifie, chouette, finalement ? Je veux dire, quand on va au fond des choses, si on se contente de quelqu'un de chouette, que fait-on, en réalité, sinon retarder la fin d'une illusion – et je ne parle pas de gros désespoir, car la fin est certainement programmée depuis le début. Mieux vaut, presque, adopter un profil bas – rester recroquevillée, tapie dans le cocon amer de la douleur et de la tristesse.

Mais Jake était apparu à Nan non seulement comme une alternative saine, et, Dieu sait, ô combien attirante, mais comme une chose qui s'imposait, presque immédiatement, toute prête, une ligne de conduite inévitable. La soirée avait été pénible pour Nan, qui sentait ses yeux invinciblement attirés vers Jake, sur l'ordre de ses sirènes intérieures ; Tony la surveillait, Susie également, et c'est là qu'elle leur avait donné Tony en pâture, diversion grossière, alibi énorme et grotesque aux yeux de Nan, mais sur lequel tous deux, à tour de rôle, s'étaient jetés de manière effrayante.

De sorte qu'elle était sortie avec Tony, avait joué le jeu jusqu'au bout – couché avec lui, évidemment (pas de choc, là) – tout en se donnant sans cesse la peine de bien souligner, de manière aussi indélébile que possible, que c'était sans aucun engagement. Okay ? Et Tony avait répondu Okay (avant de demander Pourquoi ?), sur quoi il avait commencé à la harceler avec des trucs comme *je t'aime*, auxquels Nan était contrainte de réagir, aussi aimablement que possible – quoique sa patience envers Tony s'émoussât de jour en jour, comme parallèlement son besoin de Jake se faisait de jour en jour plus aigu – c'est gentil, c'est vraiment gentil de me dire des choses comme ça, Tony, mais moi, vois-tu, j'ai bien peur de ne *pas* t'aimer, tu comprends, et d'ailleurs je ne te l'ai jamais dit – n'est-ce pas ? Et Tony de répondre Non (avant d'ajouter Mais pourquoi pas ?).

Jake, c'est tout autre chose (mais plus pour longtemps) et, j'imagine, une source de problèmes différents. Très vite, il a dit qu'il se sentait terriblement mal de – selon ses termes – « faire ça à Susie ». Mais *Jake*, ai-je répondu (les hommes font parfois preuve d'une lenteur épouvantable, si superbes soient-ils – et peut-être même particulièrement quand ils le sont) ; donc, *Jake*, mon amour, disais-je – on ne lui fait *rien*, quand même ? N'est-ce pas ? Je ne vois pas ce qu'on lui *fait*. Puisqu'elle n'est pas *là*. Elle n'est pas là, n'est-ce pas ? Mmm ? Ce que nous faisons – c'est strictement entre nous. Là, il hochait la tête. Mais pas comme un mec qui a compris, non. Dès le lendemain soir, et encore le soir suivant, il fallait que je reprenne toute la démonstration – on aurait cru qu'il se faisait un devoir de désapprendre tout ce que j'avais pris soin de lui inculquer. Les petits gamins réagissent comme ça, quelquefois ; je pense que c'est dû à un besoin de réconfort, de familiarité – le besoin de se laisser une fois de plus guider dans un échange routinier, bien connu – ils se disent que c'est bien plus agréable, et sans doute plus sûr, que d'avancer ; c'est peut-être pourquoi nous avons tous nos histoires préférées. Dis-lui tout, suggérais-je. Laisse-la, complètement, laisse-la pour moi. Oui, oui, répondait-il. Et puis il avait l'air triste, presque malade. Alors vas-y *maintenant*, insistais-je. Je ne peux pas, répondait-il – ce n'est pas le bon moment. Alors ce sera quand, le bon moment ? Quand, Jake ? Je ne sais pas, disait-il – avant de se détourner ; je n'en sais rien. (Parce que c'est quand, le bon moment, pour terrasser quelqu'un ?)

Susie non plus n'avait pas l'air de saisir les signaux que je lui envoyais, et Dieu sait que je laissais traîner les indices autour d'elle. Si je restais une soirée à l'appartement, c'était généralement parce qu'elle sortait avec Jake (ce qui ne m'a aucunement gênée, au début ; après, si). Ou bien parce que je ne me sentais pas de taille, mon Dieu pas ce soir, d'affronter Tony et ses jérémiades (et vous non plus n'auriez pas pu, pas après Jake – un feu d'artifice de drôlerie, d'énergie, de vigueur). Mais quelquefois, Jake me claquait la porte au nez et tirait le verrou : *Non*, Nan – *non*, faisait-il : je n'en peux *plus* de tout ça. Mais de quoi, tout ça ? De *quoi* ? hurlais-je (prise de panique – oui, je crois que je suis capable de ce genre de choses) – *de quoi*, tu n'en peux plus ? Qu'est-ce que j'ai *fait* ? Non, rien... *non*, soupirait-il, la voix brisée, de l'autre côté du panneau – c'est simplement *toi*, tu m'épuises, tu me pressures, tu me suces et je n'ai plus rien à *donner* – je ne *peux* plus, j'ai besoin de repos... Moi, j'éclatais de rire – c'était si bon d'entendre ça (et c'était vrai, aucun doute – dès que nous étions ensemble, je me déchaînais, c'était de la folie). Quelquefois, Susie rentrait à l'appartement très tôt, silencieuse. Tu rentres tôt, disais-je. Mmm, faisait-elle, l'air un peu absent... Jake était, hum, fatigué. Moi : *fatigué ?* Vraiment ? Comment – *encore* ? Et Susie hochait la tête bien tristement. (Hi hi : tu m'étonnes. Dès qu'on est ensemble, je me déchaîne, c'est de la folie.)

Voilà donc le tableau – du moins un détail du tableau – jusqu'à maintenant. Et maintenant, il va falloir en changer. Je suis fatiguée de le voir. J'en ai jusque-là des gens que je ne suis pas obligée de fréquenter, alors que je ne peux pas me lasser de l'homme dont j'ai besoin (l'homme qui m'aime). Et que je suis en route pour aller retrouver, à cette minute même : ça va être une nuit mémorable, je le sens.

« Je ne peux pas vous dire, Tony, répondit Susie, avec de grands yeux pleins de sollicitude. Je ne sais absolument pas où elle est. Je la croyais avec vous. »

Le reniflement brutal et sonore, proche d'un coup de trompe d'auto, qui jaillit de son nez exprimait une amertume sincère et profonde à qui voulait l'entendre – ou, dans le cas de Susie, aurait préféré ne pas l'entendre.

« Avec *moi* ? Naaan. Ça fait deux jours que je ne l'ai pas vue. »

Eh bien, se dit Susie, elle essaie peut-être de te donner une leçon, là, mon petit Tony : c'est ce qui finit par arriver, n'est-ce pas, quand on balade les gens dans tous les sens. Et c'est d'ailleurs ce que je devrais dire – pourquoi ne le fais-je pas, en réalité ? Je suis sans cesse en train de dire une chose tout en pensant le contraire, et je ne peux pas être la seule dans ce cas, n'est-ce pas ?

« Elle vous appellera sûrement, dit Susie. Écoutez, Tony, il faut que je sorte – mais Sammy ne devrait pas tarder. Vous n'avez qu'à prendre un verre en l'attendant.

– Naaaan, soupira Tony. Je vais rentrer chez moi. Elle déteste mon chez-moi, à propos. Elle vous l'a dit ? Elle déteste cet endroit. C'est vrai que c'est assez crade. Mais je n'ai pas vraiment le *choix*, vous voyez ?

– Mon Dieu, répondit Susie en riant, ça ne peut pas être pire que l'appartement de *Jake* – vous avez déjà été chez lui ? C'est épouvantable. »

Et brusquement, Tony s'assit de tout son poids, et enfouit son visage dans ses mains longues et dures.

« Oh, mon *Dieu*, fit-il, presque dans un sanglot, pourquoi est-ce qu'elle me fait *ça* ? »

Susie voyait la situation d'un sale œil : il fallait qu'elle sorte, n'est-ce pas.

« C'est peut-être ce qui finit par arriver quand on joue avec les gens, qu'on les balade dans tous les sens. »

Tony se révéla à peine plus stupéfait que Susie d'entendre une telle chose.

« Jouer… ? ! *Moi* ? Je ne… c'est *elle*, Susie, pas moi – je ne peux *jamais* savoir où j'en suis, avec elle. Et je *l'aime*, je *l'aime* – je n'arrête pas de lui dire que je l'aime, et sa seule réponse, c'est de ne pas venir quand elle a promis qu'elle viendrait et de me dire de ne *pas* lui dire que je l'aime, et récemment, elle a même commencé à me faire des réflexions du genre "ne me touche pas", et je peux vous dire, Susie, qu'elle est en train de me rendre cinglé.

– Nan ? *Nan*, agir comme ça ? Oh, *allez*, Tony – on parle de quelqu'un d'autre, là. Le problème de Nan, c'est qu'elle est trop *gentille* – pourquoi donc essayez-vous de la démolir comme ça ?

– De la *démolir* ? Bon Dieu, mais je *l'aime*, cette garce !

– Tony, je pense que vous devriez prendre le temps de réfléchir à ce que vous entendez par là. Parce que ce que vous dites n'a pas beaucoup de sens, vous savez. Vraiment. Écoutez – il faut que je file. Il y a de la bière au frais – d'accord ? D'accord, Tony ? Ça va aller ?

– Non.

– *Tony*.

– Bon – *d'accord*. Que voulez-vous que je vous dise ? Sans elle, je suis en miettes – je ne sais pas quoi faire de moi. Mais *où* est-elle ? Hein ? »

Susie se sentit infiniment, infiniment soulagée quand la porte s'ouvrit sur Carlo, arborant, comme toujours, l'expression d'un homme qui sait qu'une fois de plus, quelque chose d'essentiel est arrivé durant son absence, chose qu'il essaiera néanmoins de reconstituer comme un puzzle, une fois que quelqu'un l'aura aimablement informé des tenants et aboutissants.

« Tony – continuez à bavarder avec Carlo, fit Susie d'un ton pressant. Moi, il faut – mon Dieu il est déjà si tard – il faut *vraiment* que j'y aille. »

Sur quoi elle disparut vite fait.

Carlo regarda Tony, qui regardait le sol.

« Vous pouvez venir discuter avec moi dans la salle de bains, si vous supportez ça, proposa Carlo d'une voix résignée. Sinon il faudra qu'on crie au travers de la porte. »

Carlo crut que Tony était sur le point d'être malade. Il se sentait déchiré entre la culpabilité et le besoin de se rendre à la salle de bains – mais il s'avéra que Tony, en fait, pleurait, de sorte que Carlo l'abandonna sans demander son reste.

« Jake ? Jake, mon chéri – tu es réveillé ? »

Tout en lui soufflant ces mots à l'oreille, Nan ne se contenta pas de poser la main sur son épaule ; elle la secoua doucement d'abord, puis plus fort. Jake émit un grognement du fond de son demi-sommeil, puis roula sur lui-même et vint s'enfoncer dans sa chaleur à elle. L'unique drap blanc semblait entortillé autour de ses chevilles et, un œil ouvert, il en saisit le bord à tâtons et tenta faiblement de le tirer à lui pour s'en couvrir.

« C'est quoi… c'est quoi, ce bruit, là ? » s'enquit-il.

Nan rejeta en arrière une pleine brassée de ses cheveux et insista : « C'est justement ça, Jake – il y a quelqu'un à la porte. Ça fait deux fois qu'on sonne – et apparemment, ça a l'air de s'impatienter. Qui est-ce, à ton avis ? »

Jake soupira et se lova plus près encore de Nan, enserré de part et d'autre par son corps et par le futon, comme protégé. « Je m'en fous. Ils vont s'en aller. Je n'attends personne. Naturellement. »

La sonnette résonna de nouveau, accompagnée à présent de vagues coups contre le panneau.

« Je crois que tu devrais aller répondre, insista Nan.
– Oh, merde.
– Non, Jake – vraiment, tu devrais. C'est peut-être un voisin. C'est peut-être quelque chose de grave. »

Jake ouvrit la bouche pour répondre, mais la sonnette résonna de nouveau, stridente, discordante, infernale, et il se résigna à un Oh C'est Pas Vrai Ils Font Chier et se glissa hors du futon, sur le sol. Debout à présent, il marmonnait, l'air furieux, tout en passant son peignoir-éponge.

« Si c'est encore ce connard à propos de ma *voiture*, je le massacre », grommelait-il presque machinalement, ses pieds nus produisant un bruit froid et mouillé sur les marches vibrantes de l'escalier d'aluminium suspendu. Le temps qu'il arrive à la porte, irritation et mauvaise humeur avaient bien assuré leur prise sur lui (cette saloperie de sonnette qui n'arrête pas), raison pour laquelle, peut-être, il ne perdit pas de temps avec la chaîne de sécurité ni l'œilleton, mais ouvrit à toute volée, furieux et plus que prêt à en découdre avec n'importe qui ou n'importe quoi.

Si ce n'est qu'il n'était aucunement préparé à cela – pas à trouver là Susie, absolument pas : aucun moment n'était jamais le bon, certes, mais là, dieux du ciel, c'était simplement le pire moment possible. Il demeura le regard fixe, tandis que Susie, visiblement contrariée – et ne faisant rien pour le dissimuler – passait rapidement devant lui, ôtant son manteau d'un coup d'épaules, comme elle le faisait toujours, avant de le laisser tomber n'importe où.

« Mais *enfin*, Jake. » Tel fut son coup d'envoi. « Cela fait deux heures que je sonne. Même *toi*, comment peux-tu ne pas te réveiller dans un tel vacarme ? Et d'ailleurs *pourquoi* dormais-tu, en fait, Jake ? Mmm ? Il n'est pas si *tard*. Oh là là, il me faut un verre, moi.

– Susie… », dit Jake, seule parole qu'il osât prononcer dans l'immédiat. Les conséquences plus vastes de ce moment âpre et cruel (événement déjà mémorable alors qu'il prenait à peine forme) avaient commencé de rugir à ses oreilles rougissantes : il était là devant une bombe potentielle qui, une fois lâchée, exploserait sans fin. Comment non seulement calmer l'irritation que ressentait Susie, mais également étouffer la mèche qui menait possiblement à la bombe et (chose vitale) la mettre dehors ?

« Tu aurais peut-être pu te *manifester* un peu plus, Jake, fit Susie, l'air maussade – maîtrisant, mais non sans mal, les traits de son visage. Je ne sais simplement *plus* où j'en suis avec toi, depuis quelque temps, tu sais. Passe à la maison – finalement, ne passe *pas* à la maison ; je suis fatigué – je ne suis *pas* fatigué… Je ne suis pas un *taxi*, tu sais, Jake ; je ne suis pas censée *arriver* quand tu te décides à me siffler. Sers-moi donc un verre de vin, tu veux bien, mon cher ? Tu as bien parlé de *champagne*, l'autre jour, non ? Alors, c'est quoi, tous ces mystères ? Qu'est-ce qu'on fête exactement ? Dieux du ciel, mais tu me rendras dingue. »

Le visage de Jake était animé d'une vie propre, parcouru d'ondulations distantes et de coups de poignard de perplexité, et s'il avait bien conscience de sa bouche béante et désespérément vide – il lui aurait fallu aller chercher les mots et les extirper, pour la forme autant que pour combler ce gouffre – il craignait fort que, quels qu'ils puissent être, ils n'aient guère pour effet que de le terrasser et de le pendre haut et court, avant même d'avoir traversé l'air jusqu'à elle. En cet instant, il n'était pas tant soulagé – le soulagement, si soulagement il devait y avoir, mettrait des siècles à arriver –

que simplement bouche bée et provisoirement reconnaissant à Susie de se lever, d'aller et venir (encore que ce ne fût pas du tout une bonne idée, ça) et de parler, parler – oui, elle s'était levée, tout à fait, et continuait de parler :

« Et bien que tu ne le mérites *pas*, disait-elle à présent, d'un ton de reproche affecté, j'ai fait ce que tu m'as demandé, et c'est d'ailleurs pour ça que j'arrive si tard – ça, et Tony. Je ne sais pas trop de quoi j'ai *l'air*, mais enfin... »

Et tandis que Susie dégrafait, bouton après bouton, sa robe-chemise de lin bleu, Jake restait là à la regarder fixement, clignant des paupières (et même gardant les yeux fermés de plus en plus longtemps, comme pour nier ou occulter ce qui allait arriver, quoi que ce fût, ou peut-être encore pour enjoindre à son cerveau définitivement au point mort d'arrêter cette espèce de flânerie létale pour, nom d'un chien, vas-tu te décider, trouver quelque chose – n'importe quoi – et me *sauver*).

« Va chercher le champagne, mon chéri, chuchota Susie, et puis tu pourras te régaler avec *ça*... »

Elle était debout devant lui, bien campée sur ses pieds – ce qui mettait en valeur la courbure de ses cuisses tendues, et Dieu sait qu'elle le savait – prise, bridée, bouclée et littéralement sanglée dans ce que tous deux avaient longtemps évoqué, non sans un frisson, car c'était là l'ultime fantasme de Jake : Susie fit une moue boudeuse, tendant vers lui ses lèvres roses et pleines, rejetant en arrière, d'une main lente, une masse de cheveux emmêlés dont quelques mèches retombèrent sur son visage, collant à ses paupières emplâtrées. Celles de Jake, elles, étaient grandes écartées, tandis qu'il baissait lentement les yeux (parce que bon, quel que soit le drame en cours, je suis un *mec*, d'accord ? Un mec, voilà, rien de plus – mais quand même !), dévorant du regard les seins blancs et doux, comprimés et soutenus par les demi-bonnets de dentelle d'un corset à baleines dont les rubans de satin croisés guidaient plus bas encore son regard enfiévré, sur le monticule blotti dans un écrin de soie frangé d'un ruché sérieusement frivole, et dont le message à vous dessécher la gorge se voyait encore lourdement souligné par un inflexible porte-jarretelles aux mâchoires insatiables presque douloureusement tendues vers les bas. Le temps que ses yeux fous lui aient fait dévaler la longue courbe des mollets jusqu'aux escarpins à hauts talons et pointes acérées et luisantes – huit petits orteils recroquevillés apparaissant à peine dans le décolleté du cou-de-pied pour lui adresser un timide clin d'œil – Jake avait perdu tout contrôle dans ce conflit terrible qui faisait rage : maintenant seulement semblait poindre la conscience atterrée que ce qu'il avait devant lui ne ferait qu'ajouter à la plus effrayante des provocations, et il ne percevait plus rien que le battement féroce du sang à ses oreilles, et peut-être aussi, plus lointaine, une sourde et funèbre réverbération qui pouvait s'avérer être les premiers échos de son glas personnel. Il demeurait là, suffoqué tout à la fois par le désir et la terreur, la concupiscence et l'envie de disparaître, pas même un tant soit peu soulagé par le fragile papillon blanc, hésitant et voltigeur, de cet espoir peu convaincu que, peut-être – si seulement, si seulement il pouvait ne pas faire une trop grosse erreur de jugement –, leur serait épargnée, finalement, la gifle d'un malheur brûlant qui leur arracherait des cris non seulement de douleur, mais d'angoisse devant les cicatrices qui, déjà, commençaient de se former.

Puis le cœur de Jake cessa brusquement de cogner, et tomba d'un coup sur le sol. Il entendait un soupir dans l'escalier et, au-delà de l'épaule de Susie (qui d'ailleurs le regardait curieusement, et avec quelque raison : si son visage était le reflet de son état d'esprit, il ne pouvait guère lui apparaître sain, voire même humain), il apercevait un pied, puis un autre, puis les jambes nues de Nan à demi drapée dans l'immense drap blanc qui imitait une traîne, bouffant et retombant à chaque marche et contremarche d'aluminium – et ce n'est que quand son soupir languide et outrancièrement ensommeillé s'éleva dans la pièce que Susie se figea, comme poignardée, mais toujours sans se retourner.

Jake comprit qu'il ne pouvait faire face à ce brusque éclat d'effroi et d'incrédulité qui étincela une brève seconde comme mille aiguilles dans les yeux de Susie – avant de disparaître sous la chaleur de la dévastation imminente.

« *Susie...* » voilà, une fois de plus, tout ce qu'il parvint à s'arracher, le mot tombant de ses lèvres avec une lointaine affliction – comme s'il avait accepté, le cœur lourd, d'être celui qui devrait lui apprendre le décès récent autant que brutal de ses parents et de ses sœurs. Mais, là, immobile devant elle, il comprenait soudain que l'information lui était déjà parvenue, et la tenait prisonnière de ses serres : la nouvelle était tombée, et elle n'allait pas tarder à faire de même.

Et pendant des jours, et même des semaines, Jake n'avait cessé de frémir en revoyant s'animer, défilant comme dans ces petits livres animés, la scène qui les avait tous trois engloutis ; il n'y avait, bien sûr, aucun espoir d'y échapper, car quoi qu'il fît ou tentât, de toutes ses forces, pour s'y opposer, c'était une véritable tempête qui soufflait dans son esprit. Il se demandait encore si Susie, finalement, aurait pu ne pas se retourner – son visage n'était plus qu'un masque de porcelaine, sans même une fêlure de douleur, elle ne semblait nullement secouée par le choc d'une humiliation qui aurait pu la jeter à bas et la terrasser. Peut-être, se disait encore Jake, vainement, sottement, Susie aurait-elle pu ramasser sa robe, récupérer son manteau et, sans trahir le moindre signe de sa blessure, avec une résolution d'acier, si effrayante et si absolue qu'elle aurait laissé Jake pantelant et tremblant, quitter les lieux en trombe, et pour toujours (pour bientôt, peut-être, rejoindre son propre terrier et s'y recroqueviller, vagissante).

Mais Nan avait parlé – pas de grands remords au constat de la *situation*, sous quelque aspect que ce fût, pas du tout, ni la moindre tentative de pacification ou même d'excuses aussi prolixes que larmoyantes. Non : il flottait dans l'air à présent – et l'un et l'autre en subissaient la piqûre (leur ultime intimité en venait à ceci qu'ils reconnaissaient dans les yeux de l'autre cet éclat de lumière blanche du choc mutuel, à l'instant où il les frappait) – de la haine, de la provocation, des accusations glaciales, émanant de la voix de Nan, intonations que ni l'un ni l'autre ne lui connaissaient.

« Qu'est-ce qu'elle *fait* ici ? » s'exclama tout d'abord cette voix – et Susie se retournait déjà, tandis que Nan se hissait posément au sommet de l'indignation. Le visage de Susie était à présent déformé par d'affreuses contorsions, au-delà de tout contrôle – et Nan reprit : « Et fringuée comme une *pute*, en plus. »

Et voilà : Jake ferma les yeux en percevant le heurt sourd, puis le craquement du corps de Susie, comme elle se jetait sur Nan et la renversait (ç'avait été le choc), puis le tintement métallique du bracelet de Nan contre, peut-être, la rampe de l'escalier le força à les rouvrir brusquement, tout à la fois fasciné et accablé par une horreur insurmontable qui lui serait dorénavant infligée de force, éternellement, jusqu'au cœur de lui-même. Les deux femmes basculèrent ensemble, démantibulées, en une confusion de membres emmêlés, une série de heurts ponctués de cris aigus de protestation et de douleur stupéfaite. Les yeux de Susie avaient déjà disparu sous la marée noire de son maquillage de bordel qui, coulant à peine d'abord, avait finalement recouvert son visage de suie, des gouttelettes sombres volant dans les airs et venant consteller le drapé blanc dont Nan essayait de s'extraire avec force tortillements et coups de pied furieux. Une fois libérée, elle s'arrêta brusquement et resta vautrée, étalée, nue, parfaitement immobile l'espace d'un bref instant, cherchant frénétiquement l'air sous ses cheveux qui la suffoquaient. Et Jake ressentit, physiquement, et ce, malgré un détachement presque étourdissant, son souffle la quitter brusquement comme Susie – toujours sanglée, quoique prête à exploser, dans une étreinte jumelle de satin et de dentelle amidonnée – se jetait sur elle, levant haut une main folle aux doigts raides et crochus, puis abaissant une serre aux ongles rouges et étincelants comme le sang frais, tandis que, de l'autre, elle étalait d'une gifle, en larges traînées, le plâtre sombre du maquillage mêlé à ses propres cheveux qui balayaient et fouettaient ses joues.

Il fallait que Jake intervienne avant qu'un crime n'ait lieu : il fit un pas raide, rapide et ferme, ce mouvement qu'un homme peut avoir quand il est au-delà de l'effroi même, saisit et tira à lui les épaules de Susie, le flot de chaleur qui parcourait ses mains le troublant tout autant que la vue des lèvres mouillées, ouvertes de Nan, de ses seins glorieux retombant lourdement sur les côtés, gonflés sous la pression insistante de ceux de Susie, toujours comprimés dans leur gaine de satin, qui les écrasaient impitoyablement. Il ne pouvait prévoir – Jake était loin, très loin de pouvoir imaginer le déroulement du combat coup par coup – que Susie se redresserait alors et lui décocherait un coup de poing magistral dans la mâchoire ; il perçut avec un brusque frisson le vilain crissement de ses dents comme broyées, et sentit la saveur cuivrée de son propre sang, qu'il dut ravaler dans un léger bruit de succion.

« Espèce de *cochon*, de *salopard*, espèce de sale *dégueulasse* ! » hurlait Susie. Puis, à Nan qui se démenait en vain, griffes tendues, prisonnière sous elle : « Espèce de sale petite *pute* ! Comment as-tu *osé*… ? !

— *Susie* ! haletait Jake. Susie, Susie, Susie — pour l'amour de Dieu, Susie — oh mon Dieu mais arrête de me frapper ! » Sur quoi il se déboîta le genou en se courbant pour ne pas éviter, ainsi qu'il s'avéra, le dernier coup droit qu'elle lui balançait. « Oh non — mon *œil*, mon *œil* ! »

Susie cracha en direction de Nan, recroquevillée sous elle et tentant de la saisir aux jambes pour se dégager du poids conjugué, à présent fort douloureux, de Susie et d'un Jake quasiment affalé sur elles deux — sur quoi Nan rejeta en arrière ses cheveux constellés de salive et, grondant, montrant les dents, jeta vers Susie deux mains féroces recourbées en serres.

« Dégage de *là*, Susie ! cria-t-elle d'une voix terrible, faisant voler d'une claque les poignets qui protégeaient maladroitement son visage. C'est *moi* que Jake veut — pas toi : c'est *moi*, *moi* — alors *fous* le camp, d'accord ? »

Et là, Susie inspira brusquement, et perdit toute ardeur combative : elle se figea et parut soudain rapetisser, se rétrécir jusqu'à imploser. Jake risqua un regard vers elle, puis vers Nan, et l'on ne perçut plus, durant cette brusque accalmie, que les coups assourdis, violents de leurs trois cœurs surmenés. Et il se disait Oh mon Dieu, Oh mon Dieu — je sais bien que ce doit être là le pire moment de toute ma vie, et en même temps, la seule chose dont j'aie envie — que je brûle de faire — c'est de les baiser, l'une ou l'autre, de les baiser, là, *tout de suite*, vite et fort, d'enfoncer mes mains dans la chair douce et tendre de l'une tout en baisant l'autre comme un fou – le *vrai* truc – après quoi, si je dois mourir, eh bien mon Dieu, *fais-moi* mourir – parce que comment la vie pourrait-elle jamais m'offrir à nouveau un moment aussi délicieusement intense, aussi absolument terrifiant que celui-ci, un moment qui me laisserait aussi éreinté, vidé de toute force, drainé d'un sang bouillonnant, puis évaporé ? Parce que écoutez – il y a un truc que vous devez comprendre, là : je suis un *mec*, d'accord ? Quoi qu'il arrive par ailleurs, quelle que soit l'immensité de la menace qui plane, qui s'abat, à la base, je suis et je reste tout simplement un *mec*. Pigé ?

Et à présent, je pense que – et non, puisque vous posez la question, ça n'a pas été si long à venir, bien sûr que non. Donc, assis, là, en train de penser, je pense que... Nan est là-bas, elle se fait les ongles, elle est encore en train de se faire les ongles, et je suis à peu près sûr qu'elle ne pense carrément à rien... tandis que moi, vautré sur le divan à l'autre bout de ce que je croyais être – dieux du ciel, dire que j'imaginais vraiment que ce serait mon antre, mon nid de célibataire, un lieu parfait, à moi, jusqu'au jour où je finirais par dire à Susie : *Alors*, Susie ? Bon, enfin tu vois ? Qu'est-ce que tu en dis ? Si toi et moi, on se mettait, disons... *ensemble*, hein ? Et là ? Ça aurait donné quoi, là ? Un loyer plus important, ouais, sûrement – un crédit pour une maison peut-être, parce que Susie, savez-vous, *haïssait* réellement cet endroit, elle ne se contentait pas de le proférer. Et pas seulement mes affaires, non, mais le lieu tout entier, jusqu'à l'air qu'on y respirait : selon elle, ce ne pourrait jamais être un *foyer*, voilà ce qu'elle disait.

Eh bien à présent, ça ne pourrait plus l'être, certes non. Pour la bonne et simple raison que nous ne nous *connaissons* même plus – et c'est ça, j'imagine, que je n'arrive pas à me rentrer dans le crâne : je n'y crois pas, c'est tout. Donc, je reste là, assis, à penser – et la question que je me pose, c'est : comment et pourquoi tout cela est-il arrivé ? Comment ai-je pu être aussi parfaitement crétin ? Parce que j'étais *heureux* avec Susie – je l'aimais (et je l'aime toujours) – donc, qu'est-ce que je fous à traîner là avec Nan ? (Nom d'un chien, quand je pense qu'il n'y a pas si longtemps, Susie et moi ignorions jusqu'à son *existence*.) Ouais, ouais, je sais : je suis un *mec*, etc., mmm... mais seulement jusqu'à un certain *point*, quand même – personne n'a envie de foutre toute sa vie en l'air pour... s'envoyer en l'air, un soir, comme ça. Vous si ? Mais pourtant, c'est bel et bien ce que j'ai fait, pas vrai ? Susie refuse même de me *parler*, maintenant – vous croyez peut-être que je n'ai pas essayé de lui parler ? Depuis ce soir-là, ce soir horrible... Je suis allé chez elle, vous savez, plus tard, j'y suis allé. Nan hurlait à en faire tomber les plâtres : *Lâche-la* – pour l'amour de Dieu mais *lâche-la*, Jake – tu es avec *moi*, maintenant : avec *moi* (chose que je ne pouvais pas croire, en fait, à ce moment-là). Donc je l'ai laissée hurler toute seule et j'ai filé chez Susie pour me faire pardonner. Susie qui ne m'a même pas laissé entrer. Donc je suis revenu ici à toute vitesse – j'étais complètement terrifié, avec la sensation qu'il y avait un gouffre en moi : je me suis jeté sur le téléphone. Combien de fois l'ai-je appelée, depuis ? Des milliers de fois, des milliers. Et je n'obtiens que son répondeur à la con, son message pourri, avec sa voix de snobinarde – je le connais par cœur, je l'entends même dans mon sommeil. Et quand je suis revenu ce soir-là, ce soir horrible – devinez un peu ce que Nan avait fait ? Je vais vous le dire. Vous vous souvenez de mon futon – le truc immense, fait sur mesure ? En lambeaux. Elle l'avait lacéré, découpé en lanières. Oh, le lendemain, elle se couvrait la tête de cendres, naturellement : Oh mon *Dieu*, Jake – je suis *désolée*, je suis *tellement* désolée, je ne savais plus ce que je *faisais*, j'avais complètement perdu la *tête* : écoute, je vais t'en... nous en acheter un autre, d'accord ? Non, ai-je dit : non. Je n'en veux pas d'autre. Laisse tomber, je n'en ai plus trop envie, à présent, plus maintenant : ça m'est passé, comme beaucoup d'autres choses.

Donc je suis là – à penser, et puis aussi, par moments, à essayer de ne pas penser... et une autre chose que je pense, c'est que si vous étiez venu me trouver pour me dire – si, il y a quoi, disons deux mois, vous étiez venu me trouver pour me raconter qu'une nana appelée *Nan* non seulement pénétrerait dans mon appartement mais, grands dieux, y *vivrait* avec moi, et que Susie aurait disparu et ne voudrait même plus me *parler*... ! Eh bien – j'aurais répondu que vous êtes un... et justement, puisqu'on en parle, il y a encore un truc, là – un truc qui me rend *cinglé* : si elle... enfin si Susie n'est plus avec moi, si elle ne me parle même plus – alors avec *qui*. Est-elle ? Mmm ? Qui l'écoute à présent, qui la regarde ? Pendant que moi, je suis là vautré sur le divan – et que là-bas, Nan se fait les ongles (et ouais, *encore*, je sais que c'est incroyable, mais elle est encore en train de se faire ses putains de saloperies d'ongles).

Vous savez ce que je pense ? Je pense que je trouve ça vraiment sympa, agréable comme tout : en fait, j'adore toute cette histoire. C'est sans doute la première fois de ma vie que je ne fais pas que *songer* à une chose, mais que j'y vais carrément, et que je la *fais*. Moi : Nan. Et ça marche – ça paie réellement, ce genre de comportement, vous savez, parce que... bon, écoutez : je *l'ai*, non ? J'ai ce que je voulais. Je l'ai pris, et voilà. Et c'est pareil pour Jake – je sais bien qu'on ne dirait pas toujours, mais au fond de lui, il sent, il doit forcément sentir qu'il a trouvé son truc. Parce que les gens sont comme ça – ils suivent la même ornière pendant des années et des années, sans jamais trouver leur truc, en fait, jusqu'au jour où quelque chose débarque dans leur vie et les secoue. Et dans le cas de Jake, ce quelque chose, ç'a été moi. La petite Nan. Et à présent, on est ensemble, et ça, c'est – mon Dieu, je ne peux même pas vous dire à quel point c'est merveilleux. Un homme à moi, enfin. On n'a même pas besoin de parler – comme tous ces gens qui s'imaginent qu'ils doivent bavasser sans arrêt. C'est incroyable – quelquefois, comme ce soir par exemple, j'ai presque envie d'éclater de rire parce que – hi hi – à nous voir, on pourrait croire, je ne sais pas – un vieux couple, je dirais – Nan et Jake, mariés depuis tant d'années, et qui ne font plus qu'un. Et je peux rester là tranquillement, à me faire les ongles – je les fais pour Jake, parce que je sais qu'il aime bien quand j'ai les ongles impeccables, rouges et brillants – et lui, il peut rester tranquillement vautré sur le divan, sans une seule idée en tête, simplement à me regarder faire, avec cet air de tendresse et de dévouement : ça me fait tout chaud à l'intérieur. (Cela s'appelle la béatitude, et je peux vous dire que c'est une denrée rare.)

Je... oui, je dois sans doute avouer que je me sens *effectivement* un tout petit peu triste pour Susie, oui, évidemment – mais vous connaissez le dicton, en amour comme à la guerre... Eh bien c'est complètement vrai – et naturellement, il faut qu'il y ait un gagnant et un perdant, c'est comme ça : obligé. Et naturellement, je sais ce que c'est, de perdre (quelle fille l'ignore ?). Vous vous souvenez de David ? Ce garçon, en Écosse ? Eh bien – voilà un exemple. Je suis absolument persuadée qu'il est très heureux avec je ne sais qui – cette nana de Glasgow, peut-être ? – et grand bien lui fasse, c'est tout ce que j'ai à dire. Nous n'étions pas vraiment faits l'un pour l'autre, je le vois très clairement à présent – et le temps venu, il en ira de même pour Susie, à propos de Jake. Mais bon, je ne dis pas que ce ne sera pas sans douleur, évidemment que ça fait mal – et oui, vous pouvez vous demander pourquoi j'ai fait en sorte que ça lui fasse mal à ce point, à Susie : pourquoi avoir envoyé ce fax, en lui disant de venir dans cette tenue. Mais vous voyez, il fallait que ce soit un véritable séisme, voilà pourquoi : il fallait que Susie *comprenne* que Jake et moi, ça existait vraiment – les signaux, comme je vous l'ai dit, ne donnaient absolument rien. Et si elle venait, et voyait la chose de ses propres yeux, sur un terrain qui n'était pas le sien, il n'y avait pas grand risque de réconciliation : parce que tous les discours du genre Mon-chéri-je-te-pardonne n'auraient fait que gâcher un temps précieux – celui que Jake et moi pouvions passer ensemble, à construire notre vie. Donc, il fallait – pauvre Susie – qu'elle quitte la scène sans aucun, aucun espoir de retour. Les femmes me comprendront : il y a comme ça des lieux, des choses sur lesquels on ne peut jamais revenir. Cela dit, c'est moche que ce soit arrivé à Susie – évidemment que c'est moche. Vous croyez peut-être que ça ne me fait rien ? Parce qu'elle a vraiment été chouette avec moi, quand j'ai débarqué à l'appartement. Et j'avais terriblement besoin d'elle, à l'époque, je n'avais personne, mais alors personne. Et puis écoutez – ce n'est pas ma *faute* si Tony m'a laissée indifférente (Tony ? Oh – Tony, il s'en remettra : c'est un homme). Ni si Jake et moi avons littéralement *fusionné* (dieux du ciel – ç'a été un tel choc !). Je n'avais pas *envie* d'avoir envie de lui : j'avais envie de lui. Voilà tout.

Quant à Adrian et Donna – ça ne me fait plus autant mal de les avoir perdus, à présent. C'est drôle, n'est-ce pas ? Le cœur humain. Je vais peut-être leur écrire.

J'espère que leur mère pourrit en enfer. Avec Jeremy, elle a eu ce qu'elle méritait, Anne : *évidemment* qu'il va la tromper avec plein d'autres femmes – qui ne la tromperait pas ?

Oh là. Oh là là. Oooouuuhhhh – mais quelle... ! Je me sens... non, non je n'ai pas pu voir ça. J'ai rêvé. Ai-je rêvé ? Je suis tellement glacée, tellement effrayée tout d'un coup – je n'arrive pas à croire que... non. Non je dois me tromper. Parce que voilà – je viens de finir mes ongles, là, à la seconde, et quand j'ai levé les yeux vers Jake (j'adore le regarder) – il avait dans le regard, sur tout le visage, une expression tellement... enfin presque *cruelle*, vous savez ? Presque comme s'il me *haïssait* ou quelque chose. Mais bon, *maintenant*, ça va – il sourit tant qu'il peut maintenant, donc oui, me voilà rassurée – *évidemment* que ce n'était pas ça, évidemment, ce n'était pas possible. Non, je crois en fait que je manque encore un peu d'assurance – je n'ai jamais eu d'histoire d'amour un tant soit peu comparable à celle-ci, et je suis terrifiée à l'idée de la briser. Parce qu'être blessée, avoir mal, ce sont des choses que je ne supporte pas.

Carlo a été absolument adorable. Je ne vous ai pas dit ? Il est venu ici, le matin, le lendemain du jour J – il apportait toutes mes affaires. Il est resté une éternité dans les toilettes de prison de Jake, et – mon Dieu, quel numéro, ce Carlo, c'est vraiment un personnage – a dit qu'il les trouvait très agréables (c'est le mot qu'il a utilisé : *agréables*) mais que, hélas, ça n'avait encore pas *marché* ni rien. Et tout d'un coup, il me dit : *Casablanca*. Moi : Mmm, *Casablanca*, ouais – et alors ? Et il me dit Tu ne sais vraiment pas pourquoi Rick ne prend pas l'avion avec la femme, à la fin ? Moi, je lui fais *Écoute*, Carlo, tu ne crois pas que tu choisis un moment franchement bizarre pour me parler de *ça* ? Mais non, puisque tu me poses la question, pas du tout

– je ne l'ai jamais su : dis-moi, pourquoi alors ? Et là, Carlo me regarde sans un mot, et s'en va. Il y a quelquefois des gens, je vous jure : c'est à se demander.

Chapitre V

« Ça ne marchera... », déclara Tony, l'air sombre – crachant chaque syllabe mâchouillée, non sans douleur. « Ça ne marchera jamais, n'est-ce pas ? »

Il s'enveloppait de rancune – et voilà qu'il ajoutait une nouvelle couche de mépris de soi, toute fraîche, tandis qu'il secouait la tête, les yeux hagards de chagrin, laissant une torsade des cheveux lisses et soyeux de Susie s'échapper avec fluidité de ses pauvres doigts inutiles – et les observant qui retombaient, comme fait toute chose, et venaient couvrir, elle le comprit soudain, ce sein qu'il ne saurait voir.

« Non », répondit-elle d'une voix sereine – accompagnée d'une charitable tentative pour esquisser un sourire pensif : c'est comme ça, ne te culpabilise pas, ce n'est la faute de personne (et pourtant, ce qui envahissait leur esprit, luisant d'un éclat rouge vif derrière leurs paupières, c'étaient ces mêmes portraits charnels des vrais, des vibrants coupables, des instantanés qu'ils évoquaient jadis par choix, à présent figés en icônes immuables, irréfutables, qui les hantaient et les harcelaient en permanence).

Quel niveau de chagrin faut-il atteindre pour perdre l'esprit ? se demandait Susie. À quel moment précis franchit-on cette ligne vague et mouvante de la simple douleur insupportable, qui vous arrache les tripes, mêlée à une sorte de vertige éveillé – ce vertige qui s'apparente le plus à la douceur du soulagement –, pour passer à cet autre stade, quand tous les fragments saignants et mutilés de la torture mentale envahissent votre tête, et que vous sentez vos yeux se calciner, et que vous savez combien ils sont immenses et fixes et fous (les paupières rose sombre, cireuses, tendues et raidies et à vif de tant de jours, tant de nuits de larmes) ? Seuls deux individus déchirés au point de n'être presque plus physiquement cohérents pouvaient abandonner tout bon sens pour un résultat aussi spectaculairement minime, lequel se verrait bientôt détrempé par la douche glacée de la raison – qui n'avait pas gargouillé depuis fort longtemps (bien qu'ils l'aient parfaitement sentie qui menaçait au-dessus de leur tête).

Susie boutonna son cardigan et abaissa vers Tony un regard affectueux, essayant de réprimer une grimace en le voyant si défait – mais elle aussi, elle aussi devait avoir cet air-là. Elle croyait Tony à présent. Après qu'ils s'étaient dévoilé l'un à l'autre contusions et traces de fouet respectives, Susie avait eu la violente révélation de ce que Tony avait enduré – et mon Dieu, endurait encore, au plus profond de lui : il n'avait aucunement, aucunement joué avec Nan, oh que non ; de même que Nan n'avait jamais été – comme Susie ne pouvait se résoudre à accepter qu'elle l'avait si ardemment cru – trop gentille. Et c'est ainsi, liés par le fil barbelé d'une dévastation mutuelle, qu'ils s'étaient étreints avec, l'espace d'un instant éperdu, une touche d'espoir – mais le barbelé, impitoyable, n'avait fait que s'incruster dans les chairs et les blesser davantage. Et maintenant, Tony et Susie s'étaient dénoués l'un de l'autre, rejetés, échoués là où ils savaient qu'ils devraient demeurer – abandonnés, ravagés dans le sillon de l'interminable peine encore à venir, sonnés par cette douleur qu'ils étaient contraints de vivre au jour le jour. Quelquefois, ils étaient convenus – avec une sorte de joie hallucinée – qu'il y avait bien, n'est-ce pas, des moments de rémission – une sorte de presque béatitude droguée ; mais ceux-ci ne duraient jamais. Ils n'étaient peut-être que des retraits tactiques, soigneusement calculés pour permettre à tous ces tourments de mieux se rassembler pour les assaillir de nouveau impitoyablement, plus puissants que jamais.

« Qu'est-ce que tu vas faire, alors, Susie ? »

Tony remuait le café que Susie s'était non sans peine forcée à préparer (vous faites chauffer de l'eau, vous versez une cuillerée de poudre, vous mélangez – mais comment puis-je *encore* faire tout ça, dans l'état où je suis ?). Quant à Tony, il ne le boirait de toute façon pas, parce que hein, franchement – quel *intérêt*, en fait ?

« Ch'ais pas. » Telle fut la réponse de Susie, un bref chuchotement – accompagné, de mauvaise grâce, d'une légère torsion du cou, comme elle exhalait du fond de ses poumons une bouffée de fumée bleutée de sa dernière cigarette, la dernière, vraiment. Elle secoua la tête, deux ongles réunis comme une pince contre ses lèvres, essayant de récupérer quelque brin de tabac, peut-être imaginaire, sur le bout de sa langue. « On dirait que je rattrape le temps perdu, question cigarettes – il y a presque trois ans que j'ai arrêté : trois *ans*, nom d'un chien... donc voilà peut-être la solution. Il paraît qu'on en meurt, non ?

– Oh non, Susie...

– C'est marqué là, tiens. Sur le paquet, carrément.

– Est-ce que tu pourrais... ?

– Quoi ? Est-ce que je pourrais quoi ? Me flinguer proprement ?

– Non, Susie, non ! Non, je veux dire... est-ce que tu pourrais retourner avec lui ? Jake ? Dis-moi. »

Susie serra les paupières, ses lèvres frémirent. Peut-être se récitait-elle silencieusement un mantra personnel : Ne te laisse pas submerger par cette nouvelle vague de manque nauséeux – ne bouge pas la tête, même un peu, n'essaie pas de parler, et tu verras, ça passera, comme tout. Sur quoi elle alluma une nouvelle cigarette, faisant ostensiblement claquer le fermoir du briquet ; la précédente se consumait rapidement, posée là dans une soucoupe.

« Non, dit-elle, de manière aussi inattendue pour l'un que pour l'autre. Jamais. Je ne pourrais pas. Et de toute façon – il refuserait.

– Mais Susie – tu n'arrêtes pas de dire qu'il t'appelle sans cesse. Pourquoi continuerait-il à téléphoner s'il ne voulait pas...

– Mon Dieu, peut-être qu'il le *veut*, effectivement – je n'en sais rien, hein ? Tout ce que je sais, c'est que je ne pourrais pas. Ce ne serait pas... enfin je ne pourrais pas. C'est tout. »

Susie n'aurait jamais cru que Tony pût paraître plus abattu, plus exsangue que depuis le début de cette matinée, mais pourtant c'était le cas, brusquement, comme si on l'avait débranché et qu'il ne fonctionnait plus que sur des vibrations d'énergie résiduelle.

« Simplement..., articula-t-il d'une voix à peine cohérente... si Jake ne te revient pas, alors... » – il avait des yeux immenses, des yeux de vieillard – « ... alors comment je vais récupérer Nan, moi ? »

Mais grands *dieux*, Tony, faillit-elle littéralement cracher – elle ne veut *plus* de toi, non ? Tu n'as pas encore compris ça ? Pourquoi crois-tu qu'elle a... ? ! Mais elle mit brusquement un frein à ces pensées (parce qu'elles la tuaient, *certes*, mais aussi parce qu'elle voyait qu'en laisser échapper la moindre parcelle équivaudrait sans doute à un assassinat pur et simple).

« *Écoute*, Tony... », soupira Susie – aussi délicatement que possible, bien qu'elle sût à présent qu'elle ne pourrait guère en supporter davantage : après l'étreinte de la douleur, vient toujours l'épuisement. « Je sais que ça semble idiot de dire que les deux choses ne sont pas... *liées*, mais en fait, elles ne le sont pas, vraiment, si tu... on ne peut pas simplement *retourner* en arrière comme ça. Tu comprends ? Mmm ? Ça ne se passera *pas* comme ça, impossible. »

Les yeux de Tony étincelaient, mais d'un éclat dangereux : tout son visage exprimait cette intensité fébrile de qui est sur le point de mourir d'inanition.

« Mais peut-être, fit-il d'une voix pressante, peut-être qu'on peut – que je peux – faire en *sorte* que ça arrive. Regarde dans quel *état* on est ! Ça vaut forcément le coup d'essayer.

– Mais comment ? Et puis de toute façon, Tony, ce n'est pas ce que *tout* le monde souhaite, d'accord ? Nan ne veut pas ça – et c'est Nan, désolée Tony – c'est Nan qui nous a tous baisés. Non ? Alors, comment veux-tu... ?

– Comment ? Là d'où je viens, le seul moyen c'est *l'argent*. Avec de l'argent, on peut tout. »

Susie était sincèrement effrayée : peut-être la démence de Tony était-elle plus avancée que la sienne (ou bien d'une nature plus profonde ?). À moins qu'elle le vît soudain avec quelque distance, dans un de ces trop rares instants de rémission auxquels elle s'accrochait frénétiquement ?

« *L'argent*, Tony ? Mais qu'est-ce que *l'argent* peut bien avoir à faire là-dedans, grands dieux ? Comment *l'argent* pourrait-il... ?!

– Avec de l'argent, on achète. D'accord ? Tout le monde *sait* ça, Susie : c'est un fait. Avec de l'argent, on achète tout ce dont on a besoin – voilà à quoi ça sert, voilà comment ça fonctionne. Les gens. Les choses. N'importe quoi.

– Et donc, tu suggères de... Oh, mais qu'est-ce que tu *racontes*, Tony ? Mmm ? Ça n'a aucun sens, ce que tu dis là.

– Bon, écoute… je n'ai pas encore complètement développé mon idée – pas en détail – mais tu sais, Nan, elle n'arrêtait pas de dénigrer ma chambre – les rideaux, tous ces trucs-là. Pourquoi es-tu toujours en jean, me demandait-elle – ce genre de conneries. Ce que je veux dire, c'est qu'elle aime vraiment les belles choses, tu vois. Comme beaucoup de femmes. Comme *toi*, Susie. Les dîners, les grosses voitures, les fringues… et je ne lui ai jamais rien offert de tout ça, parce que – enfin, j'imagine que, d'une certaine façon, je me sentais en *sécurité*. Quant à Jake…

– Donc tu es en train de me dire que tu vas lui faire des *cadeaux*, et qu'elle va revenir se jeter à ton cou ? Et Jake, alors ? Dis-moi.

– Eh bien – tu connais Jake. Je suis désolé, Susie – vraiment désolé, mais bon – il a à peine un sou en poche que c'est aussitôt dépensé : vrai ou faux ? »

Susie ricana, haïssant presque le souvenir de Jake. Elle alluma une cigarette, tira une bouffée, la conserva longtemps en bouche, bien chaude, puis cracha la fumée. « Il claque quasiment tout pour cette abomination d'appartement. Dieux du ciel. Le fric qu'il a pu dépenser pour toutes ces saloperies en *ferraille*…

– Eh bien tout ce que je dis, c'est que… on n'en a jamais assez. »

Susie regarda fixement Tony, refusant catégoriquement de croire qu'elle était une des deux personnes impliquées dans une conversation aussi débile.

« Donc tu fais quoi, Tony ? » Sa voix était empreinte d'un mépris qu'elle n'aurait peut-être pas tant laissé filtrer, si elle avait eu le temps et l'envie d'y songer. « Tu comptes couvrir de joyaux la statue de sainte Nan ? Ou alors filer un bakchich à Jake ? Mais bon Dieu – d'une manière comme d'une autre, c'est tout bon pour elle, non ? Cette salope.

– Arrête, dit Tony – lentement, le visage sérieux.

Peut-être – peut-être les deux. Ça dépendra. C'est quoi, un "bakchich"? Je ne connais pas.

– Une expression, résuma Susie d'un ton sec. Tony – je crois *vraiment* que tu es cinglé, tu sais. Mais bon – c'est ton argent, hein. Si tu tiens à te prendre un râteau monstrueux, vas-y, n'hésite pas. Moi, je mets cinq livres, fit-elle avec un petit sourire – se dégageant un instant de cette douleur –, puisque tout ça est pour une bonne cause. Mais en fait – tu es riche, alors, Tony? »

Une fois de plus l'âme de Tony parut brusquement dégringoler – et s'écraser au sol dans un claquement mouillé presque audible.

« Ça, c'est le… le point faible, dans mon projet. Pourquoi crois-tu que je continue à vivre comme je le fais? Je suis un spécimen unique, Susie : je suis l'Américain sans pognon. Les gens ne pensent jamais que ça existe, mais… » – et même Tony s'autorisa une espèce de rictus évoquant vaguement un sourire – « … mais pourtant si. Enfin, il en existe un : moi. »

Et Susie de penser Eh bien, si c'est le cas, alors ton idée, déjà idiote, est carrément cinglée, cette fois – pas vrai, Tony, espèce de pauvre abruti?

« Comment ça se fait? s'enquit-elle.

– Je pense que… je n'aime pas trop être coincé quelque part. Tu vois ce que je veux dire? Il faut que je bouge. Un job – et puis je passe à un autre. Les patrons n'apprécient pas trop. Je loue une piaule meublée – rien dans les mains, rien dans les poches, tu vois? En plus, je n'aime pas travailler! C'est une chose qui ne se dit pas, peut-être. Mais c'est vrai. Et je n'ai sans doute jamais songé que cela pourrait changer… et puis cette fille a débarqué dans ma vie… et pour la première fois, j'ai eu, comment dire, envie de commencer à… à être coincé. Et puis, Susie, et puis c'est ce dont j'avais *besoin*. Tu vois? Et maintenant *encore*, j'en ai besoin. »

Susie soutenait son regard. Elle avait provisoirement émergé de la lame de fond obscure et écumeuse qui l'entraînait vers les abysses pour se retrouver presque littéralement empalée sur ce discours parfaitement démentiel (son amour n'est pas semblable au mien). Il verrait bientôt, n'est-ce pas – Susie écarquillait les yeux pour lui dire que cela suffisait, maintenant, et scrutait son regard à la recherche de quelque réponse –, à quel point il paraissait complètement ravagé (et comme ça lui était venu vite, en plus). Mais non, regardez-le : il n'y avait rien à voir là, qu'un visage sillonné de passion, une sorte d'intensité détachée qui le secouait et le transportait au loin.

« Tout ce qu'il me reste à faire…, conclut-il d'une voix nouvelle, sorte de grondement moelleux… c'est le trouver.

– Le trouver ? Quoi ? Qu'est-ce que tu veux trouver, maintenant, Tony ? Le grand amour ? »

Il leva brusquement les yeux vers elle, réellement consterné devant une stupidité aussi totale : elle n'avait donc rien *écouté* ?

« Non, pas du tout…, fit-il lentement, comme s'il s'adressait à un retardé mental, ou à un plaisantin très certainement inoffensif. *L'argent*, d'accord ? Tout ce qu'il me reste à faire, c'est *trouver* l'argent. C'est tout. »

Nan lui avait dit ce matin-là, très tôt (elle était déjà sous la douche, ce qui convenait parfaitement à Jake, cela lui convenait on ne peut mieux – qu'elle lui parle de loin, criant pour dominer les claquements savonneux et les sifflements mouillés, la douche à fond, apportait une impression de distance fort bienvenue, qui le faisait se sentir, comment dire ? Un tout petit peu plus en sécurité ; il n'avait encore jamais connu cela, et bien que chaque douloureux présage le fît se raidir, attentif, aux aguets, quoi que sans bien comprendre, il saisissait avec tristesse la nature profonde de ce qui se déroulait en ce moment même).

« Donc, tu es d'accord, Jake ? Vraiment ? Sûr ? Tu ne vas pas te sentir trop seul ? » Elle se dirigea, pieds nus, vers le lit où il gisait encore, immobile, les draps bien tirés, comme à dessein (parce que c'était un lit maintenant, un simple lit – un lit comme celui de tout le monde, se disait-il non sans mélancolie) et chatouilla plaisamment le bout de son nez avec le coin de l'immense serviette de bain blanche qui l'entourait : elle se pencha vers lui, se prenant les pieds dans l'ourlet, avec un petit rire bête. « Tu ne vas pas te sentir trop seul ? Tu ne vas pas trop te *languir* de moi, mon chéri ? »

Jake fournit en retour, sans effort, le sourire affectueux qui, il le supposait, était de mise. « Ça ira très bien, la rassura-t-il. Fais ce que tu as à faire. »

La serviette – et ses épaules douces et humides, rondes, entr'aperçues : n'étaient-ce pas là des panneaux indicateurs menant au sexe ? Et ses cheveux aussi – relevés en un savant échafaudage prêt à crouler en un flot vagabond : émouvant, non ? Mon Dieu oui – oui, tout à fait (Jake devait bien le reconnaître, ne fût-ce que théoriquement). Pourquoi, dans ce cas – nous y voilà – n'était-il pas ému ? Pourquoi ce qui l'avait rempli de joie, ce qui l'avait galvanisé, qui lui avait permis, en une seconde, d'élaborer à la va-vite mille projets pour la journée et la soirée était-elle cette grande nouvelle qu'elle lui avait annoncée : c'est aujourd'hui l'anniversaire de la petite Emmy-Lou (mais *si*, je te l'ai déjà *dit*, Jake) et je dois accompagner toute la famille dans cet endroit *épouvantable* appelé Alton Towers (tu ne t'en souviens pas, apparemment, Jake ? Je me demande à quoi tu penses quand tu as des absences, comme ça ?) ?

« Et ils emmènent quasiment toute la *classe*, juste ciel. Ça doit leur coûter une véritable fortune. »

Elle avait à demi ôté la serviette et tripotait distraitement ses vêtements pour la journée, disposés sur le lit, avec dans les yeux une lueur d'hésitation sournoise – et bien que, dans la seconde qui suivit, elle prît Jake d'assaut, celui-ci, bien avant l'impact, avait anticipé sa manœuvre. Raison pour laquelle il bondit, balançant les jambes de l'autre côté du lit, regarda ailleurs et bâilla – tout en se grattouillant le crâne et en ébouriffant ses cheveux de manière peut-être un peu ostentatoire (et bâillant toujours comme un cabotin à qui l'on a dit que sa scène du réveil était un chef-d'œuvre de l'art dramatique).

Aurait-elle insisté ? N'importe quel autre jour, presque certainement. C'est pourquoi Jake avait depuis peu pris l'habitude d'arriver ridiculement tôt à son travail (une fois, l'endroit l'avait laissé stupéfait – jamais auparavant il ne l'avait vu plongé dans l'obscurité), cela pour la simple raison, ainsi qu'il le lui avait patiemment expliqué, qu'il se trouve qu'on est en plein coup de feu, ces temps-ci, et que c'est le seul moment de la journée où l'on peut trouver un peu de paix pour, enfin tu sais, pour réellement s'y *coller*, sans cette saloperie de *téléphone*, et les *fax* et les *e-mails* qui te rendent complètement cinglé. Okay ?

Mais s'il existait une chose que Nan prenait vraiment à cœur (mis à part Jake – mis à part l'orgueil rayonnant qu'elle avait ressenti et ressentait toujours à l'idée d'avoir totalement conquis cet homme, Jake, et avec lui tout ce qu'il possédait, tout ce qu'il faisait), c'était son emploi : la garde des tout-petits. Un jour, une journaliste (une femme, donc) avait assuré à Jake, de manière péremptoire, que les femmes qui sont folles des enfants – obsédées par eux, vous voyez – n'ont généralement guère de temps ni d'espace mental à consacrer à un homme (en tant que tel) ; ce qui, devait penser Jake plus tard, et non sans amertume, vous apprend tout ce qu'il y a à savoir sur ces putains de journalistes (femmes en outre), n'est-ce pas ? Donc, rien au monde (enfin, sauf Jake, peut-être, s'il avait insisté) n'aurait pu mettre Nan en retard (c'est vrai : c'est une pro. Mais également, Jake sentait – malgré le qualificatif d'*épouvantable* qu'elle avait employé – qu'Alton Towers n'était pas un endroit qu'elle devait détester).

Nan était prête à présent, et s'agitait en tous sens avec des crissements précipités de semelles excitées : un triangle de toast tartiné de marmelade et à demi mâchonné finissait à la poubelle – son sac à bandoulière décrivait une large courbe comme elle s'en saisissait et le passait à l'épaule (c'est génial, génial : plus jamais je ne serai triste, plus jamais blessée). Jake lui fit un signe d'adieu, presque signe de dégager, tel un père – qu'il se crut être un instant – fier quoique résigné (un peu fatigué) qui, en dépit du plaisir que lui procure celui de sa fille, a réellement besoin de se reposer, maintenant. Et comme la porte claquait derrière elle, il ferma les yeux et accorda à son visage ce luxe d'encadrer suavement un immense sourire félin de – non pas de *satisfaction*, certes non (la satisfaction, il ne l'avait plus connue depuis… enfin vous savez : *depuis*, quoi), mais sans aucun doute de robuste soulagement, comme une saine et profonde inspiration : il récupérait son espace – enfin, enfin, il *m'appartient* de nouveau.

Et grands dieux non – je n'ai pas, absolument pas, définitivement pas l'intention de même faire *semblant* d'aller bosser aujourd'hui (j'ai décidé ça pendant qu'elle était encore en train de s'ébrouer dans la salle d'eau : je parie qu'elle a laissé le savon traîner n'importe où dans le bac à douche, tout gluant. Elle aime tous ces *trucs*, mais elle ne les respecte *pas*). Non que j'aie, en fait, un ordre du jour ni rien de ce genre – je ne

vais pas me jeter sur le plan B, parce que, mon Dieu…
comme il doit sembler clair à présent, je n'ai pas vraiment réussi à mener à bien le plan A : coincer Susie, et la récupérer pour de bon.

C'est étrange, voyez-vous (j'ai réfléchi à tout ça, n'est-ce pas ? Évidemment que j'y ai réfléchi, et pas qu'un peu), parce qu'une des raisons pour lesquelles je n'ai pas pris Susie par la peau du cou, propre et net (mis à part le fait que je suis une grosse feignasse – typiquement masculin, hein – un mec, ça reste un mec), c'est que je lui faisais confiance, vous voyez. Totalement. Je savais que, quoi qu'elle dise, elle m'aimait, vraiment, et même si elle est, et Dieu sait, l'objet le plus désirable, le plus fascinant que l'on puisse imaginer (et d'ailleurs, qui, dites-moi, fascine-t-elle en ce moment ?), elle n'a jamais eu cet air de regarder *ailleurs*. Je ne sais pas si vous êtes déjà sorti avec ce genre de fille – ça n'a rien d'agréable, je peux vous dire. Elles sont, oh, comment expliquer ça… ? Elles sont *avec* vous, ouais – mais jamais *vraiment*. Vous voyez ? Je veux dire, vous êtes là tant que vous êtes là, mais tout peut arriver, n'importe quand, parce qu'elles passent leur temps à regarder par-dessus leur épaule. Et quelquefois – dans une soirée par exemple –, par-dessus la *vôtre*. Et naturellement, il ne m'est pas venu une seule fois à l'esprit qu'une femme pourrait tout démolir pour me choper, *moi*, parce que mon Dieu – a) Je ne suis pas spécialement séduisant, hein, et – b) J'étais heureux avec Susie. Donc, ne me poussez pas (par pitié) à me replonger dans cette litanie des Alors *pourquoi* ? – parce que franchement, je crois que je n'y survivrais pas. Et au moins, aujourd'hui – aujourd'hui au moins – rien ne m'y oblige. Bon, d'accord – à terme, ça ne change rien, mais écoutez : j'ai récupéré mon *univers*. Vous savez, il y a un truc bizarre, chez Nan. Et d'ailleurs, je vais vous dire, si vous voulez bien, ce qui me semble le plus bizarre chez elle : elle *sait* qu'elle m'envahit – je le lui ai dit très clairement. Et ça a l'air de lui *plaire*. Je lui ai également dit que j'aime toujours Susie – et savez-vous tout ce qu'elle trouve à répondre ? *Non* – non, Jake : tu ne l'aimes plus – simplement, tu *crois* encore l'aimer. Juste ciel. Que voulez-vous répondre à ça ? Alors, Nan (j'essaie d'argumenter) – soyons clair ; ce que tu m'expliques là, c'est que ce que je *ressens*, ce sont des *impressions*, c'est bien ça ? *Ouais*, fait-elle, *ouais*. Moi : et que ces impressions sont *fausses*, c'est ça ? *Exactement* – tu as tout compris, Jake : ce sont de fausses impressions – tout ce que tu ressens est faux, sauf ce que tu ressens pour *moi* (okay ?).

Jake laissa échapper un brusque soupir et se dit bravement Bon : on s'en fout. J'ai toute la journée devant moi, n'est-ce pas, tout seul dans mon chez-moi (donc qu'est-ce que je vais faire ?). Et ce fut peut-être cette idée même qui le fit se diriger droit vers le téléphone et décrocher du même mouvement – presque à la seconde où il se mettait à sonner : si Nan n'était pas là, ce pouvait très bien, très bien – pourquoi *pas* – être Susie ?

« *Allô !* hurla-t-il quasiment.

– Jake, dit Tony.

– Oh, Tony, fit Jake – beaucoup plus doucement, car l'abattement s'était de nouveau emparé de lui. Écoute, Tony, si tu m'appelles encore pour pleurnicher, je ne suis vraiment pas – enfin, je ne suis pas d'humeur à le *supporter*. Comment va, euh… ?

– J'ai une *proposition* à te faire, Jake, une proposition. Je ne suis pas là pour pleurnicher. Susie ? Elle est dans un état *lamentable* – comment voudrais-tu qu'elle soit ? »

Jake n'avait même pas capté les premiers mots qu'avait prononcés ce crétin de Tony : tout ce qu'il avait envie de faire, c'était hurler Mais c'est *moi* qui suis dans un état lamentable ! Moi *aussi* ! Comment pouvons-nous être tous les deux dans un état lamentable ? C'est *moi* qui suis dans un état lamentable, parce que je suis sans elle – et Susie est peut-être dans un état lamentable parce qu'elle s'est collée avec un sale type qui agit envers elle de façon lamentable, c'est ça ? Dieux du ciel – c'est lamentable ! Je vais vous dire un truc – quand j'en aurai fini avec lui, il saura ce que c'est que d'être dans un état *lamentable*.

Puis Tony poussa une série de quasi-grognements : « Dix mille. Ça suffit ? Pas en dollars, hein : en livres. Ça suffit ? Tu veux plus ? Combien, Jake ? Tu veux combien ?

– Attends, qu'est-ce que tu racontes, là ?

– Bon, okay – tu joues au con. Parfait. Écoute-moi : tu lâches Nan – et il y a dix plaques pour toi. Vingt plaques. Vingt, ça marche ? Vingt plaques : tu n'as qu'à dire oui, c'est tout. »

Bien, se dit Jake : ça doit être la petite ligne de coke du réveil qui fait son effet. C'est *vraiment* ce dont j'ai besoin : une journée sans le crampon qu'il m'imagine tenir en *cage*, et il faut que je commence par calmer ce cinglé. Je fais quoi, là ? Quoi que je lui réponde, il ne s'en souviendra jamais – et quoi qu'il entende, il le niera, si même il arrive à *comprendre*.

« Un *million*, Tony, soupira Jake. Pour moins, ce n'est même pas la peine d'y penser. »

Sur quoi il raccrocha (même pas envie de réconforter le pauvre gars) en se disant Mais bon Dieu de bon Dieu : pourquoi faut-il qu'ils se comportent tous de manière aussi *dingue* ?

Tony, dans sa chambre, raccrocha également : il jeta l'appareil comme s'il en redoutait la morsure. Ses phalanges blanchies se durcirent en un poing inflexible, tandis qu'un éclat démoniaque illuminait ses yeux : « Okay, murmura-t-il d'une voix sinistre, les faisant rouler et exhibant leur blanc jaunâtre. Très bien, Jake. Parfait. Tu veux un million ? C'est ça que tu veux ? Eh bien tu *l'auras*, ton putain de million. »

« Susie ! fit Jake d'une voix étranglée, n'osant qu'à peine y croire. Susie, oh Susie ! Merci mon Dieu, tu as appelé !
— Je n'aurais peut-être pas dû. J'ai failli ne pas le faire. Espèce de *salaud*. »
Susie se sentait plus maîtresse d'elle-même que jamais. Combien de fois n'avait-elle pas décroché le téléphone, puis raccroché – décroché, puis raccroché ? Et soudain (venue d'on ne sait où) une cape de quasi-sérénité s'était déposée sur ses épaules (de manière presque palpable), qui avait étouffé toute frénésie, adouci une partie au moins de cette angoisse électrisée. Bon, je l'appelle maintenant, d'accord ? Si je ne l'appelle pas maintenant, je ne l'appellerai jamais et il arrêtera – forcément il arrêtera – de m'appeler de son côté, parce que même les gens qui ont quelque chose à cœur, au plus profond d'eux-mêmes, finissent par laisser tomber, parce qu'il le faut, il le faut – il leur faut arrêter s'ils ne veulent pas trop, trop perdre de sang, jusqu'à devenir livides et cassants et vides à l'intérieur. Elle avait donc décroché et composé ce numéro-là, son numéro, et au premier bourdonnement lointain de cette sonnerie que lui aussi devait entendre, avait raccroché brutalement. Quelque temps (quatre cigarettes) plus tard, elle reprenait l'appareil, recomposait le numéro – écrasant le combiné contre son oreille – et il lui fallut crisper les mains, crisper les paupières et se mordre les lèvres pour demeurer ainsi, à attendre, sur quoi l'attente se vit brisée, de manière extraordinaire, et c'était sa voix, sa douce voix à lui qui la pénétrait à présent – elle

n'avait fait que chuchoter son nom, dans un soupir, et immédiatement, il répondait par son nom à elle, d'une voix étranglée (pleine d'amour, en un souffle saturé de soulagement, comme s'il se dissolvait : elle l'aimait tant, et elle le traitait de salaud).

« Susie – oh Susie – parle-moi. Je me moque de ce que tu dis – enfin *non*, bien sûr que *non* je ne m'en moque pas – mais simplement ne pars *pas*, c'est ça que je veux dire – continue à me parler, je t'en prie Susie. Mon Dieu, j'ai cru… !

– Oh, Jake. Jake.

– … *mourir*, Susie, j'en serais mort – oh Susie, Susie, je suis désolé, tellement, tellement désolé, je ne sais pas ce qui m'a… pourquoi j'ai…

– J'ai mal, Jake. J'ai tellement mal.

– Je *sais* que tu as mal, ma chérie. Je le sais. Moi aussi – même si c'est différent, je sais bien – mais je suis en miettes, Susie. En miettes. On arrête ? Je t'en prie Susie – ne me dis pas que tu as appelé juste pour savoir si ça *allait*, parce que non, ça ne va pas – pas du tout, parce que ça ne peut pas aller sans toi, Susie. Peut-être que je ne savais pas… mais maintenant *si*. Je le sais, Susie – je sais que je ne peux pas… vivre sans toi. Je pensais que cela n'arriverait jamais, et là, je l'ai *fait* et – oh, je suis en train de complètement m'embrouiller… mais *écoute* Susie – ce que je veux dire, c'est…

– Dis-le, Jake. Je ne vais pas le dire pour toi.

– *Reviens*, Susie. Reviens pour toujours. Je te veux. Pour toujours.

– Comme ça ? Et tu fais quoi, avec… ?

– *Arrête*. Ne prononce même pas son nom. Ça me rend *dingue*, cette… tout ça. D'ailleurs il a *fallu* que je sois dingue. Tu comprends ? Il n'y a qu'avec *toi* que je me sens bien, normal. Avec toi. Toi.

– Jake, il faut qu'on se voie. Il faut qu'on parle.

— Oui ! Oh oui, oui – où tu veux, quand tu veux. Dis-moi.

— Qu'est-ce que tu vas faire avec… *elle* ? Je ne… je ne veux plus la voir, plus jamais.

— Non, bien sûr que non, il n'en est pas question. Moi non plus. Ça semble horrible, mais je ne veux *plus* la voir. Et même, je n'ai jamais vraiment *voulu*… !

— Tony si, par contre. Pauvre garçon. Il est en train de perdre la tête.

— Il m'a appelé, il avait l'air *cinglé*. Complètement à la masse.

— Je crois qu'il est capable de faire une bêtise. J'ai essayé de le joindre toute la matinée, mais c'est constamment en dérangement. Je ne voudrais pas qu'il commette un acte… irréparable.

— Comme quoi ? Oh mon *Dieu*, Susie – je ne peux même pas te dire comme c'est bon simplement de te *parler* à nouveau.

— Je ne sais pas quoi. La dernière fois que je l'ai vu, il avait l'air tellement…

— Oh, écoute, on ne va pas perdre notre temps à parler de *Tony*. Et *nous*, Susie – et *nous* ? Il faut qu'on se voie, tous les *deux*. Oui ? Oui ? Dis-moi oui, Susie.

— Je… je t'aime…

— Oh merci mon Dieu ! Et moi aussi, moi aussi, naturellement – je t'ai toujours aimée. Et je t'aimerai toujours.

— Mais tu ne me réponds pas, Jake. Qu'est-ce que tu comptes faire, avec…

— M'en débarrasser. La larguer. La virer d'ici. M'en fous. Elle ne compte *pas* pour moi, Susie. C'est juste quelqu'un qui a débarqué comme ça d'on ne sait où, pour semer la merde entre nous – mon Dieu, mon Dieu – et maintenant, elle disparaît. Terminé. Finito.

— Vraiment ? Sincèrement ? Parce que c'est tellement *facile* pour toi, Jake, tu ne crois pas ?

— C'est *définitivement* terminé. Et ça n'a jamais *existé*, Susie – ce qui existe, c'est *toi*, rien que *toi*. C'est comme si elle n'avait jamais existé. Et non, Susie, *non* – ça n'a pas été facile. Ne crois pas ça.

— Mon Dieu, je t'aime, Jake, espèce de saloperie de salaud.

— Susie – oh Susie. Je veux te voir. Laisse-moi venir. Tout de suite. J'ai tellement besoin de toi.

— Jake... c'est...

— Je t'en *prie*, Susie – par *pitié* !

— Oh Jake... d'accord... d'accord... viens. Mais promets-moi – il faut que tu me promettes, pour cette *garce*... !

— Susie. Écoute-moi. Elle ne représente qu'une seule chose pour moi. Une seule.

— Dis-moi, Jake : dis-moi. Il faut que je l'entende de ta *bouche*. »

Jake prit une profonde inspiration, avant de proférer, avec une sincérité, une conviction qui le fit vaciller :

« Un mauvais souvenir, Susie. Cette fille n'existe *plus*. »

Chapitre VI

À une époque – juste ciel, il y a combien de temps de cela, maintenant ? – Reg McAuley se levait le matin avec un réel sentiment de bonheur : qualifier cela d'impatience n'aurait rien d'excessif, affirmerait-il honnêtement – une curiosité positive face à un nouveau jour, et à ce qu'il pourrait apporter.

À présent, il tournait machinalement sa cuiller dans son thé (ce qui signifie qu'il ne doit pas être loin de huit heures), tout en essayant, perplexe, de reconstituer tout ça. Donc (allez, on y va – gros soupir), qu'était-il *arrivé*, en fait ? Hein ? Existait-il un moment précis où tout cela lui avait échappé d'un seul coup, le laissant soudain échoué, comme un pantin de mousse, la clef rouillée du mécanisme tournant avec peine, actionnée automatiquement par une main invisible ? Ou bien les graines du malaise avaient-elles été soigneusement plantées, son ancien enthousiasme perdant imperceptiblement de son éclat, nuance après nuance, jusqu'à acquérir une teinte sombre, puis plus sombre encore ? Certainement, avait dû arriver cette seconde, Reg ne pouvait que le supposer, où le dernier rai de lumière avait disparu (un bête clignement de paupières, et il lui avait échappé).

Il se levait encore le matin : *pourquoi ?* Eh bien mon Dieu, pour échapper à la maison et à Enid, à Enid surtout (s'il reste une quelconque raison stimulante, c'est bien celle-ci) – mais maintenant, quand il s'installait au volant du taxi et bouclait sa ceinture, il n'y avait plus que cette sensation-là – celle d'être ficelé, pour toujours. Autrefois, le clac de la ceinture qui se verrouillait, le sanglait – même cela lui donnait un quasi-frisson de joie ; il ne se sentait pas tant chauffeur de taxi, en train de faire ronronner son diesel avant de partir marauder dans les rues de Londres pour la première course intéressante de la journée, que pilote de chasse, peut-être – héros de son vivant – prêt à effectuer pour la sauvegarde de ses contemporains une mission périlleuse, exaltante, dopé par le défi et par l'euphorie de l'incertitude : à rouler, à rencontrer les gens, se plaindre de la circulation, à garder toujours un œil en coin vers ces putains de cyclistes, dieux du ciel – ne sachant qu'une chose : sa mission ne prendrait fin que dans une dizaine d'heures quand, de retour à la base, sain et sauf, il poserait son zinc, baisserait d'un geste viril la fermeture Éclair de son cuir et s'extirperait de l'appareil dans un craquement de tendons endoloris pour calmer les vivats de la foule en délire. Et voilà les vivats qui l'attendaient : ceux d'Enid, oh mon Dieu cette chère Enid (cette chose, là, peut-elle réellement être la même femme ? A-t-elle, à un certain moment et à l'insu de Reg, subi quelque transplantation corporelle, assortie pour le même prix d'un changement de personnalité, tout son comportement subverti et gauchi par des substances psychotropes ?). Cette dévotion envers Reg, cette gratitude naturelle d'autrefois s'étaient à présent rabougries et desséchées en une tolérance acide de sa simple existence, une rancœur envers son souffle pourtant discret, brassant à peine un air qui prenait soin de maintenir la distance entre eux.

Était-ce quand les enfants avaient commencé de grandir ? À vivre leur vie ? Enfin – quand je dis *grandir*, je ne parle pas de Laverne, elle n'a jamais vraiment grandi, elle. Elle n'avait qu'une envie, quitter l'école, elle m'a brisé le cœur. *Laverne*, disais-je – combien de fois le lui ai-je répété ? – et la manière dont elle me regardait quand je m'asseyais devant elle... je vous dis – elle a failli me briser le cœur. *Laverne*, ma chérie, disais-je, assis là devant elle – *écoute*-moi, tu veux bien ? Ne crois pas que je sois idiot, simplement parce que je suis ton père. J'ai vécu plus longtemps que toi, n'est-ce pas ? J'ai *appris* des choses. L'*éducation*, ma chérie – il n'y a rien de tel. Regarde-*moi* : bon, je ne dis pas que je m'en suis mal sorti – je n'échangerais le taxi contre rien au monde (et je le pensais, à l'époque – dieux du ciel, quand je pense que je le pensais, vraiment) – mais moi, Laverne – écoute-moi, ma petite fille, pose ce magazine – et non, tu ne sors *pas*, parce que je te *parle*, d'accord ? Tu vois – je n'ai jamais eu les chances que tu as – nous étions six, ma mère était – je *sais* que tu as déjà entendu tout ça, je sais, Laverne, mais ça ne te fera pas de mal de l'entendre *encore*. Ma mère faisait des *ménages* pour pouvoir nous habiller correctement et – je *sais* que tu n'as pas l'intention d'être femme de ménage, Laverne – et bon Dieu, mais c'est justement là où je veux en venir : je souhaite quelque chose de *mieux* pour toi, tu vois ? Hein ? Moi, j'ai été *obligé* de quitter l'école : j'étais l'aîné – pas le choix. C'est moi qui devais rapporter le bifteck à la maison. Et tu sais que si je te parle comme ça, c'est que je *t'aime*, tu le sais bien ? Hein ? Tu le sais ? Tu es ma petite fille. Et qu'est-ce que je dis toujours à Pauly ? Oui, voilà – apprends un *métier*, voilà ce que je lui dis – quoi que tu fasses, aie toujours quelque chose à portée de main, pour pouvoir te retourner. C'est une garantie. Bon, pour une fille, je sais que c'est différent – eh oui, un jour ou l'autre, bien *sûr* que tu te marieras, que tu auras des enfants, tout ça. Mais qu'est-ce que tu vas faire en attendant ? Hein ? Tu ne peux pas rester comme ça à traîner à la maison toute la journée. Ton vieux père ne sera pas toujours là pour prendre soin de toi, n'est-ce pas ? Il faut que tu *réfléchisses*, Laverne. Que tu prépares ton *avenir*. Et... où vas-tu ? Comment ça – je *sors* ? Ça veut dire quoi, je *sors* ? Tu sors où ? Avec qui ? Mais grands dieux, Laverne – tu n'as que quinze *ans*, tu ne peux pas – il fait *nuit*, nom d'un chien – ce n'est pas *prudent*. Enid ! Enid ! Viens parler à ta fille – apparemment, moi, je n'arrive plus du tout à me faire *entendre*.

Mais Enid, oh mon Dieu – Enid était bien la dernière personne à appeler au secours, n'est-ce pas ? Parce que depuis combien de temps Enid elle-même ne m'entendait-elle plus, pour ne pas parler de Laverne ? Aujourd'hui, quand je repense à toutes ces années – je ne sais même plus à *qui* je pouvais bien parler. Pauly, ouais – un brave gosse, je ne dis pas – je ne peux pas me plaindre de Pauly. Un jour – Dieu que j'étais fier, je vous jure : j'en aurais éclaté d'orgueil –, un jour il me dit *Papa...*? Oui, dis-je, qu'y a-t-il, fiston ? Qu'est-ce que tu as en tête ? Et là, il me répond, Et si je faisais comme toi ? Comme ça, tout naturellement : j'ai pris un grand coup sur la tête. Jamais il n'avait fait allusion au métier de taxi, pas une seule fois – sauf quand il était encore petit garçon : il m'avait trouvé génial, ce jour-là, vraiment (c'était pour ses dix ans, peut-être bien), on était allés au zoo, avec tous ses petits copains entassés à l'arrière. Certains d'entre eux n'étaient encore jamais montés dans un gros taxi londonien – et visiblement, c'était un sacré événement, pour eux. Une chouette journée. On s'était bien amusés à accrocher des ballons aux rétroviseurs.

Rien n'a suivi, cela dit. Une fois, après ça, il s'est mis à parler de l'armée – et je peux vous dire que ça m'a collé la peur de ma vie. Mais qu'est-ce qui te fait penser à l'*armée*, Pauly ? Comment – j'ai fait de toi ce jeune homme robuste et en bonne santé (et c'est le cas, vous savez, vraiment – c'est un beau gosse : toutes les filles sont après lui), tout ça pour que tu ailles te faire descendre en Irlande du Nord ? Enfin bref... ça lui a passé, comme le taxi – et puis tout d'un coup, il dit qu'il veut être docteur. Moi, je dis docteur – très bien, parfait (même si j'avais, comment dire – quelques *réserves*, sur ce coup : bon, Pauly est bien, je ne dis pas ça, mais il n'a jamais été du genre bûcheur, enfin vous voyez, du genre à passer sa vie le nez dans les livres : s'il y avait un terrain de foot dans le coin, ses devoirs à la maison, vous voyez ce qu'il en faisait – sacré bonhomme, hein). Ce qui fait que... quand quelqu'un lui a parlé de toutes les années d'études que cela sous-entendait, ça lui est aussi passé assez vite. Maintenant, il vend des autos du côté de Crawley – il a une petite concession Vauxhall, ça a l'air de plutôt bien marcher pour lui : écoutez, hein – c'est sa vie, je ne m'en mêle pas.

Laverne ? Elle a travaillé dans une boutique. Et puis dans une autre. Elle change de boulot comme elle change de petit ami. En fait, il n'y a pas si longtemps, j'ai appris qu'elle *vivait* avec l'un d'eux – et je sais, je sais que c'est ce qui se *fait* aujourd'hui, mais je n'aurais jamais, jamais pensé que ma fille suivrait ce triste chemin. J'ai bien pensé à mettre le holà (tu parles : à partir de dix-sept ans, tout ce qu'elle a trouvé à me dire, c'est *Attends*, Papa, *attends*. Dans un an, j'ai dix-huit ans, d'accord, et là je pourrai faire carrément ce que je veux, et ni toi ni personne ne pourra m'en empêcher). Agréable, hein ? Donc, vous imaginez facilement les hurlements, si j'avais commencé à faire des vagues. D'ailleurs, ça n'aurait servi à rien : le temps que me parvienne la nouvelle qu'elle était en ménage avec je ne sais quel type, elle l'avait déjà plaqué pour partir avec un autre. Nom d'un chien, ce n'était pas si simple, de mon temps ; je me demande quelquefois comment ma vie aurait tourné (pareil ? mieux ? différemment ?) si ç'avait été le cas. Enfin bon – on ne peut jamais savoir, n'est-ce pas ? On ne peut jamais vraiment savoir.

Une autre chose à laquelle je pense, maintenant (presque huit heures et quart : je sors le taxi dans une minute), c'est à mon nom, Reg, que je suis en train de griffonner au stylo-bille. Je fais toujours ça dans la marge, sur l'*Express*, quand j'ai rempli quelques cases de mots croisés. Quelquefois en grandes lettres chantournées, et quelquefois dans ces caractères élégants qu'on voit sur le générique des vieux films (pas faciles à lire, d'ailleurs). R-E-G. Ça n'a pas grand grand intérêt et, pour être honnête, je le déteste. On m'a toujours appelé Reg – jamais par mon nom complet (qui ouais, je sais, fait quand même un peu tapette) : pour autant que je le sache, sur mon acte de naissance, c'est Reg (même si je ne me suis jamais donné la peine de vérifier, pour être franc). Ce que je n'aime pas dans mon nom – mis à part le fait qu'il a un côté, disons, un peu lourdaud (et j'ai peut-être beaucoup de défauts, mais pas celui-là) – et qu'il n'est pas, mon Dieu – je dirais pas très *chic*, mais ça, je sais bien que chic, je ne le serai jamais – et d'ailleurs, ça intéresse qui, parce que les gens chics sont quelquefois les plus lourdauds du monde, pas vrai ? Les classes dirigeantes, tiens. Non, il y a autre chose : ce qui a fini par m'embêter (et on ne penserait jamais, n'est-ce pas, que ça a une quelconque importance : je veux dire, un nom c'est un nom, d'accord – et l'habit ne fait pas le moine, comme on dit) ; mais quand on l'écrit – ce que je viens de faire, en grandes lettres tout en boucles – on a toujours envie de le faire rimer avec, disons, Peg – ou Keg, Beg ou Meg (d'ailleurs j'ai connu une Meg, une fois – une chouette fille, on a bavardé un peu) –, mais le seul autre mot qui aille avec Reg, c'est Veg[1] (et ne vous donnez pas la peine de vérifier, parce que je connais la question, croyez-moi) et c'est sans doute pour ça que je le trouve un peu lourdaud.

Bon : huit heures et quart. Allez, en route. Autrefois, je criais au revoir à Enid, là-haut, avant de partir, quand je bossais de jour (elle se lève de plus en plus tard, depuis quelque temps : elle dit qu'elle est malade, et c'est bien possible, ma foi) – mais à quoi bon, me dis-je maintenant : elle ne répond jamais. Et ce n'est pas qu'*avant*, elle répondait, pas du tout – parce qu'*avant*, elle serait déjà descendue, et m'aurait préparé le petit déjeuner (un œuf et plein de bacon) et m'aurait dit Tiens tu as une chemise propre, là, et veux-tu que je te fasse une Thermos à emporter ? Maintenant, je mange des biscottes danoises – avec une bonne tasse de thé, naturellement. À midi, je grignote un morceau à la friterie, près de Little Venice, je ne sais pas si vous connaissez. Des gens très sympas.

Donc voilà. Il y a juste une autre petite chose qui me trotte dans la tête, et c'est évidemment Adeline. Et qui donc est cette Adeline, en fait ? vous sentirez-vous peut-être autorisé à me demander. Eh bien, je ne sais pas trop, pour tout vous dire, honnêtement. Elle doit avoir à peine, quoi, dix-neuf ans ? Vingt ans ? Pas beaucoup plus – à peu près comme notre Laverne. Elle travaille comme caissière au Sainsbury's du coin, quelques jours par semaine. L'air d'une gentille fille. Toujours un sourire. Et puis de jolies mains, j'aime bien la regarder quand elle fait passer les marchandises à la caisse. Si je connais son nom, c'est à cause de ces badges qu'elles portent toutes aujourd'hui – on n'a jamais vraiment parlé ensemble ni rien. Un jour, j'achète deux

---

1. Assonance de « Reg » avec « veg » (pour « vegetable » : légume) (*N.d.T.*).

mangues, et elle me fait Ah là là, ça ne me déplairait pas d'aller les cueillir là où ils poussent, ces fruits-là – pourquoi est-ce qu'il pleut *sans arrêt*, à Londres ? Moi, j'ai répondu, Eh oui, je connais ça. Écoutez, j'ai une idée : gagnez au Loto, et on ira les cueillir ensemble ! Elle a éclaté de rire. Elle a un joli rire, aussi.

Bien. Me voilà au volant. Il fait à peu près beau, pour une fois. Je vais peut-être descendre vers King's Cross – ça marche pas mal, tôt le matin. Bon, écoutez – dites-moi une chose : est-ce que ça *fonctionne*, pour vous, ce genre de discours banal, quotidien, du style Bon on y va, au boulot ? Peut-être que oui. Peut-être que vous ne remarquez rien. Parce que moi, ça ne me trompe pas un seul instant. Parce que j'ai la tête prête à *éclater*, maintenant, vous voyez : je ne peux pas repousser une seconde de plus ma première pensée pour Adeline, la première de la journée (si vous n'incluez pas la nuit, la nuit grise et silencieuse, quand je reste là allongé à côté d'Enid, immobile, l'esprit en éveil). Mon Dieu, mon Dieu. Qu'est-ce que je peux faire ? J'essaie tant que je peux de penser à des choses ordinaires – à être simplement ce bon vieux Reg McAuley, taxi numéro 01827, époux et père (je ne dirais pas bon époux et bon père) : mais si jamais quelqu'un apprenait à mieux me connaître (je doute à présent que quiconque en ait jamais l'envie, plus jamais), il saurait comme moi que tout ça, c'est un simple vernis.

Oh, tiens ! Coup de bol : un client, déjà, qui agite son journal vers moi : c'est vraiment une première – je n'aurais jamais cru pouvoir faire une course dans ce coin paumé, jamais. Euston Square, mon gars ? Pas de problème : la journée sera peut-être bonne – et la circulation n'est pas trop mauvaise non plus.

Non. Vous voyez – la vérité, c'est que je crève de désir pour cette fille du Sainsbury's.

Tony savait parfaitement quoi faire. Ah ouais ? *Ouais ?* Enfin, mon Dieu – deux minutes auparavant, il savait, il savait très bien – et encore cinq minutes auparavant, il savait autre chose. Et maintenant ? Maintenant ? *Maintenant* – pffffff –, maintenant, j'ai peine à me rappeler mon propre *nom*. Et il faut que je reste cool, là – voyez ? Parce que tu ne fonces pas comme ça tête baissée, mon gars – si tu ne regardes pas en même temps à droite et à gauche avant de traverser, jamais tu n'arriveras de l'autre côté, hein ? Mais il faut y passer – il le faut : je savais cela, avec Gina, et peut-être que si j'avais eu le cran d'agir à l'époque, je l'aurais gardée, ma Gina, oh que oui, plus un sacré tas de billets, je peux vous dire – et puis, quand Nan a débarqué dans ma vie, j'aurais pu dire, Gina – hé, Gina ? Écoute, ma puce, ça me fait mal – vraiment – de te balancer ça comme ça, tu comprends ? Mais bon – ç'a été *sympa*, d'accord ? Mais on va dire que c'est *fini*. Tu entends ? Ouais. Facile à faire, hein ? Mais dur à encaisser, peut-être ? À votre avis ? Ouais, dur, très dur – et *ça*, j'en sais quelque chose.

En raccrochant après avoir parlé à Jake, je me sentais vaguement exalté – les nerfs, vous voyez ? Mais serein, en même temps. Parce que c'était déjà un *pas*, finalement – au moins, j'avais réussi à obtenir de lui une sorte de *marché*. Et je me disais – Hé : Nan n'a aucune idée, mais aucune idée du sale mec qu'elle a en face d'elle. Donc, si je le lui disais ? Si je lui disais – Hé, Nan : ton fameux Jake, là : il est prêt à te *vendre*, ma chérie ! Ça fait quel effet ? Ça te plaît ? Ça te plaît d'être réduite à une *chose* insignifiante dont le type se séparera pour de l'argent ? Et naturellement, je sais comment elle réagirait : Oh mais fous-moi la *paix*, Tony – Jake n'est pas comme ça (tu es cinglé). Mais moi, je tiendrai à mon idée, je la mettrai en pratique, et elle ne tardera pas à savoir que c'était vrai parce qu'elle lui posera la *question*, et là, il répondra quoi ? Aucun doute qu'il nierait – évidemment, mais déjà, elle aurait *senti* que c'était vrai, et une fois que cette odeur-là lui serait parvenue aux narines, et aurait tout envahi, il y aurait quelque chose de pourri, et ça grandirait, ça pourrirait, et finalement tout se casserait la figure autour d'eux. Et elle me reviendrait.

Mon Dieu. Vous vous rendez compte que j'ai *cru* ça ? C'est ainsi que j'ai calmé ma dernière crise de folie. Et là, en voilà une autre qui s'annonce : trouve le pognon, et arrête tes conneries. C'est simple, regardez : j'ai de l'argent à la pelle – *quelqu'un* va bien finir par m'écouter : si ce n'est pas Jake, ce sera Nan. L'idée que je me fais de moi, c'est que je ne suis pas le mec qui *plaisante*, vous voyez ? Et dès qu'il s'agit de cet... *équilibre* ô combien délicat, eh bien c'est l'argent qui pèse dans la balance – toujours, ma chérie, toujours : il n'y a pas de mystère. C'est peut-être au cinéma que j'ai appris ça, en partie – et peut-être aussi grâce à Gina :

« Tu n'es pas vraiment comme... comme les autres types, hein, Tony ?

– Et c'est mal ?

– Disons que ce n'est pas exactement génial. Je veux dire – ne te méprends pas : je t'apprécie *beaucoup* et tout ça – mais franchement, Tony... regarde comment on *vit*. On ne fait jamais *rien* de ce que les autres font. On ne va jamais *nulle part*, on n'achète jamais *rien*... je veux dire : regarde cette pièce. Elle est *épouvantable*, Tony – tu le vois bien, quand même ? Tout est tellement... enfin... ça t'est donc *égal* ?

– Non, ça ne m'est *pas* égal. Parce que tu n'es pas heureuse, Gina – donc non, ça *m'importe*.

– Il y a une réponse à tout ça, Tony.

– Ah oui ?

– Oh, mais arrête ce petit *jeu*, Tony ! Franchement

— tu es toujours comme ça. Tu sais parfaitement ce que je veux dire. Si les autres ont de jolies choses et tout ça, c'est qu'ils *travaillent*, Tony. Ça te dit quelque chose, ce mot-là ? Travailler ? Parce que c'est toujours moi qui finis par tout payer, n'est-ce pas ? Et honnêtement, je commence à en avoir jusque-là.

— Gina. Viens t'asseoir.

— Non, je suis *sérieuse*, Tony. Ça n'est vraiment plus drôle, plus du tout.

— Mais je ne ris pas.

— To-*nyyyyy* ! Tu me rends *cinglée* ! Il va falloir que tu prennes des décisions, tu sais. Parce que sinon, ce sera moi.

— Ce qui signifie ?

— Ce qui signifie que j'en ai *assez*. Comment, mais comment te le… ? Tu fais sans cesse des promesses, mais tu ne fais jamais *rien*.

— Je devrais peut-être braquer une banque.

— Oh, c'est vraiment *hilarant*, Tony ! Tu ne peux pas être sérieux une *seconde*… !

— Non – je suis sérieux, Gina – très sérieux. Un peu à la Clint Eastwood, tu vois. Un cigare à la bouche, le poncho, tout ça. Bon, d'accord, d'accord – j'arrête de faire le malin – maintenant, viens là. Ta saaaais qua j't'aaaaaime !

— C'est censé être qui, ça ?

— Popeye. Tu n'as pas reconnu ?

— Ça n'a rien à voir. Et c'est qui, Popeye ?

— Oh, Gina – J't'aaaaime encore plus quand t'eeees niaaaaaaise !

— Oh, mais *arrête* de parler comme ça, tu veux bien ? Écoute – je pars, là. Il va falloir que tu fasses quelque chose, Tony, vraiment. Sinon, je ne suis pas sûre de revenir – et je suis *sérieuse*, cette fois. Il faut que tu nous procures une vie décente, Tony – j'ai besoin de ça. Et j'en ai besoin *tout de suite*. »

C'était il y a combien de temps, tout cela ? Avant Nan, c'est tout ce que je sais ; tout se brouille à présent, Avant Nan, Après Nan – et Avant, ça ne compte pas... quant à Après... ça ne peut *plus* durer. Quoi qu'il en soit... à l'époque, Nan n'était pas encore entrée dans ma vie, et je tenais pas mal à Gina. N'importe quel autre type se serait sans doute dit – bon, elle a raison, sur ce coup : bouge tes fesses, mon gars, et *vas-y*. Et certes – j'ai bien réfléchi à tout ça, j'ai plus ou moins joué avec cette idée de... mais pour finir, vous savez ce que j'ai fait ? Hé hé – je ris, maintenant, et ça va peut-être aussi vous faire rire : j'ai acheté une arme. Naaan – pas une *vraie*... pas une vraie arme, naaan (ils font des histoires pas possibles pour ça, dans ce pays). Non, c'est une sorte de – de pistolet à air comprimé, d'accord ? Il ressemble un peu à un Luger, avec un petit côté Smith & Wesson. Tout noir. Lourd. Une sale gueule. Prêt pour l'action, quoi. Je devais avoir envie de me la jouer Clint. Et puis je me disais : braquer une banque – est-ce que c'est si difficile ? Je veux dire, des crétins font ça tous les jours de la semaine, et s'en sortent tranquilles. Enfin bref – tout ça, c'était à l'époque, et je ne l'ai pas fait.

Mais par contre, maintenant... Ouais, mais il y a un petit détail, à propos du pistolet : il ne tire que des espèces de petites boulettes jaunes, toutes cons. Je veux dire bon, d'accord – je n'ai pas l'intention de tirer, mais on ne sait jamais, hein – si on doit en arriver *là*, c'est de plomb, de poudre et de métal que tu as besoin, pas d'une poignée de Smarties – voyez ce que je veux dire ? Et en plus – au bout du canon, ils ont collé une petite bague de plastique rouge. Pourquoi, franchement ? Je l'ai passée au marqueur noir : c'est cool.

Bien... j'ai un petit gramme de coke, là, qui demande à ce qu'on s'en occupe – bien haché, une belle ligne bien propre. Après quoi, *au boulot*.

« Une journée infernale, je peux vous dire », soupira Reg McAuley en tortillant du derrière pour se faire une place sur les lattes du banc étroit, dans le petit café où se détendaient les chauffeurs, délicieusement tiède et saturé de fumée (du côté de Little Venice – je ne sais pas si vous connaissez).

Nom d'un chien – c'est toujours relativement bondé, mais aujourd'hui, c'en est carrément ridicule. Il y a là Dave Ridley – les jambes largement écartées, comme d'habitude, ce qui fait qu'il prend la place de deux gars et demi (il est énorme, ce Dave – personne ne comprend comment il réussit à se plier dans un taxi, mais ça ne l'empêche pas de s'empiffrer de gros sandwiches à la saucisse, comme en cet instant ; notez bien, il faut avouer que les sandwiches à la saucisse de Mavis sont fameux. Franchement, elle est connue pour ça – les chauffeurs viennent de partout ; et puis pour son boudin noir aussi, avec des frites et un œuf à cheval). Il y a aussi Jono, Arthur, Naseem et Mike. L'autre, là, je ne le connais pas trop – je l'ai croisé une fois ou deux. C'est le genre de taximan qui nous fait une mauvaise réputation ; non qu'il escroque les gens ni rien – mais simplement, c'est une de ces espèces de caricatures dont on se moque (tiens, d'ailleurs, il pourrait très bien s'appeler Bobby) : toujours à bavasser et à vouloir refaire le monde, en mieux, évidemment. Je vous jure : collez-le à Downing Street et il donnerait des leçons au gouvernement.

« Qu'est-ce qui t'arrive, alors ? » cria Dave – et Dieu sait, il n'a pas besoin de hurler comme ça, hein ? Il est à dix centimètres de moi – avec sa grande gueule pleine de sandwich à la saucisse.

« À ton avis ? C'est le boulot. Tu as des clients – Ah, Mavis, ma chérie : du thé, des toasts… et, euh – il te reste des pâtés en croûte, là ? Non ? Ça doit être encore Dave qui a tout bouffé. Ouais ouais Dave – c'est *toi* ! Tu ne vas pas nier, hein. Avec ton appétit d'ours. Bon, alors fais-moi un sandwich au bacon, tu seras mignonne. Non – tu as des clients, franchement – peu importe d'où ils viennent, on s'en fout, mais la moitié d'entre eux ne savent même pas où ils veulent aller ! »

Reg crut comprendre que Dave répondait Oh tu parles – ce n'est pas à moi que tu vas apprendre ça, mais c'était difficile d'en être sûr, puisque Dave était maintenant tout affairé avec ses Kit Kat et son thé.

« Je commence à me dire que je vais tout plaquer, grommela Reg, sans la moindre acrimonie. Et me trouver un vrai boulot.

– Ah ouais ? Comme quoi par exemple ? Tu n'y arriveras pas, fiston. Comme quoi ?

– Comme... ooooh, Mavis, tu me sauves la vie. Mon estomac commençait à se dire que... comme rien, peut-être, comme rien. Ça me conviendrait assez, ça, rien. Juste quelques petits millions au Loto – ce serait parfait pour moi. »

Et tandis qu'une rumeur générale, sur le mode Tu-n'es-pas-le-seul-mon-pote, faisait relativement tanguer la baraque, Reg se disait : Non, bien sûr que je ne ferai jamais ça – je le sais bien : c'est juste un rêve hebdomadaire, le même chez nous tous ici... on va même jusqu'à passer en revue tout ce qu'on fera quand le numéro sortira : d'abord le visage figé, gris, atone, puis la vérification et revérification fiévreuse, les doigts fébriles, et le regard qui passe sur tous les visages, sur lesquels se lit « Mais qu'est-ce qui t'arrive ? », et puis – lentement, avec une hésitation infinie... *Écoutez* : vous ne devinerez jamais ce qui... ! Ouais. Merveilleux, ce serait merveilleux. Je pourrais payer tout le monde pour me laisser en paix (Enid : prends ça et fous-moi la paix. Laverne : claque tout ça et fais ce que tu voudras ;

Pauly : deux trois livres, ça te dépannerait, fiston ?) ; et puis je passerais chercher ma douce Adeline, et je l'emmènerais cueillir ces fameuses mangues là où elles poussent, et je saurais de nouveau pourquoi diable je suis né un jour. Mon Dieu, mon Dieu – j'en reviens toujours là : quoi que je fasse, quoi qu'il arrive, il n'y a qu'une chose qui compte : je crève de désir pour cette fille du Sainsbury's.

Tony éprouvait des sentiments vifs quoique flous, penché en avant qu'il était – car il pensait à l'avenir – sur la table, dans sa chambre universellement honnie et d'ailleurs-qu'est-ce-que-j'en-ai-à-foutre. Même ses yeux le démangeaient, comme durcis – lisses et blancs comme des galets et presque détachés de sa tête –, dardant de longs rayons qui allaient fouiller tout autour de lui, sans pour autant permettre à son esprit de bien réunir, de bien assembler les pièces du puzzle, les éléments et moins encore les raisons d'une telle situation. Puis – comme si l'on avait brusquement actionné la manivelle d'un générateur, tout se mit en place – tout lui apparut simple et limpide. Tony se dressa : il ne s'arrêterait plus, ne voulait plus réfléchir : c'était clair comme le jour.

Il fourra prestement et calmement ce dont il avait besoin dans un léger sac de toile : une cagoule de ski turquoise assortie à de grosses lunettes de caoutchouc noir (il les avait remisées autrefois – elles lui comprimaient la tête et l'aveuglaient, creusaient de douloureux sillons près de ses tempes – mais Tony était bien obligé d'en passer par là : quand, au-dessus d'une arme pointée, on voit un visage, est-il une autre cible sur laquelle se jeter, et plus tard reconnaître et accabler, dans un tremblement de frayeur, que les deux yeux noirs et mouillés qui vous fixent, leurs pupilles irradiant des vagues de violence à peine contenue, mais également agrandies, figées dans la béance de leur propre anxiété ?).

Ajoutez un gros journal plié et quantité de sacs plastique, et voilà tout le matériel dont Tony avait besoin ; mais en fin de compte – et ce faisant, il se détourna pour éviter non seulement l'haleine immonde de l'absurdité, mais aussi le souffle brûlant de l'angoisse et d'un doute effroyable – Tony y glissa une petite boîte de boulettes jaunes qui s'entrechoquaient avec un bruit de pilules (ouais – pour que, quand tout le monde sera écroulé de rire autour de moi, je puisse tranquillement recharger et retourner l'engin contre moi, c'est ça ?). Mon Dieu. Non – la vue de l'arme suffira – je la fourre dans ma veste, voilà (je la sens lourde contre mon flanc), et tout ce qu'il me reste à faire maintenant, c'est passer cette porte et me mettre à la tâche : tu vas la *braquer*, cette banque, mon petit gars – et enfin prendre les choses en *mains*.

Cela dit, pas une banque, non : les banques, il avait vérifié – oh que oui, à l'époque de Gina, il était allé jusque-là – et les banques, c'était bien trop effrayant : avant même d'avoir franchi le seuil de l'agence, tu étais repéré et tu avais les menottes aux poignets. Et sans aucun doute – Tony savait, il savait absolument que la société immobilière qu'il avait élue comme cible n'était pas moins équipée – tout autant de caméras, d'alarmes dissimulées, et peut-être, derrière ça, quantité de trucs que je ne peux même pas *imaginer* pour l'instant, n'est-ce pas, mais la distance qui séparait le guichet de la porte était… enfin, je peux peut-être y parvenir, en courant ; et puis derrière le guichet, il y avait ces bonnes femmes informes, atones, mortes d'ennui, avec leurs corsages au logo de la société et toutes ces bagues en argent qu'elles ont vraiment l'air d'aimer porter, vous voyez ? Elles étireraient peut-être leur bouche en un sourire, et me laisseraient *entrer*, mmm ? Elles écouteraient mon histoire et partageraient ma détresse et, pour me permettre de retrouver celle que j'aime, peut-être qu'une de ces dames me considérerait d'un regard clément et me laisserait *faire* (parce que, avec les dames, c'est toujours beaucoup plus clair, vous voyez ? Elles vous regardent, vous jaugent, et vous laissent *faire*).

L'idée, c'est de débarquer là-bas peu avant la fermeture. Pas lorsqu'elles *ferment* effectivement le bureau, n'est-ce pas – sinon vous aurez droit à un sourire général autant que radieux, et elles vous diront, avec une politesse, une amabilité sans pareilles que les locaux seront ouverts demain matin à neuf heures trente, cher *monsieur*, et entre-temps si vous alliez vous faire mettre, mmm ? Non, en calculant le bon moment, elles sont crevées – dans leur tête, il est déjà l'heure de rentrer à la maison. Et c'est ce qui commence à m'embêter un peu, là, parce que cela fait quoi, dix minutes que je marche ? Oui, ça doit faire dans les dix minutes, et je ne suis pas arrivé. J'ai toujours pris le parti d'y aller à pied – on ne peut pas compter sur les bus, et je ne suis pas crétin au point de héler un taxi – mais j'aurais peut-être dû mieux chronométrer : j'y ai bien pensé, et j'ai estimé en gros le trajet à un quart d'heure, vingt minutes maximum – mais vous voyez, on en est déjà à près de quinze minutes et, comme je vous disais, ça fait encore une bonne trotte.

Et voilà qu'il pleut, maintenant. Cela ne fait – ne devrait faire – aucune différence : je veux dire, je ne vais pas me mettre à marcher plus lentement sous prétexte qu'il pleut, hein ? Mais tout paraît plus difficile – plus long – avec cette flotte qui tombe. En outre, quand j'ai planifié tout ça, la pluie n'était pas prévue dans le scénario, de sorte que je joue dans un autre film, là. Donc j'accélère l'allure – enfin, pas au point que les gens s'arrêtent pour me regarder en se disant Hé ; qu'est-ce qu'il a, ce mec ? Y a pas le feu au lac, quand même ? Parce que plus tard – quand je serai en cavale – ces mêmes personnes lèveront les yeux vers le ciel mouillé, puis plisseront des paupières tandis que la pensée leur viendra soudain : Oh d'accord – *bien sûr*, maintenant que vous en parlez, j'ai bien *vu* un type – tout à fait comme vous le décrivez – qui se hâtait dans cette direction : il cavalait – il était cramoisi et congestionné, avec le mot HOLD-UP tatoué en rouge vif sur le front, et il était américain, aucun doute, et il s'appelait *Tony*, si je me souviens bien (vous voulez ses coordonnées ?), et je crois bien qu'il avait des lunettes de ski en caoutchouc noir planquées dans un sac de voyage gris de chez Macy's, et j'ai très bien reconnu le cling-cling d'une arme toute chaude qui heurtait sa hanche au rythme de sa foulée criminelle – même si cette pétoire était bourrée jusqu'à la gueule de petites boulettes de plastique jaune, et non des balles dum-dum que l'on aurait pu s'attendre à découvrir sur un rebelle aussi déterminé et défoncé à la coke : oui, oui, monsieur l'agent – c'est bien lui, aucun doute.

Il faut que je me reprenne, là. J'y serai dans cinq minutes, quatre peut-être, si je mets le turbo, et six, si je ralentis et que je la joue cool. Mais je ne sais pas si je vais tenir le *coup* encore six ou sept minutes, donc je garde le rythme : je tourne au coin, encore un immeuble et j'y suis – je n'ai plus qu'à traverser, et là, je *verrai* le bébé : je n'aurai qu'à tendre la main pour *toucher* la mère.

Tony resta immobile sur le seuil, en équilibre sur un pied. Ce qui signifiait en soi, il le savait très bien, qu'il avait hésité, ne fût-ce qu'une fraction de seconde, chose qui n'arrive jamais aux gens qui poussent les portes avec détermination pour faire un virement ou retirer quarante sacs (en fait, c'est vrai que c'est le week-end – je vais prendre cinquante) ou demander quel est leur solde ou essayer de gratter un quart de point de pourcentage d'intérêt ou assurer plaintivement au sous-directeur qu'ils sont absolument désolés mais que ce compte ne peut *pas* être débiteur parce qu'ils se souviennent parfaitement d'être passés pas plus tard que mardi matin pour déposer un chèque pour recouvrir le trou (et d'ailleurs en y repensant, c'était même sans doute lundi matin).

Donc il entra avec détermination – et demeura immédiatement saisi à la vue de trois personnes qui faisaient tranquillement la queue en tripotant d'une main distraite l'épaisse corde reliée à des poteaux chromés, devant l'unique guichet ouvert. Tony avait envie de partir (pourquoi n'ai-je donc pas pensé aux *gens*?). Jamais le grand air ne lui avait paru aussi désirable. Il imposa à ses lèvres un exercice frénétique dont elles n'avaient guère l'habitude, tout en baissant sur le sol un regard concentré. Il était entré plus ou moins à reculons, faisant mine d'être empêtré par ce qui, il l'espérait, passerait pour un sac de courses (en fait il fouillait dans le sac de voyage, et serrait à présent cagoule et lunettes dans sa main); ainsi les caméras, il en était à peu près sûr – il y en a une juste là, au-dessus, regardez, et une autre là-bas, et d'autres encore, Dieu sait où –, n'avaient sans doute pu filmer que sa casquette de base-ball à grande visière, bien enfoncée sur son crâne. La femme au guichet s'en allait, grâce au ciel, et les deux autres personnes qui précédaient Tony – un homme plutôt âgé et une nana, genre jeune maman – firent les deux pas réglementaires en avant, traînant les pieds, comme s'ils avaient pour instruction formelle de combler ce vide.

Le vieux partait à son tour – bombant littéralement le

torse avec une sorte d'orgueil de propriétaire : il jeta un coup d'œil de biais tout en glissant son livret dans la poche intérieure de son blazer-qui-ne-vient-pas-de-n'importe-où, comme s'il était le seul à détenir et à pouvoir prouver que tous les actes de propriété du monde entier était bien à lui. La jeune mère (mais pourquoi je pense ça, d'ailleurs ? Je ne vois aucun môme à sa traîne, alors pourquoi penser cela ?) papotait avec la femme au guichet comme si elle était entrée uniquement pour cela – mais bon, même les femmes ne peuvent pas jouer à ça trop longtemps, n'est-ce pas ? Quoique. Enfin bref : on se concentre. Maintenant, je vais me baisser comme si je renouais un lacet défait – pour ça, j'ai l'entraînement. Bon, d'accord, je sue à mort (qui ne serait pas en sueur ? Mis à part le fait que je crève de trouille – dans le meilleur des cas, il fait une chaleur d'étuve, dans ces endroits-là). Et voilà, regardez – je porte des bottines sans lacets. Tant pis – j'imagine qu'ils n'ont pas de caméras au ras du sol. Et maintenant, je vais – Non, madame, non ! Ne baissez pas les yeux ! Mince – elle croit peut-être que je mate ses cuisses ; ne sois donc pas sotte, ma pauvre fille – je suis là pour un braquage, d'accord ? Qu'est-ce que je peux bien en avoir à faire, de *cuisses* ? Bon – j'ai passé la cagoule, et j'ai la tête, mais alors comme une cocotte-minute. Et voilà les lunettes qui s'embuent, maintenant : ce n'est pas censé arriver, ça. Quand je les ai achetées, ces saloperies, j'ai dit au gars : ces lunettes, là, est-ce qu'elles s'embuent ou non ? Pas celles-ci, monsieur, pas du tout – ce sont les modèles bon marché qui s'embuent ; si vous prenez du bas de gamme, à tous les coups elles s'embuent, mais pas celles que vous avez choisies, justement, elles sont réputées pour cela. J'aurais le mec sous la main, là, je l'égorgerais : je suis en plein brouillard, j'ai la tête en feu, et j'ai l'impression de ruisseler, sang et lave, outre la transpiration.

Tout ce que j'attends à présent, c'est que la minette s'en aille. Dégage, ma chérie, tu veux bien – parce qu'il y a un temps limite au-delà duquel un mec peut difficilement rester accroupi sur le sol d'une compagnie immobilière, attifé comme pour descendre une piste rouge, en train de renouer les lacets de ses bottines sans lacets. Je ne demande qu'une chose : la femme s'en va, je me lève et je les mets devant le fait accompli ; trois minutes plus tard, je suis dehors, d'accord ? Mais ne voilà-t-il pas que, maintenant, la susdite demande un état de compte *sommaire*. Mon Dieu, mon Dieu, je n'y crois *pas*. Je vais te lui en donner un, moi, d'état de compte sommaire : *Tire-toi !* Je commence à avoir les genoux ankylosés, et les nerfs, ou ce qu'il en reste, à la débandade.

« Vous allez bien ? »

La tête de Tony passa brusquement du bouillant au glacé – il savait que la phrase s'adressait directement à lui. Il éleva une main lourdement gantée et fit une sorte de vague geste dans une non moins vague direction, rentrant le cou dans les épaules et déglutissant d'autant plus péniblement. Un grognement rébarbatif et simiesque, quoique guindé, finit de les rassurer quant à son état général.

« Le type n'a pas l'air trop bien, là, fit discrètement la femme, s'adressant à la guichetière. Bon, écoutez Isobel, il faut que je me sauve. Je suis déjà en retard. »

Ce à quoi Tony laissa échapper un sifflement de soulagement – immédiatement ravalé, car la femme continuait d'une voix égale :

« Et comment va votre *mère* ? »

Et Tony – dont les jointures et les neurones étaient sur le point de le lâcher tous en même temps – ne perçut qu'un soupir mélancolique, comme ladite *Isobel* répondait Oh, vous savez – comme d'habitude : c'est *Maman*, hein... Suivirent force petits rires sororaux et gargouillements de psittacidés, un échantillon de divers au revoir, et la supposée jeune mère se détourna – jetant peut-être un coup d'œil à l'homme accroupi derrière elle (qui sait?) –, se dirigea vers la porte, sortit, et disparut de la vie de Tony.

Maintenant!

Et vous croyez peut-être qu'il pouvait *bouger*? Rien du tout, oui – des membres bloqués et une panique grandissante le maintenaient cloué au sol; seule une nouvelle question désincarnée, pour savoir s'il allait *bien* (vous, là, en bas, qui que vous soyez) l'aiguillonna soudain, le forçant à se redresser, et en l'espace de quelques secondes, la machine était lancée et tournait, aussi parfaitement et sans secousse qu'au cours de ces interminables avant-premières mentales où il avait fait défiler et redéfiler la scène, dévidant le fil des événements comme d'un rouet.

Elle avait sursauté à sa vue (ce que Tony constata, à sa grande surprise, avant de se dire Mon Dieu – qui ne serait pas surpris, hein?). De là où Isobel était assise – presque paralysée de saisissement –, elle ne perçut immédiatement que deux lèvres fines, rouges (jamais elle ne les oublierait) encadrées de bleu (de vert?), s'agitant follement pour lui enjoindre de quoi? Je n'entends rien – il faut *faire* quelque chose – mais non : elle ne réagissait pas et ses doigts – malgré elle – s'égaraient sous le comptoir du guichet, ce que voyant, il aboya un *Non!* très sec, et elle ne voulait pas, et de toute façon n'aurait pu distinguer ses yeux derrière les deux verres ovoïdes et obscurcis de buée grise, mais par contre sa détermination, elle, était terriblement claire, lumineuse même, comme il dépliait juste un peu ce journal – d'un coin à peine – pour qu'Isobel puisse apercevoir le – oh mon Dieu aidez-moi, je suis... je suis... – je ne sais plus : qu'est-ce que je dois *faire*? Je ne vais pas...? Mais déjà pourtant elle le faisait, et ses mains livides déposaient sur le comptoir des piles de billets sales, encore et encore – il faut que je continue à lui passer cet argent et il partira, il s'en ira sans me faire de mal, oh pitié ne me faites pas de mal, ne me touchez pas – je n'arrive pas à croire que c'est vrai – que ça m'arrive vraiment –, ça dure si longtemps, si longtemps, et pourquoi est-ce que *personne* ne vient ? Ils n'ont quand même pas pu tous partir ? Et soudain quelqu'un était là, à ses côtés – et les yeux de Tony bondirent vers l'homme (et il se disait Bon, je fais quoi maintenant, avec mon arme à la main ?).

« Oh mon Dieu, Mr. Carey », souffla Isobel – toute secouée, mais d'un ton très doux, les yeux écarquillés – tandis que ses doigts tremblants, comme s'ils étaient payés pour cela, continuaient de faire glisser de grosses liasses (faites que la réserve de billets soit inépuisable, parce que sinon, il va lever les yeux vers moi et peut-être tirer) – avant de reculer brusquement comme les mains de l'homme se précipitaient, avides, pour les enfourner dans la gueule béante des sacs plastique.

« Ça va, ça va, Isobel, fit Mr. Carey gravement et calmement – et cela face à l'arme qu'un Tony au bord du délire brandissait droit vers son cœur. Faites ce qu'il vous dit.

– Pas d'alarme ! lâcha Tony d'une voix rauque – une voix qui lui paraissait trop haut perchée, et en même temps obstruée par la peur, une voix qui lui parvenait de l'extérieur de lui-même. Pas d'alarme ! C'est compris ? »

Mr. Carey leva deux mains paumes ouvertes, et deux sourcils aux arcs innocents autant que bravaches. Isobel sanglotait à présent – la caisse était vide, à part quelques enveloppes froissées et quelques élastiques, et elle ne trouvait pas la force de l'avouer.

« *Encore !* » rugit Tony – et derechef, il fut effaré, non seulement de la direction d'où lui parvenait sa propre voix, mais aussi par l'ordre brutal, haché qu'il venait de proférer. Chacune de ses fibres exigeait de laisser tomber là et de filer dare-dare, mais Mr. Carey avait à présent ouvert une nouvelle caisse gris acier, et les secondes s'égrenaient et mouraient dans une vibration quasiment audible, comme de nouvelles liasses à la tranche souillée – le parfum en montait – se voyaient saisies d'une main d'ogre et fourrées dans les sacs à présent gorgés de vilenie, et peut-être repus de tout l'avenir de Tony.

Suffit ! Voilà le cri que Tony, après l'avoir proféré intérieurement depuis Dieu sait combien de temps, laissait enfin échapper. Il recula – maladroitement, à cause des sacs bourrés qu'il tenait en main. Il agita son arme pour bien rappeler à ces deux-là que, oui, tout à fait, il en avait une. Les lèvres d'Isobel trémulaient, ses yeux implorants paraissaient sur le point de fondre et de couler sur ses joues en deux traînées bleues d'impuissance : c'est la dernière chose que vit Tony comme il se retournait, décidé à s'enfuir à toutes jambes – il perçut alors dans son dos le claquement d'une serrure de porte, une sorte de grondement accompagné d'un courant d'air, ce qui était plus que suffisant pour lui faire ressentir, avec quelle acuité, que l'histoire n'allait aucunement prendre fin ici et maintenant – mais l'étreinte d'une poigne puissante, s'emparant de sa cheville, le fit s'étaler de tout son long, à l'instant même où sa main atteignait la porte qui ouvrait sur ailleurs et plus tard. Il était vautré par terre – face au plancher, rampant sur le ventre, le pistolet projeté au loin, serrant sous lui les sacs de billets, donnant des coups furieux de sa cheville prisonnière et tordue – les ruades éperdues, aveuglées d'angoisse de qui se sent attiré vers le fond dans des flots soudain devenus traîtres. Il ne pensait qu'à lutter à corps perdu, avant la défaite, à moins que cette porte, là, ne s'ouvre sur un nouvel ennemi qui tenterait de le retenir : avant l'échéance, quelle qu'elle soit, il restait peut-être une vague chance que Tony se devait de saisir, avec une férocité, une rage de concentration jusqu'alors inconnue de lui. Puis son talon qui allait et venait comme le piston d'une machine heurta violemment quelque chose, un os peut-être, et lui parvint un jappement de douleur et de surprise, tandis que l'étreinte sur sa cheville se faisait moins âpre, puis se relâchait totalement. Avant même de s'en être rendu compte, Tony se retrouva sur ses pieds – reprenant brusquement souffle et laissant échapper un cri tant le mouvement, la sensation de déséquilibre étaient douloureux. Il faillit retomber, et se mit, autant que faire se pouvait, à agiter ses bras surchargés comme des ailes, et une nouvelle douleur brûlante lui saisit tout le pied comme il se tordait la cheville et patinait follement sur un torrent de petites boules de plastique jaune. Il manqua s'affaler au travers de la porte ouverte, directement sur le trottoir où il arracha cagoule et lunettes avant de s'enfuir en traînant la patte, la cheville en feu, passant devant une boutique, puis un café, puis tournant dans cette petite rue – la douleur rejoignait la douceur, le faisait presque s'évanouir, et il luttait en mordant tant qu'il le pouvait dans la tendre chair de sa bouche – et voilà, il arrivait à cette ruelle bordée de poubelles où il avait prévu, des années auparavant, de faire une pause, de faire le point – l'oreille aux aguets – mais qu'il parcourait à présent en boitillant – blessé, traqué, en une fuite désespérée : il tournait à gauche, et non à droite comme – mon Dieu il me semblait que ç'avait été mon idée au départ – et bientôt il eut complètement et définitivement perdu le sens de l'orientation, mais continua néanmoins à avancer en claudiquant (que pouvait-il faire d'autre?). En chemin, il avait croisé des visages blafards, des faces de lune – pas en grande quantité, pas un fleuve de visages, mais un éclair blanc de temps à autre, qui surgissait puis se dissipait – dont un ou deux lui avaient paru *intrigués*, lui semblait-il, quelques réactions de recul des passants, des femmes essentiellement, mais le plus souvent, la volonté délibérée de ne rien voir. Je ne sais plus (j'ai la poitrine prête à éclater, et ma jambe me fait l'effet d'un membre trop long et trop lourd, avec cette douleur qui fulgure et manque à chaque fois m'emporter)... plus trop où je suis exactement, à présent. Mais où que je sois, il faut, il faut que j'en sorte – mais comment ?

Un taxi démarrait doucement au feu, juste là, au coin de la rue (et ouais, d'accord, c'est la règle numéro un, je sais : ne jamais héler de taxi. Mais vous avez *vu* dans quel état je suis !). Tony fit passer à son autre main le poids des sacs gonflés, essayant de se tenir debout comme un être un tant soit peu humain, et de faire signe au chauffeur avec un minimum de calme et d'autorité. La voiture passa tranquillement devant lui sans s'arrêter – *salopard*. Toutefois, un autre taxi suivait juste derrière – mais hélas, trois fois hélas – avec des *gens* à l'intérieur. *Vire-les*, ces gens-là – ouvre la portière et jette-les sur le trottoir, tue-les et prends-moi, *moi*, tu veux bien ? – parce que *écoute* – écoute-moi : il *faut* que je m'éloigne d'ici, tout de suite, il faut que je me *tire*. Je ne peux pas rester à glander là – si je reste là, les gens vont finir par me *regarder* – comme l'autre là-bas, tu vois ? Tu le vois ? Il m'observait, je sais parfaitement qu'il m'observait – oh, plus maintenant, évidemment, parce que j'ai surpris son regard, n'est-ce pas, mais il y a deux secondes – aucun doute, il m'observait bel et *bien*.

Et comme le feu passait au rouge, Tony se dit *Bon* – je ne peux plus me permettre d'attendre et de prendre ces risques. Il ouvrit brusquement la portière d'un autre taxi qui ralentissait à sa hauteur, et grimaça avec un sifflement de douleur réprimée comme il tentait de hisser sa mauvaise jambe à sa suite, en deux étapes, à reculons, à l'intérieur de la voiture. Les sacs glissèrent et tombèrent là où ils voulaient sur le plancher de l'auto – les doigts rougis et moites de Tony trop engourdis pour jouir de ce soulagement – et ce n'est qu'alors qu'il ouvrit les yeux pour apercevoir devant lui le chauffeur qui gesticulait.

« Mais *non*, mon vieux – désolé. Tu n'as pas remarqué que je n'ai pas mis ma lumière ? Je rentre, là.

– À l'aéroport ! lâcha Tony, d'une voix étranglée. À l'aéroport ! » Et pourquoi ça ? Pourquoi à *l'aéroport* ? Il n'avait jamais été question d'aéroport, si ? Non, mais maintenant, si.

Reg laissa échapper un profond soupir, et hocha la tête avec ce qui pouvait passer pour une sincère compassion envers tous les pauvres malades qui errent sur cette planète depuis la nuit des temps, mais surtout et tout particulièrement envers lui-même, ce pauvre vieux Reg, qui devait une fois de plus expliquer des réalités de base à un abruti de client qui ne comprenait rien à *rien*. Il arrêta la voiture au bord du trottoir et tira brusquement le frein à main, d'un geste sans équivoque.

« Tu ne m'écoutes pas, mon gars. Je rentre à la maison, là. D'accord ? Tu trouveras un autre taxi, sans problème.

– À *l'aéroport*, haleta Tony. Je vous en prie. Je peux payer. »

Reg était vraiment sur le point de se fâcher tout rouge – parce que c'est quoi, cette histoire, maintenant ? Il est bourré ou quoi ? Et le voilà qui glisse la main par la cloison vitrée – tranquille comme tout – et me tend une incroyable masse de pognon : plus de billets de vingt sacs que je n'en verrai de toute ma vie.

« Vous devriez être prudent, dit Reg – prudent lui-même – avec tout ça, au lieu de l'exhiber. Vous avez gagné au Loto ou quoi, mon vieux ? »

Tony avait lâché l'argent, et la liasse de billets tomba en cascade sur l'épaule de Reg – glissant entre ses jambes, se coinçant entre ses chevilles et jusque derrière l'accélérateur (je les sens qui glissent sous mes semelles).

« Bon, quel aéroport, fiston ? s'entendit-il demander. Parce qu'il n'y en a pas qu'un, tu sais. »

Nom d'un chien – je fais quoi, maintenant ? Ça ne m'était encore jamais arrivé, ce coup-là, jamais un truc pareil. Oh là là – voilà une vraie bonne histoire à raconter à Dave Ridley et les autres, demain au déjeuner. Bien, donc – soit j'emmène le gars à Heathrow, comme il me le demande – je lui en ai suggéré deux trois autres, mais c'est Heathrow qu'il a choisi, cette pauvre andouille –, soit je le débarque au commissariat du coin et je les laisse se démerder avec lui (et non, je ne sais pas quel est le problème, mais il y en a *forcément* un, ça saute aux yeux, non ?). Ouais – mais dans ce cas, je suis coincé là jusqu'à demain après-midi, n'est-ce pas ? Avec leurs questions, leurs dépositions à la con – enfin tout le baratin : donc, c'est à moi de voir. Et de toute façon, dès que ce mec verra où je l'emmène, il va se carapater, pas vrai ? Et moi je serai là à expliquer le truc aux flics, pendant qu'il filera sur la pointe des pieds. Donc, je fais quoi, mmm ? Je décide quoi ? Oh mon Dieu, quelle barbe, cette histoire, comme si j'avais besoin de ça (je pourrais déjà être à la maison, à l'heure qu'il est).

« C'est la route, pour Heathrow ? Vous en êtes bien sûr ? »

Juste ciel, se dit Tony, réprimant un sursaut de douleur – rien que *parler*, ça me tue, tellement ce foutu pied me fait souffrir. Je me suis peut-être cassé la cheville, carrément – elle est tout enflée. La seule chose à faire, c'est prendre un avion. Un avion, d'accord ? C'est tout ce que j'ai à faire. Un avion, il m'emmènera quelque part – peu importe où, en fait – et je pourrai me détendre et faire le point, me faire soigner, et au bout de deux jours, peut-être une semaine, je reviendrai et… euh… pourquoi je fais tout ça, au fait ? Oh oui, oui – pour Nan, ma Nan. Je l'aime, Nan. Donc je reviendrai et je leur proposerai de l'argent, à Jake et à elle. Et voilà.

« Ouais, fit Reg avec empressement – parce que c'était, tout à fait, la route de Heathrow : autant ne pas contrarier ce type, pendant que je décide quoi faire. Tu, euh… tu as des ennuis, mon gars ? Hein ? Tu veux en parler ?

– Contentez-vous de conduire, d'accord ? Emmenez-moi là-bas, c'est tout. »

Mais pourquoi se traîne-t-il comme ça ? Je lui dis de mettre un peu le turbo ? Naaan. Il a déjà repéré quelque chose de louche, c'est gros comme une maison : non, je vais rester tranquille et la boucler – ne pas s'énerver. Mais pourquoi lui avoir balancé comme ça une poignée de billets ? *Ça*, c'est intelligent, pas vrai ? Oh oui, aucun doute – parce que naturellement, ça doit lui arriver tous les jours. Vous savez ce que je pense ? Je vais vous dire ce que je pense : j'aurais probablement pu mieux préparer mon plan, vous voyez ? En y consacrant peut-être un peu plus… de temps.

Ça ne va pas marcher. Je trompe qui, là ? Impossible que ça marche comme ça, mon coco. Négatif. Parce que déjà, quelqu'un – un mec quelconque, n'importe qui, hein, m'a *forcément* vu attraper ce tacot (ne pas oublier que je suis l'Amerloque déchaîné, avec HOLD-UP marqué au fer rouge sur la gueule). En plus, dans cette ville, qu'est-ce qu'il y a de plus facile à repérer et à suivre qu'un taxi londonien ? Et qui est censé les *repérer* ? Et le mec, là, devant : il *m'a* repéré, lui – c'est évident : et il peut très bien m'emmener droit chez les flics sans que je le sache. Parce que, est-ce que c'est la route de Heathrow, ça ? Allez-y, posez-moi la question : toutes ces routes se ressemblent. Je devrais peut-être me tirer d'ici... Tenez ! Là, à l'instant – il vient de me regarder dans le rétro. Il m'observait, je sais parfaitement qu'il m'observait – oh, plus maintenant, évidemment, parce que j'ai surpris son regard, n'est-ce pas, mais il y a deux secondes – aucun doute, il m'observait bel et *bien*.

Et sans être conscient de la décision qu'il avait prise, Tony crispa lèvres et paupières face à la douleur fulgurante qu'allaient causer ses brusques mouvements. Le taxi avait ralenti à un feu orange, et demeurait à présent immobilisé au rouge, frissonnant et ronronnant. Là-bas – au-delà de deux redoutables voies de circulation, une station de métro lui faisait signe. Il me semble que c'est la seule solution pour moi, parce que là, je suis déjà en train de me balancer au bout d'une corde. Donc j'y *vais*. Ouais, voilà. Bon alors *vas*-y, Tony, bon Dieu de bon Dieu : tu y *vas*, oui ou non ? Ouais – tu as raison, tu as raison : c'est *now or never*, comme dans la chanson, pas vrai ? Parce que l'autre, là, il ne va pas rester rouge comme ça pendant cent sept ans, pas vrai ? Tu penses bien que non. Alors c'est *maintenant*, Tony : tire-toi de là, et vite.

Il ramassa les sacs plastique, les serra contre lui, ouvrit la portière et, en un seul mouvement d'une rapidité presque électrique, bondit littéralement sur la chaussée, et seul son atroce hululement de douleur, peut-être, attira l'attention de Reg sur ce qui arrivait à présent. Tony perçut un *Hé !* Puis un Hé, *toi*, là ! plus lointain, tandis qu'il crapahutait comme une tortue entre les autos, parmi les crissements de freins, de pneus, les embardées et les coups de klaxon, ses propres hurlements ajoutant à l'enfer dans lequel il trébuchait et pataugeait vilainement. Il parvint quand même à rejoindre l'autre bord (Ouais, ça y est, je tiens la rambarde !), tandis qu'un automobiliste fou de rage, écrasant l'avertisseur, s'arrêtait n'importe comment et luttait pour s'extirper de cette saloperie de bagnole et se précipiter vers Tony, mais celui-ci avait déjà une jambe et ses sacs dans la tiédeur fade de la bouche de métro, et se disait avec une rare lucidité que, compte tenu des circonstances quelque peu exceptionnelles, il conviendrait peut-être de laisser pour plus tard (même si Dieu seul savait ce dont plus tard serait fait) le problème du titre de transport, de sorte que quand un type à moitié en uniforme vint droit vers lui et lui fit Excusez-moi, monsieur, d'une voix rude, Tony se contenta de le repousser d'un coude et de continuer sur sa patte raide – réaction qui se révéla malheureuse, car une poigne solide l'avait déjà saisi par l'épaule, ce qui, de manière incompréhensible, raviva derechef la douleur dans sa jambe, laquelle fusa, dépassant alors toute mesure, de sorte qu'il se mit à lutter comme un fou – il fallait qu'il s'en sorte, qu'il se tire de là – mais l'autre type criait à présent à pleine voix tandis que l'automobiliste congestionné – ouais ouais, ça ne pouvait être que lui – arrivait à la rescousse, braillant *Cinglé, espèce de malade* – il est bon à *enfermer*, ce mec –, et que Tony ne pouvait plus rien faire à présent que hurler à la mort, tel l'animal traqué, tout en lançant ses poings à l'aveuglette, là où il le pouvait, même s'il se sentait peu à peu perdre l'équilibre et basculer de côté, puis ce fut l'intervention d'un agent de la force publique, se frayant un passage et écartant chacun avec autorité avant d'immobiliser Tony d'une prise si impitoyable qu'une faiblesse le saisit entièrement, le sentiment d'être prisonnier d'un charme, bien qu'il tentât encore, courageusement, de se débattre – mais le crissement de ses dents, comme son menton heurtait violemment le sol, le poids du flic qui le clouait maintenant d'un genou enfoncé dans ses reins, ces deux nouvelles sources d'une douleur sans cesse grandissante, le firent soudain abandonner – et il ouvrit les mains, tendit deux bras raidis, comme au sortir d'une nuit de sommeil chargée de doux rêves. Avant que ses yeux se ferment, il ne perçut que l'odeur âpre de suie du sol dur où il était épinglé, et la vision rapide d'un remous de billets de banque voletant de-ci de-là au milieu d'une forêt de chevilles incrédules. C'est Bon, Mon Gars, dit une voix lointaine, quelque part au-dessus de lui : Reste Tranquille, Ne Bouge Pas. Et Tony pensait Oui, oui – voilà ce que je vais faire, oh que oui. Une sirène se fit entendre, de plus en plus sonore, jusqu'à envahir toute sa tête, puis cessa brusquement. Il sentait sous lui la vibration de pas lourds qui approchaient, et serra plus fort les paupières. Voilà, voilà ce que je vais faire : Rester Tranquille, Ne Plus Bouger – et c'est peut-être d'ailleurs ce que je n'ai jamais cessé de faire, jusqu'à ce que cette folie s'empare de moi. Je me demande, quand le moment sera venu, si tous ces sales types verront ceci : j'ai *effectivement* commis un délit, bien sûr, aucun doute – mais écoute, mec – c'est par *amour* que je l'ai fait, uniquement par amour. Peut-être peut-on se rejoindre quelque part, à mi-chemin, si tu ne perds pas cela de vue ?

Quelque chose de lourd et d'hostile s'était refermé autour de ses poignets noués dans le dos : tiens, je ne sens plus ma jambe maintenant – elle s'est peut-être enfuie (j'espère qu'elle va s'en sortir). Pour le reste de moi, j'ai bien l'impression que c'est râpé – finie, ma tentative superbe et désespérée pour regagner l'amour de ma belle, à la Clint Eastwood. Et ça, c'est… enfin, il me semble qu'on peut appeler ça un échec.

Vous voulez que je vous dise ? Eh bien je vais vous dire – tous ces fameux écrivains dont on parle tout le temps, ils ne pourront jamais pondre un truc qui tienne le coup, en comparaison d'une seule semaine dans la vie d'un chauffeur de taxi. Vous voulez du roman, c'est ça ? Eh bien croyez-moi – les histoires que j'aurais à raconter, ça ferait le meilleur des romans (et un jour, se disait Reg, sérieusement – quand j'aurai un peu de temps à moi – je ne dis pas que je ne l'écrirai pas, bon Dieu. En ajoutant un côté un peu bohème, un peu artiste, pour, disons, améliorer l'ensemble : je vais te dire, fiston – ça, ce serait du best-seller).

Prenez aujourd'hui, tiens : l'Amerloque avec tout son fric (eh *ouais*, je l'ai compté – évidemment que je l'ai compté. Presque trois cents sacs, ce pauvre idiot – pas mal, hein, pour une course qui échoue – attendez que je raconte ça à Dave Ridley et aux autres : ce n'est même plus verts, qu'ils vont être). Donc, malgré l'emmerdement et tout ça, ce n'est pas une trop mauvaise journée ; et maintenant, retour à la maison, voilà, et je ne m'arrête plus – plus question – pour personne. Non que je sois particulièrement pressé de retrouver la mère Enid, hein – mais ce soir, je crois que j'ai bien mérité un petit verre. Je vais passer prendre le *Standard*, descendre au Duchess, m'en envoyer deux ou trois – pourquoi pas, hein ? (Le vieux Ted y passe souvent le mardi soir – il est plutôt sympa comme gars, à petite dose.)

Donc vous en pensez quoi, de l'Amerloque, alors ? Probablement drogué jusqu'au trognon, même pas la peine de se demander : ils en sont tous là, de nos jours – il n'y a qu'à ouvrir le journal (personnellement, je sais très bien comment je réglerais le problème, moi). Plus question de prendre tranquillement une pinte avec deux potes, hein, ça n'existe plus, ça. Mais à quoi ça ressemble, quel intérêt trouvent-ils à se foutre des saloperies plein le pif, ou à se trouer les bras ? Nom d'un chien – jamais vous ne me verrez faire la queue pour un vaccin : c'est d'ailleurs essentiellement pour ça que je n'ai pas voulu aller à Tunis, cette fois-là. Ça ne vaut pas le coup. De devoir se faire piquer, tout ça pour aller voir les bougnoules. Non, il faut rester à sa place et s'en tenir à ce qu'on connaît, c'est ma manière de voir : si tu t'en tiens à ce que tu connais, tu ne peux pas te tromper.

Ce que j'ai fait, c'est que j'ai fait demi-tour parallèlement à la grande rue, vous voyez, et puis j'ai coupé par les anciennes écuries et j'ai pris le raccourci du côté du parc, très chouette ce coin, de sorte que comme ça, j'évite toute la circulation à contresens et j'échappe aussi au flot de ceux qui rentrent : à mon avis, dans dix secondes je suis à la maison.

« Salut, Reg – ça fait un petit moment. Qu'est-ce que je te sers ?

– Salut, Mickey. Ça va ? Une pinte de Directors, ça me dit bien. Au diable l'avarice.

– Alors, comment va la vie, Reg ?

– Je ne me plains pas, Mickey, je ne me plains pas. Il y a bien pire. »

Comme, j'imagine, se disait Reg (observant comme toujours – il ne pouvait jamais en détacher ses yeux – Mickey qui s'employait à tirer la pinte : ce doit être l'impatience, l'envie, ce doit être ça : une longue journée, le premier verre de la soirée, c'est toujours pareil) – comme j'imagine, si on y réfléchit un peu, pour mon Enid, à la maison. Ça ne doit pas être bien folichon pour elle, à présent – la vie, tout ça, hein ? Prenez aujourd'hui – je rentre et je ne la trouve pas là : bizarre, me dis-je, bizarre : Enid, ça ne lui ressemble pas de sortir, ni rien – enfin plus maintenant. Où irait-elle ? Pour diverses raisons, elle ne veut même plus faire les courses (c'est d'ailleurs pour ça que je me suis retrouvé au Sainsbury's, au départ). C'en est arrivé au point – je vous jure – qu'avec toutes les conneries qu'elle entendait à la télé, les additifs, les organismes modifiés ou je ne sais plus quoi, la politique et la guerre des prix, elle a carrément fait la grève du supermarché. Résultat, on n'avait jamais plus rien dans le frigo, évidemment. Donc j'ai dû m'y coller – et sans cela, jamais je n'aurais rencontré ma belle Adeline.

Et puis tout d'un coup, je pige : elle est toujours là-haut, au pieu, cette grosse feignasse – elle ne s'est même pas donné la peine de se lever. Donc je lui monte une tasse de thé et elle la boit toute courbée, accrochée à elle des deux mains comme si on venait de l'hélitreuiller après un naufrage en mer du Nord (il ne lui manquait que la couverture de l'armée autour des épaules). Plus tard, je lui ai monté un de ces bols de pâtes toutes prêtes de chez Sainsbury's avec de la sauce tomate bien épaisse et des bouts de trucs verts – elle ne crache pas dessus. Ça se réchauffe en deux secondes, dans le truc, là, donc ça n'est pas bien compliqué, pas de souci. Donc ouais, on peut dire, n'est-ce pas, que des gens comme Enid sont plus à plaindre que moi ; surtout compte tenu de ce qui m'est arrivé aujourd'hui.

« Alors, on fait le fier ?

— Oh, salut, Ted. Alors, comment ça va, vieille crapule ? Tu prends quoi ?

— J'y vais mollo, Reg, j'y vais mollo. Une pression légère avec un petit whisky pour faire glisser, si tu me prends à la gorge. Je vais te dire, mon gars : ça ne peut plus durer. Entre ça et la clope…

— Vu ton rythme, Ted, tu n'as peut-être pas tort. Mickey, tu sers le monsieur, et puis tu te prends quelque chose, d'accord ? On ne vit qu'une fois. Enfin, deux fois, dans le cas de Ted – ça fait des années qu'il aurait dû claquer, ce salopard.

– T'es la sagesse incarnée, Reg – je vais prendre un petit cognac, si ça ne t'ennuie pas. Mais plus tard, d'accord ? Il faut que je fasse gaffe. »

Reg plaqua sur le bar un billet de vingt et agita la main en un geste quasiment royal, pour signifier que Mickey pouvait bien prendre son petit cognac maintenant ou plus tard, quand ça te dira, mon vieux – de toute façon, ce n'est pas le problème de Reg, chacun fait comme il veut.

« Ça roule, pour toi, hein ? dit Ted. Le pognon rentre – tu arrives à en mettre de côté – pas vrai, Reg ? Remarque qu'à ta place, je ferais pareil.

– Attends, c'est le *bagne*, ce boulot, sans blague, Ted. Tu sues sang et eau pour chaque penny qui tombe. Je peux te dire – pour être taximan, il faut carrément être un saint, au départ.

– Bon, eh bien à saint Reg, alors ! Santé !

– Santé, Ted. Et longue vie. Et colle-toi ça derrière la cravate, vieux machin. Bon, Ted – ne va pas croire que je suis... enfin, je sais pas, tu vois, mais j'aimerais bien m'installer dans le coin là-bas, pour réfléchir tranquillement à un truc. C'est à peu près le seul endroit où je peux avoir la paix. Tu ne le prends pas mal ?

– Mais bien sûr que *non*, Reg – vas-y, vas-y. Je te rejoindrai un peu plus tard, d'accord ? Je mettrai la mienne. Enid est toujours pareille, c'est ça ?

– Bon Dieu, Ted – pas toi, quand même. Elles sont *toutes* toujours pareilles, pas vrai ? On respire mieux sans elles, hein ? Enfin toi, tu t'en es plutôt bien tiré, avec ta Sonya.

– Ouais – je dois dire que tu as raison, là. Une vraie salope, que c'était. Attends, tu ne vas pas me croire – imagine-toi qu'elle se re-pointe, l'autre jour.

– Tu rigoles. Tu lui as dit quoi ?

— Je lui ai dit de me lâcher la grappe, voilà ce que je lui ai dit.

— Bravo, mon gars. Gonflée, quand même.

— C'est ce que je lui ai dit.

— Je suis fier de toi, mon petit Ted. Bon – on se voit plus tard, d'accord ? Allez, à la tienne. »

Comme Ted s'éloignait sans demander son reste, Reg ouvrit grande la bouche et ingurgita la moitié de sa pinte, puis se dirigea vers cette petite table dans le coin, tout près du passe-plat, mais loin de cette saloperie de flipper, avec ses lumières clignotantes et son boucan à vous casser les oreilles (combien de fois j'ai fait la remarque à Mickey ? C'est pas ma faute, mon vieux, répond-il – c'est le brasseur qui me l'impose, hein). Reg posa son verre et tira le *Standard* de la poche de sa veste – bon, tu l'étales bien à plat, voilà, et maintenant, on va examiner tout ça : déjà, lire le truc posément. Parce que je peux vous dire que quand mon regard tombe sur la photo en première page, je n'en crois pas mes yeux. Je l'ai reconnu immédiatement – même s'il était à plat ventre, avec un grand échalas de flic sur le dos. Pauvre gars : je parie qu'en se réveillant ce matin, il n'imaginait pas que sa trombine ferait la une des journaux du soir. Tous les jours c'est la même chose – on ne sait jamais ce qui vous attend au coin de la rue.

Donc, il s'est amusé à dévaliser une société immobilière, c'est ça ? Pour être honnête, je savais qu'il y avait un truc dans ce genre. « Le braqueur, disent-ils, dont le nom n'a pas été révélé » – pas plus que lui n'a été remis en liberté, je suppose – « a été appréhendé par un contrôleur du métropolitain, un passant et un policier du commissariat de Earl's Court en possession de quelque 35 000 £, provenant d'un audacieux hold-up effectué en plein jour dans une société immobilière de High Street. Plus tôt dans l'après-midi, il s'était rendu à l'agence de Westbourne Grove de la Manchester Building Society et avait agressé l'unique caissière en service à cette heure, Miss Isobel March, 52 ans. Il portait une cagoule de motocycliste vert vif, a-t-elle déclaré, et l'avait menacée avec ce qui devait se révéler être un pistolet à air comprimé, comme on peut s'en procurer dans tous les magasins de jouets et articles de loisirs. Le héros du jour est le sous-directeur de l'agence, Mr. George Carkey, 34 ans, qui s'est jeté sur l'homme et a tenté de l'immobiliser. Dans la lutte, Mr. Carkey a été blessé au visage, et le braqueur a pris la fuite. La police ignore toutefois comment l'individu a pu se rendre de Westbourne Grove jusqu'à Earl's Court, et lance un appel à témoins, priant quiconque aurait remarqué un comportement suspect, telle une automobile ou une moto s'éloignant à vive allure, de prendre contact avec elle. Quand l'homme a été arrêté, le commissariat central de Manchester offrait déjà une prime de 5 000 £ pour sa capture, mais la totalité de l'argent semble avoir été récupérée sur les lieux de l'arrestation. Il n'est donc pas certain que le contrôleur de la station ni le passant inconnu puissent en bénéficier. »

Reg laissa le reste de sa pinte dégouliner tranquillement dans sa gorge et se décanter en mille bulles. Je vais vous dire quoi – moi, je connais un mec qui peut définitivement en bénéficier, et c'est mézigue. Vous voyez, je suis ravi, mais alors ravi de lire, là, que l'argent – comment disent-ils, déjà – « que la totalité de l'argent semble avoir été récupérée », parce que en ouvrant l'arrière du taxi, en rentrant tout à l'heure, la première chose que je vois, c'est un sac plastique coincé dans le fond, contre la portière. D'abord, je ne fais pas attention – et puis je jette un coup d'œil à l'intérieur. Et là – je n'ai pas tout compté (je l'ai immédiatement planqué dans le garage, hein ? Premier réflexe), mais s'il n'y en a pas pour à peu près dix bâtons là-dedans, moi je m'appelle Tony Blair. C'est du bonheur pour pas cher, une somme pareille : hors taxe, ni vu ni connu. Ouais – mais attention, pas de sottise. Jamais je n'ai *pensé* comme ça auparavant ; soyons clair, là – je suis comme tous les taximans que je connais : complètement réglo. Je veux dire, bon, d'accord – de temps en temps, tu rends sur dix alors que c'est un billet de vingt (avec les mecs qui sortent de boîte, surtout – ils sont tellement bourrés qu'ils ne voient rien) mais bon, c'est simplement *humain*. Alors que ça, c'est carrément un autre niveau de jeu. Et puis je n'aime pas trop le coup de l'appel à témoins, là. Parce que si quelqu'un avait noté mon numéro ? Ou même vu ce type monter dans le taxi ? La flicaille débarquerait au bureau de la compagnie plus vite que... mais attendez – si je dis Oui : oui, tout à fait, je l'ai pris à bord, et puis il s'est tiré d'un seul coup, voilà. Parce que c'est vrai, hein ? C'est exactement ce qui s'est passé. Je ne suis pas du tout obligé de dire qu'il a laissé tomber une carte de visite. Ça demande réflexion, en tout cas.

Bon, je crois que ce que je vais faire, c'est en prendre un dernier avec Ted, et puis je vais me rentrer et faire un peu le point. (Au fait, c'est un sac plastique de *Sainsbury's*, imaginez-vous : marrant comme tout s'enchaîne.)

Chapitre VII

Autant vous le dire, George Carey était franchement écœuré par tous les comptes rendus des journaux – sauf peut-être par celui du canard local, dont il tirait une certaine fierté. Je veux dire – très bien, le *Standard* a parlé de moi comme du « Héros du jour », ce que j'ai fort apprécié (ça sonne vraiment bien, vous ne trouvez pas ? « Héros du jour » : excellente, cette formule) – mais comment, je vous pose la question, ont-ils fait leur compte pour m'appeler « Carkey » ? Mmm ? Ces sacrés journalistes – toujours à côté de la plaque. Dès que tu es un tant soit peu au courant d'une chose ou d'une autre, tu t'aperçois qu'ils écrivent n'importe quoi. Ils sont bien connus pour ça. Et pourtant, on continue béatement à avaler chaque mot qu'ils pondent, au sujet de tout. C'est comme les prévisions météo, n'est-ce pas ? Toujours fausses, jour après jour – et pourtant, on continue à écouter les bulletins, et à y *croire* : autant jouer à pile ou face. Si je faisais mon boulot comme ils font le leur, je serais au chômage depuis belle lurette. Ils l'ont trouvé où, ce « k » ? Comment est-ce possible ? Je leur ai bien *dit* Carey – je le leur ai épelé (parce que quelquefois, c'est le « e » qui manque ; là, c'est la première fois qu'on me colle un « k » en plus – ça dépasse l'entendement). Et juste ciel – Pete Chalmers va s'en donner à cœur joie, avec cette histoire. Je sais, sans le moindre doute, qu'il est excessivement jaloux de l'attention qu'on me porte (c'est gros comme une maison), donc, naturellement, il faut toujours qu'il essaie de me descendre, de toutes les manières possibles (c'est puéril, je sais bien, mais c'est Pete). De sorte que je vais devoir sans arrêt supporter les « Carkey ! Carkey ! C'est toi, Carkey ? Voyons voir : s'agirait-il de celle que nous insérons sous le volant de notre BM de gamme moyenne et très évidemment d'occasion afin de lui imprimer quelque mouvement ? Ou bien de cette toile particulièrement grossière et répugnante, couleur de caca, bien connue de nos vaillantes forces armées[1] ? ». Et moi : *Bien*, Pete – ho ho ho : c'est à mourir de rire. Bon, tu peux peut-être laisser *tomber*, maintenant, tu ne crois pas ? On arrête là – okay, Pete ? Tu parles : il va continuer des *années* durant.

Autre chose à propos des journaux, pendant qu'on y est – le *Mail*, l'*Express*, le *Mirror*, enfin tous jusqu'au dernier, ont suivi l'exemple du *Standard*, en me donnant trente-quatre ans, ce qui est faux parce que je n'en ai que trente-*trois*, si ça intéresse quelqu'un de le savoir, et c'est bien ce que j'ai dit à ce foutu journaliste quand il m'a posé la question. Donc, comment un trois peut-il se transformer en quatre ? C'est nul, quand même. C'est franchement nul – nullissime, honteux. Et puis ils ont pris des photos, vous savez : j'ai la mâchoire en partie bandée, pour le moment (elle n'est pas vraiment fracturée, Dieu merci), parce que ce salopard m'a donné un coup de pied, de sorte que je ne suis pas vraiment au sommet hollywoodien de ma séduction – mais quand même, j'étais impatient de voir les photos (c'est la première fois que je suis dans le journal). Eh bien, pas un *seul* d'entre eux ne les a publiées : à part la gazette locale – eux, si. Ils m'avaient envoyé quel-

---

1. La prononciation de « car key » (clé de voiture) et « khaki » (kaki) est très proche *(N.d.T.)*.

qu'un. Et juste ciel, j'ai l'air d'un malfrat sur un cliché anthropométrique. Et dire que ce mec est censé être un *professionnel* : c'est son *métier*, bon Dieu. Shirley elle-même ne m'a pas reconnu, tellement c'est mauvais (notez bien que Shirley non plus n'est pas vraiment ravie de toute cette agitation autour de moi. On penserait, n'est-ce pas, que la femme du « Héros du jour » serait folle de joie – au moins *un peu* contente – de profiter d'une sorte de gloire par procuration, ce genre de chose : pas Shirley – ce n'est pas son truc, voilà).

Non – la seule photo qu'ils aient publiée, sans arrêt, c'est celle de cet enfoiré d'Américain face contre terre, avec le flic qui le chevauche (apparemment, c'est un quelconque touriste qui l'a prise : ça a dû lui payer ses vacances). Et la plupart des choses que j'ai dites aux journalistes n'ont pas été utilisées. Et ce qu'ils ont utilisé, ils l'ont massacré. Par contre, ils ont imprimé tout ce qu'ils pouvaient sur le *criminel*, bien évidemment. Dieux du ciel – on pourrait croire que le Héros du jour aurait droit à un *tout* petit peu plus d'espace qu'un sinistre malandrin, n'est-ce pas ? Mais non – voilà le monde dans lequel on vit. Écoutez ça : « L'homme, aujourd'hui identifié comme Tony Clinton, ressortissant américain résidant dans notre pays, est décrit par son meilleur ami Jake Self comme un solitaire, depuis toujours. La fiancée de Mr. Self, Miss Susie Black, ajoute que Clinton semblait depuis quelque temps dans un état d'extrême tension nerveuse, peut-être due à un excès de travail. » Bon, ça intéresse *qui* ? Mmm ? Je veux dire – quoi, tu as un peu trop de stress au boulot, donc tu vas dévaliser une société immobilière, n'est-ce pas ? C'est bien *normal* après tout, non ? Eh bien non, personnellement, je vois mal. Grands dieux – j'imagine que maintenant, le pauvre con de contribuable – c'est-à-dire toi et moi, mon ami, détail à ne pas perdre de vue : c'est de notre pognon chèrement gagné qu'il s'agit – va devoir régler la note d'une cure de soutien *psychologique*, suivie sans tarder par un petit séjour pépère en milieu carcéral ouvert. Moi ? Moi, le commissariat central m'a octroyé cent livres, point barre. Ça, et une erreur d'orthographe dans mon nom. C'est ça, la Justice ? J'ai comme un doute, là.

J'imagine, en fait, que je ne devrais simplement pas être au bureau. Tout le monde m'a dit Mais enfin, George – pourquoi tu ne prends pas deux ou trois jours ? Ou même une semaine : tu as dû être drôlement secoué – ç'a été une épreuve, quand même. Mon Dieu – je ne vais pas prétendre que ce genre d'histoire m'arrive tous les jours (quoique, pour être totalement franc, j'ai toujours eu conscience du danger potentiel, dans un poste comme le mien : qui dit responsabilité dit risque – il suffit d'avoir la carrure pour assumer, c'est tout) – mais il m'a semblé que ça ne serait pas une bonne chose que de rester à la maison. Quoi qu'il en soit, plein de gens du quartier sont passés pour me voir (facile de comprendre ce que peuvent ressentir les grandes stars – avec tout le monde qui les regarde comme des bêtes curieuses) et mon Dieu – je n'avais pas envie de les décevoir. C'est probablement un moment inoubliable, pour eux aussi – rencontrer le Héros du jour ! Ça, c'est une règle que mon père m'a enseignée : ne jamais, jamais oublier les petites gens, car eux aussi ont leur rôle à jouer. Et c'est très vrai : j'apporte avec plaisir ma pierre à l'édifice.

Par contre, pauvre vieille Isobel – elle a été terriblement choquée, la malheureuse. Je ne l'ai pas revue depuis. C'est drôle – devant les journalistes, les policiers, tout ça, elle paraissait vraiment tenir le coup, et puis quand l'agitation est retombée, elle s'est littéralement effondrée. Un médecin l'a examinée – il a dit que c'était simplement le choc nerveux, un accès de faiblesse (soyons franc, elle n'a plus vingt ans, notre Isobel

– cinquante-deux, ai-je lu dans les journaux : plus vraiment une minette, hein ?). Donc ils l'ont ramenée chez elle en voiture : prenez bien *soin* de vous, disaient-ils sans cesse – et si vous avez *besoin* de quoi que ce soit… Elle aussi a eu droit à cent livres, apparemment (je ne sais pas trop pourquoi, mais enfin bon), et le lendemain matin, ils lui ont fait parvenir une gerbe de fleurs. Peut-être que si j'étais resté à la maison, moi aussi j'aurais reçu des fleurs – je ne sais pas trop comment ils font au service du personnel, quand il s'agit d'un homme ; je ne dis pas que quelques bons d'achat Marks & Spencer n'auraient pas été les bienvenus, mais mon Dieu – on oublie ça. Donc comme je disais – notre vieille Isobel est un peu à bout de nerfs, pour le moment, et d'après ce que j'ai entendu dire, sa mère ne doit pas beaucoup l'aider : ce doit être horrible, de devoir s'occuper d'une personne âgée. Je leur dis toujours, à mes deux gosses – écoutez, les enfants, lorsque je serai vieux et inutile, mettez-moi sur le trottoir, et les éboueurs feront le nécessaire – il n'est pas question que je vous gâche la vie. Ils se mettent à rire : Oh, ne dis pas *ça*, Papa – on *t'aime*. C'est adorable. Ils sont bien, mes gosses – c'est eux, l'avenir : c'est pour eux que je travaille (parce que ça vaut *forcément* la peine, n'est-ce pas ?).

En tout cas – Isobel n'a pas que des raisons de se plaindre : au moins, ils ont correctement orthographié son nom.

« Arrête de te *dérober*, Isobel : explique-moi. Qu'est-ce que tu vas bien pouvoir *faire* là-bas, pendant tout ce temps ? »

Isobel soupira et essaya de nouveau : « Je te l'ai dit, Maman, je n'en sais rien. Je ne sais pas du *tout* comment ça va se passer. Je ne suis jamais allée dans ce genre d'endroit, n'est-ce pas ? Je suppose que je vais me reposer et – enfin voilà, me *reposer*, tout simplement. Le médecin a dit que c'était ce dont j'avais le plus besoin. Je n'ai rien de… enfin je pense que je n'ai rien de *grave* – simplement, je suis…

– Mais *évidemment* que tu n'as rien de grave – ça se voit tout de suite. Tu es *jeune*, Isobel – *jeune*. Dieux du ciel, quand j'avais ton âge, mais je me sentais comme une *enfant*. Attends de devenir *vraiment* vieille – attends de devoir endurer ce que moi, j'endure tous les jours : là, tu sauras ce que ça veut dire d'avoir les nerfs *malades* – là, tu sauras ce que ça veut dire d'être *fatiguée*. Grands dieux – c'est *moi* que l'on devrait envoyer dans cette maison de repos, où qu'elle soit. Mais est-ce que personne s'est jamais soucié un tant soit peu de moi et de mon bien-être ? Quand on est vieux, tout le monde s'en fiche. On n'est plus qu'un poids pour la société. On vous met à la décharge.

– À la *décharge*, Maman ! Mais enfin, je prends *soin* de toi, non ? Je ne fais que ça. Ça, et travailler.

– Il n'y a que ton *travail*, ton emploi qui compte pour toi, Isobel. Tu as toujours été comme ça. Tous les matins, tu n'attends qu'une chose, c'est de quitter la maison, n'est-ce pas ? Moi, peu importe – il faut que tu y *ailles*. »

Isobel soupira derechef (elle soupirait beaucoup). « Jane vient à l'heure du déjeuner, n'est-ce pas, Maman ? Tu ne restes quand même pas seule toute la journée. Et de toute façon – *comment* vivons-nous, selon toi ? C'est bien grâce à mon travail, non ? C'est grâce à ça que nous avons un peu *d'argent*.

– Ma retraite…

– Oh *franchement*, Maman, pourquoi *faut-il* que tu sois toujours comme ça ? » Je ne dois surtout pas m'énerver, pensa Isobel, sans conviction : c'est vrai-

ment la chose à éviter, ont-ils dit. « Franchement – ta *retraite* ne paie même pas la nourriture des *chats*. Tu n'as aucune idée…
– Oh, merci. Merci beaucoup. C'est agréable à entendre. Extrêmement agréable.
– Oh *Maman* – tu sais bien ce que je veux *dire*. Tu n'as aucune idée des *prix*, aujourd'hui. Et la façon dont nous vivons, crois-le ou non – d'ailleurs moi-même je ne sais absolument pas comment on fait, mais en tout cas, ça revient *très* cher. Je n'ai pas *choisi* de travailler, n'est-ce pas ? Je travaille parce qu'il le *faut*. »
Affirmation largement éloignée de la vérité, Isobel le savait très bien : Maman a parfaitement raison sur un point – tous les matins, n'est-ce pas, je n'attends qu'*une* chose, c'est de quitter la maison. Quand le médecin, le Dr. English (je ne le connais pas, c'est l'entreprise qui me l'a envoyé – mais il a l'air très bien) – quand il m'a fait asseoir et m'a dit Vous savez, Isobel, avec le traumatisme que vous venez de subir, et la manière dont il me semble que vous vivez, je pense que le mieux pour vous, ce serait de partir un moment, toute seule : d'aller dans un endroit où vous pourriez vous reposer, où l'on comprend ce genre de situation. Et à l'instant où je sentais mon cœur bondir, comme pour saisir cette proposition merveilleuse, toutes les vieilles angoisses se sont mises – comme d'habitude – à tourner dans ma tête : et Maman ? Qui va s'occuper d'elle ? Et mon travail ? Combien tout ça va-t-il *coûter* ? Sur quoi le médecin a déclaré que la société serait tout à fait ravie de prendre le séjour en charge, dans la limite d'une quinzaine de jours – c'est un très bel endroit, Isobel, dans le Buckinghamshire, donc pas trop loin. Une propriété superbe, tout le temps pour se reposer, faire des balades – et d'après ce que l'on m'a dit, une nourriture plus qu'honorable. Quant à votre mère… il y a bien quelqu'un qui… ? Une sœur, peut-être ?

Une sœur, oh oui. Il y a une sœur, tout à fait. C'est une vieille histoire que je vais vous raconter – mais le pire, c'est que c'est l'histoire de ma vie. Geraldine – lourd soupir – est la plus jeune – mais au moins, pas la plus jolie. Personne dans la famille ne l'a jamais été mais, même si c'est moi qui le dis, je pense que j'ai toujours eu l'avantage sur Geraldine, sur ce point : elle n'a pas eu de chance, question ossature, pommettes, voyez-vous. Ni question jambes. Bien sûr, il faut regarder les choses en face : j'ai cinquante-cinq ans (et ça me fait toujours un choc d'y penser – j'ai l'impression d'avoir égaré une vingtaine d'années en cours de route, je ne sais trop comment, comme si j'avais détourné les yeux une seconde, et hop, disparues : je n'arrive littéralement pas à croire que j'ai cet âge-là). Et donc, une femme de cinquante-cinq ans... d'ailleurs j'ai dit à ce sale type du journal, je ne sais plus lequel, que j'en avais cinquante-deux – et ils ont imprimé ça, en plus. Si je n'avais pas été si affolée... mais je ne savais pas, je ne pouvais pas *savoir*, n'est-ce pas, que ce n'était qu'un jouet, un... comment appellent-ils ça ? Un pistolet à air *comprimé* – quand cet affreux bonhomme me l'a agité devant le nez, je ne pouvais pas savoir : c'est pour ça que je suis dans cet état, à présent – tout le temps à frissonner, à grelotter comme une... et puis tout d'un coup, je fonds en... ça n'est tellement *pas* moi, ça, pas *du tout*...

Non – si j'avais eu un peu de temps pour me reprendre et *réfléchir*, je lui aurais dit, mmm... une quarantaine bien tassée. En fait, je ne sais pas si cela aurait été crédible ou pas – et franchement, ça m'est un peu égal. On voit si souvent son propre visage qu'on finit par ne plus le voir. Donc – j'en étais où, là ? L'âge... la quarantaine... cinquante-deux ans... ah oui, ça y est, j'y suis : une femme de cinquante-cinq ans, voyez-vous, ne peut pas espérer – à moins, naturellement, d'être une actrice genre Joan Collins, avec les traitements, les spécialistes, les *opérations* qui vont avec, de nos jours – avoir la *souplesse* d'une femme même dix ans plus jeune. Et c'est là que Geraldine gagne sur moi, je pense – le simple fait d'être venue au monde une décennie plus tard. Plus, naturellement, le fait de ne pas avoir Maman sur les bras. Et ça, je vous prie de me croire, ça peut vous faire prendre un siècle en une seule matinée, si c'est un de ces jours où elle a décidé de vous en faire voir – chose de plus en plus fréquente, je suis obligée de le reconnaître.

« Tiens, Maman – prends ça. »

La mère d'Isobel plissa les paupières, observant d'un œil torve le petit tas de pilules dans la paume tendue de sa fille. Son nez se contracta brusquement, comme si elle percevait les premiers relents d'une puanteur montante – que les conspirateurs de cette dernière traîtrise avaient de toute évidence crue indétectable, mais mon Dieu, ils n'étaient pas si malins que cela, n'est-ce pas ? Je suis peut-être vieille, mais pas idiote – détail que cette bande d'assassins ferait mieux de garder en tête.

« C'est quoi, *ça* ? Du poison, encore. Je les ai déjà prises.

– Non, Maman, non – pas ce matin. Tu les as prises hier, tu sais bien ?

– Hier soir...

– Hier soir, tu as pris les *autres*, Maman – d'accord ? Les petites pilules jaunes et la gélule de toutes les couleurs. Tu te souviens ? Avec ton Ovaltine. Et ça, ce sont celles du *matin*, tu vois bien. »

La mère d'Isobel tendit un bras excessivement réticent, deux doigts déformés par l'arthrite hésitant au-dessus des médicaments proposés – peut-être paralysés par un choix impossible, à moins qu'il ne s'agisse de deviner lequel recelait la dose mortelle de cyanure. Elle se décida pour une paire de cachets d'un bleu crayeux, qu'elle déposa tour à tour, avec précaution, sur le bout de sa langue.

« Du poison…, parvint-elle encore à prononcer, sans en éjecter aucun.

– Ne sois pas *sotte*, Maman – tiens, ton verre d'eau. Pas trop. Et essaie de ne pas renverser. Je vais faire la liste de tous les médicaments, avec l'heure où tu dois les prendre. Cet après-midi – tiens, Maman, maintenant, la grosse blanche : je te l'ai coupée en petits morceaux. Cet après-midi, je vais descendre au Tesco et faire provision de tout ce que tu préfères, d'accord ? Comme ça, tu ne seras pas à court de ce que tu aimes. Et puis je vais te chercher des livres-cassettes à la bibliothèque, mmm ? Tu veux encore du Ruth Rendel ? Tu l'aimes toujours, n'est-ce pas ? »

Le visage de la mère d'Isobel se contracta comme elle avalait une gorgée d'eau et, avec force mimiques et déglutissements ostentatoires, ingurgitait les morceaux de la pilule blanche (inutile de demander à Isobel pour *quoi* elle est, celle-là – depuis des années, elle avait oublié leur utilité, à toutes, tandis que de nouvelles ordonnances ne cessaient d'en rajouter, la plupart étant destinées à combattre les redoutables effets indésirables des précédentes, lui semblait-il). Et vraiment, je ne devrais pas penser ça – c'est ma *mère* quand même – mais quand elle crispe son visage comme ça, avec les paupières toutes plissées, un coin de la bouche relevé, en rétractant son cou tavelé et en exhibant sa peau toute froncée de rides livides et sombres – elle me fait terriblement penser à un lézard. Est-ce que je finirai par ressembler à un reptile, moi aussi ? Dans ce cas, j'espère au moins que personne ne sera là pour me voir ; ce qui semble d'ailleurs très probable.

« Et du Morse, grommela la mère d'Isobel.

– Du Morse, oui. Mais il me semblait que tu avais déjà eu tous les Morse, commença Isobel, avant de s'interrompre. *Évidemment* qu'elle avait déjà eu tous les Morse – et tous les Rendell, les Agatha Christie et les P. D… comment déjà – James, voilà (et Dieu sait qu'ils sont longs, ceux-là). Seules ces morts en cascade la maintenaient d'attaque. « Mais il y en a peut-être un nouveau. Bien – tu vas rester tranquille, en attendant que je revienne ? » Vas-y, vas-y, se disait-elle : ne pas lui laisser le temps. « J'ai appelé Geraldine – je t'ai dit ? Oui, j'ai appelé Geraldine – je lui ai parlé – et tout est arrangé. Elle *meurt* d'impatience de te voir, Maman. Ça fait une éternité, n'est-ce pas ? Vous allez tellement bien vous *amuser*, toutes les deux ensemble. »

Qu'elles s'amusent ou pas, ensemble, elles allaient l'être, que cela leur plaise ou non. Il faut, se disait Isobel (le docteur n'a pas cessé de me le répéter, avec cette gentillesse qui est la sienne) – il faut, absolument, que je pense à *moi*, pour changer. J'ai été obligée de me le répéter aussi, sans arrêt, pendant que Geraldine se montrait odieuse – j'ai failli craquer, mille fois, j'étais prête à dire Bon, bon, d'accord – j'abandonne : vous avez *gagné*, toutes les deux. Je resterai ici emmurée avec Maman – et toi tu resteras bien tranquille chez toi, avec Keith et tes trois affreux gnafrons, et comme ça tout le monde sera content. Tout le monde sauf *moi*, bien entendu : je vais dégringoler la pente, et il arrivera quoi, après ? *Qui* s'occupera de Maman, à ce moment-là ? J'aimerais bien qu'on me le dise. (Mais il y a plus – pourquoi aucune d'entre elles ne se soucie-t-elle de ce qui m'arrive ? Parce que c'est de ma mère et de ma sœur que je parle, là, vous savez : et je n'ai personne d'autre – si ?)

« Autrement dit », avait aussitôt reparti Geraldine, le souffle presque coupé, partagée entre l'incrédulité et une vive indignation, après qu'Isobel lui avait plus ou moins résumé la situation et, elle le craignait fort, les conséquences que celle-ci semblait devoir entraîner, « autrement dit, Isobel, tu m'expliques que tu vas simplement te barrer ? Comme ça ? C'est bien ce que tu es en train de me dire, là ?

— Oui…, fit Isobel, calmement. Je t'ai expliqué pourquoi.

— Oh, oui, bien *sûr*. Mais j'ai bien peur que ça ne suffise pas, tu vois ? Je veux dire – tu m'appelles comme ça, tout d'un coup, et il faudrait que je laisse tout tomber pour me précipiter au chevet de Maman, simplement parce que tu as décidé de *partir* quelque part ?

— Je n'ai pas… décidé ça d'un seul coup. Je n'aurais *pas* pu prédire ce qui allait arriver, quand même ? Je suis tellement… le médecin dit que…

— Oui, eh bien les médecins, ils *disent* toujours ça, n'est-ce pas ? Partez un peu, ça vous fera du bien – ils n'ont que ça à la bouche. Dieux du ciel – si *je* partais en vacances à chaque fois qu'un toubib me le dit, mais je ne serais *jamais* à la maison.

— Il ne s'agit pas de *vacances*, Geraldine – essaie de comprendre. J'en ai *besoin*.

— Oh, je vois. Tu en as besoin. Je vois, je vois. Et moi, j'ai besoin de quitter ma famille, je suppose ? Je vais simplement dire à Keith – je suis *affreusement* désolée, Keith, mais la table va rester vide aussi longtemps qu'Isobel en décidera – oh, et puis au fait, tu vas devoir t'occuper entièrement des enfants, d'accord ? Sa situation implique d'énormes *responsabilités*, Isobel – je ne sais pas si tu te rends très bien compte de…

— Je ne serai pas partie longtemps.

— Mais comment veux-tu que je *fasse* ? Isobel ? Pour toi, c'est facile – tu peux mettre les pouces et filer quand tu veux. J'ai des *obligations*, moi : je suis *mariée*, moi. J'ai des *enfants*.

— Je sais. Je sais. Mais c'est justement de notre *propre* mère qu'il est question, là. Grands dieux, Geraldine – cela fait des *années* que je ne suis allée nulle part. Et tu n'es même pas passée la voir pour son *anniversaire*.

– J'ai envoyé des fruits confits.

– Je sais, mais…

– Et les fruits confits, ce n'est pas donné. Enfin bref… tu as l'intention de partir quand ?

– Demain.

– *Demain !* Oh *non*, Isobel – tu plaisantes, ça n'est pas vrai. Mais je ne peux pas… ! *Demain ? !* Oh non – laisse tomber, c'est hors de question. Complètement. Tu ne peux pas attendre un *peu*, pour l'amour de Dieu ?

– Eh bien, c'est justement la question. Le docteur dit que…

– Oh, toi avec ton *médecin*… Le docteur dit ceci, le docteur dit cela – nous ne sommes plus des *enfants*, Isobel – d'accord ?

– Non, peut-être. Mais nous avons toujours une mère.

– Oui, eh bien moi, je trouve ça simplement *traître* de ta part, voilà. Je viendrai – je ne dis pas que je ne viendrai pas. Je ne tiens pas à ce que tu racontes partout que Geraldine ne fait pas son devoir – mais je pense que tu fais preuve d'un manque de considération épouvantable. Et ce n'est pas à *moi-même* que je pense – c'est à ma famille. Je suis *mariée*, moi. J'ai des *enfants*.

– Je sais, je sais. Donc, on dit demain ? Pas la peine de venir trop tôt ni rien.

– Merci bien, c'est déjà ça. Et sais-tu, même vaguement, combien de temps va durer ta petite escapade ?

– Je… non, je n'en sais rien. Pas trop longtemps, j'espère.

– Tu n'es pas la seule. Franchement, Isobel – vraiment, tu es, hein… Tu es franchement au-dessous de *tout*. »

Eh bien, se disait Isobel – ceci tard dans la nuit, une fois sa mère, quoique profondément contrariée, aussi tranquille dans son lit qu'elle pouvait l'être – je ne sais pas si je suis au-dessous de tout, mais il est clair que, depuis quelques jours, je descends une drôle de pente.

Je ne peux même pas vous dire ce que j'ai ressenti, après le passage de ce… tueur, c'est comme ça que je pense à lui. Et puis cette horreur, cette brutalité de bête, quand George Carey (qui l'eût cru ?) s'est jeté sur lui : cette odeur horrible, ce corps à corps, toute cette violence – ça m'a rendue littéralement *malade*, au fond de moi (après, je n'ai même pas pu *regarder* les journaux). Je savais que je devais m'échapper, j'en avais un besoin urgent : les gens ont été extrêmement gentils – mais avant même d'être montée dans la voiture, j'ai eu ce creux à l'estomac en voyant, pour la première fois, froidement, ce qui m'attendait, ce que cela signifiait pour moi, rentrer à la maison. Mais ce soir, j'ai presque touché du doigt la joie de vivre. Et ni la fureur à peine contrôlée de Geraldine, ni la rancune odieuse, incessante, de Maman n'ont réussi à altérer cela, le moins du monde. Demain, à cette heure-ci, elles seront toutes les deux ici – elles se débrouilleront pour vivre ensemble – et moi, je serai seule, ailleurs, vraiment ailleurs (je ne sais même pas trop où). Et mon lit aura été fait par une autre main que la mienne ; le repas me sera servi avec des sourires – et la table vivement débarrassée. Je me promènerai. Je me reposerai. Je serai seule, toute seule avec moi-même.

Ce soir, j'ai presque touché du doigt la joie de vivre.

Reg se penchait pour enfiler avec précaution ces espèces de mocassins légers à lacets, grisâtres, dont on pourrait aussi dire, je pense, que ce sont plus ou moins des chaussons, et qu'il avait un jour achetés par correspondance. Ils ont de bonnes semelles, bien souples (on peut les plier en deux : allez-y – essayez si vous ne me croyez pas : vous les pliez en deux, et hop, ils se détendent et reprennent leur forme, exactement comme dans la pub). Ma Laverne habitait encore à la maison, à l'époque (elle n'avait pas encore décidé que concubinage et fornication lui tiendraient lieu d'avenir) – et elle me fait Mais enfin, Papa, ça intéresse qui, de pouvoir plier ses chaussures en deux ? Parce que moi, ça ne me vient *jamais* à l'idée, je peux te dire. Je ne sais même pas pourquoi tu les as achetées, au départ, continue-t-elle – moi, je trouve qu'elles ont l'air débile, tes chaussures. Qu'est-ce que tu racontes, ma petite fille – des chaussures *débiles* : qu'est-ce que ça peut bien vouloir dire, hein ? Tu inventes n'importe quoi, vraiment – je ne sais pas où tu vas chercher la moitié de tout ça. C'est des chaussures de *débile*, reprend-elle (elle a un sacré bagout – depuis toujours) : Mais tu sais *bien* – ceux qu'on voit dans le parc, tout ça : les débiles de l'hôpital de jour, pendant leur sortie de l'après-midi, qui portent un pantalon qui ne leur appartient pas, une veste de pyjama à rayures, et des chaussures comme les *tiennes*, Papa ! Oh, ça *suffit*, Laverne – tu arrêtes maintenant, d'accord ? Tu racontes n'importe quoi. Elles sont extrêmement pratiques, ces chaussures : parfaites pour conduire le taxi. Mais elle ne va pas lâcher le morceau, évidemment. Acharnée à la bagarre, ma Laverne – un véritable... c'est quoi, déjà, ces chiens ? Ceux qui, une fois qu'ils ont planté les crocs dans quelque chose, ne desserrent jamais les mâchoires, quoi qu'il arrive. Des terriers, peut-être bien, mais je n'en mettrais pas ma main à couper. Enfin bref : *ouais*, fait-elle, elles sont *super* – surtout si tu es *débile* ! Bon, honnêtement – ce n'est pas la repartie du siècle, n'est-ce pas ? Ce n'est pas ce qu'on peut appeler... comment dire ? Un trait d'esprit dévastateur ? Ce n'est pas avec ça qu'elle va passer à *Questions pour un champion*, enfin je vois mal – et pourtant, elle s'y croit, Laverne. Je vais vous dire – avant qu'elle parte, je souhaitais presque qu'elle prenne un peu le chemin de sa mère : ouais – pourquoi ne deviendrais-tu pas toi aussi un zombie, comme cette pauvre Enid ?

Je me demande si je dois mettre une cravate ? Ça fait un peu habillé, de nos jours, n'est-ce pas ? Mouais, il me semble que ce serait trop – je vais juste faire les courses, hein ? Difficile à dire, aujourd'hui – et les jeunes, évidemment : ils ont des idées radicalement différentes (il n'y a qu'à regarder Laverne : Pauly, grâce au ciel, me semble encore avoir la tête sur les épaules). Non – je sais ce que je vais faire : je passe ce machin en tricot à manches courtes – on appelle ça un polo, maintenant, ce qui est quand même furieusement bizarre : de mon temps, un polo, c'était un pull à col roulé (et le bonbon le plus trou, comme on disait), et ça, ces tricots-là, on les appelait des Fred Perry, encore que Dieu seul sache qui c'était réellement, cet homme.

« Tu es encore là ? »

Quelle aigreur, n'est-ce pas ? Je ne sais pas si vous avez, comme moi, ressenti cette espèce de gifle, mais au fil des ans, le ton d'Enid est devenu franchement aigre – et plus encore ces derniers temps, me semble-t-il.

« J'allais partir. Tu veux une tasse de thé avant que je sorte ?

– Je peux encore me faire mon thé moi-même, hein ? Tu prendras des Boaster's ?

– Je prendrai *quoi*, ma chérie ? C'est quoi encore, ces trucs-là ?

– Tu t'en empiffres pourtant assez comme ça, Reg. Les cookies avec les pépites de chocolat et les raisins secs dedans.

– Oh, c'est *ça*, les Boaster's ? Ouais – j'aime bien. J'aime beaucoup. Mais je croyais que c'étaient des McVitie's.

– Les McVitie's, c'est des biscuits.

– Ouais – d'accord – mais ils doivent bien faire autre

chose que des biscuits. Sûrement – une grande marque comme ça.

– Du papier hygiénique aussi. En rouleaux. On n'en a presque plus. Et ne prends pas le bleu – ça me donne la migraine.

– Quelque chose d'autre ? J'ai noté du thé, des haricots, des chipolatas, ta crème et des mandarines. Ooooh – je crois que je pourrais prendre aussi des biscuits à apéritif au fromage : il n'en restait plus beaucoup, la dernière fois.

– Ça coûte une fortune, ça. Non, tu sais, Reg – je crois bien que c'est des McVitie's...

– Quoi – les biscuits à apéritif ? C'est bien possible, ma chérie.

– *Non*. Non ! pas les biscuits à *apéritif* – les autres, là : les *Boaster's*. Des biscuits à apéritif, n'importe quoi...

– Oh, d'accord. D'accord.

– Encore que, en y réfléchissant, c'est bien possible. Ou bien des Jacob's.

– Ils font de délicieux biscuits à la crème, chez Jacob's. J'ai toujours eu un faible pour ceux-là.

– En tout cas, ça ne me dérangerait pas d'être propriétaire de la marque. Ils doivent gagner un paquet, tu ne crois pas, Reg ?

– Qui – Jacob's ? Ouais – j'imagine.

– *Et* McVitie's. Ils doivent gagner un sacré paquet.

– Ça, ce n'est même pas la peine de se poser la question, ma chérie. Bon – c'est tout, alors ? Rien d'autre ? Des sels de magnésie, non ?

– Oh, ça ne marche plus, ça. Je suppose qu'ils ont changé la formule. Dans le temps, une cuillerée, et tu étais tranquille pour la nuit. Et aujourd'hui – tu pourrais en avaler trois litres, et tu serais toujours plié en deux, et pas l'ombre d'un résultat. Non, prends plutôt du Pepto Bismol.

— C'est quoi ? Du soda ? Je croyais que tu n'aimais pas les boissons pétillantes, Enid. Tu disais que ça te montait aux oreilles.

— Du *soda* – n'importe quoi. C'est un médicament pour l'estomac, d'accord ? De la couleur du produit à vitres.

— Ça ne m'a pas l'air trop sympathique, ton truc. Comment ça s'écrit ?

— Mais je n'en sais rien, moi, comment ça *s'écrit*. Tu verras bien sur l'*étiquette*, hein ? Et prends-moi des Nut Loops au miel.

— Et les Bran Flakes ?

— Ne viens pas me parler de Bran *Flakes*. Nom d'un chien – je sais bien que j'ai besoin de me dégager les intestins, mais je ne veux pas me retrouver avec une *éventration*, d'accord ? Huntley & Palmer's : voilà l'autre marque de biscuits – ils doivent se faire un sacré paquet, tous autant qu'ils sont. Bon, pour l'amour de Dieu, mais *vas*-y, Reg, puisque tu dois y aller. Le temps que tu arrives, tout sera fermé. Tu vas dans le coin ?

— Oui, dans le coin.

— Cette semaine, ils font une promo sur les jus de fruits exotiques, chez Tesco, j'ai lu ça quelque part : tu en as trois pour le prix de deux – un truc comme ça. Non, attends – ça n'est pas possible...

— Je verrai. Bon – je file. »

Oui, se dit Reg en claquant la lourde porte (laquelle se dressait à présent entre lui et Enid) – je file, parfaitement, mais il n'est pas question d'aller chez Tesco, n'est-ce pas ? Non, je fais mes courses au Sainsbury's : je vais voir ce qu'ils ont en rayon.

Et en un rien de temps (j'ai roulé trop vite, je sais bien, et quelle que soit mon impatience, je ne peux pas risquer de tout fiche en l'air), Reg se retrouvait immobile à côté de son caddie, affrontant, non sans son angoisse coutumière, les montagnes de fruits et légumes du Sainsbury's. J'ai pris deux filets de mandarines – Enid les tète comme un vrai vampire – et un gros régime de bananes encore un peu vertes, histoire de me faire plaisir. Et non – *évidemment* que le but de l'opération, en soi, n'est pas de remplir cette saloperie de caddie – mais c'est bien le passage à la caisse, d'accord ? C'est ça qui fait palpiter mon cœur comme... comme je ne sais pas trop, quelque chose qui palpite, quoi – ça ne me vient pas en tête, là, immédiatement : il n'y a peut-être que les cœurs qui font ça – c'est peut-être la seule chose qui palpite en nous. Oui, je sais *parfaitement* qu'elle est à la caisse aujourd'hui, je ne suis pas niais à ce point. (C'est la première chose que j'ai repérée : dans ce magasin – je ne sais pas si le vôtre est semblable –, ils ont de grandes vitrines qui donnent sur la rue, de sorte que les filles à la caisse, c'est la première chose que vous voyez. En outre, je l'ai vue là la semaine dernière, à la même heure, donc je me suis dit mon Dieu – les équipes doivent tourner régulièrement, il y a de grandes chances.)

Bien, des Nut Loops au miel. Personnellement, je serais plus blé soufflé – et je ne tords pas non plus le nez sur les Fruitfuls : une bonne petite banane tranchée là-dessus, le lait – et je peux vous dire que le roi n'est pas mon cousin. Quand j'étais gosse – et ç'a été la même chose avec Pauly, le petit salopiaud – je rendais ma mère folle, à force de la tanner pour qu'elle achète la marque de céréales qui offrait le plus beau jouet en cadeau, dans la boîte. Une fois, c'étaient des sous-marins : il fallait mettre de la levure dedans, et ils montaient et descendaient dans l'eau du bain. Mais on n'a *pas* de levure, me dit Maman – et moi, je lui réponds (quel sale petit insolent) Eh bien, va en *chercher*, alors. Ce qu'elle a fait, en plus. Elle aurait tout fait pour moi,

Maman – ça, c'était une dame. Pour être honnête, elle me manque toujours – elle était merveilleuse avec moi, Maman : ça ne m'aurait pas dérangé qu'elle revienne pour remplacer cette sacrée Enid, mais voilà, c'est comme ça : les voies de Dieu sont je ne sais plus trop quoi, pas vrai ? Ce n'est pas à nous de lui dire Eh, Bonhomme, tu Joues à Quoi, là (vous savez, ils ne montaient et descendaient pas *vraiment*, ces sous-marins – ils touchaient le fond de la baignoire et restaient là, hein – ce qui a laissé Maman avec une demi-tonne de levure sur les bras, et jamais je n'oublierai la manière dont elle m'a regardé) ?

Bien, ce qu'il faut, c'est faire chaque chose en son *temps* : pas envie de me précipiter, n'est-ce pas ? En outre, je ne veux personne à traîner dans le coin. Je vais vous dire – je ne m'étais plus senti aussi anxieux depuis… mon Dieu, je ne me souviens même pas de la dernière fois que j'ai tenté un truc de ce genre (je suis un homme marié, n'est-ce pas ?). Je prie le ciel pour qu'elle ne me rembarre pas : je crois que je ne supporterais pas – pas après la joie que je ressens en cet instant.

Plus de nouvelles. Vous savez – du cinglé avec ses sacs remplis de billets. Juste quelques échos dans le dernier canard local : il s'est fait coffrer, je ne sais plus pour combien de temps – et un psy quelconque allait l'examiner un peu. Mais ce que je veux dire, c'est qu'il n'a pas été question d'argent manquant, ni rien ; les flics ne sont pas venus frapper à ma porte, donc j'en conclus que c'est tranquille pour moi, maintenant. Et dites-moi : à quoi ça servirait, un tel coup de chance, s'il ne me permettait pas de m'offrir un peu de plaisir, dans la vie ? J'en fais quoi ? Un isolant pour le toit ? Des conserves ? Une croisière avec Enid ? Je vois mal. Naaan – ce que je désire, c'est tout de suite, et c'est ici, et donc je vais juste aller et venir un peu – en attendant qu'il n'y ait presque plus personne à sa caisse – et puis je fonce. Je prends le Pepto Je-ne-sais-trop-quoi – et puis un bon petit bout de cheddar, tiens –, je fais glisser le tout jusque devant mon Adeline (vous avez remarqué – c'est quand même drôle, la manière dont on fonctionne – cette fille, c'est déjà la *mienne*), et avec la marchandise, tous mes espoirs en l'avenir, quel qu'il soit.

Nom d'un chien : tant pis pour le cheddar – l'heure est venue, mon pote. Elle regarde autour d'elle, maintenant, on dirait qu'elle apprécie de pouvoir souffler un peu : personne à sa caisse. Je pense que j'ai intérêt à y aller vite fait – sinon, une vieille va repérer le trou et se précipiter dessus avec la moitié du supermarché dans son caddie – ou bien mon Adeline peut se mettre en tête d'aller faire une pause ou je ne sais quoi.

Reg ne pourrait vous dire comment il avait fait pour se retrouver si près d'elle – elle était juste en face de lui maintenant, et il ressentait violemment cette proximité, tandis que les marchandises passaient du tapis roulant dans les mains de la jeune fille.

« Re-bonjour ! »

Ouais, c'est sans doute moi qui viens de dire ça, pensa Reg. Elle a l'air un peu surpris, hein ? Mais c'est quand même un vague sourire que je vois là, dirait-on.

« Ouais, re. Il me semblait bien vous avoir déjà vu ici.

– Je viens presque chaque semaine. Vous travaillez tous les mardis ?

– Ouais – tous les mardis, mercredis et jeudis. J'aimerais bien un peu plus, mais c'est plutôt calme ces temps-ci. Ooooh, enchaîna-t-elle, soulevant la bouteille de Pepto Bismol, ça ne va pas trop bien ? Moi aussi, quelquefois, j'ai des problèmes de ventre. C'est l'horreur, n'est-ce pas ?

– Non – tout va très bien. C'est pour – pour quelqu'un. Écoutez, euh – Adeline... je peux vous appeler Adeline ?

– Allez-y, si ça vous fait plaisir. »

Sur son visage, commençait de se lire imperceptiblement Bon-qu'est-ce-que-c'est-que-cette-histoire-maintenant ? Ouais, se dit Reg – elle connaît la chanson, n'est-ce pas ? Évidemment qu'elle la connaît : avec l'allure qu'elle a, impossible autrement. Raison pour laquelle j'ai préparé mon arme secrète – et le moment est peut-être venu de m'en servir.

« J'ai, euh... enfin, ça a l'air bête, je sais, et j'espère que vous ne me trouverez pas, euh – enfin, que vous ne prendrez pas ça en mal, ni rien, mais je vous ai apporté un cadeau, en quelque sorte. Un petit présent.

– Seize livres quatre-vingt-dix-sept. Désolée – vous disiez ? Je n'ai pas saisi. Vous avez quoi ? »

Reg déposa quelques billets devant elle et, tandis qu'elle encaissait (regardez-moi ce cou – ce cou juvénile et blanc, quand elle se détourne un peu !), y ajouta une petite boîte noire. Adeline lui tendait sa monnaie – son petit doigt effleurait sa paume – en s'efforçant de faire croire qu'elle venait juste d'apercevoir le cadeau.

« Mais qu'est-ce que c'est que ça ? »

Son regard étincelait, mais de quoi ? De curiosité – d'amusement contenu ? Ou bien était-ce de colère, de mécontentement offusqué ?

« C'est juste un – un petit quelque chose. De la part d'un admirateur, si vous voulez. »

Mon Dieu, mon Dieu – que pense-t-elle ? Qu'est-ce qui se passe, dans sa jolie tête ? Elle jette des regards autour d'elle – presque comme si elle appelait silencieusement à l'aide. Et – oh merde, *non* – voilà cette grosse bonne femme qui s'amène dans l'allée, à présent – avec son panier rempli de boîtes pour chien et de Pampers (la vie des gens, quelquefois, hein...).

« Ouvrez-le, fit Reg d'une voix pressante. Ou plus tard, si vous préférez.

– Qu'est-ce que c'est ? » s'enquit Adeline avec de grands yeux, tripotant l'objet.

Reg jeta un coup d'œil éperdu vers la femme qui vidait sa cargaison de délices aux vrais morceaux de viande enrichis en vitamines et de couches toutes douces et très absorbantes – puis revint sur Adeline, qui soutint son regard tout en tendant le bras pour saisir et encaisser d'un geste large la première boîte de conserve.

« Eh bien, ouvrez. » Voilà tout ce que Reg trouvait à répondre. Puis – saisissant assez nettement l'étendue du malaise : « Ou plus tard, si vous préférez. Écoutez, euh – votre journée finit sans doute bientôt, hein ? Si vous veniez prendre un verre avec moi, ou quelque chose, et là, vous pourriez l'ouvrir ? Mmm ? Vous connaissez le Grapes ? Juste au coin ?

— Je connais.

— Bon, eh bien qu'en dites-vous ? Hein ? Je ne mords pas, vous savez ! On dit dans... une demi-heure ? C'est bon, une demi-heure ?

— Je vous *dérange*, peut-être ? » intervint soudain la grosse dame.

Oui, pensa Reg, avec une irritation croissante mêlée d'un début de panique.

« Non ! la rassura-t-il dans un éclat de rire. Non, euh – pas du tout. *Alors ?* Qu'en dites-vous ? On fait comme ça ? Une demi-heure, okay ?

— Ce tube de dentifrice n'est pas à moi », déclara la grosse dame.

Adeline saisit le tube de Colgate et leva vers Reg un sourire radieux qui faillit le renverser de trop d'éblouissement.

« C'est à vous, le dentifrice ? » demanda-t-elle – plus doucement, parut-il aux oreilles de Reg, qu'elle ne l'eût peut-être fait dans des circonstances normales.

Reg secoua la tête. « Alors, dites-moi ?

— Douze livres vingt, dit-elle à la femme. D'accord. Dans une demi-heure. Au Grapes. »

Reg inspira brusquement, à pleins poumons – et le rush d'adrénaline le saisit si fort qu'il faillit en oublier d'exhaler.

« *Vraiment?* Oh, c'est génial – c'est génial. On se voit tout à l'heure, donc. Magnifique. »

Sur quoi Reg se détourna et s'éloigna vivement, chargé de ses sacs – il n'aurait pu vous décrire, et de loin, les sensations qui l'animaient, mais une chose était *sûre* : c'était autrement sympathique que ce qui, en général, l'alourdissait et le suffoquait et lui enfonçait la tête sous l'eau. Adeline le regarda s'éloigner, puis se détourna pour comparer la signature de la femme avec celle de sa carte bancaire. Pauvre vieux con, se disait-elle ; il est trop marrant, tiens. Cela dit, je les trouve un peu louches, ses chaussures (qu'est-ce que je fais si c'est un débile, un attardé dangereux ?).

Même Shirley, se disait George, tout excité – je suis mort d'impatience de rentrer à la maison et de lui annoncer la nouvelle (quant aux petits, ils vont être fous de joie, j'en suis sûr) –, même Shirley, c'est certain, va devoir avouer qu'elle est fière de moi, sur ce coup : parce qu'on vient tout simplement de m'inviter sur London Live, en direct, cet après-midi ! Je sais : c'est *génial*, n'est-ce pas ? En direct, carrément – moi en direct à la radio (elle diffuse dans tout Londres, cette station, vous savez). Ils sont en train de préparer une émission sur la criminalité dans la capitale, m'a dit le type, et sur la façon dont les gens de tous les jours, face à une agression, gèrent la situation. Mon Dieu, on peut affirmer sans grand risque que, personnellement, je m'en suis sorti avec les honneurs, disons, ce n'est un secret pour personne, me semble-t-il – et même maintenant, je n'ai pas vraiment de réponse à la question que tout le monde me pose – *pourquoi* exactement j'ai agi comme je l'ai fait. Je veux dire – le mec était *armé*, nom d'un chien ; et on ne savait pas encore que c'était de la frime, à ce moment-là. Et d'ailleurs vous savez, même ces pistolets à air comprimé peuvent causer de terribles blessures, à bout portant : franchement, je ne sais pas pourquoi on ne les interdit pas. Il me semble souvent que ce gouvernement s'égare sur les priorités. Ne parlons même pas du débat sur le *cannabis* (lequel est *effectivement* interdit, mais bon – il faut le savoir, n'est-ce pas ? Quand on regarde les actualités) ; ne parlons même pas du débat sur l'abaissement de – berk – la *majorité* homosexuelle (tous ceux-là, on devrait les aligner dos au mur et boum, boum : *terminé*. Pourquoi nos gosses devraient-ils vivre sous la menace d'une bande de pervers ? On entend tous les politiciens gueuler sur ci, sur ça, mais jamais on ne les entend donner une vraie *réponse*, claire et nette, pas vrai ?). Ne parlons pas non plus des imbécillités sur la chasse au renard. Mais quelle importance – ça intéresse qui ? – si ça les amuse, ces aristos, de cavaler au son des trompettes, au derrière d'un malheureux renard ? Aucune espèce d'importance. Non – ce dont il faudrait s'occuper sérieusement, c'est de la délinquance dans nos rues : les armes, la violence, les voyous – ceux qui agressent les vieilles dames et manquent faire mourir de peur des personnes parfaitement correctes comme Isobel March (quasiment au bord de l'internement, d'après ce qu'on m'a dit ; ils l'ont également invitée à l'émission, mais elle n'a même pas voulu en entendre parler). Mon Dieu, je respecte son point de vue, naturellement, mais si on continue tous à faire l'autruche, ces problèmes ne seront jamais abordés en pleine lumière, n'est-ce pas ? Il faut que les gens sachent ce qui se *passe*, là – et c'est pourquoi je suis plus que disposé à me lever et à faire entendre ma voix : et nous devrions *tous* être prêts à jouer notre rôle, voilà ce que je pense – Héros du jour ou pas.

« Parfait. Nous vous attendons donc au studio vers quinze heures quinze. Voulez-vous que nous envoyions une voiture pour vous prendre, Mr. Carkey ?

– Ce serait très – au fait, c'est *Carey*, mon nom, en réalité. Carey, comme C-A-R-E-Y. Carey, quoi.

– Oh, je suis affreusement désolé, Mr. euh – parce que là, ils écrivent...

– Je sais. Je sais ce qu'ils écrivent. Mais ce n'est pas mon nom. Croyez-moi. Mon nom, c'est Carey.

– Carey. Parfait. Eh bien, je vais immédiatement faire le nécessaire pour réparer cette erreur, Mr. euh. »

C'est ça, se dit George : j'y croirai quand je le verrai. Ces scribouillards, vous savez – un miracle qu'ils puissent écrire correctement leur *propre* nom, pour ne pas parler de celui d'autrui. Prenez moi, par exemple – en tant que cadre, je sais fort bien (c'est d'ailleurs pour cela que mes supérieurs me paient) que dans une entreprise comme la nôtre, une erreur d'orthographe sur un nom peut rapidement se transformer en désastre potentiel. Et c'est pourquoi, à *mon* petit niveau, au moins, je mets tout en œuvre pour que ce genre de chose ne se produise jamais. Je crois que mes efforts ne passent pas inaperçus. Ça fait longtemps que je rêve d'être directeur d'agence – et même si, à trente-trois ans, je serais certainement un des plus jeunes de la boîte, je sens que cela ne devrait plus beaucoup tarder, à présent (et je ne dis pas que le bruit relativement considérable que l'on fait autour de moi, ces derniers temps, ne sera pas de quelque avantage, à cet égard).

« Donc, tu vas écouter – hein, Shirley ? Et enregistre-la pour les gosses, quand ils rentreront. L'émission commence à...

– C'est *où*, déjà, ce truc-là ? Quelle station as-tu dit ? C'est *combien*, déjà, le machin, là... la fréquence ?

– Mmm ? Mon Dieu – je n'en sais *rien*. Ce doit être dans le journal, non ? Dans le programme de télé et de radio.

– Je crois bien qu'on l'a jeté. C'était celui avec David Attenborough en couverture ? J'ai dû le foutre en l'air.

– Bon… alors *appelle*-les, pour savoir. Oh, écoute : la voiture arrive – il faut que j'y… – tu *appelles*, d'accord, Shirley ? Tu leur téléphones pour leur demander – et n'oublie pas d'enregistrer l'émission pour les…

– C'est quoi, leur numéro ?

– Écoute – il faut que j'y… – mais bon Dieu, je ne l'ai *pas*, leur putain de numéro, moi. Tu n'as qu'à – c'est pas vrai, quand même – tu n'as qu'à regarder dans l'*annuaire*, non ? Il faut que j'y… – ou bien tu appelles les renseignements et tu leur demandes à *eux*. Ça commence à trois heures et demie. Tu as compris ? Trois heures et demie, sur London Live. Il faut que j'y aille, Shirley. Souhaite-moi bonne chance.

– Je devais aller chez le coiffeur. J'ai pris rendez-vous.

– Oui – eh bien tu *annules*, alors. Il faut que tu sois *là* pour enregistrer l'émission pour les – *franchement*, Shirley, ce n'est pas tous les jours que ton mari parle en direct à la radio, non ? C'est bien la *première* fois que je fais ça, et – Oh non, le voilà qui *klaxonne*, maintenant – il faut vraiment que j'y aille – donc tu vas le *faire*, Shirley, d'accord ? Trouve la fréquence et enregistre l'émission. C'est d'accord ? Oh, mais *réponds*, pour l'amour de Dieu ! Dis quelque chose ! Il *faut* que j'y aille !

– Je… écoute, oui.

– *Merci* », fit George, la voix nouée, et il se rua hors de la maison, manqua s'étaler, et courut vers la voiture en agitant le bras.

Oh oui – *merci*, merci mille fois, chère épouse adorée – merci de prendre le temps de m'écouter en direct à la radio, moi le Héros du jour, et de contribuer à préserver ce moment unique de notre existence pour que nos enfants puissent à jamais garder ce souvenir de bonheur – et merci de te donner la peine d'annuler ce putain de *coiffeur* pour ce faire. En réalité, je ne sais pas vraiment, pensa soudain George – attachant sa ceinture à l'arrière de l'auto, toutes ses terminaisons nerveuses trémulantes, suffoqué par l'excitation qui précède les Grands Moments –, pourquoi elle se donne même la peine d'y aller : pour moi, ses cheveux sont toujours *pareils* – quelle que soit la manière dont elle se les fait triturer.

C'était parfaitement vrai, savez-vous, ce qu'Isobel avait dit à sa sœur au téléphone : « Grands dieux, Geraldine, avait-elle protesté faiblement (elle se sentait si épuisée tout à coup) – cela fait des *années* que je ne suis allée nulle part. » Geraldine avait-elle compris qu'il fallait entendre ça au sens *littéral* ? Isobel en doutait fort. Geraldine, avec son Keith et ses trois affreux moutards – tous les cinq semblaient toujours partir pour un endroit ou un autre, à moins qu'ils n'en reviennent juste (et sinon, ils s'employaient à préparer le prochain voyage). La plupart, expliquait Geraldine d'un ton pressé et confidentiel (comme si cela *intéressait* Isobel, n'est-ce pas), concernaient le *travail* de Keith, tu dois bien comprendre ça – ce fameux travail une fois de plus érigé au rang de moyeu, pivot – épicentre même de l'univers, autour duquel il nous incombait de tourner modestement, dans la mesure de nos faibles moyens. Cela dit, en quoi le travail de Keith… (et non, je vous en prie, ce n'est même pas la peine de demander à Isobel ce que fait Keith exactement – en tout cas, ça rapporte bien, ça c'est clair – parce que pour être franche, elle n'a jamais écouté les fréquents discours de Geraldine avec assez d'attention pour parvenir à une conclusion bien nette : « Tout cela est un peu *compliqué* » était une phrase qui avait tendance à surgir régulièrement, et Isobel était ravie d'être dispensée de toute tentative d'explication détaillée). Mais comme je disais, en quoi le travail de Keith faisait-il qu'ils étaient toujours en vacances…

Mais quant à moi – le simple fait d'être là assise à l'arrière de cette voiture, en cet instant – seule, et en *route* pour quelque part, mais je ne peux *pas* vous expliquer le bonheur que ça me procure. Ma petite valise est bien rangée dans le coffre, le sac de voyage tout neuf posé contre mon flanc – et je savais bien que je ne toucherais pas à ces sandwiches, dans l'état de nerfs où je suis encore (je ne sais pas pourquoi je me suis même donné la peine de les préparer) – avec devant moi, sur le siège (il a des épaules incroyablement larges) un chauffeur professionnel, solide, compétent, payé par quelqu'un d'autre pour savoir exactement où il va et m'y emmener, *moi*, rapidement et silencieusement. Mon Dieu, quelle béatitude. Pour être tout à fait honnête, je me sens infiniment mieux que juste après le – enfin vous savez, l'*incident* – mais à présent je me rends compte, plus que de toute autre chose, à quel point je suis *fatiguée*. Je suppose qu'on ne s'en aperçoit pas, quand c'est une chose habituelle. Vous vous sentez tout le temps ainsi, c'est tout – physiquement et moralement – du matin au soir, de sorte que vous baissez la tête et vous assumez. Vous vous dégradez rapidement, sans même le savoir. Donc même si je ne tire rien de tout cela, je pense que (oh, tiens – on a ralenti un peu, et on tourne maintenant… je crois que – c'était un peu haut, mais je crois avoir aperçu de grands piliers de brique, et un portail, là – avec des boules au-dessus… Oui, en me retournant vers la lunette arrière, je vois bien maintenant, c'était ça – ce doit être l'endroit, alors – je pense qu'on est arrivés ; je demanderais bien au type, là, au chauffeur, mais je me sentirais un peu idiote).

Bien, qu'est-ce que je disais (j'ai intérêt à faire vite si je veux aller au bout de cette pensée)... ? Oh oui – même si je ne retire rien de leurs trucs de spécialistes et de régimes et Dieu sait quoi encore, au moins je devrais pouvoir *dormir*, sûrement – dormir sans l'ombre d'une *inquiétude*, tout le temps. Au moins cela, mon Dieu, je l'espère de tout mon cœur. Parce que tout au long de ce trajet en voiture (à peine plus d'une heure, savez-vous – pratiquement aucune difficulté pour sortir de Londres), je n'ai pas cessé, pour être franche, de me demander encore et encore : est-ce que Geraldine a bien tout compris et retenu, quand je lui ai expliqué et réexpliqué tous les rituels de Maman ? Se souviendra-t-elle de bien couper le chauffe-eau le soir ? Elle ne va pas – oh mon Dieu – perdre *patience* avec Maman, quand même ? Je sais bien que Maman peut être excessivement usante (oui, je crois pouvoir l'affirmer, à présent), et Geraldine a toujours été un peu soupe au lait, pour ne pas dire plus, mais vous savez, il faut quand même se rappeler qu'elle est *âgée* – voilà ce qu'elle est (et on en sera tous là un jour) et qu'elle ne se sent *réellement* pas bien. Et les chats ? Pensera-t-elle à déposer de *l'eau* en plus des trois bols ? Et mon Dieu – ce sacré bouton, sur la cuisinière – oh mince, oh crotte – je n'ai pas expliqué à Geraldine comment fonctionne le *four*. Parce que vous voyez, si vous ne tournez pas le bouton d'un demi-tour *avant* d'appuyer dessus, ça marche mal, et ça peut s'éteindre comme ça, au beau milieu de la cuisson. Je l'appellerais bien pour la prévenir, mais téléphoner à la maison est une des principales choses que je ne dois absolument pas faire, selon le Dr. English – et je crois comprendre ce qu'il veut dire : je suppose que l'idée est justement de laisser tout cela derrière soi. Sinon, quel intérêt de venir ici ?

Et nous y *voilà*, maintenant – oh mon Dieu. Les pneus crissent sur le gravier comme s'ils le broyaient – et juste ciel, ce bâtiment est absolument immense, je ne m'attendais pas à ça – et franchement impressionnant (regardez, il y a des colonnes sur la façade) – et déjà quelqu'un sort et vient vers moi, habillé de blanc. Ils ont carrément déroulé le tapis rouge – et tout ça pour Isobel March ! Je me sens vaguement effrayée, ce qui, j'imagine, est complètement idiot de ma part. C'est drôle : j'étais si contente de m'éloigner de la maison, de Maman, des chats, du boulot – et maintenant je n'ai qu'une envie, c'est retourner là-bas, les rejoindre, plutôt que me retrouver seule, près d'entrer dans un endroit différent, un endroit nouveau. Je suis sûre que ça va passer.

Un jour, je dis comme ça à ma Laverne (elle allait encore en classe, à l'époque, il restait un vague espoir), donc je lui dis comme ça, *Laverne* – un bon conseil de ton vieux papa : tu devrais prendre rendez-vous avec un conseiller d'*orientation*, d'accord ? Il y en a bien un, à ton école ? Oui, je suis sûr que oui – en tout cas, de mon temps, il y en avait. Évidemment, à cette époque-là, ils ne te poussaient qu'à bosser comme métallo ou t'engager dans l'armée – et pour les filles, mon Dieu : un peu de dactylo, et ensuite, marida, un mouflet, terminé. Mais il y a plein de possibilités, aujourd'hui, Laverne – donc tu vas faire ça, d'accord ? Tu écoutes ? Et non – ça n'avance à rien, n'est-ce pas, de faire tes *grimaces*, là – tu ne peux pas *écouter* un peu ? On n'a qu'une chance, tu sais ? Hein ? C'est de *ton* avenir qu'on parle, quand même. Alors bon, tu vas aller trouver ce gars – c'est d'ailleurs peut-être une femme, même, de nos jours, tout est possible – et discuter *sérieusement* avec lui, d'accord ? Tu vas lui dire les choses qui t'intéressent, il doit bien y en avoir, et puis remplir toutes les paperasses qu'on te demandera, prendre des adresses utiles, écrire, et voir ce qu'on te répond, et puis poser tout ça à plat. Ensuite, tu vas peser le pour et le contre – faire un tri, en somme, et comme ça, tu tomberas pile sur ce qui est bien pour *toi*. Tu vois ? Alors ? Qu'est-ce que tu en dis ? Tu sais bien que j'ai raison. Allez, parle, ma petite fille – ça ne ressemble à rien de rester comme ça à me *regarder*, hein ? Évidemment, je ne te dis pas de faire tout ça *maintenant* – pas à la seconde, évidemment. Voilà, voilà ce que je lui ai dit – j'ai fait ce que je pouvais, n'est-ce pas ? Qu'est-ce que je pouvais faire de plus ? Et vous savez ce qu'elle me répond ? Tout ce qu'elle trouve à dire ? *Papa* – et l'expression de son visage, c'était à n'y pas croire : comme si j'étais une auréole de *sueur* sous les bras, un truc comme ça (le truc infernal à enlever), Papa – et de secouer la tête : *jamais* je ne ferai ça.

Et d'ailleurs, elle ne l'a jamais fait. Agréable, hein ? Votre propre fille. Par contre, ce qu'elle a fait, c'est de quitter l'école dès que possible, pour prendre un boulot minable dans une boutique. Donc comment se fait-il, se demandait Reg, honnêtement – si cela me contrarie à ce point (la pinte n'est pas mauvaise ici, on ne peut pas dire – même si je me passerais bien de la musique), comment se fait-il que je me retrouve assis au Grapes en début de soirée, en train d'attendre, de prier pour qu'arrive (parce qu'elle a déjà dix minutes de retard, si vous croyez que je ne m'en suis pas aperçu) une très jeune fille qui, apparemment, a suivi exactement le même chemin ? Mmm ? Et en plus, si on regarde bien les choses : avec Adeline, ce n'est pas son *bien-être* qui est au premier rang de mes trucs, là – de mes préoccupations. Oh mon Dieu – comment en suis-je arrivé à *penser* comme ça ? Ça ne peut plus durer, hein ? Je devrais peut-être oublier tout ça ? Cesser de jouer avec le feu avant de me brûler. Qu'est-ce que vous en pensez ? M'envoyer le reste de ma pinte derrière la cravate et rentrer dare-dare à la maison, pour retrouver Enid (et lui apporter son putain de Pepto Bismol) ?

« Salut ! » fit Adeline d'une voix chantante – son visage était frais comme un bouquet de fleurs. « Je suis un peu en retard. Ils nous ont gardées. Oooh – j'adore ce disque ! » couina-t-elle soudain – et de faire une moue en forme de baiser tout en scandant le rythme de ce qui semblait bien être, aux oreilles de Reg, ce même vacarme épouvantable qui lui cassait la tête depuis qu'il s'était assis. « Bien, écoutez, monsieur – je ne connais même pas votre nom. Il faut qu'on parle. »

Bon Dieu, se dit Reg, elle est rapide. Mais c'est comme ça qu'elles sont aujourd'hui, n'est-ce pas ?

« Moi, c'est Reg. Vous buvez quelque chose ?
— Oh, oui, merci. Une vodka tonic, ça me dit bien.
— C'est comme si c'était fait », dit Reg avec un sourire – se tortillant hors de la banquette et se dirigeant vers le bar en agitant un billet de dix avec un naturel parfait. Je ne sais même pas, pensait-il avec nervosité, si tout ça me plaît ou non. Enfin – ce sont les premiers pas (les premiers pas, c'est toujours délicat, n'est-ce pas ? Enfin je ne sais pas, je ne sais même plus). Bon, qu'est-ce qu'il faut faire pour être servi, dans cette boîte ? Crever, et commencer à empuantir la salle ? Quelle plaie, ces manches de polo, je vous jure – ça n'arrête pas de vous remonter sous les bras.

« Ça fait une éternité que je ne suis pas venue ici », voilà ce qu'Adeline déclara, comme Reg posait devant elle une très sérieuse (triple) vodka tonic (parce qu'elle ne va pas prendre un soda de régime, n'est-ce pas ? Non, pas à cet âge-là). Il s'assit face à elle, prit une modeste gorgée du demi qu'il avait commandé pour lui, cette fois (parce que le taxi m'attend dehors, n'est-ce pas ? J'ai déjà un peu abusé, là). « Avant, on venait tout le temps. Et puis, nous – comment dire – on s'est moins vus. Enfin, c'est comme ça la vie. »

Reg hocha la tête. « Nous. » Ses copains, évidemment. Des jeunes. Dieu tout-puissant – mais qu'est-ce que je *fais* ici, à mon avis ? Qu'est-ce que j'ai dans le *crâne* ?

« Bien, écoutez, Reg – il y a une chose que je voudrais mettre au point tout de suite, d'accord ? Je ne vous connais pas ni rien, n'est-ce pas ? Donc je suis un peu… enfin… » En guise de paroles, elle tira de son sac la petite boîte noire et la fit glisser sur la table. « Écoutez – ne le prenez pas mal ni rien – je la trouve superbe, vraiment – c'est la plus jolie chose qu'on m'ait jamais offerte, mais… je ne peux *pas*, vous comprenez ? Je ne peux pas accepter. Pas de quelqu'un que je ne connais pas du tout. Et pourquoi moi, de toute façon ? »

Néanmoins, elle avait sorti la montre Gucci de la boîte et, après l'avoir tripotée quelques secondes, s'employait à l'attacher fermement à son poignet.

« Elle est très belle, approuva Reg. Elle est parfaite sur vous. *Évidemment* que vous devez l'accepter. C'est pour vous, non ? Je l'ai *achetée* pour vous. »

Adeline s'arracha, non sans réticence, à la contemplation du cadran noir et or. « Oui, mais *pourquoi*, Reg ? Vous ne savez même pas qui je suis. »

Reg posa une main sur la table. Il aurait voulu couvrir entièrement les siennes, mais arrêta son geste à quinze bons centimètres.

« Mais j'aimerais », dit-il, tandis qu'une rougeur inhabituelle envahissait son cou.

Adeline cligna des paupières, puis mordit brièvement sa lèvre inférieure. Effacez le trait d'eye-liner, essuyez la couche de lip-gloss, et vous la retrouvez à faire la queue à la cantine du lycée : une enfant, voilà ce que c'est. La rondeur juvénile de son visage s'animait, à présent – traversée par un éclair de perplexité (encore une situation de vie qu'elle n'avait peut-être vue que dans un film, un jour) – mais des éclairs d'arrogance également fusaient à droite et à gauche : je ne peux *pas*, n'est-ce pas, je ne peux tout de même *pas* accepter ça ? Mais deux doigts caressaient le bracelet de lézard bleu, faisaient jouer le fermoir : la lutte était sévère, entre Je ne peux *pas* et Mon Dieu j'en ai tellement *envie*. Et l'envie, comme toujours, faisait pencher la balance.

« Vous avez super bien choisi », sourit Adeline – s'employant à présent à administrer à la montre un massage complet, millimètre par millimètre : on aurait cru qu'elle faisait déjà partie d'elle-même.

« Oh, ma foi… », répondit Reg, balayant le compliment. C'était grâce à Laverne, n'est-ce pas ? Il lui avait fallu pas mal de temps pour lui soutirer des détails sur les goûts des jeunes femmes, de nos jours. Tu sais bien – quelque chose qui sorte un peu de l'ordinaire, tu vois ce que je veux dire : quelque chose de spécial. Mais pourquoi tu veux savoir ça ? Voilà la réponse qu'il avait obtenue. Mais peu importe – peu *importe* pourquoi je veux le savoir – dis-moi, tout simplement, s'il te plaît. Mais qu'est-ce que tu fais, Papa ? À quoi tu joues, hein ? Tu séduis les petites filles, maintenant – c'est ça ? Ne sois pas *idiote*, Laverne – qui t'a appris à parler comme ça ? Je suis ton *père*, d'accord, alors fais donc preuve d'un peu de respect, pour une fois dans ta vie.

Bon – là, je suis dedans jusqu'aux yeux, n'est-ce pas ? Donc, je n'avais pas d'autre choix que de dire à Laverne que c'était pour *elle* que j'essayais de me renseigner – c'est bientôt ton anniversaire, hein, ma chérie ? Ooooooh, vieux filou, fait-elle : *eh bien*, si tu es vraiment d'humeur à faire des folies, je ne cracherais pas sur une de ces ravissantes petites montres Gucci

– on les trouve chez Selfridges. Elles coûtent dans les quatre cents sacs, mais elles sont vraiment mortelles – avec un bracelet en lézard bleu vif, tu vois ? – et franchement, ça, ce serait un cadeau d'enfer. Grave. Ah ouais ? Ouais ? (Il va falloir que je note ça dès que possible : c'est carrément de l'hébreu – on se croirait dans un autre pays, quelquefois.) Enfin bref, j'ai trouvé sa fameuse montre, hein ? Eh oui – il a fallu que j'en achète deux, évidemment, sinon Laverne m'aurait tanné jusqu'à ce que mort s'ensuive. Enfin, vous la connaissez. Donc, me voilà déjà soulagé de huit cents livres plus quelques triples vodkas, et si je n'engage pas vite fait une discussion sérieuse, je vais me retrouver Gros-Jean comme devant (et je vais te dire un truc à propos de l'argent, fiston – peu importe comment il vient à toi, une fois que tu as commencé à le dépenser, il file plus vite qu'il n'est venu : du sable entre les doigts, je n'exagère pas).

« Vous n'êtes pas obligée de…, attaqua Reg. Je ne vous demande pas de vous *engager* à quoi que ce soit. Je n'attends rien de ce genre. Je me disais juste, enfin – je me disais qu'on pourrait, enfin vous savez – manger un morceau, quelque chose. Enfin je veux dire dîner, un soir. Dans un endroit sympa.

– Ouais ? » fit Adeline d'une voix atone. Le côté Qu'est-ce-que-c'est-que-cette-histoire ? avait brusquement repris le dessus.

Reg hocha la tête (ça avance comment ? Dieu seul sait).

« Ouais, dans un endroit vraiment agréable. Dans le West End. Au diable l'avarice, hein.

– Ouais ? » Elle riait à présent. « Comme ça – vous êtes plein aux as, Reg, c'est ça ? Qu'est-ce que vous faites dans la vie ?

– Mon Dieu, en fait, je suis chauffeur de taxi, c'est mon *métier* – mais j'ai eu un petit coup de veine, récemment – voyez ce que je veux dire ? Un petit cadeau du ciel. Je me suis renseigné, et ils ont d'excellentes viandes au Cumberland, d'après ce que m'a dit un client – vous connaissez ? C'est du côté de Marble Arch. J'avais pensé à vendredi…

— Vous avez tout planifié, pas vrai, Reg ? Mais pour vendredi, je ne sais pas… le vendredi, je suis toujours plus ou moins…

— Ah bon ? Très bien, on oublie vendredi, alors.

— Je ne dis pas que je ne pourrai pas, c'est possible, vous savez – je peux toujours décommander. Ce n'est pas ce que je dis.

— *Bon*, approuva Reg avec empressement, avant de se figer soudain, perplexe : Mais alors, qu'est-ce que vous *dites* exactement, Adeline ?

— Oh, mon Dieu – regardez l'heure qu'il est ! Il faut que je file. Ça va être génial, maintenant – de regarder l'heure. J'adore vraiment cette montre, elle est vraiment *mortelle* – merci, merci mille fois. Bon, c'est d'accord – on dit vendredi. Au Cumberland – c'est bien ça ? Je trouverai. Je prendrai un taxi ! À quelle heure ?

— Mon Dieu – comme ça vous arrange. Je crois qu'ils servent à dîner assez tard, dans ces endroits-là. Disons – six heures, ça vous va ?

— Six heures et demie.

— Six heures et demie. Merveilleux. C'est… c'est merveilleux, Adeline. »

Elle s'était levée à présent, et Reg s'apprêtait visiblement à faire de même – mais voilà Adeline qui se penche, lui pose un rapide baiser sur la joue et file comme un dard, avant qu'il ait eu le temps de lui lancer un dernier au revoir. Les jeunes d'aujourd'hui – je vous jure.

Donc, vive la vie, hein ? J'étais rajeuni de dix ans, et ce n'est rien de le dire. Je flottais, littéralement. De sorte que ç'a été légèrement le coup de masse, ce que j'ai entendu en rentrant à la maison. J'avais allumé l'autoradio, comme je fais toujours – je n'écoutais pas vraiment ni rien (parce que j'avais l'esprit, mon Dieu – disons que j'avais d'autres chats à fouetter, si vous voyez ce que je veux dire), mais tout d'un coup, je dresse l'oreille quand un mec intervient pour parler du fameux braqueur de banques, ou je ne sais trop quoi. Une vraie voix de tapette, le gars – pas vieux, hein, un branleur – mais il s'avère que c'est celui qui a tenté le coup – qui a failli immobiliser l'autre taré avant qu'il ne prenne la fuite. Et voilà ce qu'il raconte – je me souviens de chaque mot – tu parles que je m'en souviens : il raconte que, contrairement à ce que l'on a pu lire dans tous les journaux, il y avait *effectivement* un manque considérable, dans l'argent qui a été récupéré (j'imagine qu'ils avaient de bonnes raisons pour ne pas rendre cela public), et que pour aller de Westbourne Grove à Earls Court en si peu de temps, l'homme avait soit une voiture qui l'attendait, soit pris un taxi. Et si, de fait, il avait pris un taxi – continue cet enfoiré –, pourquoi le chauffeur avait-il, de manière curieuse, négligé de se manifester ?

En arrivant à la maison, je me sentais drôlement partagé. Toujours un peu étourdi, après mon entrevue avec Adeline (et mes deux bières, avouons-le – je n'aurais même pas dû toucher à un verre, puisque je conduisais), et en même temps vaguement nauséeux, avec cette vilaine histoire (d'ailleurs je l'ai été *réellement*, un peu plus tard : j'ai dû m'envoyer une rasade de Pepto Je-ne-sais-plus-quoi). Je vais te dire, mon petit gars, pourquoi ce chauffeur a, de manière curieuse, Négligé De Se Manifester : tout simplement parce que c'est lui qui a barboté le Manque Considérable – et que, jusqu'à preuve du contraire, le plaisir qu'il va s'offrir avec promet d'être non seulement sympa, mais *mortel*.

Quand la voiture le redéposa, George se sentait – ma foi, disons pas du tout mécontent de lui-même, somme toute. Le chauffeur avait écouté la plus grande partie de son intervention, lui disait-il, et soutenait complètement ce que George avait fait, et les causes qu'il défendait. Ces salopards – voilà ce que le chauffeur avait à dire, et George ne pouvait qu'approuver avec enthousiasme (c'était la voix même de l'Angleterre moyenne – celle qui se taisait depuis trop longtemps : demandez à n'importe qui) – c'est vraiment la *lie* de l'humanité, pas vrai ? Ces voyous, tout ça : il faudrait les envoyer au trou à jamais.

Certes, les gens de London Live semblaient avoir infiniment plus de temps à accorder à George à son arrivée qu'aussitôt l'émission achevée, quand ils l'avaient plus ou moins expédié par un corridor anonyme (« Vous trouverez bien la sortie tout seul, n'est-ce pas ? »). Mais bon – ils n'ont pas que ça à faire, ces gens-là, n'est-ce pas ? Il faut qu'ils prennent en permanence le pouls de cette immense capitale qui est la nôtre : ils ne méritent que nos remerciements, ainsi qu'une bonne dose de, oui – de respect (si quiconque, de nos jours, se souvient même de *quoi* il s'agit).

Faisant un signe d'adieu au chauffeur, George marqua une légère pause avant de relâcher le loquet du portillon. Il coula un regard vers la gauche et, ne remarquant rien de particulier, effectua un panoramique, vers la droite. Personne ne l'observait ? Peut-être un auditeur, tombé sur la station par hasard – ou encore un fidèle, qui n'aurait pour rien au monde manqué l'émission ? Peut-être s'étaient-ils redressés, surpris, avec un agréable coup au cœur, en le reconnaissant ? Dieux du ciel, s'étaient-ils peut-être dit – je le *connais*, cet homme, il vit dans ma rue : n'est-ce pas lui que j'ai vu dans le journal, la semaine dernière ? Toutefois, la rue semblait encore plus déserte qu'à l'habitude : pas même un frémissement de rideau – même aux fenêtres d'en face, ce qui en disait long (parce qu'en temps normal, il suffit que le facteur vienne sonner pour qu'elle soit déjà là avec sa longue-vue). Enfin – ils avaient tous dû écouter l'émission, au boulot : en tout cas, je suis à peu près sûr d'avoir prévenu tout le monde.

Et voilà que je me surprends à faire une nouvelle pause dans l'entrée – pas trop sûr de ce que je peux espérer, cette fois : les gamins ne vont pas être rentrés de chez la mère de Shirley, à cette heure-ci. Et Shirley ? Mon Dieu – en toute honnêteté, je ne m'attendais pas à une fanfare ni à des brassées de pétales de rose (restons dans les limites du raisonnable, d'accord ?), mais ç'aurait été sympa si elle avait au moins fait l'effort de s'arracher du salon, venir à ma rencontre et m'accueillir. Je veux dire, certes – une telle initiative serait tout à fait inhabituelle de sa part (Dieu sait, Dieu sait), mais ce n'est pas non plus une journée comme les autres, quand même ?

Elle était assise sur le divan – pieds nus, jambes repliées sous elle, comme toujours. Qu'est-ce qu'elle *fait*, toute la journée ? C'est ça que je n'arrive pas à comprendre. D'accord, elle travaille à mi-temps, je ne sais pas trop dans quoi, la communication je crois – et elle s'en tire plutôt bien, pour autant que je sache. Ça fait de l'argent qui rentre en plus, c'est très bien. Et ne me demandez pas pourquoi à *mi-temps* : elle disait qu'elle avait besoin de faire un break – du temps à elle pour retrouver ses repères, disait-elle – pour reprendre contact avec la personne qu'elle devait réellement être. (Ce « break », inutile de le dire, semble bien loin de toucher à sa fin.) Mon Dieu, certains se la coulent douce, telle a été ma conclusion. Ce serait impeccable, n'est-ce pas, si on décidait tous de plaquer une demi-journée de travail par jour parce qu'on le *sent* comme ça. Comment ça se passerait – et je lui ai dit ça sans détour, hein : aucune *réaction*, rien – comment ça se passerait, Shirley, si je rentrais un soir à la maison et que je leur disais comme ça, à elle et aux enfants, Eh bien voilà mes petits chéris, dorénavant, je ne travaille plus qu'à mi-temps, c'est comme ça. Les factures ? Oh, les factures se régleront bien toutes seules, non ? La famille à nourrir ? Oh, je suis bien certain que Waitrose nous fournira pour rien. Les vêtements pour les gosses ? Les vacances ? Oh – vous pouvez peut-être tous vous mettre à chanter et faire la manche, ou à *voler*, je ne sais pas, parce que moi, George Carey, je viens de décider, par ce bel après-midi ensoleillé, de faire une pause pour essayer de rassembler mes billes, ou mes *repères*, ou Dieu sait quelle foutaise. Parce qu'il faut bien que je me *retrouve* moi-même, n'est-ce pas ? Bien, voyons – où diable ai-je bien pu me *fourrer* ? Mmm ? Dans le cagibi sous l'escalier, peut-être ? Non, non je ne crois pas – du moins, je ne m'y trouvais pas la dernière fois qu'un fusible a pété, en tout cas : non, je suis sûr que non – sinon, je me serais bien aperçu, n'est-ce pas ? Bon *Dieu*, Shirley : reprends-toi, ma fille.

Réponse de Shirley ? Un lugubre sourire d'autodérision, par exemple ? La brusque conscience de tout le temps, de tous les efforts que je consacre à ce foyer, sans obtenir la moindre reconnaissance ? Non – oh que non. Rien de semblable. Du tout. Si je me souviens clairement de cet instant (et de manière générale, on peut me faire confiance en ce domaine), elle a simplement levé les yeux sur moi et a déclaré Juste Ciel, George : Tu Me Rends Vraiment Malade. Non non, réellement : croyez-le ou non, ce sont ses paroles exactes : Tu Me Rends Vraiment Malade. Sans mentir. Sur quoi elle a ajouté qu'elle sortait. Tu sors ? ai-je fait. Tu sors ? Comment ça – tu *sors* ? Où vas-tu ? Je n'ai même pas mangé. Pas de réponse : elle est partie. Et aujourd'hui encore, je n'ai aucune idée d'où elle est allée. Magnifique, n'est-ce pas ? Et c'est *moi* qui la rends malade ! Quelquefois, je me demande vraiment pourquoi et comment je continue à supporter tout ça, je vous l'avoue franchement.

Bien, se disait George à présent – autant que j'ouvre la séance moi-même (c'est absolument *effarant* n'est-ce pas ? C'est comme si je n'étais simplement pas là. Et laissée à elle-même, savez-vous, elle resterait comme ça assise à lire sans fin ces magazines sur papier glacé, qui d'ailleurs coûtent la peau des fesses. Enfin – je dis *lire*, mais ce qu'elle fait en réalité, et je ne connais rien de plus irritant – c'est de les ouvrir à la dernière page et de les feuilleter à l'envers, au rythme d'environ une page toutes les trois ou quatre secondes : est-ce là une manière de passer toute sa vie ? Est-ce là, honnêtement, une façon de reprendre contact avec la personne qu'elle doit réellement *être* ? Misère…).

« Donc », fit George – souriant malgré lui, car il revivait tout naturellement ces instants de gloire. « Tu m'as, euh – entendu ? Tu as pu capter l'émission ? J'ai trouvé que Steve – l'interviewer – était plutôt pas mal, et toi ? » George desserrait à présent son nœud de cravate, sachant que le moment était venu d'ôter sa veste et de la déposer sur quelque chose. « Alors, Shirley ? C'est un de tes jours de mutisme *total*, c'est ça ?

– Tout au contraire. »

George hocha la tête. « Tout au contraire. Je vois. Tout au contraire – parfait. Donc quand as-tu l'intention de te mettre à parler, dans ce cas, Shirley ? J'ai le temps de me faire couler un bain ? Ou bien est-ce pour très bientôt ? *Bien* – donne-moi simplement la cassette de l'émission, d'accord ? En fait, ça m'est *égal* que tu l'aies aimée ou pas. Donne-moi juste l'enregistrement – j'aimerais bien l'écouter. Et plus tard, je la passerai aux petits – tu n'auras même pas du tout à t'en occuper.

– Pourquoi est-ce qu'il t'appelait Carkey ? »

George laissa échapper un chuintement d'irritation. « Ouais – naturellement, c'est sur *ça* que tu t'es jetée, hein ? Ça m'a rendu *cinglé*, ce truc, parce que je ne sais pas si tu as remarqué, mais pendant les huit ou dix premières minutes, il m'a appelé Mr. Carey, hein, pour commencer, puis il est passé à George. Et ce n'est que vers la fin qu'il s'est mis à sortir cette imbécillité de *Carkey*. Je ne comprends pas.

– Oh, vraiment ? » soupira Shirley (mon Dieu, mais *regardez-la* – on dirait presque qu'elle vient de se *réveiller* ou je ne sais quoi). « C'est le seul morceau que j'ai entendu – je n'ai même pas réalisé que c'était à toi qu'il parlait. Ta voix était tellement…

– Comment ça ? Qu'est-ce que tu veux dire par là – c'est le seul morceau que tu as *entendu* ? Mais c'était tout à la *fin* !

– … tellement… lente, traînante. Oui, enfin – je ne trouvais pas le *machin*, là, tu vois. J'ai réglé l'appareil là où on m'a dit, mais ce n'était qu'une espèce d'opéra ou je ne sais quoi – j'ai dû me tromper de longueur d'onde, enfin je ne sais pas trop comment ils appellent ça.

– Je vois. Tu l'as manquée. Et donc, pas d'enregistrement – c'est bien ça ?

– Évidemment, si ça ne passait *pas* à la radio, je n'ai pas pu l'enregistrer, hein ? Et de toute façon, je ne pense pas qu'on ait de cassette vierge.

– Oh, *franchement*, Shirley – vraiment tu es… ! Et comment *ça*, on n'a pas de cassettes ? Et le paquet de six qu'on a acheté chez Argos, le week-end dernier ? On en a des *piles*, de cassettes ! Mon Dieu – tu sais quoi, je crois vraiment que tu le fais exprès.

– Assieds-toi, George.

— Ah bon ? Pour quoi *faire* ? Il faut que j'appelle au bureau – pour voir ce qu'*eux* en ont pensé.

— Ah oui – ton patron a appelé, il n'y a pas longtemps.

— Vraiment ? Génial. Qu'est-ce qu'il en a pensé ? Il a aimé ? Qu'est-ce qu'il a dit ?

— Il n'a rien dit. Il veut seulement que tu le rappelles.

— Comment ça – il n'a rien dit du *tout* ? Il a bien dû dire *quelque chose*.

— Non. Juste que tu le rappelles.

— Mais il a *forcément* dû ajouter quelque chose ! Il n'a pas pu dire Dites à George de me rappeler, avant de raccrocher.

— Mon Dieu si. On peut arrêter de parler de ça, maintenant ?

— Pourquoi ? Y a-t-il quelque chose *d'autre* dont tu voudrais parler, Shirley ? Les enfants devraient être rentrés, non ? On les dépose, ou bien je dois aller les chercher ?

— Ils restent dormir chez Maman, cette nuit.

— Vraiment ? Ils restent là-bas ? Pourquoi ? Je n'en savais rien. Pourquoi ne me dis-tu jamais *rien*, Shirley ?

— Je pensais te l'avoir dit. Assieds-toi, George.

— Non, tu ne me dis jamais *rien*. C'est toujours à moi de *trouver*. Juste ciel. *Bien*. Pas de cassette à écouter – magnifique. Je monte et j'appelle au bureau.

— Je pars, George.

— Non, Shirley, non : c'est *moi* qui pars, tu vois. C'est *moi* qui monte – toi, tu continues à te vautrer sur le divan en regardant tes magazines de *fringues*. Pourquoi dorment-ils là-bas, en fait ? C'est quoi, l'idée ?

— George – comment dire les choses sans te blesser ? Je ne te supporte *plus*. Tu entends ? Je ne supporte plus de vivre avec toi, sous le même toit. Cela fait longtemps que ça couvait…

— Quoi ? *Quoi ?*

– *Écoute*, maintenant : cela fait des – oh mon Dieu – une éternité que ça couvait, mais toute cette histoire…

– Shirley !

– Oh, mais *écoute*, nom d'un chien : tout ça – ta manière d'être depuis cette pauvre idiotie de cambriolage, là, ç'a été *trop* pour moi, et ça y est, George. Tu as *dépassé* les limites du supportable, cette fois. Tu es toujours tellement *imbu* de toi-même, George, et je pense que tu ne le vois même *pas*. »

George sentait sa lèvre supérieure toute froide, il tremblait : il se sentait capable de réagir n'importe comment, soudainement.

« Mais qu'est-ce que tu… ? ! Que veux-tu *dire* ?

– Ce que je veux *dire*, c'est que… Oh mon Dieu, c'est tellement difficile de… je ne peux pas vraiment te l'expliquer par des *mots*, George. Tout ce que je peux te dire, c'est que je m'en vais. J'ai essayé de ne pas en arriver là, mais je ne peux pas. Je vais devenir simplement folle si je reste ici, George. Je suis désolée, mais c'est la vérité. »

George eut un brusque vide à l'estomac – mais, bien qu'il ressentît le besoin de s'y abandonner, de se réfugier dans quelque chaleur passagère pour enrayer, étouffer un peu la douleur qu'il sentait monter en lui – se frayer un chemin dans ce brouillard d'angoisse qui allait s'épaississant – il se força à déglutir et à retrouver ce contrôle de lui-même qui (n'est-ce pas ?) faisait sa réputation.

« Oh, je vois. C'est *moi* qui suis horrible. C'est *moi*. Je te rends malade, c'est ça ? Et tu vas…

– Oui.

– Non – tu ne m'interromps *pas*, d'accord ? C'est *moi* qui parle. Tu ne me supportes plus – parce que toi, tu es absolument *parfaite*, bien entendu, alors que je suis…

– Je n'ai pas dit...
– Arrête de me *couper* sans arrêt – c'est pas *vrai*, ça. Donc comme ça, tu t'en vas ? Tout comme tu as laissé tomber la moitié de ton travail. J'en ai marre – je me tire. Très sympa. Et très facile. Et nos deux enfants, si je puis me permettre ? Mmm ? Tu te souviens ? Est-ce que tu leur as fait une petite place dans ce nouveau projet ? Grands dieux, mais...
– George...
– Grands *dieux*, Shirley – mais qu'est-ce que tu *racontes* ? Qu'est-ce que ça signifie, tu *pars* ? Où vas-tu ? Tu n'as nulle part où aller, d'accord ? Alors comment peux-tu partir ? Mmm ?
– Oh, *George*...! Alors tu n'es vraiment pas au *courant*, n'est-ce pas ?
– Non, évidemment que je ne suis pas au *courant*. Je ne suis jamais au courant de rien, n'est-ce pas ? Comment pourrais-je ? Je suis juste le mec qui te rend *malade*. De quoi ? De quoi, je ne suis pas au courant ? Bon Dieu, Shirley – tu ne parles pas *sérieusement*, quand même... ?!
– George. J'ai... j'ai une liaison. Ça fait un moment que ça dure, maintenant. Je pensais que tu l'avais peut-être... senti. Non, de toute évidence. »

Le visage de George était figé, rigide, livide : à peine une trace de rose, soudain – puis un afflux cramoisi, comme sous l'effet de gifles brèves et répétées.

– Quoi... ?
– Je suis désolée. Je pensais que tu savais. Oh mon Dieu, George – tu savais *forcément* ! Je n'arrive pas à *croire* que tu aies pu l'ignorer...! Enfin bref, on en reparlera quand on sera un peu plus... je pars, George, immédiatement. »

George la suivit des yeux, tandis qu'elle se dirigeait vers la porte.

« Mais que... ?

– Je t'appelle demain matin. Si tu te couchais tôt, hein ? »

George pencha la tête, comme qui, foulant la mousse sèche au sein d'un bois silencieux et rassurant, perçoit soudain un craquement de branches.

« Mais *que*... ? »

Elle avait dû filer. Shirley. Je ne sais pas trop : en tout cas, elle n'est plus ici. La maison est vide. Depuis combien de temps suis-je assis là ? Je ne me rappelle pas m'être assis. Elle m'a dit de m'asseoir, Shirley – plus d'une fois, me semble-t-il. Mais je ne me souviens pas, euh... de l'avoir fait. Mais pourtant si, c'est évident – j'ai dû le faire, puisque je me retrouve sur cette chaise. Il commence à faire sombre. Il faut que j'appelle au bureau. Non – il est trop tard. Ils vont être tous partis, maintenant.

Pauvre idiotie de cambriolage – voilà ce qu'elle a dit. Eh bien... Je me suis repassé en boucle la bande vidéo, et ça n'était pas du tout idiot ni pauvre. C'est dommage qu'ils l'aient chopé, en fait – sinon, ça aurait pu passer dans *Crimewatch*... Et Shirley – elle n'y était *pas*, n'est-ce pas ? Non. Où était-elle, d'ailleurs ? Où a-t-elle été, tous ces après-midi, et depuis quand exactement ? Depuis combien de temps ? Aucune idée. Pauvre idiotie de cambriolage – voilà ce qu'elle a dit. Eh bien... Elle n'y était *pas*, n'est-ce pas ? Non. Moi, j'y étais – *moi*. Et j'ai reçu un coup de pied dans la figure. C'est ça qui a fait de moi l'homme dont on parle : c'est alors que je suis devenu le Héros du jour.

Chapitre VIII

Même maintenant, savez-vous, pensait Isobel – même maintenant (et cela fait deux fois que nous bavardons en prenant tranquillement un verre au bord de la piscine), je ne sais toujours pas trop ce que je peux faire de lui, mais il a l'air bien gentil, Mike, quoiqu'un peu excessif. Mais j'ai tellement, tellement peu l'habitude, n'est-ce pas ? Les seules personnes à qui je parle, ce sont les clients de l'agence, et l'on ne peut pas vraiment appeler cela de la conversation, n'est-ce pas ? Simplement répondre à leurs questions sur les prêts personnels et les intérêts composés, et confirmer, dès qu'il tombe trois gouttes, qu'on a un temps épouvantable. Il y a Maman, bien sûr – si l'on peut appeler ça communiquer (ce serait plutôt écouter, uniquement). Et à propos de Maman – mon Dieu... Bon, je ne pensais pas *réellement* me libérer d'elle, n'est-ce pas ? Pas avec Geraldine au gouvernail : inenvisageable, bien sûr. J'étais à peine arrivée depuis deux minutes (l'endroit est divin – une superbe propriété ; j'adore marcher, simplement, respirer tout ce bon *air*, et puis revenir à ma magnifique chambre et paresser des heures dans un grand bain brûlant) – vraiment, j'avais à peine posé les affaires que déjà (vous allez voir) ma sœur m'a appelée trois fois. La première fois qu'ils sont venus me prévenir, je n'y croyais pas. Vous en êtes bien *sûrs* ? ai-je dit (enfant que je suis, hein). Parce que, dans ma candeur naïve, je pensais que si vous n'étiez pas censé appeler à l'*extérieur*, eh bien la même règle s'appliquait pour quiconque essaierait de, vous voyez – d'entrer en *contact* avec vous, ce genre de chose. Mais non – ils sont tenus de transmettre les messages, disent-ils, et c'est à vous de décider si vous répondez ou non. Mon Dieu – je n'allais pas l'*ignorer*, n'est-ce pas ? Geraldine sait très bien que cela ne me ressemble pas. Donc, la première fois, j'étais en train de me faire *masser*, naturellement. Ça ne m'était jamais arrivé, de toute ma vie – c'est absolument fabuleux, comme sensation : je pourrais très bien devenir accro à ça, comme à pas mal de choses qui vont avec ce qu'on appelle la « vie de luxe ». Il suffirait de gagner au Loto (on peut toujours rêver).

« Elle dit qu'elle ne veut pas qu'on lui frotte le dos ! » annonça Geraldine d'une voix étranglée – et Isobel ne ressentit qu'une vague honte à la fulgurance de plaisir qui la traversait, en constatant à quel point sa sœur avait l'air désemparé. « Elle dit que ça lui fait *mal*. Je fais quoi ? Je la laisse en paix ?

– Il faut y aller doucement », répondit Isobel d'une voix posée. Comme ma masseuse – je me sens si souple, molle comme si je n'avais plus d'os, et toute vibrante. « Ce sont ses épaules, en fait. Ce n'est pas grave si tu sautes un jour, si vraiment elle ne supporte pas. À part ça, tout va bien ? Les chats ?

– Oh, mais *absolument* ! explosa Geraldine. Tout va *merveilleusement* bien, n'est-ce pas ? J'ai abandonné époux et enfants pour devenir bonne à tout faire et infirmière de nuit auprès d'une vieille femme parfaitement odieuse ! *Franchement* Isobel – je ne sais pas comment tu *fais* pour la supporter.

– Oui, approuva Isobel – doucement, mais avec une intensité perceptible. Je sais.

– Enfin bref, reprit Geraldine – et son acidité coutumière, nullement entamée, nota Isobel, avait repris le dessus –, je suis bien certaine que *toi*, tu prends du bon temps, au moins. Quand rentres-tu ?

– Mais je viens juste d'arriver. Les chats vont bien ?

– Oh là là, il faut que je te *laisse* ! Je crois qu'elle a laissé tomber quelque chose, ou bien cassé quelque chose. Mon Dieu, Isobel – il faut que je te *laisse*, là… »

Moi aussi, se dit Isobel – jouissant soudain de se sentir sourire malgré elle (ça lui était venu tout seul aux lèvres, comme ça). Elle reposa le combiné et se dirigea vers un des salons. Elle l'avait repéré plus tôt dans la journée – il avait l'air très agréable, d'après ce qu'elle en avait aperçu. Avec de grands divans démodés recouverts de chintz, de vastes fauteuils moelleux, et ces immenses portes-fenêtres qui donnent sur la pelouse (par les belles journées d'été, comme aujourd'hui, des gens jouaient au croquet – c'est incroyablement apaisant, de les regarder). Et c'est là – elle venait de s'installer dans un fauteuil de jardin, sur la terrasse (munie d'un verre de thé glacé et d'un numéro de *Vogue* – juste ciel, cela fait des *années* que je n'ai pas eu un *Vogue* entre les mains) – et c'est là qu'il était apparu pour la première fois, se dirigeant vers elle avec un large sourire, et disant Salut, je m'appelle Mike – ça ne vous ennuie pas si je m'assois avec vous ? Et Isobel – surprise tout d'abord, et bien en peine d'affirmer que c'était à elle, réellement, qu'il s'adressait – leva les yeux vers lui et répondit de la voix qu'elle prenait avec les clients de l'agence Non, pas du tout : faites, je vous en prie. Isobel. Quel temps magnifique, n'est-ce pas ? Mike s'assit lourdement – laissant plus ou moins ses jambes céder sous lui, parfaitement assuré que la chaise de metteur en scène, tendue de toile, parviendrait à retenir et absorber son effondrement.

« Alooors… », commença-t-il – lançant un regard de biais à Isobel, avant de prendre une brève gorgée de son grand verre (sans doute une infusion quelconque, estima Isobel – encore qu'il n'ait pas du tout l'air *d'aimer* ça ni rien). « Qu'est-ce qui vous amène à Colditz ? Non – je suppose qu'on ne pose pas ce genre de question, n'est-ce pas ? Personnellement, j'essaie de me débarrasser de mon problème d'alcool. De toute façon, il faudra bien que j'en sorte un jour ou l'autre. Ce n'est pas simple, je peux vous dire.

– Oui, approuva lentement Isobel, marchant sur des œufs. Je veux dire non – enfin, j'imagine bien que ce doit être... très, heu...

– Eh oui, conclut Mike d'une voix brève. Il faut vivre au jour le jour.

– Moi, je suis là pour... », reprit Isobel d'une voix flûtée – mais déjà elle se demandait Mon Dieu pour quoi, en fait ? Officiellement, je suis là pour quoi ? « Pour me détendre », tel fut son choix – accompagné d'un geste négligent de la main et d'un petit rire qu'elle espérait insouciant plus que niais.

« Ouais. » Et Mike de hocher la tête à plusieurs reprises, comme pour traduire l'emprise sur lui d'une soudaine gravité – comme s'il méditait sur les lourdes implications qui grevaient là une énigme déjà infiniment complexe. « C'est *bien*, de se détendre. On est tous trop stressés, c'est là tout le problème. Quelle que soit votre réussite – quel que soit l'argent qui rentre, avec toutes les saloperies qui l'accompagnent, on finit toujours par être stressé. C'est tout ce qu'on y gagne. Non, c'est *bien*, de se détendre. »

Isobel arborait ce fin demi-sourire non compromettant, qui ne signifie aucunement que l'on ressent ni que l'on veut exprimer quoi que ce soit, sinon la simple conscience que l'autre a parlé, et qu'on a entendu. Voilà donc un jeune homme bien sérieux, dirait-on. Enfin, quand je dis *jeune* – tout le monde m'apparaît jeune, depuis quelque temps. Ce que je veux dire en fait, c'est – bon, ce n'est pas un *garçon*, bien évidemment, mais comme presque tout le monde, il est sans aucun doute largement plus jeune que moi. Quarante, peut-être ? Un petit peu moins ? Plus ? Peut-être quarante-deux. Enfin, la quarantaine à peine dépassée, dirais-je – mais jamais à lui, bien sûr : imaginez à quel point ce serait mortifiant s'il était, mon Dieu – *beaucoup* plus jeune que cela, mais simplement un peu usé, par exemple, ou que ce soit le soleil qui donne des reflets argentés à ses cheveux d'un blond presque transparent, presque un duvet, sur ses tempes. J'aime bien ses cheveux, d'ailleurs – très courts, très propres. Par contre, je dois avouer que je trouve sa montre un tantinet vulgaire.

« Quel âge me donneriez-vous, Isobel ? demanda-t-il soudain. Soyez aussi honnête que possible.

– Oh mon *Dieu*… ! fit Isobel avec un léger mouvement de la main. Je suis absolument nulle, pour ce genre de chose – franchement ! En tout cas, vous êtes beaucoup plus jeune que *moi* – comme tout le monde.

– J'ai trente-cinq ans. Trente-cinq ans, voilà mon âge.

– Mmm – c'est à peu près ce que j'aurais dit, ou même légèrement moins.

– Non, Isobel – non, ce n'est pas ce que vous auriez dit. Parce que vous me faites l'effet, clairement, d'une dame charmante, gentille et très franche, qui n'aurait jamais pu me mentir comme ça, sans vergogne. J'ai l'air d'une épave – je le sais. C'est la vie que je mène – ma vie me tue. Et c'est pourquoi je me retrouve ici, j'imagine. *Isobel… !* »

À cette profération brutale, sonore et quasiment haletante de son prénom, elle se mit immédiatement sur ses gardes (encore que, au moins, il s'en souvenait – ce qui devait certainement compenser quelque peu le fait qu'il ne voyait en elle rien d'autre qu'une *dame* charmante, gentille et très franche – dieux du ciel, aidez-moi).

« Mmm… ? fit-elle, n'osant s'avancer davantage.

– Écoutez – c'est très grossier de ma part d'avoir

parlé de moi, comme ça, alors qu'on se connaît à peine – mais bon je suis seul ici, vous voyez ? Je suppose qu'on l'est tous, pour une raison ou pour une autre – et je me dis tout à coup que si je ne suis pas, enfin vous voyez – *envahissant*, je ne sais pas... ça pourrait réellement m'aider – ou même nous aider tous les deux, qui sait ? On ne sait jamais, n'est-ce pas ? Si, euh... si je pouvais, enfin vous voyez, passer un peu de temps en votre compagnie. Nous promener, peut-être. Nager. Boire un peu, de temps en temps. Enfin, boire – pour moi, cette immonde eau chaude – c'est d'autant plus dommage. Ça vous semble horrible, ce que je propose là ? Si c'est le cas, dites-le-moi. »

Et comme il se doit, Isobel avait répondu Non – non, Mike, bien sûr que *non*, ça ne me semble pas horrible – tout au contraire (et elle était ravie de constater qu'elle le pensait, en plus – même si, certes, elle lui aurait sans doute fait une réponse du même genre quel que soit son sentiment, mais c'était bon de savoir que ses paroles traduisaient la vérité : un peu de compagnie, de compagnie masculine pour les jours à venir – quel mal y avait-il à cela ?).

Parce que non, dans ma vie (si vous voulez le savoir – et comme vous l'avez peut-être deviné), je n'y ai guère eu droit. Je ne peux pas accuser Maman, pas entièrement – mais elle s'est toujours montrée extrêmement décourageante, pour ne pas dire plus, dès que l'on touchait à quoi que ce soit qui puisse un tant soit peu apporter le relent, même imperceptible, des *hommes* et de leurs faits et gestes (il est déjà stupéfiant qu'elle se soit mariée, à la base). Si jamais elle avait su, pour James – mon Dieu, je ne sais pas ce qu'elle aurait fait, honnêtement : elle m'aurait probablement tuée – et compte tenu de mes sentiments à l'époque, je suppose que cela ne m'aurait pas trop contrariée (cela m'aurait soulagée, en fait – oui, j'en suis presque certaine). Comme c'est étrange, incroyablement étrange – et ça n'est sûrement pas très sain – qu'une femme de mon âge puisse encore se rétracter intérieurement, non seulement au souvenir de, mon Dieu – cette affreuse sensation d'avoir été écartelée et froidement abandonnée là, nue, mais également de cette vague d'angoisse glacée à l'idée que ma mère aurait pu le découvrir. Parce que – avant James – il n'y avait rien eu du tout, réellement, qui nous permette, à l'une comme à l'autre, de nous mesurer un tant soit peu. Je n'avais jamais connu tous les flirts et les pelotages qui, comme je ne cesse de l'entendre et de le lire, font partie intégrante, de manière inévitable, du processus de maturation affective (ce piètre rite de passage à base de mains moites et de salive barbouillée). Non que les garçons aient fait la queue à ma porte, ni rien. (J'avais tendance à me voûter, comme pour enjoindre à mes courbes récentes et immédiatement généreuses d'y réfléchir à deux fois – de changer de tactique et de pousser plutôt vers l'intérieur, là où mes acides digestifs s'occuperaient bien de les réduire à quia, de sorte que je pourrais me débarrasser d'elles par les voies naturelles, comme tous les autres déchets pourrissants, indésirables qui m'encombraient et m'alourdissaient. Ça n'est sûrement, sûrement pas très sain, de raisonner comme ça, n'est-ce pas ?)

J'ai obtenu de justesse un diplôme absolument minable (aussitôt après avoir quitté l'école, j'ai perdu toute faculté de concentration : Maman ne cessait de me répéter combien j'étais idiote) – en *sciences politiques*, le truc le plus absurde qui soit – à présent, je ne me rappelle même plus pourquoi les sciences politiques (ça ne m'a jamais intéressée le moins du monde – il devait y avoir de la place dans cette matière) dans une soi-disant « université » miteuse et toute petite, dans un quartier de l'est de Londres, que vous ne connaissez sûrement même pas de nom, pour ne pas parler d'y être allé

– encore qu'aujourd'hui, j'imagine bien que l'endroit a dû être «réhabilité» et «reconditionné» (on dit ça, je crois?) dans l'espoir d'en faire un haut lieu de la culture, auquel ne manqueraient que les flèches porteuses de rêves (et l'authentique vocation) d'une véritable académie. Et là, en effet, j'avais bien rencontré ce que l'on peut, je suppose, appeler des *hommes* – à défaut d'un meilleur terme – avec lesquels je m'étais bien entendue. La première fois que j'ai, enfin vous savez – que j'en ai eu fini avec ce truc (je me souviens très bien de son nom, évidemment que je m'en souviens – même si, encore à ce jour, je préférerais l'avoir oublié) – j'ai été surprise non seulement par le peu de temps que tout cela avait pris (les filles me l'avaient bien dit – c'est vraiment à se demander, disaient-elles, pourquoi les mecs sont aussi *obsédés* par ça : deux secondes et c'est fini), mais aussi par le côté brusque, énervé. C'était comme s'il fourrageait en toute hâte au fond d'un sac à main provisoirement abandonné – en sueur, cherchant frénétiquement à piquer n'importe quel petit objet, quelle qu'en soit la valeur, et à filer avant que sa propriétaire légitime ne réapparaisse. Et quand je lui ai dit «Ça y est? C'est terminé?», ce n'était pas, comme il a paru le penser – les hommes sont quand même bizarres –, en aucune manière, dans le but de le *critiquer* ni rien, car même à l'époque j'étais curieusement consciente de l'extrême fragilité de tout ce qui se rapporte à ça, de ce point de vue étrange qui est celui des mâles. Non – c'était une question sincère – honnêtement, je ne savais pas. J'avais simplement ressenti une invasion brève et brutale suivie d'une impression de pesanteur inaccoutumée, laquelle avait vite disparu. Tout cela me laissait fort perplexe – et plus encore, je m'en souviens, quand il s'est littéralement enfui de la chambre en marmonnant je ne sais trop quoi, peut-être même une excuse.

James est arrivé beaucoup plus tard, et il y a si longtemps, pourtant. J'en étais à mon deuxième emploi – une agence de la Midland Bank, à Harrow. James en était le directeur suppléant, pour l'été, et je l'avais trouvé, oh – si incroyablement brillant et raffiné, et toutes ces idioties que les femmes peuvent imaginer à propos des hommes ; tout ce qu'il était en fait, c'était *plus vieux* que moi – et marié, devait-il s'avérer –, mais ça, je ne le savais pas, bien sûr, pas au début – sinon, jamais je n'aurais... enfin bref. Et même à la fin, il restait planté là devant moi, tout rouge, niant les faits – jusqu'à ce que je lui jette à la figure une lettre de sa femme qui me menaçait de me crever les yeux avant de me les arracher. (On déjeunait au pub, et il me faisait l'amour dans le bureau des archives ; une fois, il m'a offert des fleurs.)

Mais James a été très correct, je suppose, le temps que ça a duré. Et quand, par une soirée d'automne, cette douleur immense, brûlante s'était mise à sourdre en moi, pour ensuite m'envahir toute, j'avais pensé, très calmement, que j'allais mourir – parce qu'il me semblait impossible que l'on puisse survivre à cela. Grâce au ciel, j'étais à la maison, seule dans ma chambre ; aujourd'hui encore, si je m'y attarde, je suis près de m'évanouir en repensant à cet assaut si abominable, si douloureux, au cours de la pause-thé, au travail, et pire – bien pire, dans le petit salon obscur, avec Maman. Je n'aurais pas cru que mon corps pouvait contenir autant de sang, ce sang qui avait commencé de suinter à peine pour ensuite gicler hors de moi en caillots sombres et luisants, et finir en une cascade écarlate. Il ne s'agissait pas là de simples règles difficiles – même moi m'en rendais compte ; j'ignorais absolument que j'étais enceinte (aucune idée) et cette conscience trop tardive me remplissait de tristesse, tandis que je demeurais allongée là, vide de tout – car je savais aussi que je ne l'étais plus pour très longtemps. Et j'étais effrayée également, car en dépit de mon âge – et de mon état –, je n'aurais pas pu, en toute honnêteté, la main sur le cœur, vous dire d'où exactement venaient les bébés. Je devais le découvrir bientôt, et de la manière la plus cruelle, la plus affreuse qui soit.

Plus tard, je me suis – débarrassée de tout ça. Il a fallu aussi que je jette le dessus-de-lit – et je me souviens d'avoir pensé à acheter un petit tapis, la prochaine fois que je passerais par Leather Lane, pour couvrir les traces sur le plancher. En attendant, je changeai simplement le lit de place (juste ciel, quel poids mort), et quand Maman me dit *Isobel* : quelle curieuse manière de disposer ton lit, tu ne trouves pas ? Il tient toute la place au milieu de la chambre... Eh bien je répondis que mon Dieu, ça *changeait* un peu, pour une fois. (Sur quoi je pleurai pendant des heures et des jours.)

Je ne sais absolument pas pourquoi j'ai commencé à exhumer cette vieille histoire (Mike vient de me laisser pour aller nous chercher du thé). Quoi qu'il en soit – depuis lors, j'ai eu tendance à passer bien au large des hommes et de leurs intentions, qu'elles soient honorables ou (c'est le plus probable) non. Encore que, je dois le dire, mon lieu de travail ne soit guère un foyer de tentations incessantes, loin de là. Je veux dire – prenez George Carey, par exemple : je vois *mal*, n'est-ce pas ? Dieu seul sait comment son épouse arrive à supporter ce petit prétentiard. Savez-vous que le lendemain de cette affreuse histoire de braquage (et là, je crois que cet endroit est vraiment magique – j'y ai à peine pensé depuis que je suis arrivée ici), il a passé la journée à faire le tour de tout le monde en montrant l'article dans le journal, je ne sais plus lequel, où l'on parlait de lui comme de Superman ou que sais-je : il l'avait carrément souligné en *rouge*. Les hommes sont parfois, n'est-ce pas, tellement, tellement sots – et quand je dis parfois..

Et j'étais toujours en train d'attendre le retour de Mike (il est incroyablement bronzé – il voyage peut-être beaucoup) quand Polly – c'est la plus jolie, vraiment charmante – est venue me prévenir que Geraldine était au bout du fil – encore. J'ai failli me dire Oh la *barbe*, qu'elle aille se faire voir – je ne veux pas entendre parler d'elle, pour quoi que ce soit ; mais mon Dieu, on ne peut jamais *savoir*, n'est-ce pas ? Jamais savoir ce qui a pu *arriver*. Donc j'ai demandé à Polly d'expliquer à Mike, quand il réapparaîtrait, ce que j'étais en train de faire, et de lui dire que j'en avais pour deux minutes, puis je me suis rendue dans cette affreuse petite cabine qu'ils ont ici, afin que Geraldine puisse détruire en une seconde tout le bien-être qui, je le pense vraiment, commence à m'imprégner sur les bords (et bientôt, peut-être, se sera frayé un chemin jusqu'au plus profond de moi).

« J'avais une sacrée envie d'agneau », déclara Reg avec un petit rire de gorge, posant devant lui son assiette, petite mais bien pleine – de la sauce de viande à ras bord – avant de se glisser sur l'étroite banquette aux côtés d'Adeline (n'était-elle pas absolument à tomber par terre ? Je peux vous jurer que cette robe – elle a simplement été *versée* dedans – ça n'a pas de prix, une fille comme ça ; ces prétendues stars de cinéma peuvent aller se rhabiller, je ne plaisante pas), « mais je ne sais pas pourquoi, dès que je vois un bon gros morceau de rosbif – je craque, à tous les coups. Jamais pu y résister.

— Moi, j'ai pris de l'agneau, dit Adeline.

— Je sais – j'ai bien vu. Et d'ailleurs, il a une bonne tête. Évidemment, l'avantage de ce genre d'endroit, c'est qu'on peut toujours y retourner pour prendre un peu de rab. On n'est pas chez Oliver Twist, hein.

– Je ne sais pas si j'aurai assez de place pour ça. Mais je prendrai un dessert, quand même.

– Eh bien – laissez faire, vous verrez bien, hein ? Ce sera comme vous le sentez. Pour moi, je pense que j'arriverai bien à caser un peu d'agneau, après. Et le porc aussi, il avait l'air délicieux. On ne trouve pas énormément de porc, n'est-ce pas ? On n'en voit plus beaucoup, de nos jours.

– Comment gagnent-ils de l'argent, alors ? Si tout le monde en reprend tout le temps. C'est le sel, ça, d'après vous ?

– Naaan – trop de trous. Ce doit être le poivre que vous avez là, ma belle. Allez-y doucement – ça va vous faire pleurer, à tous les coups. Non – naturellement, ils ont bien des *goinfres* indécrottables, forcément, hein ? Mais ce n'est pas le client *type*. Cela dit, il y aura toujours quelqu'un pour en profiter : ça fait partie du jeu. Vous avez vu l'Amerloque, pendant qu'on faisait la queue ? Bâti comme un trente-huit tonnes, le gars : il va y retourner, c'est sûr. Ils vont être obligés d'abattre encore un troupeau avant qu'il ait son compte. »

Adeline eut un rire léger – elle plissa le nez, le pinça un instant entre ses doigts, puis le lâcha. « Oh, Reg – vous êtes *trop* drôle, vous savez ? »

Reg arbora une expression pensive. « Je ne pourrais pas vous dire, en fait. Je n'y ai jamais réfléchi. Les gars, au dépôt, ont l'air de me trouver sympa. À la maison, c'est dur à dire. Ouais, bon… ce n'est sans doute pas le moment pour – enfin vous voyez, pour parler de *ça*, mais euh – j'ai une femme. À la maison. Autant vous le dire.

– Eh bien, fit Adeline d'un ton fort insouciant – enfonçant son pouce dans la croûte d'un petit pain (vachement dur, le pain, selon Reg), je m'en doutais un peu.

– Ah ouais ? Ah bon. Et ça ne vous, euh – dérange pas, ni rien ?

— Pourquoi ? Ça devrait ? Ça ne me concerne pas, si ? »

Reg sourit vaguement. C'était quoi, cette réaction ? Elles étaient donc comme ça, aujourd'hui ? Des gamines hyper-libérées, qui prenaient ce dont elles avaient envie ? Ou bien cela signifiait-il qu'elle mangeait un morceau avec son vieil *oncle*, ce genre, et donc quelle importance pour elle qu'il soit marié ou non ?

« Très bien, fit Reg avec un haussement d'épaules — essayant de saisir à la volée cet air absent, négligent qu'elle lui envoyait comme un frisbee, sans façon, avec une parfaite neutralité. Simplement je me disais que... enfin j'avais envie de le — de le *dire*. Je trouve cette sauce un peu liquide, ma foi ; cela dit, elle imbibe bien les légumes. On ne peut pas lui reprocher ça. Et votre agneau, Adeline ? Il a l'air bien tendre, hein ?

— Appelez-moi Addy. La plupart des gens m'appellent comme ça. »

Ah ouais ? se dit Reg — arborant de nouveau un sourire niais, sans cesser de mastiquer avec énergie. Pourquoi veux-tu qu'on t'appelle comme ça, dis-moi ? Moi, je trouve Adeline drôlement plus poétique. Addy, ça ne me plaît pas trop. Addy, comme Addition, c'est ça ? Naaan — je n'aime pas. Et puis de mon point de vue, c'est nul, tous ces diminutifs — déjà, je vous ai dit ce que je pensais de « Reg ». Cela dit — ça m'est arrivé aussi — enfin, à Enid et moi : la manière dont Laverne nous a enguirlandés quand elle est entrée au collège, et que tout le monde l'appelait Lav. (Hé, Lav, tu te laves ? Alors, Lav, tu entres en éruption ? Enfin, vous savez bien comment sont les gamins.) La première fois qu'elle rentre à la maison et qu'elle nous raconte tout ça (je ne devrais pas en rire), je lui dis Allez, calme-toi, ma fille : tu es toute *rouge*, Lav. J'ai cru qu'elle allait me *tuer*. Je vous jure.

« Ah ouais ? fit Reg. Bon, Addy, alors — c'est tout à

fait charmant. Vous savez ce que je pense ? Je vais vous dire : une bonne petite tranche de rôti de porc, avec la peau bien grillée – ça ne pourrait pas me faire de mal.

– Je ne sais pas où vous mettez tout ça. Je crois que je ne vais même pas pouvoir venir à bout de mon assiette. Remarquez, j'ai pris des crevettes en entrée.

– Ouais. Moi, je n'ai jamais été trop porté sur les crevettes. Par contre, un crabe bien accommodé… Mais la salade de rollmops aux pommes de terre était pas mal. Je peux vous offrir encore un verre, Adeline ? Addy ?

– Oui – volontiers. Je prendrais bien un sabayon.

– Ah ouais ? Et c'est quoi, exactement ? Je croyais que vous marchiez à la vodka ?

– C'est un *dessert*, Reg ! Franchement – *d'où* sortez-vous ? Et les profiteroles n'ont pas l'air dégueu non plus, pas du tout.

– Alors là, je ne vais pas vous accompagner, ma petite fille. Je me contenterai de mon rôti de porc – avec une patate ou deux. Et peut-être un petit bout de cheddar, si vraiment on me met le couteau sous la gorge. Ouais – euh – Mademoiselle ! Coucou ! Mademoiselle ! Nom d'un chien – elle ne m'a pas entendu ou quoi ? Elles le font exprès, hein, c'est pas possible ? Comme si vous étiez transparent. Ah non – la voilà. Oui – une grande vodka tonic, c'est ça ? Et moi, je vais prendre une autre bière. Merci, z'êtes bien mignonne. »

Un peu plus tôt, comme ils venaient d'arriver, Reg avait suggéré : Pourquoi pas une bonne bouteille de vin pour accompagner le repas, hein ? (Ils s'étaient trouvés sans aucun problème, malgré la bousculade et les dimensions du vestibule : nom d'un chien, s'était exclamée Adeline – vous avez vu la taille de cette espèce de lustre, là-haut ? Oui, avait renchéri Reg : je n'aimerais pas être le mec qui change les ampoules.) Mais à cette suggestion, Adeline s'était détournée – et selon Reg, elle avait parfaitement raison de réagir ainsi parce que, bon – c'est *toujours* ce qu'on dit dans ces cas-là, pas vrai ? Un repas un peu spécial, et ça y est, *Eh bien*, si on prenait une bonne bouteille de vin, d'accord ? L'ennui, c'est que ça n'existe pas, n'est-ce pas ? Personnellement, je n'ai jamais vu une bouteille de vin que l'on puisse qualifier de bonne – le rouge, c'est toujours une espèce de Quintonine, quant au blanc, juste ciel : de l'acide pur (ça te ronge les dents jusqu'au machin, là, je ne sais plus quoi).

« C'est vraiment chouette, ici, Reg, dit soudain Adeline, regardant autour d'elle comme pour vérifier que le décor était toujours en place. Merci mille fois.

– Contente d'être venue ?

– Ouais, ouais. Merci mille fois. »

Bien élevée, cette petite, n'est-ce pas ? Pas comme certaines gamines qu'on voit aujourd'hui. Notez bien que tous ces remerciements et tout ça me font penser deux choses. Premièrement – on dirait bien que le plan « vieil oncle » est de nouveau d'actualité (à supposer que ce pauvre vieux ait jamais disparu du tableau) – et deuxièmement : ça ressemble aussi un peu à un adieu non ? Vous voyez ce que je veux dire ? Une sorte de point final, au revoir et merci, quoi. Comme à un goûter d'anniversaire, quand on était gosse, une fois qu'on avait son ballon et son sac de sucreries : Merci pour ce goûter, disait-on, comme on nous l'avait appris. Mais bon – le problème, là, et je ne veux pas être cynique, ce n'est pas ça – c'est que ce n'est pas *du tout* gagné, n'est-ce pas ? Avec elle. Absolument pas – et pour tout vous dire, je n'ai pas la moindre idée de la façon dont les choses vont tourner, maintenant. J'imagine que je vais devoir improviser, hein ? J'imagine que je n'ai pas d'autre choix (sans plaisanter – ça fait si longtemps que je n'ai pas fait ce genre de truc).

Finalement, Adeline renonça au saba-je-ne-sais-quoi dont elle avait parlé (déclarant qu'elle avait les dents du fond qui baignaient, et que si elle posait seulement les yeux sur ce truc-là, elle risquait de repeindre les murs de la salle). Elle parvint néanmoins à manger deux cuillerées de diplomate – avec une grosse cerise confite posée au sommet par cette espèce de tête d'andouille coiffée d'une toque de chef – et d'une familiarité à baffer, selon Reg. Il avait laissé une bonne partie de son rôti de porc (Vous savez ce que je pense ? Je pense que j'ai eu les yeux plus grands que le ventre), ce qui ne l'empêcha pas de faire un sort à un bon gros morceau de cheddar – et même à un plus petit morceau de ce bizarre truc français, coulant (cela dit, il ne voulait pas entendre parler de l'autre, là, tout bleu et tout pourri, horrible – on le prenait pour qui ? Si j'ai envie de bactéries, ce n'est pas ce qui manque à la maison).

« J'ai l'impression, déclara Adeline, avalant avec un bruit de gorge les dernières gouttes presque complètement éventées de sa troisième – quatrième, peut-être – Smirnoff tonic, l'impression de ne plus pouvoir bouger, tellement je me suis *gavée*.

– Je comprends ça, approuva Reg. Ma ceinture va me couper en deux. Ce dont j'aurais envie, maintenant, c'est carrément d'une petite sieste.

– Oooh, quelle bonne idée. Je serais incapable de faire deux pas.

– C'est drôle…, fit Reg avec précaution. Je me demandais… enfin je veux dire – ce que je veux dire, c'est que vous *pouvez*, si ça vous dit. On pourrait. Se reposer un peu. Dans un endroit tranquille. Et puis peut-être prendre encore un verre, quelque chose comme ça…

– Ah oui ? Mais comment, Reg ?

– Eh bien, voilà… je nous ai… enfin, n'allez pas croire que je… je veux dire, vous n'êtes pas *obligée* ni rien. L'argent, ce n'est pas un problème, si vous ne, euh – enfin si ça ne vous tente pas… mais bon, voilà : j'ai loué une chambre.

– Quoi – vous voulez dire *ici* ? Dans cet endroit ?

– Ouais. Juste au-dessus. À l'étage. Enfin, si ça vous dit. »

Adeline le regarda – droit dans les yeux, et assez durement, sembla-t-il à Reg. Eh merde. Puis elle se leva et, sans un coup d'œil en arrière, s'éloigna de la table et se dirigea vers la porte – et Reg (eh merde) était déjà sur ses talons.

« Adeline ! Addy ! Ne – vous m'avez mal *compris*, ma chérie. Qu'est-ce que j'ai dit ? Écoutez, ne soyez pas... j'ai dit que vous n'étiez pas *obligée* ni rien. Ne partez pas. Vous partez ? Pourquoi vous partez ? Restez. Écoutez – je suis *désolé*, d'accord ? Ne partez pas. Vous partez ?

– Ouais, Reg », dit Adeline – et, parvenue au vestibule, elle se retourna et lui fit face. « Je pars. » Puis elle sourit. « Bon, c'est à quel étage, alors ? »

George se dit soudain qu'il devait donc être plus ou moins éveillé – était-ce possible ? Ou bien n'était-ce encore qu'un de ces rêves épouvantables, en charpie, en lambeaux, ces rêves de quasi-démence qui l'avaient torturé toute la nuit – qui tout à la fois le traînaient sous un manteau d'angoisse irraisonnée, puis l'exposaient brusquement, cruellement à une lumière suffisamment éclatante pour faire cligner et pleurer ses yeux dès qu'il les levait d'un centimètre avant de les rabaisser sur leur douleur, sans qu'il ait pu pour autant distinguer quoi que ce fût ? Des sons âpres et inconnus l'assaillaient, le faisant frissonner malgré lui – cherchant sans espoir, d'un bras sans force, la chaleur d'une couverture qui lui avait échappé. La sensation de vide faisait de sa bouche une boîte, sèche et rigide, si même elle était bien le centre de cette sensation qui à présent dominait tout son être. Et sa tête – oh mon Dieu – un malaise profond, lourd, allait et venait en lui, le tiraillait, la douleur sourde, comme ouatée, paraissant incessamment s'étendre et déborder des limites mêmes de son corps. Puis, lui parvint de quelque part le bruit d'un heurt de métal – c'était là sûrement, sûrement, un vrai bruit extérieur, qui n'émanait pas de lui-même. George déplia les jambes, les étendit aussi loin que possible, redoutant on ne peut plus le réveil imminent ; son esprit s'efforçait de chercher refuge dans des régions humides et rassurantes de l'inconscience, mais une sonnerie aiguë, douloureuse s'élevait à présent autour de lui – stridente, oui, et distante. George se retourna et demeura là, replié sur lui-même, essayant de se fermer au bruit, à tout, tout ce qui l'atteignait. Puis soudain, il se sentit basculer – ses yeux grands ouverts avant même qu'il ait touché le sol, et un grognement lui échappa comme son genou entrait brutalement en contact avec le ciment.

Le ciment. George avait fermé les yeux, paupières serrées – protection dérisoire contre le torrent tumultueux d'images aussi choquantes que décousues qui l'assaillaient sans merci. Ses bras, à contrecœur, commencèrent leur exploration, pesamment – s'étirant comme des tentacules effrayés, chaque extrémité de ses doigts hypersensibilisée, se rétractant dès qu'elle touchait ce terrain inconnu et hostile. Tout le côté de sa tête était écrasé contre le ciment. Il avait froid, et sentait, au fond de son ventre, les premiers grondements et gargouillements de ce qui pouvait être une nausée autant que les conséquences suintantes d'une récente éviscération. Mais soudain, dieux du ciel, tout lui revenait, tout lui revenait. George gisait là, à même le ciment, et tout son cerveau luttait pour ne pas s'approcher – le moins possible – de cette horrible vérité que l'on ne pouvait plus maintenant mettre au compte des fantasmes enfiévrés d'une nuit de cauchemars et de sueur. Il était tombé d'un banc de bois dur, épais, brutal et sans pitié – l'unique et mince couverture encore enroulée, Dieu sait comment, autour de ses chevilles. Parce que voyez-vous, c'est là qu'ils vous mettent. Quand on vous amène en cellule, tard dans la nuit, c'est là-dedans qu'on vous installe. Retournez-vous trop brutalement, comme le fragile demi-jour, la vague clameur du petit matin s'insinuent en vous par tous vos pores, et voilà, vous tombez, aussitôt, vous vous heurtez au ciment.

Je pense que ma vie est finie : il semblerait que je l'ai mise à mort. C'est réellement effarant, réellement, parce que en sortant hier soir, je ne me sentais que triste, et un peu sonné. Je me souviens de m'être dit qu'il fallait que j'appelle quelqu'un, ça, je m'en souviens, – que j'avais besoin de quelqu'un à mes côtés. Mais voyez-vous, je ne suis pas – et n'ai jamais été – le genre de personne qui a tout un cheptel de copains dans lequel piocher. Les collègues de bureau, oh, certes – Shirley, évidemment (laquelle m'a quitté. Je vous ai dit ? Oui – Shirley, mon épouse, est partie). Mais je n'ai pas autour de moi tout un cercle de gens, c'est là que je veux en venir – je ne fais partie d'aucun club, ni rien de ce genre. Et pour être honnête, je suppose que je n'ai jamais ressenti le moindre *manque* par rapport à ça – je n'ai jamais eu besoin des autres, voilà la vérité. On va au bureau – on voit les gens, on leur parle dans le cadre normal du travail – et le soir venu, on rentre chez soi, n'est-ce pas ? On retrouve sa femme et ses enfants. En outre, je n'ai jamais été un grand buveur – ce qui, j'imagine, doit maintenant apparaître d'un comique assez grinçant. Mais bon, toute cette culture des pubs, vous savez – ça m'est toujours passé complètement au-dessus de la tête. Ce n'est pas seulement les discussions interminables autour de la *bière* (j'ai remarqué ça, pas vous ? On dirait que ces gens-là passent autant de temps à parler de leur pinte de bière qu'à la boire ; attendez, franchement : c'est de la *bière*, nom d'un chien, rien de plus : qu'est-ce qu'il y a de plus à *dire* ?). Non, ce n'est pas seulement ça – c'est tout le côté potes, blagues, bagnoles et parties de golf – je n'ai jamais été doué pour ça. Je ne sais pas s'ils sont bien sincères, tous ces gens – je ne pourrais vraiment pas vous dire. Tout ce que je sais, c'est que ça n'est pas *moi*, cette ambiance, et d'ailleurs je serais complètement incapable de faire semblant, même si je le voulais. Et si, puisque vous me posez la question – si, j'ai bien essayé, une ou deux fois, mais ils m'ont aussitôt démasqué, je le sais très bien : ils ont senti que je jouais la comédie. Et autre chose encore – dieux du ciel, toutes ces tournées qu'on est obligé de commander ! Et les prix, dans les pubs, mais c'est du vol à main armée, vous savez. Franchement, je ne comprends pas comment ils s'en sortent, tous – et ils sont là quasiment tous les soirs, pour autant que je le sache : toujours les mêmes têtes. Je veux dire – ils ont sans doute un emprunt sur le dos, des gosses et tout ça, comme tout le monde, non ? Il y a les vacances d'été à prévoir – ou bien c'est Noël qui approche. Pour rien au monde je ne claquerais de telles sommes en bibine, alors qu'on peut les consacrer à tant de choses positives. Prenez la petite serre que j'ai fait construire, il y a deux étés de cela : elle sera finie de payer dans à peu près huit ans – huit ans au mois d'août, exactement – et entre-temps, la famille en aura bien profité. En outre, comme me l'expliquait un agent immobilier – un client, en fait : tout à fait au courant – c'est une plus-value certaine pour votre bien, ce genre de rajout, donc finalement, c'est autant d'argent sur votre compte, n'est-ce pas ? Un peu plus malin, vous l'avouerez, que de tout dilapider au pub, en rinçant la dalle à une bande de flagorneurs braillards et rougeauds ! Non, autant d'idiots, voilà ce que je dis.

Mais bon, soyons clair – je n'ai rien contre le fait de boire *en soi*, ni rien – j'espère ne pas paraître *coincé* à ce point. Non, non – par un après-midi torride, je ne crache pas sur une Heineken bien fraîche – c'est divin, installé à l'ombre dans le jardin, après avoir passé le dimanche à désherber, disons, ou à ranger le cabanon. Et certains vins peuvent être réellement agréables, en dînant – mon Dieu, je ne dis pas le contraire. À Barcelone, une année, j'ai fini par apprécier particulièrement certain petit rosé bien glacé, me semble-t-il ; cela dit, je ne pourrais plus vous dire le nom – mais il était idéal, dans le contexte. Et vous n'aviez pas à vous soucier d'avoir fini la bouteille ou non, car à l'hôtel, ils avaient un système de marque très ingénieux qui leur permettait de la resservir sur la même table le soir suivant. Enfin, je vous dis ça de mémoire, mais il était aussi à un prix très raisonnable. Shirley (c'est mon épouse, qui m'a quitté à présent : oui oui, Shirley est partie) apprécie beaucoup le gin tonic : peut-être même un peu *trop*, comme je le lui ai suggéré plus d'une fois. C'était tout à fait légitime quand elle travaillait à *plein temps*, bien entendu – mais c'est moins marrant pour moi, quand je dois sortir le portefeuille au supermarché, n'est-ce pas ? Enfin – voilà une chose dont je n'aurai plus à m'inquiéter, en tout cas ; oui – voilà une pomme de discorde que je peux sans souci ranger au cellier.

Donc si vous vous demandez, compte tenu de tout cela, comment diable j'ai certainement réussi, hier soir, à finir dans un quelconque pub de quatrième ordre (et évidemment, les gens vont se poser la question, n'est-ce pas ? Oui – cette question-là, et d'autres encore), tout ce que je peux essayer de vous fournir comme réponse, outre le fait que c'est une excellente question, c'est la plus minable des excuses : j'ai fait ça parce que c'est ce que *font* les hommes en cas *d'extrême* limite, n'est-ce pas ? Parce que quand même – c'est à peu près la claque la plus magistrale qu'on puisse prendre dans la vie, non ? Votre épouse qui vous quitte. Et ça n'est pas arrivé comme la conséquence ultime, douloureusement prévisible, inévitable de telle ou telle situation – non, pas du tout, je n'ai même pas eu droit à cette consolation glacée de pouvoir me dire Eh bien, mon petit George : nous y voilà, tu savais que ça devait arriver, un mariage comme le tien, impossible, n'est-ce pas ? Ça ne peut pas durer. Non tout au contraire : je ne l'aurais jamais soupçonné de pouvoir faire autre chose que cela : durer. Il *devait* durer, n'est-ce pas ? J'étais certain qu'il durerait – encore et encore et encore – parce que c'est quand même bien ce que les mariages sont *censés* faire, n'est-ce pas ?

Eh bien non – pas dans mon cas, apparemment. J'aurais peut-être pris les choses différemment si j'avais pu, je ne sais pas, me tourner vers un meilleur ami ou même un frère ou un père – ou une *mère*, dieux du ciel (je n'ai rien de tout ça – j'étais un enfant unique, un enfant solitaire : mon père est parti à un certain moment, je ne sais plus ni où ni pourquoi, et il y aura deux ans en août prochain – je m'en souviens parce que je faisais construire la serre, à l'époque –, une proportion non négligeable des organes de ma mère se sont brusquement ligués contre elle, du jour au lendemain, et ont commencé de la dévorer de l'intérieur – de lui ôter toute force, sur quoi, une fois vidée, creuse, elle a disparu, elle m'a quitté, comme ça).

Hier soir, la maison m'a paru toute petite et oppressante, et en même temps immense et vide et pleine de résonances, sans les gosses et sans ma Shirley (laquelle était partie – elle m'a quitté, ma femme), et pourtant, j'étais à peine sur le seuil que j'ai commencé à paniquer – oui, je m'en souviens très bien – parce que, mon Dieu, il me fallait sortir, il le fallait, mais *après* ? *Après ?* Pour aller *où*, exactement ? Où pouvais-je bien aller ? Bon – c'est plus clair pour vous à présent, n'est-ce pas ? Je me suis dirigé vers cet endroit chauffé, éclairé, où l'on ne vous pose aucune question – où l'on peut sans problème rester seul au milieu de la foule, du bruit, de la vie : le pub. Enfin, quand je dis le pub, il n'y en a pas eu qu'un – oh que non, pour quelqu'un qui ne fait *jamais* ce genre de chose, on ne peut pas m'accuser d'avoir salopé le boulot. J'ai commencé par le Duke of Grafton, pour la simple et bonne raison qu'il se trouve juste au coin de notre rue. Mais le marchand de journaux était là avec son chien, et je ne peux pas le voir (le marchand de journaux, veux-je dire – toujours à feuilleter tranquillement les magazines de la rangée du haut, quelque chose de répugnant – mais le chien aussi, dois-je avouer, a une tête fort antipathique). Donc j'ai juste pris un whisky – eh oui, je *sais*, je *sais* : ne me posez pas la question, je ne pourrais pas vous répondre. Qu'est-ce qui a bien pu me pousser à commander un whisky, quand le whisky est un truc auquel je ne touche jamais, au grand jamais ? Eh bien, puisque vous insistez, en partie parce que le type à côté de moi venait de faire ça, et faire la même chose que lui m'évitait de réfléchir à quoi que ce soit (et non, je ne crois pas avoir essayé d'établir une quelconque complicité avec lui, je ne crois pas, mais vu ma situation – errant, solitaire –, qui peut vraiment l'affirmer ?). En outre, bien sûr, je savais parfaitement dans quel état je souhaitais rapidement me retrouver, et en ce domaine, le whisky n'a pas la réputation de lambiner – il est bien connu, n'est-ce pas, pour vous y amener en un minimum de temps.

Donc en sortant, j'ai marché un peu, puis j'ai jeté un coup d'œil dans cet autre établissement, où je n'avais jamais mis les pieds (le Renard Rouge ? Le Lion Rouge ? Enfin, quelque chose de *rouge*, en tout cas…), mais ce que j'y ai vu ne m'a pas plu du tout. Je pense que ça m'a même effrayé, en fait : une masse compacte de gens braillant, un épais brouillard de voix grondantes enveloppant des tintements de verre et des fracas de métal. J'avais l'impression de me trouver dans la gueule d'une énorme bête dont l'haleine fétide me donnait des haut-le-cœur; donc je me suis arraché de là avant qu'elle ne m'engloutisse – et là, j'ai vu un taxi (ça, je m'en souviens très bien), et déjà ma main se préparait à le héler – mon bras tressaillait comme j'annulai brusquement l'ordre que lui avait donné mon cerveau, parce que je n'ai pas donné suite : un taxi s'arrête – bien. Qu'est-ce qui se passe, après ? Il attend qu'on lui dise, n'est-ce pas ? Où aller. Il part du principe, voyez-vous, qu'on le sait. Même si vous n'avez rien de prévu, il croit tout naturellement que vous savez pertinemment où se trouve ce rien. Et moi, je n'en avais aucune idée. J'aurais certes pu lui dire un truc vague et raisonnablement idiot comme – je ne sais pas – le West End, mais il m'aurait forcément (et c'est bien légitime) pressuré pour que je lui donne plus de précisions. Donc j'ai encore marché un peu, et il s'est mis à pleuvoir, et je me suis dit Oh et puis ça va comme ça – je rentre à la maison, ça vaut mieux : parce que je fais quoi, là, à mon avis, à errer dans les rues sous la pluie battante ? Shirley n'est pas à la maison, c'est juste, mais elle n'est pas non plus en train d'arpenter le trottoir détrempé et glissant, elle. Un autre taxi s'amenait, donc je l'ai hélé cette fois, et j'ai dit Le West End, s'il vous plaît, et le gars a hoché la tête et je suis monté et on est partis et il s'est retourné et m'a demandé Où exactement ? Dans quel coin, mon vieux ? Et j'ai dit que je le lui indiquerais une fois là-bas.

Mon quartier familier avait rapidement disparu, et je me retrouvais bien seul, à rouler dans une tout autre partie de Londres. Peu de temps après, je me souviens d'avoir frappé contre la cloison vitrée et dit d'une voix trop forte et plus aiguë que ma voix habituelle – C'est bon, c'est bon, là – par ici, c'est parfait. Et le chauffeur me dit : Vous êtes sûr, mon vieux ? N'importe où par ici ? Et j'ai répondu Oh tout à fait, tout à fait : n'importe où par ici (et tout en payant la course, je me disais Tout à fait, tout à fait : n'importe où par ici, ou n'importe où ailleurs – c'est vous qui décidez, finalement).

Donc, me voilà bientôt dans un pub. C'est ça, Londres, hein ? Et peut-être aussi d'autres villes, je ne suis pas qualifié pour le dire. Mais à Londres, vous pouvez vous trouver à des lieues de tout ce que vous connaissez, ou dont vous avez simplement entendu parler, mais vous serez toujours à un jet de pierre d'un pub. J'y suis donc entré. Et l'endroit n'était pas plus immonde qu'on aurait pu le supposer : pas du tout sympathique, mais pas épouvantable au point que je parte. J'ai bu du whisky au bar. Au bout de deux, peut-être trois verres – peut-être même quatre ou plus, en y repensant, parce que le tout premier coup, je n'avais pris qu'un whisky simple, et je m'étais vite rendu à l'évidence que c'était une idiotie de ma part : je n'atteindrais jamais le but du voyage si je me contentais d'*échantillons*. Et comme j'en commandais un autre, le type, là – le gars derrière le bar (pas grossièrement hostile, si je me souviens bien), me dit : Vous prenez quelque chose dedans ? Et moi, je dis Oui, oui – le renforcer un peu, pourquoi pas, hein ? Là, il m'a regardé une seconde (c'était le premier regard que je glanais ce soir-là, le tout premier vrai regard, avant tous les regards furieux qui suivraient), puis a coincé le verre sous le doseur, et pendant que ça gargouillait dans la grosse bouteille retournée, j'observais les bulles qui montaient, au fur et à mesure que montait aussi le niveau d'or liquide dans mon verre. Quelques verres plus tard, je me souviens vaguement d'avoir réalisé que ce n'était pas cela qu'il avait voulu dire, mais je n'étais déjà plus en état de m'en soucier : c'était devenu une sorte de plaisanterie entre nous, qui me faisait même sourire niaisement (et mes lèvres me paraissaient bizarres). Un double scotch, disais-je – et lui répondait Tout de suite, cher monsieur : vous prenez quelque chose dedans ? Et moi de partir d'un ricanement nasal (et tout mon nez me semblait bizarre) et de répondre Ouais, allez-y, allez-y – encore un. Il riait. Il riait. Et ça n'a rien de surprenant.

Le temps passait, puis soudain, accéléra, pied au plancher – manquant renverser George au passage. Les humeurs que George traversait duraient à la fois quelques secondes et des années, et toutes lui paraissaient extrêmement profondes, voire même relever d'un changement définitif de son existence. Une sorte de plaisir serein, un peu flottant, dont il se souvenait avec une vive reconnaissance : il savoura celui-ci tout particulièrement. Non seulement il ne souffrait pas d'avoir été plaqué, abandonné, mais il se sentait extraordinairement proche de lui-même, parfaitement *bien* – parce que tant que je m'*avais*, moi, mon Dieu (et je n'allais pas *partir*, moi, n'est-ce pas ? Jamais je ne m'abandonnerais, j'avais trop besoin de moi)... tant que j'étais là pour moi, qu'est-ce que je pouvais bien vouloir de plus, de quoi d'autre aurais-je eu *besoin* ? Mais, comme toutes les humeurs, j'imagine, celle-ci ne dura pas – et ne se contenta pas de simplement s'assombrir, ou de dériver doucement vers quelque chose d'un peu différent, mais d'encore assez proche. Non. Le changement fut instantané – violent et abrupt : déjà il plongeait en enfer, se noyait. Sa poitrine se soulevait comme un soufflet – il luttait pour respirer, comme aspiré par une gigantesque lame boueuse et sans fond, d'une épaisseur d'encre, et tout aussi obscure. À cette angoisse s'ajoutait le tranchant de la colère – car George prenait très mal le fait de se sentir ainsi, et lançait des regards torves autour de lui, comme pour déterminer, jauger, désigner le coupable. Sa tête n'était plus qu'une enflure, un martèlement sonore lui étreignait les tempes avant de disparaître dans une clameur de voix encore plus virulentes, et le tintement des verres mettait à vif toutes ses terminaisons nerveuses vibrantes d'une électricité insupportable, tandis que le reste de sa personne agonisait littéralement.

Le menton de George touchait à présent le bar – comme le ferait peut-être le vôtre si votre cou mince et exsangue refusait dorénavant, malgré toutes les cajoleries, de supporter une tête remplie de trois tonnes de gravats et d'éponges. La voix qui l'atteignit émergeait tout d'abord à peine du tumulte ambiant – les mots eux-mêmes ne voulaient rien dire. Il eut conscience d'une main qui fourrageait au niveau de son flanc – il était épaule à épaule avec son voisin de comptoir et, possiblement, se profilait l'ombre menaçante de la dernière commande. Mais pourquoi réagir, pourquoi bouger – pourquoi céder un centimètre, ou même une seconde d'attention ? C'est *mon* bar, se disait-il : je l'ai payé, il est à moi – j'y ai passé toute ma vie et, en conséquence, j'ignore toute ingérence (je ne vais pas me laisser avoir par ces manœuvres).

Puis soudain, « Excusez-moi ». C'est alors seulement qu'il saisit enfin la situation : les doigts tendaient quelques billets au barman, et le Excusez-moi, prononcé d'une voix douce, rugissait dans le crâne caoutchouteux et distendu de George, où il ne rencontrait que mépris. George ne tenait pas à sentir germer en lui les graines de la colère – tout ce qu'il demandait, c'était qu'on le laisse vivre en paix. Mais comme, une fois de plus, ce Excusez-moi l'assaillait, il sentit une chaleur de sang lui monter dans le cou – qu'il devinait soudain livide et douloureux, fendu comme un fruit éventré – et il se voûta plus encore sur le bar, afin de contenir l'ire qui bouillonnait, de damer la fureur. Et de nouveau *Excusez-moi* – et *Excusez-moi* lui parvenait de toutes les directions, alors il vida son verre d'un trait et s'y accrocha, faute de pouvoir agripper la queue de sa rage qui lui échappait à présent, dans son besoin éperdu de liberté et de destruction. Et ainsi, lorsque *Excusez-moi !* s'insinua une fois de plus comme une lame brûlante en lui (mais glacée une fois à l'intérieur), il se sentit se recroqueviller sur lui-même, en une boule dure, compacte. Des doigts rigides s'attaquaient à son dos, à ses épaules – on provoquait de la pointe de l'index ses muscles bandés, tandis que *Excusez-moi, Excusez-moi* avait entièrement envahi son esprit, jusqu'à le rendre fou, et il se retourna d'un coup, si brusquement que ses yeux demeurèrent un instant hagards, que ses jambes faillirent ne pas suivre tandis qu'il reprenait et affermissait, autant qu'il lui était possible, son contrôle sur toute chose et sur lui-même, et dans un barrissement sonore, sauvage, qui le débarrassa instantanément de toutes ces serres et de toutes ces clameurs, il lança son bras à toute volée, à gauche, puis à droite, et le brusque silence luttait contre des bruits consternants, et là, dans un déferlement de coups et d'insultes aboyées, George se sentit cloué, immobilisé et, au milieu du tumulte soudain, eut juste le temps d'apercevoir la femme qui reculait en titubant, les mains pressées sur le visage, et dont il sentait le sang chaud qui avait éclaboussé sa joue, puis toute la chaleur, tout le bruit, les lumières se délitèrent et disparurent soudain comme il s'affaissait sur lui-même, baudruche dégonflée, et perdait conscience.

Chapitre IX

Ça fait incroyablement bizarre, se disait Isobel, de voir cette vieille robe bleue dans un contexte tellement différent, jetée là, comme ça. Notez bien que quand je dis vieille – j'en ai d'infiniment plus vieilles, naturellement. J'ai des trucs, dans ma penderie, vous n'y croiriez pas... des pièces de musée, ni plus ni moins ; je me dis sans arrêt que je vais faire un sacré tri dans tout ça mais bon – vous savez ce que c'est. Une fois, j'ai tenté – j'ai fait cet effort méritoire et résolu de remplir un ballot de vêtements à jeter – des choses réellement affreuses, ringardes au possible, que je n'avais même plus regardées depuis des *décennies*, si vous pouvez croire ça. Et surtout, dans la plupart desquelles je ne pouvais même plus rentrer, constatation relativement déprimante en soi. Et toutes ces vieilles chaussures racornies : elles n'avaient quasiment plus l'aspect ni le toucher du cuir – simplement des trucs durcis, tout légers et froids, comme le sont les vieilles choses. Je n'arrivais même plus à imaginer que j'avais un jour glissé mes pieds dedans – surtout dans ces horreurs vert vif (je pense que je les avais achetées pour un mariage auquel je ne me souviens plus d'avoir assisté, d'ailleurs ; en solde, chez Dolcis, il me semble bien – et j'avais plus ou moins prévu de les teindre, après). Tous ces vieux trucs qui traînent partout... et pourtant, un jour, je m'étais tournée et retournée devant un miroir, dans une boutique, m'observant d'un côté, de l'autre avant de décider sans tarder, tout excitée Oui, oh oui, c'est exactement ça – c'est cher, c'est trop cher, mais je peux bien faire tout Londres, c'est ça que je veux et pas autre chose. Et puis des années plus tard, c'est accroché là, misérable, comme les tristes haillons que quelqu'un d'autre aurait abandonnés. (Et tout y est encore, voilà le plus terrible : je n'avais même pas réfléchi à la manière de porter tous ces trucs à l'Oxfam quand *Maman* est arrivée, n'est-ce pas ? J'ai passé tout l'après-midi à dé-trier et à vider les sacs comme une gamine studieuse et appliquée exsudant des ondes de vertu domestique – rapidité, économie – au fur et à mesure qu'elle réfutait mes décisions à propos de quasiment tout. Isobel, m'admonestait-elle, le visage dur, on ne se débarrasse pas des choses tout simplement parce qu'elles sont *vieilles* : il y a là des vêtements qui peuvent encore te faire des *années*. Et moi de hocher la tête.)

Hier, vous savez, je m'inquiétais à propos de mes sous-vêtements. Parce que en fait, je ne me souviens même plus quand l'idée de sous-vêtements m'a simplement traversé l'esprit pour la dernière fois. À présent, comme pas mal de dames de mon âge, j'imagine (et certes, je vois bien que cela dépend de votre situation, de votre époux, c'est compréhensible, et peut-être aussi de vos revenus – pour ne pas parler de vos jambes), j'achète toujours les mêmes, par lots, des trucs confortables (je n'ai même pas besoin de vous dire où), quand les précédents commencent à s'user ou à bâiller sur les côtés, comme le font ces choses-là. En plus, je ne me suis pas encore baignée, ici – même si mes maillots de bain (j'en ai deux, parce que parfois, après le travail, une fois que j'ai nourri les chats et Maman, j'aime bien aller faire une vingtaine de longueurs à la piscine du quartier : ça vous vide et vous lave l'esprit)... donc, où en étais-je... ? Oh oui – mes maillots sont très bien

(Harrods, carrément ! En solde, évidemment – j'en ai un rayé, et un uni), mais quand on voit certaines des femmes qui traînent ici, mon Dieu… on n'a pas trop envie, n'est-ce pas, d'exhiber sans vergogne des défauts criants au milieu de tant de jambes interminables, sveltes et hâlées. La plupart des jeunes me font penser à des pouliches palominos, ici – vous voyez ce que je veux dire. Par la couleur autant que par la grâce. Mais les maillots de bain, c'est une chose, et les sous-vêtements, c'en est une autre. Vos sous-vêtements, ça concerne qui, finalement, à part vous-même ? On les met, on les ôte. Donc comment pouvais-je deviner (comment aurais-je jamais pu rêver) que je devrais encore, un jour, prendre en compte une autre personne par rapport à cela ?

Hier soir, Mike et moi avons dîné ensemble – tout au fond de la salle à manger, à côté de la cloison de lattis (par la fenêtre, on voit la pièce d'eau). Pour commencer, j'ai pris du saumon fumé – drôlement fameux, un sérieux goût de revenez-y, pas du tout gras ni rien, comme il l'est quelquefois – et Mike une espèce de saucisse française ou italienne, je crois bien, coupée en tranches très fines et accompagnée de cornichons et d'olives, si je ne me trompe (personnellement, les olives – merci bien : ce n'est pas mon truc – du tout). Après j'ai opté pour le suprême de poulet – et je peux vous dire que le choix a été cornélien, parce que nos voisins de table avaient pris la poitrine d'agneau aux pommes de terre nouvelles, et je dois dire que ç'avait l'air divin. Mike s'est contenté de chipoter – il avait pris un simple steak grillé – et de sélectionner les morceaux de concombre dans une énorme salade sans assaisonnement.

« Mais il faut *manger*, Mike, dit Isobel. Vous picorez, là…

– Ouais… vous avez raison. Je ne sais pas pourquoi, en fait – je devrais avoir une faim de loup, en principe. J'ai l'impression de ne pas avoir bu un verre depuis un an. Et je me bats contre les clopes, aussi. Donc je devrais être affamé, n'est-ce pas ? D'après tout le monde, c'est ce qui arrive, quand on arrête de boire. Je suis peut-être en train de mourir, hein ?

— Oh, mais vous n'avez pas le *droit* de dire une chose pareille, Mike ! Vous êtes jeune – vous êtes un jeune homme. Vous êtes juste un peu *fatigué*, c'est tout. Il n'y a pas de honte à avoir ! Vous vous en tirerez. On s'en tire toujours. »

Mike eut un sourire lent, paresseux – qu'Isobel eut le temps de capter avant de baisser les yeux, portant vivement une main aux perles qui ornaient son cou (perles d'une nuance de bleu un peu plus soutenue que la robe qu'elle s'était finalement déterminée à mettre).

« Ouais – vous avez raison, Isobel. Une fois de plus. Vous avez toujours raison, à propos de moi. C'est tellement simple, tellement *agréable* d'être avec vous. C'est spécial. »

Isobel cligna des paupières, plusieurs fois, rapidement, et sentit non sans horreur que sa bouche faisait de même.

« Ce poulet est une merveille, fit-elle doucement. Comment est votre steak ? »

Je n'arrive plus à me rappeler, songeait Isobel, la dernière fois où je me suis trouvée assise en face d'un homme – je veux dire dans une situation où le fait de le regarder, comme ça, est une chose normale, une chose qui se fait. Ce visage anguleux – c'est si inhabituel –, cette ombre de barbe qui assombrit ses joues comme les mouchetures dans le granit. Les poils relativement épais, prisonniers sous le bracelet de ce qui me semble être une montre d'assez bonne qualité – et la façon dont ils prennent la lumière, comme ça, quand il coupe du pain, avec ses grandes mains. Et regardez cette lueur d'amusement dans ses yeux – un message de complicité : Isobel et lui, tous les deux, voilà ce qu'elle y lisait (ensemble, ici et maintenant).

« Le steak ? Il est parfait. C'est moi qui ne suis pas… Je pensais qu'on pourrait faire une promenade. Plus tard.

— C'est vrai que la soirée est divine.

— Ouais — c'est ce que je me suis dit. C'est pour ça que j'ai pensé à — à une promenade. Plus tard.

— Prenez-vous un dessert ? J'ai vu qu'ils avaient des fraises. Et puis une espèce de pudding léger. Non, une promenade, c'est une excellente idée.

— Très bien, approuva Mike. Moi, je prendrais juste un café. »

Et plus tard, ils avaient fait une promenade – et encore maintenant, Isobel ne pourrait vous dire si la nuit était effectivement à ce point tiède et paisible – est-ce ce qu'on appelle une nuit embaumée ? – ou bien si tout cela provenait de ce halo qui lui semblait l'envelopper toute, à l'intérieur et à l'extérieur, la baignant tendrement des pieds à la tête comme on arrose, au four, une viande moelleuse (elle se demandait si cette radiance était palpable pour autrui). Au-delà de la piscine, les pelouses bien entretenues s'évanouissaient en pente douce, et des marches de vieille brique les menèrent à un dénivelé herbeux, puis à un verger très ancien qu'ils dépassèrent, jusqu'aux confins les plus sauvages de la propriété, bordés d'une clôture de pieux et de fil de fer. Au-delà, les champs bruissants butaient sur des haies, et plus loin d'autres champs aux courbes douces s'élevaient doucement et disparaissaient en tourbillons dans le ciel assombri. Isobel demeura un moment immobile, et déclara C'est beau, sur quoi Mike chuchota simplement : Isobel. Puis il posa les lèvres sur son cou.

« Pourquoi, Mike ? » Sa propre voix, dans l'air silencieux, lui parut curieusement sonore, alors que déferlaient en elle des vagues de faiblesse – des vagues qui se précipitaient, se jetaient à l'assaut de défenses inefficaces, affaiblies de n'avoir jamais servi.

Mike était debout, immobile face à elle, les doigts à peine posés sur ses épaules. Il lui embrassa la joue.

« Comment cela, *pourquoi* ? Que voulez-vous dire ? »

Isobel tenta de s'écarter, levant les yeux vers le ciel gigantesque.

« Je veux dire *moi*, Mike – pourquoi moi ? Pourquoi pas une de ces autres femmes, là-bas ? Je suis… elles sont *jeunes*, Mike. Non ? Comme vous. Alors pourquoi moi ?

– Je vous l'ai déjà dit, fit Mike d'une voix neutre. Vous êtes *spéciale*. »

Isobel sourit, un sourire hésitant, souffle retenu – lui jetant un bref regard, cherchant sur le visage de Mike oh, je vous en prie, Mike, l'assurance de sa sincérité. Il lui renvoya un large, franc sourire et glissa doucement la main autour de sa main à elle, tiraillant doucement ses doigts inertes. Et ainsi, main dans la main, balançant lâchement leurs bras réunis, ils revinrent sur leurs pas, contournant un buisson de mûriers – Isobel ravie, comme une vraie gamine, en voyant, niché là, un banc de pierre grise semi-circulaire, tout constellé de mousse verte, qui semblait l'attendre et l'inviter. Elle s'y assit et ouvrit la bouche pour proférer avec effroi, peut-être, la chose à ne pas dire – mais déjà cette bouche était couverte par une bouche, et embrassée, et tout son visage se détendit dans cette volupté de l'abandon. Mike s'était imperceptiblement écarté à présent – avec un sourire un peu voyou – et Isobel, les yeux brillants, riait doucement, impatiente de ce que ce sourire annonçait, quoi que ce fût. Il rentra la tête dans les épaules tel un malfrat de comédie, jetant un regard par-ci, un autre par-là, comme pour bien vérifier qu'ils avaient réussi à semer leurs poursuivants acharnés – que leurs traces n'appartenaient de nouveau qu'à eux. Le regard d'Isobel se fit immense, comme il produisait, magicien concluant triomphalement son tour, une flasque de

Bell's : oh, ce n'est pas *vrai*, grondaient gentiment ses yeux – quel vilain, quel vilain garçon !

« Juste une rasade, ça ne me tuera pas, dit Mike dans un rire. Mais vous n'allez pas cafter, n'est-ce pas, Isobel ? Souvenez-vous – vous êtes mon amie, quelqu'un de *spécial* pour moi. »

À tour de rôle, ils burent au goulot de la flasque – et s'embrassèrent, s'embrassèrent. Isobel était perdue, presque folle d'une liberté somptueuse, d'un soulagement vibrant – et lorsque Mike se mit à lui caresser les seins, l'un après l'autre, elle se sentit simplement merveilleusement bien. De retour dans la suite où il logeait, il s'était débarrassé de tous ses vêtements, les jetant au loin sans la moindre précaution – et Isobel, éprouvant le même besoin, l'imita et repoussa sa robe bleue à coups de pied, n'importe où… et là seulement elle se fit timide. Mike avait délicatement caressé son épaule, multipliant les Cccchhhh rassurants, gémissant doucement, comme pour apprivoiser et calmer un petit oiseau blessé et tremblant. Elle avait peu à peu cédé, parce qu'elle avait tant besoin de céder – et lorsqu'il se dirigea vers le lit, elle l'accompagna, tout à la fois docile et déterminée.

Le corps brun, tendineux de Mike l'avait surprise, de même que les ondulations de son propre corps qui frémissait d'une incrédulité presque douloureuse, tandis que la barbe râpeuse de ses joues venait la frotter et l'étriller, à chaque fois que sa bouche descendait sur elle pour la picorer, la mordiller ici et là. C'est son propre *Ooooh !* de plaisir effaré qui précipita son abandon total, et elle écrasa le corps de l'homme contre le sien – si fort, si serré, avec une volonté si brûlante qu'elle ne savait plus et ne voulait plus savoir où elle en était, comment cela finirait, ni à quel instant quelque chose de si énorme, de si nouveau pour elle avait bien pu commencer.

Un jour, Reg avait feuilleté un de ces magazines X – vous savez : des photos claires et nettes, avec tout le bidule étalé, le dedans, le dehors, par en bas, par en haut. Ils publient n'importe quoi aujourd'hui, n'est-ce pas ? Ils s'en fichent. Et quand je dis « publient » – tout est à disposition, au grand jour, sur ces machins, là, vous voyez ? Les vidéos. Vous rapportez ça à la maison : pause, retour arrière – dieux tout-puissants. Quand je pense que de mon temps, on se passait sous le manteau des séries de photos noir et blanc traitées à l'aérographe de deux ou trois danseuses – tout en nichons et paillettes, et un flou sur l'entrejambe. Vous vous souvenez sûrement de toute cette histoire à propos de *Lady Chatterley*... Presque quarante ans, c'est pas possible (il passe où, dites-moi ? Le temps, là, il passe où ?). C'est un copain qui me l'avait filé, *Lady Chatterley* – on le trouvait partout, à l'époque ; je ne me souviens plus du mec qui l'a écrit, mais tout le monde disait que c'était carrément salé, donc *allons*-y – tu mettais tes trois livres et six pence, et le tour était joué. Nom d'un chien ! Je peux vous dire – de votre vie, jamais vous ne pourrez lire une pareille somme de foutaises, quelque chose d'aussi ennuyeux, d'aussi pénible ; je ne comprenais absolument pas pourquoi tout le monde faisait un tel foin autour de ça, ni aucun d'entre nous, d'ailleurs. À l'époque, j'apprenais le métier, en mobylette, et mon collègue, comment déjà – Denny, c'est ça (je me demande ce qu'il est devenu, le vieux Denny ; ça fait des lustres que je n'ai pas eu de ses nouvelles)... ouais, enfin bref, Denny m'avait marqué ce qui était théoriquement les meilleurs passages, et je les avais clipsés sur la planchette à l'avant de ma mob. De sorte que, au lieu de réfléchir au meilleur trajet pour Mansion House ou Guildhall, je me disais Mais bon Dieu, quand est-ce que cette pauvre cloche va enfin se décider à s'envoyer en l'air, hein ? Effarant que la mob et moi n'ayons pas fini en purée.

Enfin bref, ce que je veux dire – c'est qu'à l'époque, on ne pouvait pas dénicher de vraies bonnes cochonneries, même si on pouvait y mettre le prix (à Amsterdam, c'était possible – mais moi, je suis taxi, pas batelier, donc quel intérêt ?). Tandis qu'*aujourd'hui*, mon Dieu – c'est le jour et la nuit, pas vrai ? Partout où tu poses les yeux, tu ne vois que de la fesse : à la télé, sur les affiches, dans le *Sun* – que ça, du sol au plafond. Donc nous, les croulants, on a l'impression, à tort ou à raison, que les petits jeunes, là – ils sont complètement à la coule et rien ne les étonne, tandis que nous, on en est encore à faire nos gammes, ce genre. Qu'ils sont prêts pour le récital, et que nous, on continue à massacrer « Chopine ». C'est comme tout, n'est-ce pas ? À l'école, tu apprends les livres, les shillings, les pence, alors tu piges, tu retiens, tu raisonnes en sous, en balles, en sacs – et tout d'un coup, ces salopards décident de changer tout ça, pas vrai ? Tu parles qu'ils se gênent – et toi, te voilà obligé de tout *ré-apprendre*. Parce que dieux du ciel – les livres, elles sont bonnes pour l'abattoir, vous savez – et je vais me retrouver à devoir me dépatouiller avec des *écrus* ou je ne sais quelle autre imbécillité que les Boches sont en train de nous imposer mine de rien, à nous, pauvres Anglais. Et ça ne concerne pas seulement le pognon dans ta poche, hein. Non, on suffoque, là, ils nous tiennent à la gorge – ça doit remonter aux années quatre-vingt ; et même une gamine futée, comme ma Laverne, elle va venir vous dire Mais qu'est-ce qu'elles *ont*, tes fameuses années quatre-vingt, alors ? Et vous répondez Comment ça, qu'est-ce qu'elles *ont* ?! Les années quatre-vingt, mais ç'a été l'*enfer*, tu ne crois pas, Laverne ? Ça n'a pas l'air de trop l'impressionner. Ils ont laissé tomber les degrés Fahrenheit – et ils ont même laissé tomber les centimachins, vu le temps qu'il fait. Les yards, les inches, au poteau, douze balles dans la peau – bientôt, ça va être le tour des pintes.

Ce que je veux dire, c'est que bon, vous grandissez, vous devenez un adulte responsable, qui paie ses impôts, qui fait en sorte qu'il y ait toujours du bifteck dans l'assiette, qui élève ses gosses du mieux qu'il peut, tout ça – et tout d'un coup, vous vous retrouvez comme un idiot, vous ne comptez plus pour rien, il n'y en a plus que pour tous ces mômes. C'est sûr qu'aujourd'hui, avec ces saloperies d'ordinateurs, de fax et je ne sais encore quels e-mails – mon Dieu, vous pourriez aussi bien être une momie (quel mal y a-t-il à lécher un timbre et à le coller sur un truc, là, hein ? Une enveloppe. Allez dire ça aujourd'hui, tout le monde va vous rire au nez). Non, voilà où je veux en venir, en fait : Adeline et moi, on monte à la chambre, au Cumberland, d'accord, et arrivés là-haut, elle débouche la bouteille de champagne que j'avais fait préparer, mais alors à une vitesse… comme si elle n'avait fait que ça toute sa vie (personnellement – les rares fois où ça m'est arrivé, on aurait dit les fontaines de Trafalgar Square), sur quoi elle vient vers moi et me colle un gros baiser claquant sur les lèvres, avec l'expression dont je rêve depuis que j'ai posé les yeux sur cette nana – et là, tout ce que je ressens, c'est l'impression d'être un *vieux* con, vous voyez ? Tout ça parce qu'elle connaît les règles du jeu, hein ? Elle connaît la chanson. Et moi, je reste planté là, sans oser ouvrir la bouche de peur qu'elle ne se *moque* de moi, quoi qu'il en sorte – chose que je n'aurais pas pu supporter, très franchement, à ce moment-là. D'un autre côté – je ne peux pas non plus caler comme ça, n'est-ce pas ? Je veux dire – le moment est venu, mon petit gars : l'heure a sonné.

« Vous en prenez un peu ou pas ? demanda Adeline, tenant la bouteille par le goulot. Le lit est chouette, souple et tout. J'aimerais bien avoir un lit comme ça – le mien est étroit comme une couchette, c'est trop triste. J'avais dit que j'en voulais un vrai, un grand, avec des barres de fer – immense, vous voyez ? Mais ma mère, Non, qu'elle me dit : pourquoi veux-tu un grand lit ? Tu es petite. Les mères, ça ne pige rien, hein ? »

Et Adeline de conclure sur un petit rire arrogant, tandis que Reg se rétractait intérieurement sous le poids de l'évidence : *Ouais* – vous voyez ? C'est exactement ce que je voulais dire. Les gens de la génération de sa *mère* (pour ne pas parler de la *mienne*, évidemment) sont complètement *out*, n'est-ce pas ? Juste bons à être enfermés dans un musée, carrément.

« J'ai tellement bien mangé, réussit à articuler Reg, je ne crois pas que je supporterais des bulles. Enfin, je veux dire tellement bien dîné. C'est marrant de dire ça, dîné… ce doit être la première fois. »

Adeline posa la bouteille et son verre. Puis elle se leva et – dieux du ciel, quelle effronterie sur un si joli petit visage, une vraie poupée (je vous assure – c'était à n'y pas croire). On voit ça dans les films, quelquefois, ce genre d'expression, je ne dis pas le contraire – mais je n'avais jamais pensé que ça m'arriverait à moi – réellement, dans la vie. Pas du tout. Comme cette fameuse *Lolita*, vous voyez ? La gamine avec le vieux mec. Je n'ai jamais lu le bouquin ni rien, mais si ça a un quelconque rapport avec le film, mon Dieu – ils peuvent se le garder. Encore des parlottes et des parlottes, assommant au possible. Franchement, je ne sais pas comment ils font leur compte, ces soi-disant écrivains. Je veux dire, l'intérêt du truc, c'est cette gamine sexy qui s'envoie le vieux, d'accord ? Bon, alors pourquoi est-ce qu'on ne *voit* jamais rien ? Pourquoi tout ce qu'ils font, c'est de *parler* et de se *regarder* et tout ça ? Ce serait n'importe qui d'autre, il serait accusé de publicité mensongère, pas vrai ?

Cela dit – peu importe tout ça. Naaaan, peu importe, on oublie – parce que pendant que je m'égarais dans ces réflexions ineptes, Adeline avait carrément (pendant que tout ça, comment dire, défilait dans mon esprit) carrément passé un bras dans son dos et descendu la fermeture Éclair, ni plus ni moins. Et cette petite robe moulante qu'elle portait (nom d'un chien, elle savait ce qu'elle voulait, la gamine) avait glissé en tire-bouchon – et la voilà qui l'enjambe pour en sortir, à présent. La vue de son corps nu manque m'obstruer la gorge. Il y a bien des petits seins, là, ouais, dans un petit soutien-gorge luisant, et puis une culotte pareille, regardez, qui enveloppe et contient à peine tout le fourbi – et ses membres semblent remplir tout l'espace : ses longues jambes – qui se dirigent vers moi, tranquillement – et ses bras tendus qui s'approchent aussi : cela, et ses yeux, c'est tout ce que je vois.

« Reg ?

– Oui ? »

J'ai envie de toucher, n'est-ce pas ? *Évidemment* que j'ai envie de toucher – c'est *fait* pour être touché, pas vrai ? Eh bien vas-y, *touche*, alors, pauvre andouille : tu ne rêves pas, mon pote – c'est là, à attendre devant toi – donc qu'est-ce que tu fabriques, là ? Tu attends qu'on t'apporte un carton d'invitation sur un plateau d'argent, c'est ça ?

« Toujours d'accord pour cette petite sieste, Reg ? On s'allonge un peu, d'accord ?

– Ouais.

– Bon, eh bien venez au lit, d'accord ? Venez, Reg.

– Ouais.

– Mais *venez*, alors. Qu'est-ce qui se passe ? Vous ne… ça ne vous dit rien, c'est ça ? Est-ce que je vous plais, Reg ?

– *Ouais.*

– Bon, ben alors *venez* : je vous attends. Qu'est-ce que vous avez ? Vous êtes timide, c'est ça ? »

Reg baissa les yeux : c'est ce que j'ai de mieux à faire.

« Ouais… »

Adeline sourit et lui prit la main – et Reg sentit un élan de désir fuser en lui : certes, il avait déjà touché sa main – mais c'était différent à présent, avec tous ces membres nus : cela, et ses yeux, c'est tout ce que je vois.

Adeline le guida vers le lit, s'y allongea. D'une main, elle souleva l'édredon, se glissa à demi au-dessous.

« Vous ôtez vos vêtements, Reg ?

– Ouais. »

Ce qu'il fit, plus ou moins : la veste, la cravate, le pantalon se laissèrent facilement enlever : pas de problème (quant aux chaussures de débile, il s'en débarrassa à même le sol, sans les mains). Puis il déboutonna sa chemise et, manquant suffoquer à force de rentrer les parties les plus adipeuses de sa bedaine bien ronde et distendue, il s'assit sur le bord du lit, puis vint s'allonger à côté d'elle. Adeline eut un sourire immense, et se nicha tout contre lui. Ses jambes, brûlantes, vinrent se coller aux siennes, et il laissa échapper un hoquet étranglé de vierge nouvellement conquise. La paume d'Adeline reposait doucement sur le duvet gris de sa poitrine, puis la pression se fit plus forte comme elle glissait vers le bas. Reg se concentrait de toutes ses forces sur deux choses : d'une part, arriver à un tel degré d'excitation qu'il atteindrait, et dépasserait le point de combustion – et d'autre part, s'empêcher désespérément d'exploser, dans un tout autre sens, et de complètement se désintégrer.

Les doigts d'Adeline en avaient maintenant fini de farfouiller (ça ne va pas marcher, c'est clair) mais sa voix était douce, non dénuée de compassion.

« Vous êtes fatigué, Reg – ouais ?
– Ouais.
– Pas de problème. On peut simplement rester allongés comme ça, okay ? Ça vous va, Reg ? »

Reg serra fort lèvres et paupières.

« Ouais », fit-il. Oui, je suis fatigué, d'une certaine manière, c'est possible – mais il y a autre chose, aussi : cela fait combien de temps que je n'ai plus fait ça ? La dernière fois, ma Laverne avait à peine quitté le biberon. Et depuis, plus jamais. Et tout d'un coup : « Oh mon Dieu, je suis *navré*, Adeline – je ne sais pas ce que *j'ai* – je veux dire, je… !

– C'est bon, Reg. C'est bon.

– … non, mais je veux dire que j'ai tellement *attendu* cet instant, vous savez ? Je ne pensais qu'à cela, jour et nuit – dans mon taxi – à la maison, avec cette sacrée… à la maison, quoi. Je ne peux pas vous dire… je suis vraiment heureux d'être avec vous, Adeline. Vous êtes un vrai rayon de… simplement, je suis un peu – oh dieux du ciel, je ne sais *pas* ce que je suis, mais je suis…

– Timide, Reg. Vous êtes juste timide, et un tout petit peu fatigué.

– Oh, vous êtes… *merveilleuse*, Adeline. *Merveilleuse*, tout simplement. »

Adeline se laissa aller en arrière, avec un rire de gorge.

« Pas du tout ! Vous verrez quand vous me connaîtrez mieux : pas du tout ! »

Et soudainement, une fois encore (le temps semblait sans cesse s'étirer, puis se précipiter brusquement), Reg se fit pressant :

« Vous êtes heureuse, Adeline, n'est-ce pas ? Dans votre travail, tout ça ? Y a-t-il quelque chose de *plus* que je puisse faire pour vous ? Je veux dire – vous aider, vous faciliter la vie ? Y a-t-il une chose que, enfin vous voyez – une chose qui vous tient à cœur, je ne sais pas ? Une ambition, un désir... ?

– Oh ouais ! fit Adeline en riant. Comme je dis toujours : cinq mille livres ! »

Reg rentra le menton et hocha la tête, gravement.

« Très bien. Ça marche. Je vous les apporte demain. Au Grapes, ça vous va ? Pour l'apéritif ? »

Adeline se tenait les côtes à présent – elle appréciait fort la plaisanterie.

« Oh, *super*, Reg – au Grapes, pour l'apéro. Et je prends un sac de chez Sainsbury's avec moi, d'accord ? Pour mettre les billets ?

– Inutile, fit Reg d'une voix neutre. Ils sont déjà dans un sac. »

Adeline secoua la tête devant une telle sottise, et se glissa hors du lit. Il observa ses membres nus tandis qu'elle se dirigeait vers la bouteille de champagne – observa ses membres nus tandis qu'elle remplissait deux flûtes (désira ces membres nus tandis que le champagne montait comme lave en fusion et débordait et coulait le long des verres).

« Oh mince ! s'écria Adeline, saisissant une flûte dans chaque main et léchant chacun des pieds.

– Je suis sérieux, Adeline, fit Reg d'un ton grave. Honnêtement. Je n'ai pas besoin d'argent – il sera mieux entre vos mains : vous êtes jeune. »

Adeline le regarda.

« Arrêtez vos bêtises, Reg.

– Je suis *sérieux*, Adeline ! Vraiment. Je ne plaisante pas. Je ne me moquerais pas de vous. »

Adeline le regarda de nouveau, beaucoup plus attentivement.

« Nom d'un chien..., murmura-t-elle. C'est *vrai*, alors ? Mais enfin, Reg – je voulais *plaisanter*, moi... Je ne pensais pas que...

– Je sais, dit Reg. C'est justement pour ça.

— Mais attendez – vous n'allez pas imaginer que je suis – enfin, vous ne croyez pas que j'ai dit ça parce que je suis…

— Non, coupa Reg, d'une voix douce mais ferme. Pas du tout. »

Adeline déposa les verres n'importe où et revint vers lui en hâte. Elle se jeta sur le lit – et Reg, quoique le souffle coupé, adora cela, bien sûr – vraiment, il adorait tout cela.

« Oh Reg, mais vous êtes *génial* ! » fit Adeline d'une voix stridente – et elle serra son visage entre ses paumes, se mit à couvrir de baisers ses lèvres rouges et compressées, vibrantes, qui tentaient de protester. « Si c'est vrai, je vais enfin pouvoir faire mon école d'*art*, Reg – j'ai toujours voulu faire ça, avant même de quitter le lycée. Je *déteste* mon travail – je le *déteste*. Est-ce que vous êtes vraiment, vraiment sérieux, Reg ? Cinq mille livres ? Parce que c'est ce que coûte l'école. Vous ne plaisantiez pas, vraiment pas ? Oh mon *Dieu*, Reg – je suis si heureuse ! »

Reg leva les yeux vers elle.

« Je vous *aime*, Adeline. »

Son visage restait impassible, et Reg tendit un doigt pour cueillir la première grosse larme qui roulait sur sa joue. Elle se laissa aller sur lui, et il l'embrassa avec une tendresse si intense qu'elle faillit submerger, balayer toute sa faculté de compréhension. Adeline continuait de les déshabiller tous les deux, et la douceur avec laquelle elle le guida vers elle, en elle, profondément, lui fit presque mal : ils demeurèrent immobiles comme le frisson de jouissance de Reg se répercutait en ondes invisibles, tout à la fois en eux et autour d'eux. Reg se sentit comme ivre de vie, et déjà presque endormi, tandis qu'Adeline lui embrassait les paupières. (Ma petite Adeline – ma petite fille du Sainsbury's : ce n'est pas seulement le désir qui me tuait – c'était autre chose, tout autre chose.)

La lettre lui arriva en main propre, et George – brutalement dessoûlé, et presque sonné par cette sobriété retrouvée – ne pouvait que supposer qu'ils avaient agi ainsi, en haut lieu, à Manchester, afin de s'assurer que non seulement elle lui parviendrait sans faute, mais également sans aucun délai. La lecture en était pénible, voire consternante, mais en même temps, cette sorte d'étrange molleton de la fatalité en enrobait le squelette glacé. George était peut-être encore à ce stade que l'on appelle état de choc (c'est le terme, non?), et savait que, quand celui-ci irait s'amenuisant, les choses lui apparaîtraient bien pires, oh que oui – infiniment.

Au commissariat, on lui avait dit – tandis qu'on lui faisait signer des papiers, Dieu sait quoi (et généralement, vous savez, je suis tellement pointilleux avec tout ce qui est formulaires et tout ça), avant de lui rendre ceinture et cravate, juste ciel – on lui avait dit que la caution avait été... (Juste ciel, ce n'est pas vrai, j'ai mal entendu – pourriez-vous, je vous prie, me répéter ça encore une fois – la *caution*, oui je vois, tout à fait – la caution : mmm, oui, c'est bien ce que j'avais cru comprendre)... que son employeur, dieux du ciel, avait réglé la caution et que, tant que... (Attendez, excusez-moi une seconde, je suis navré de vous couper une fois de plus, mais... vous avez bien dit mon *employeur* ? Mais en quoi mon employeur... ? Enfin je veux dire, je n'ai passé qu'une nuit ici, une courte et interminable nuit, donc comment se fait-il que mon *employeur*... ? Oh je vois, d'accord, oui – je comprends : vous n'êtes pas autorisé à me le dire, mmm, mmm, mmm. Mais cette « caution » étant réglée, je suis, moi, autorisé à partir : merci, monsieur l'agent, merci. Une voiture ? Oui, merci beaucoup – merci infiniment, ce serait extrêmement... parce que en fait, je ne sais pas où je me trouve, là.) Et tant que *quoi*, à propos ? Désolé, désolé – je suis un peu... ah oui, tant que l'on ne m'aura pas acquitté de cette obligation, j'ai officiellement, par écrit, accepté (parce que j'ai accepté, n'est-ce pas ?) de ne pas quitter l'agglomération de Londres et de demeurer joignable à toute heure à mon lieu de résidence ? Mon Dieu, en toute honnêteté, j'ai probablement accepté et signé tout cela, de même que j'ai pu tout aussi bien ne pas m'en rendre compte – mais en tout cas, j'ai maintenant *parfaitement* conscience de l'avoir fait (les faits sont là). Merci, monsieur l'agent, merci. Vous savez – j'aimerais juste, enfin, hum – j'aimerais *m'excuser*, sincèrement, envers vous tous, envers tout le monde – pour hier, hier soir – parce que ce n'est pas *du tout* mon genre, comprenez-vous ? Ça ne me ressemble *absolument* pas. Je veux dire, en temps normal, je ne – ah, bien sûr, je comprends : vous n'êtes pas autorisé à parler de cela – non, bien sûr, je vois – non, je ne voulais pas vous mettre dans l'embarras ni rien, je voulais juste *préciser* les choses. Quelqu'un est prêt à me raccompagner ? Ah, très bien. Bon, eh bien j'y vais. Merci encore – et vraiment désolé, hein.

La lettre de ses employeurs était signée par son supérieur immédiat (que George avait toujours appelé Jon, même si là, il était question de Mr. Jonathan Hawkins) et imprimée sur papier à en-tête de la direction générale – chose que l'on voit rarement, m'apparaît-il soudain (enfin, à mon niveau). Donc elle commence assez froidement – ce qui n'est pas étonnant, j'imagine : ils disent que je n'ai pas rappelé – que j'ai en fait *négligé* de répondre, c'est le terme qu'ils emploient – malgré les deux messages laissés à mon domicile. La direction s'est trouvée extrêmement déconcertée par ma déclaration spontanée, en direct à la radio, selon laquelle la totalité de la somme dérobée n'avait pas été recouvrée ;

encore plus irresponsable était ma suggestion qu'un chauffeur de taxi londonien avait pu aider, en connaissance de cause ou non, le criminel à commettre son forfait. La police tenait à garder pour elle ces deux informations, afin de ne pas divulguer l'orientation que l'enquête pouvait éventuellement adopter. Cela, toutefois – et les premières lignes du deuxième paragraphe le spécifiaient avec une précision glaçante – ne constituait plus l'élément essentiel de cette affaire. Les premiers rapports concernant ma conduite parfaitement scandaleuse de la veille au soir faisaient considérer ma position au sein de la société dans une lumière toute différente. Jon – Mr. Jonathan Hawkins – me serait très obligé si je pouvais, dès que possible... (vous savez, heureusement que je ne bois pas, parce que bien que mon estomac ne soit plus qu'un remous vivant et que je sente ma tête pratiquement détachée de mon corps – quoique pesant des tonnes, elle semble l'écraser – je serais capable, et je sais qu'il est tôt, très tôt le matin, je serais parfaitement capable de m'envoyer un petit verre de quelque chose de bien raide, à la seconde)... si je pouvais, dès que possible... (ou bien vous savez, si j'avais un meilleur ami vers qui me tourner, ou un frère, un père – une *mère*, juste ciel : mais je n'ai rien de tout ça)... si je pouvais, dès que possible... (j'ai cru entendre claquer la porte d'entrée, là : mais non, ça ne peut pas être ça parce que, voyez-vous, les seules autres personnes qui vivent ici – ou devrais-je dire qui *vivaient* ici avec moi, dans ma maison, ce sont ma femme Shirley, qui est partie, oui, elle m'a laissé – et mes deux enfants qui, si ma mémoire est bonne, sont toujours chez la mère de Shirley, à moins que Shirley ait cru bon de les envoyer quelque part ailleurs – chose que je ne saurais pas, bien entendu ; donc, ça ne pouvait pas être la porte d'entrée, n'est-ce pas, puisque tout le monde est *parti*)... si je pouvais... dès que possible... (mais j'entends du bruit à présent, vous savez – dans le couloir, dirait-on bien : croyez-vous que j'aie la visite de *cambrioleurs*, par-dessus le marché ? C'est peu probable ; et puis qu'est-ce qu'ils prendraient ? Pas moi, j'imagine – moi, ils n'y toucheraient même pas)... donc, en bref, pour résumer : si je pouvais, dès que possible...

« George ? Qu'est-ce qu'il y a ? Tu as une mine épouvantable. »

George laissa la lettre voleter jusqu'au sol, tandis que sa tête manquait se détacher de son tronc dans l'effort qu'il fournit pour la détourner en direction de, de quoi exactement ? En direction de la direction d'où venait le son.

« Shirley ! Oh mon Dieu – *Shirley !* Oh merci mon Dieu – tu es revenue, tu es revenue, tu es revenue ! Es-tu revenue, Shirley ? Tu vas bien ? Où sont les petits ? Ils vont bien ? Tu es revenue ? »

Shirley baissa les yeux.

« Oui, George, dit-elle d'une voix parfaitement atone. Oui. Je suis revenue. »

Dans le mouvement qu'il faisait vers elle, George foula la lettre aux pieds. Comme il demeurait figé, à un pas d'elle, la dévorant du regard et se demandant s'il devait, ou même s'il pouvait tendre le bras, la toucher, son talon écrabouillait la conclusion de la missive. Si ses yeux n'avaient pas su bien discerner les mots, son esprit l'avait depuis longtemps enregistrée : il devait se présenter sans délai afin de négocier... négocier les termes de son licenciement.

George se donnait à présent un mal de chien pour se sentir merveilleusement heureux. Parce que je veux dire – c'est bien *merveilleux*, non ? Enfin – hier, mon Dieu, mais j'étais en miettes, après le départ de ma femme et de mes gosses, non ? Là ils reviennent, donc c'est merveilleux, non ? Enfin, pas si merveilleux, à la lueur de certains autres événements (ils ont enregistré mes empreintes : j'ai un casier). Mais bon, attardons-nous sur cette bonne nouvelle, d'accord ? Pour le reste, on verra plus tard.

« Shirley, oh ma Shirley – je savais que tu ne pouvais pas, pas *réellement* me quitter. Tu étais sans doute – un thé, oui ? Je te fais du thé, tu veux ? Et puis on va s'asseoir et – *écoute*, Shirley –, je crois que je comprends : j'avais besoin d'une espèce de *leçon*, c'est cela ? Eh bien je l'ai *eue*, j'ai compris, je – écoute, je nous prépare un bon petit – je vais allumer la bouilloire, mmm ? Moi, je prendrais volontiers une bonne tasse de – et puis on va parler. Mais il faut que je te dise, Shirley, que la situation n'est pas, euh, pas très fameuse. Enfin je t'expliquerai ça. On s'en sortira, hein ? Bon, pour le moment : le *thé*. »

Shirley se laissa tomber sur le divan et le regarda s'éloigner. Restée seule, dans le soudain silence, elle sentit son visage se plisser, se fendiller, et y porta vivement les mains pour le maintenir avant que le masque ne s'effondre. Ses yeux humides, saturés de douleur, roulèrent dans les orbites, puis se fixèrent sur le plafond, tandis qu'elle tiraillait mécaniquement le foulard noué autour de son cou. Mais que diable ce pauvre George pourrait-il bien avoir à me *dire*, qui me fasse me sentir encore plus mal ? Qu'est-ce qui a bien pu arriver, dans ce laps de temps si court, depuis que j'ai quitté cette vie pour une autre (et que me voilà revenue) ? L'incroyable bouffée de soulagement que j'avais ressentie en refermant cette porte derrière moi – cette vague de bonheur fou, presque délirant... et maintenant voilà : je suis *revenue*.

Max a été assez content de me voir débarquer – eh oui, j'étais un peu anxieuse à cette idée, parce que je ne l'avais pas prévenu, en fait, ni rien, et qu'il peut parfois se montrer un peu irritable, par rapport à ces choses-là. Parce que je n'avais rien prémédité, voyez-vous, je n'avais pas prévu que ce jour-là serait le jour où je m'échapperais, où je quitterais ce mariage épouvantablement rance qui, je ne sais comment, avait fini par m'engluer. Cela faisait, oh mon Dieu, des mois et des *mois* que j'en rêvais… Depuis que Max et moi avions commencé à nous voir un peu sérieusement, j'imagine (et jusqu'à quel point, lui, a-t-il été sérieux, je me pose la question. *Moi*, j'étais sérieuse, oh que oui : je le lui ai dit – hier soir, je lui ai dit à quel point je l'étais… il pensait peut-être que j'étais assez sérieuse pour deux). Mais quand George a commencé à me bassiner comme une andouille qu'il est : *Applaudissez-moi*, manants – parce que *moi*, je travaille dans une société *immobilière* (pourquoi donc est-il toujours si *fier* de ça ? Je veux dire, bon, c'est un boulot, ouais – mais ce n'est pas non plus *Downing Street*, pas vrai ? Même si, à écouter George, on ne voit guère de différence). Et les petits étaient chez Maman, et tout d'un coup, je me suis dit Bien ; là, ça y est : si George doit encore m'expliquer à quel point il est génial – sous prétexte qu'il n'a *pas* empêché un braquage (prends ça !) – s'il me répète ça encore une seule fois, je lui plante un couteau dans le ventre – or il ne va pas *s'arrêter*, n'est-ce pas ? Il n'arrêtera *jamais*, parce que George, c'est George : il est comme ça. Donc je pars. Tout de suite. Je mets les voiles.

« Shirl ! fit la voix de Max, nasillarde dans l'interphone. Nom d'un chien, ça c'est une bonne surprise ! Allez, monte vite, mon petit cul d'amour ! »

Là, vous voyez, n'est-ce pas, à quel point Max était une bénédiction, par rapport à George. Je veux dire, bon – Max est un peu, enfin – ce qu'on appelle brut de décoffrage, je sais, c'est une évidence – mais c'est son côté incroyablement *vivant* qui me… enfin bref.

Le temps que j'arrive à l'appartement (un duplex, en fait – absolument fabuleux, un peu dans le style *Playboy* des années soixante-dix, certes, mais la vue est extraordinaire) Max m'avait déjà préparé un gin tonic géant – dans une de ces flûtes sublimes dont il sait que je les adore, et avec d'énormes glaçons, deux quartiers de citron et une feuille de menthe fraîche (la première fois, cela ne me tentait pas trop, mais j'aime vraiment, à présent ; j'aurais du mal à m'en passer. Dieux du ciel, à la maison, dites simplement Je prendrais bien un verre, et ce pauvre George manque d'avoir une attaque – mais c'est vrai qu'il ne boit quasiment jamais, George : je ne peux même pas l'imaginer ivre).

« Alors, quel bon vent t'amène, ma Shirl ? Tu n'en pouvais plus sans moi, c'est ça ? »

Cela dit, heureusement que tu ne t'es pas pointée il y a une heure, ma petite chérie, sinon tu te serais cassé le nez. Parce que j'étais avec cette nouvelle nana, tu vois. Celle qui bosse à la pub. Cette andouille de Monica, ma secrétaire – enfin, mon assistante, comme on dit maintenant, on s'en fout – me fait comme ça *Franchement*, Max, je pense que le département publicité fonctionne très bien – il ne me semble pas qu'on ait besoin d'une *nouvelle* employée. Oh, mais tout à fait, Monica, mais voilà, j'étais en train de faire passer des entretiens, et je n'ai eu qu'un regard à jeter sur Charlotte (je l'appelle Charlie – c'est une nana un peu classe, et elle adore ce genre) pour répondre à Monica Oh mais que *si*, ma chère. En outre, elle est chouette comme fille, Charlie – enfin, soyons honnête : il suffit de les attraper jeunes, et elles le sont toujours, chouettes, pas vrai ? Bon, cela dit – ne pas se méprendre : je suis très content de voir cette bonne vieille Shirl, la reine de la galipette, n'allez pas croire le contraire, mais quand même, hein. Ça ne se fait pas trop, n'est-ce pas ? De débarquer comme ça, sans être invitée, comme un *démarcheur*. Elle commence à se la jouer un peu, Shirl, pas vrai – c'est toujours comme ça, avec les chargées de communication – et ce qu'il lui faut, c'est une petite tape sur les doigts, si vous voyez ce que je veux dire. Parce que sinon, vous savez bien – elles en profitent. Même celles qui sont tellement humbles, tellement reconnaissantes, la première fois (et d'ailleurs, je ne dis pas que Charlie sera différente des autres : on commence à peine, là, alors qui peut le dire ? Mais regardez la manière dont même Glads a pris un mauvais pli. Et cette Annie, c'était une planche pourrie, dès le départ – elle ne voulait même pas qu'on l'appelle *Annie*, nom d'un chien : elle se prenait pour qui ? J'ai bien l'impression que tout ce qu'elle voulait, c'était qu'on lui paie son loyer. Mais Glads, je la trouvais quand même épatante : la perle rare. Jamais je n'aurais cru qu'elle me ferait un sale coup comme ça ; mais bon – c'est exactement ce que je viens de dire : on ne peut jamais prévoir).

Prenez Shirl, par exemple – elle bossait pour la boîte comme chargée de com', à mi-temps –, pour être honnête, je serais bien infoutu de vous dire en quoi ça consiste, ni si elle était bonne ou pas (tout ce côté-là, ça m'intéresse moyennement : je me charge très bien de ma propre communication, si vous voyez ce que je veux dire. Quant à la boîte – les gars de la pub connaissent leur boulot : ils sont payés pour ça). Mais question plumard, là, elle était super bonne, en tout cas, je vous dis ça gratos. Et toujours bien soignée, bien sapée, chose que j'apprécie (ça, c'est un truc, avec les attachées de presse – elles sont toujours mignonnes, pas vrai ? Avec des jolies petites jambes gainées de noir, des petits tailleurs à jupes courtes et tout ça). Donc, voilà comment ça se passait : Moi : Je vais te dire quoi, on va sortir bouffer un morceau, et puis si on filait chez moi après, hein, qu'est-ce que tu en dis ? Elle : Oh, j'*adorerais*, Max, mais j'ai la présentation à la presse à préparer – et moi : On s'en fout, de la présentation, bon Dieu, sur quoi elle me balançait un regard comme ça (chaude comme pas possible) et me faisait *Biiieeen*, Max, c'est vous le patron. Et quand ce n'était pas la présentation, c'étaient ses putains de mômes. Finalement, elle n'a pas pu continuer à assurer son boulot – comme Monica ne cessait de me le faire remarquer (merci Monica : je ne sais pas où j'en serais sans cette pauvre fille) – donc je l'ai virée *officiellement*, la mère Shirley, tout en continuant de lui filer les trois misérables livres qu'elle gagnait, et comme ça, tout le monde est content. Donc on pourrait croire, n'est-ce pas, au vu de tout ça – que j'aurais droit à un minimum de respect : qu'elle saurait rester à sa place, hein ? Et ne pas débarquer quand ça lui chante, voyez ? Non que je ne sois pas content de la voir, ni rien : elle est toujours bienvenue pour une partie de jambes en l'air, la vieille Shirl, la reine de la galipette. Regardez – je lui ai même préparé son apéro préféré, avec feuille de menthe et tout le bordel (qu'est-ce qu'elle veut de plus ? De la *confiture*, peut-être ?).

« C'est quoi, cette valise, Shirl ? Tu t'es mise à vendre des brosses au porte-à-porte ou quoi ? C'est ton nouveau job, c'est ça ?

– Ne sois pas *bête*, Max ! Non, j'ai – mmmm, délicieux : pfffff, j'en avais besoin. Non, je suis *venue*, Max. Enfin. Et je vais rester.

– Ah ouais ? Chouette. Mais généralement, tu me dis que tu ne peux pas passer la nuit ici à cause des mômes ? Ils sont chez ta mère, c'est ça ? Ou bien c'est l'autre ringard qui les garde ?

– Ne... ne l'appelle pas comme ça, Max. Ce n'est pas sa *faute*.

– Dis donc – c'est *toi* qui m'en as parlé comme ça, non ? Je ne le connais pas, moi, ce mec.

– Enfin bref... je ne parle pas seulement de cette nuit. Je l'ai *quitté*. Si tu savais le bien que ça fait ! Je me sens complètement – oh mon Dieu, je me sens *libre* : c'est *merveilleux*. Je t'aime tant, Max. »

Max maniait le touilleur chromé avec énergie, s'employant à piler le morceau de fruit au fond de son verre à pied rempli de vodka Pimm – boisson dont, juste ciel, il buvait des cruches entières, quand la soif et l'humeur lui tombaient dessus. J'espère – telle était la pensée qui commençait à suinter vaguement dans son esprit – j'espère, pour elle, que cette petite s'offre une bonne plaisanterie, là. Parce que si elle ne se rend pas compte à quel point elle est marrante, eh bien ça va être à moi de le lui expliquer, et vite fait.

« Arrête un peu, Shirley, allez, on se calme. Bon – tu as mangé, ou pas ? On peut faire livrer quelque chose, si ça te dit – ou bien…

– Écoute, Max : je ne suis pas…

– … ou bien sinon, on peut aller au Sophie's, mais je ne me sens pas trop de changer de fringues et tout ça, pour tout te dire. Il y a des trucs froids au frigo. »

Les yeux de Shirley questionnaient, imploraient : pourquoi me parle-t-il de nourriture ? Pourquoi est-ce qu'il ne parle pas de *moi* ?

« Max – tu as entendu ce que je dis ? C'est un nouveau départ ! C'est le début de quelque chose de nouveau, et de magnifique, pour nous deux. Tu m'as *toujours* dit que ça te tuait, quand je devais partir… eh bien je suis là – *là*, Max – pour toi. Pour toujours. C'est merveilleux. »

Max réprima un rictus de réticence, qui pour lui ne signifiait qu'une chose (et pour les autres, rien à foutre) : *Bien*, mon petit père ; apparemment, il va y avoir un sale boulot à faire – et mon gars, tu m'as l'air bien parti pour devoir t'en charger.

« Shirl. Je t'arrête tout de suite. Ce n'est ni la fin, ni le début de rien du tout. Tu as mal pigé, ma petite fille. Le problème avec les femmes, tu vois, c'est…

– Avec les *femmes* ? Comment ça – les *femmes* ? Je ne suis pas qu'une *femme*... ! »

Max s'autorisa une ombre de sourire : oh, mais que *si*, ma chérie – c'est exactement, parfaitement et uniquement ce que tu es (elles ne pigent pas, rien à faire, hein ?).

« Ne m'interromps pas, Shirley : je *parle*, là, non ? Comme je disais, l'ennui avec les femmes, c'est que, bon, elles ont quelque chose de chouette entre les mains, mettons, et au lieu de se dire Tiens, c'est chouette, ce que j'ai là : j'aime bien – elles vont se dire *Okay*, cocotte : j'en veux *plus* – plus, ce sera encore plus chouette. Je veux *tout*, pour toujours, et vingt-quatre heures sur vingt-quatre. Et ça, c'est une grosse erreur, Shirley. Très grosse. Prends ton gin-to, là : tu as envie d'en boire jour et nuit ? Plus jamais de thé, de café ? Plus une goutte de scotch ? Évidemment que *non*. Plus, ça devient débile, ma fille. Plus, ça ne sert qu'à tout gâcher ? Tu vois ?

– Max – pourquoi parles-tu de *boisson*, à présent ? Je te parle de...

– Je *sais* de quoi tu parles, ma belle – je le sais, oh que je le *sais*. Et moi, ce que je te dis, c'est Non. N. O. N. Pigé ? Je ne marche pas – je me suis fait la vie que je veux, tu vois ? Ça m'a demandé du temps, et ça n'est pas donné, de vivre comme ça – et désolé, mais je ne vais pas tout foutre en l'air pour toi, ma chérie – ni pour personne, d'ailleurs. »

Là, Max s'arrêta, parce que logiquement, c'était à elle, maintenant, pas vrai ? Et l'espace d'un moment, Shirley parut sur le point de proférer ou de balbutier quelque chose – elle-même le croyait, bien que ce qu'elle ressentit refusât obstinément de prendre forme et de se manifester ; de sorte que seul le silence, assorti d'une expression de choc douloureux et peut-être d'une vague étincelle de colère, répondit au regard inflexible de Max.

« *Donc*, conclut Max, aussi aimablement qu'il pouvait se forcer à l'être, on arrête les conneries, okay ? Bien – on fait quoi pour le dîner, ma puce ? Ou bien tu as juste envie de faire un gros câlin avec tonton Maxie ? »

Shirley s'était dressée, frémissante à présent.

« Max – s'il te *plaît*... tu ne comprends *pas*...

– Shirley, Shirley – combien de *fois*... ? Hein ? C'est *toi* qui ne comprends pas, ma petite fille. C'est toi qui ne piges pas, là. Que veux-tu que je te dise ? Hein ? Qu'est-ce que tu veux que je dise de plus ?

– Mais *Max* – *Max* : je l'ai *quitté*. Tu ne vois pas ? *Quitté*. Je croyais que tu *voulais* être avec moi... Je croyais... Oh mon Dieu – je me sens tellement... !

– Mais je *veux* être avec toi, Shirley – évidemment que je veux être avec toi. Mais comme je l'ai *toujours* voulu, tu vois ? Il n'y a rien de changé. »

Soudain, une rougeur de colère naquit au creux de la gorge de Shirley, monta, s'épanouit sur ses joues.

« Max – tu ne peux *pas* faire ça – ce n'est pas *juste*. J'ai *tout* abandonné pour toi, Max – tu ne peux pas... »

Mais dans la course à la fureur, Max n'avait guère qu'une tête de retard sur elle :

« Bon, alors là Shirley, je t'arrête tout de suite, bordel de merde ! Qu'est-ce que ça veut dire – tu as *tout* abandonné ? Hein ? C'est quoi, ce "*tout*" ? Ce que tu as abandonné, c'est une pauvre tête de nœud avec un boulot sans avenir, une petite baraque minable – et ce que tu espérais, c'est – et là, Max écarta largement les bras pour mieux étreindre la magnificence de son empire, empereur inclus – c'est tout *ça*. Et franchement, j'aurais du mal à appeler ça un gros sacrifice, tu ne crois pas ? Pour moi, ça ressemble plus à une *arnaque* – tu vois ce que je veux dire ? Qu'est-ce que tu crois – que je suis né de la dernière pluie ? Tu imagines peut-être que tu es la première nana qui mate le décor et se dit comme ça Oooooh, miam : fameux – j'en prendrais bien une tranche, moi ? Je vais te dire pourquoi je l'ai, le gâteau, c'est parce que je ne le partage *pas*. J'ai été *sympa* avec toi, Shirl...

— Max ! Max ! Je t'en *supplie*... !

— Silence ! Je parle ! J'ai été *sympa* avec toi, Shirl — j'ai vraiment été bon pour toi — et voilà ce que je récupère. Et puis autre chose : et tes mômes, hein ? Tu comptais les abandonner aussi, c'est ça ? Faire comme s'ils n'existaient pas ?

— Mais bien *sûr* — bien sûr que *non*. Je les prendrais avec moi — évidemment que je les emmènerais. Je t'en prie, Max — ne fais pas *ça*... »

Mais Max la regardait fixement à présent, statufié — son visage figé, comme écrasé par la lumière d'un projecteur.

« Oh d'accord — *d'accord*. Oh, *charmant*... c'est carrément *charmant*, je dois dire. Je n'avais pas bien vu le tableau en entier, alors ? Non seulement j'allais me retrouver pieds et poings liés, avec à la cheville un boulet marqué *Shirley*, mais en plus, il aurait fallu que ma baraque soit envahie par des morveux appartenant à un autre connard, et que j'allais devoir élever, moi — c'est bien ça ?

— Max... oh, *Max* !

— Ouais, eh bien je suis absolument *navré*, ma petite Shirley — et c'est peut-être la décision la plus difficile que j'aie jamais prise de toute ma putain de *vie* d'homme d'affaires — mais, ayant bien évalué tous les avantages non négligeables de l'offre extrêmement intéressante que vous me faites, je me vois contraint, non sans un immense regret, d'arriver à la conclusion que Tu Te Fous De Ma Gueule ou *Quoi* ? Tu me prends pour un crétin, Shirley. Alors écoute — j'ai une nouvelle pour toi, ma grande : je ne suis *pas* un crétin. Bien : écoute encore mieux, maintenant. Je vais te dire ce que tu vas faire...

— Max – non. Non, je t'en prie. Oh mon Dieu – je t'en *supplie*...

— Boucle-la – je *parle*. Je vais te dire ce que tu vas faire, et dans la seconde : tu vas ramasser ta valise pleine de brosses et retourner là d'où tu viens – pigé ? C'est *fini*, Shirley – terminé. J'aurais dû voir le truc arriver, ça se sentait à des kilomètres – depuis le départ, tu n'as été qu'une source d'emmerdements. Tu peux dire adieu au pognon et tout ça, espèce de saloperie d'ingrate. Putain, le *culot*... »

Shirley était à présent au bord de l'hystérie – éperdue d'effroi à l'idée de vivre encore une seule seconde. Elle ne cessait de répéter son nom d'une voix stridente, suraiguë : *Max ! Max ! Max !* Et alors même qu'il la poussait hors de l'appartement, la traînait jusqu'à l'ascenseur, elle ne cessait de prononcer son nom, suffoquant entre deux sanglots ; seul le froid de la rue parvint à lui rendre quelque raison – et plus tard, tandis qu'elle demeurait là à pleurer doucement sur le lit, elle n'aurait même pas pu vous donner le nom de l'hôtel où elle avait pris une chambre.

Et voilà, de retour avec George, dans l'étouffement de ces mêmes quatre murs, et le temps qui passait comme il pouvait. Il n'avait pas été décidé de laisser les enfants à la mère de Shirley un jour de plus : simplement, ni Shirley ni George n'avaient songé à téléphoner ou à aller les chercher, ni même prononcé leur nom en passant.

Curieusement, se disait Shirley, George a l'air (tiendrait-il à ce point à moi ?) aussi sonné que je le suis, et Dieu sait : sonnée, ahurie, et peut-être encore juste au début d'un chagrin interminable qui pourrait très bien, j'en ai parfaitement conscience, me tomber dessus et me broyer. J'ai sérieusement attaqué la bouteille de gin (peut-être que, euh – je devrais manger quelque chose ? Je n'ai pas vraiment l'impression d'avoir faim, du tout – et George non plus, ça n'a pas l'air de le tracasser) et je sais que cette demi-hébétude dans laquelle je suis, et que j'accueille avec une immense reconnaissance, doit être en grande partie due à l'engourdissement de l'alcool. Donc autant continuer, j'imagine – parce que je crois que si les émotions reprenaient le dessus, je ne pourrais pas le supporter.

George, dans une autre pièce, buvait du whisky (il ne savait même pas qu'ils en avaient à la maison, mais juste ciel – quelle heureuse découverte). La douleur menaçante qui envahissait son crâne avait fini par devenir littéralement insupportable (jamais je n'ai ressenti ça, jamais), eh oui, je suis effrayé de constater que seul ce poison dangereux peut me soulager, mais j'ai peine, là, à penser en termes de *danger* : vu la situation, que pourrait-il arriver de pire ?

Je ne lui ai pas dit. Pas un seul mot sur ça. Parce que je n'ai pas envie, n'est-ce pas, de la faire fuir de nouveau. Je ne sais pas où elle a passé la nuit dernière (et vous savez quoi – quand je regarde vers la fenêtre, j'ai bien l'impression que la nuit, ou la soirée du moins, se pointe lentement mais sûrement). Chez une amie, j'imagine : une collègue de travail. Elles sont très copines, vous savez, dans la communication. Pas du tout comme dans mon boulot, celui que j'avais : on aurait pu régler sa montre sur mes journées (vous pouvez demander à n'importe qui) – départ de la maison, toujours à la même heure, retour à la maison, toujours à la même heure. Mais dans le milieu de la communication – dans ce monde-là, comme Shirley me l'expliquait sans cesse, on ne sait jamais exactement ce qui va *arriver*, vous voyez, ni quand. De sorte qu'elle est beaucoup sortie le soir, tous ces derniers temps – soirées de lancement d'un produit, présentations à la presse, ce genre de choses – et puis, la nature même du métier de chargée de communication, c'est, mon Dieu... la sociabilité, non ? C'est d'être aimable avec les gens. Donc je doute qu'elle se soit trouvée à la rue pour la nuit. Parce que non, *évidemment* que non, je ne crois pas une seule seconde à cette histoire de *liaison* – juste ciel : une pure absurdité, c'est l'évidence même. Parce que pour commencer, les gens qui ont *effectivement* une liaison n'auraient jamais l'idée de l'appeler comme *ça*, n'est-ce pas ? Une liaison, c'est un truc que les *autres*, ceux que vous désapprouvez, vivent sournoisement, en cachette, derrière le dos de ceux qui les aiment.

Shirley, dans une telle situation, aurait forcément considéré cela comme une relation amoureuse réciproque – chose parfaitement ridicule, n'est-ce pas, ça saute aux yeux : puisque c'est *moi* qu'elle aime – moi et les petits. Mais je ne suis pas complètement aveugle – et malgré ce choc de l'effondrement total de ma vie, et tout cet alcool en plus, je peux, vous voyez, me mettre à la place des autres – et donc non, je vois très bien pourquoi, c'est évident, je vois très bien pourquoi elle a *dit* ça. Les gens – les femmes, en tout cas – disent ces choses-là pour vous faire un *électrochoc* : pour vous secouer, vous tirer d'une espèce d'autosatisfaction vers laquelle, oui, j'avoue, j'avais peut-être tendance à me laisser glisser. Mais vous *voyez*, n'est-ce pas, les conséquences effroyables de ce genre d'initiative irresponsable ? Parce que si elle n'avait pas fait ça (et d'ailleurs pourquoi – pourquoi n'ai-je pas immédiatement reniflé le mensonge, le stratagème bien féminin ?) – si elle ne m'avait pas dit en me regardant droit dans les yeux qu'elle me *quittait*, eh bien, posez-vous la question : est-ce que j'aurais été au pub ? Est-ce que j'aurais bu ? Autant ? Est-ce que j'aurais (dieux du ciel) frappé une femme au visage ? Il me faut... il me faut un verre, là, un petit remontant – juste une goutte. J'ai gardé l'odeur de la cellule. Il faudrait que je me lave, que je me change.

Shirley pénétra dans la pièce d'un pas incertain, tenant lâchement un verre au bout de son bras ballant ; elle parut surprise de découvrir George, plus ou moins vautré sur le divan, l'air parfaitement mort (mais bien sûr, *évidemment* – George vit ici, lui aussi, non ? Avec moi). Il n'y avait plus de gin ; elle avait retourné la bouteille, tête en bas, l'avait secouée pour s'en assurer – eh oui, elle était bien vide : plus une goutte n'en tombait. De sorte qu'elle était partie en chasse, bien déterminée à trouver autre chose – n'importe quoi ferait l'affaire, réellement.

Fourrageant dans un tiroir, elle n'en exhuma que de vieilles décorations de Noël, toutes poisseuses et immondes, et se dirigea donc vers la bouteille de whisky posée sur la table. Une soudaine, immense bouffée de rage la saisit brusquement, envahissant les miasmes de chagrin et de douleur qui l'enveloppaient ; parce qu'à beaucoup d'égards, dieux du ciel, Max avait *raison*, n'est-ce pas ? C'était chouette, ce qu'ils avaient – donc, pourquoi avait-il fallu qu'elle vienne tout fiche en l'air, de manière aussi spectaculaire ? Qu'est-ce qui l'avait ainsi *possédée* ? Eh bien, c'était à cause de George, n'est-ce pas ? Ce satané *George* : s'il n'avait pas été un tout petit peu trop loin – si toute sa vanité n'avait pas atteint des sommets triomphants, tout ça pour deux ridicules petits articles de journaux, elle aurait pu, Shirley, elle aurait pu, peut-être, encore réussir à calmer le jeu. Et à présent, tout cela, et tant d'autres choses, était parti à vau-l'eau, et il y avait, en soi, de quoi en être malade.

Un fracas métallique les alerta tous deux – George bondissant comme si une fusillade éclatait. L'un et l'autre, au cours de ces longues heures endeuillées, avaient tissé autour d'eux, bien serré, un cocon rance fait de vieille charpie, et ce bruit soudain, extérieur, était non seulement extrêmement surprenant, mais choquant, effrayant aussi. Dans la seconde, George comprit : les journaux. Ce n'était pas la tombée du soir qu'il avait entrevue, mais l'arrivée subreptice et malfaisante d'un jour nouveau ; le matin était aussi hostile qu'il s'y était attendu, et une nouvelle vague de mauvaises nouvelles s'étendait déjà jusqu'à lui, prête à l'emporter.

Les *journaux* ! Il se rua en zigzaguant dans le couloir, tira sur la liasse de journaux étroitement coincée dans la fente. Il cacha maladroitement l'hebdomadaire local dans son dos, laissant les autres s'éparpiller au sol. Shirley l'avait rejoint à présent (c'était *quoi*, ce bruit ? Je ne comprends *pas*… oh, c'est les journaux, les journaux – ce ne sont que les journaux. Mais attendez, comment ça peut-il être les *journaux* ? Ils arrivent le matin, non ? Donc, on est le matin, là, c'est ça ? Sans doute, sans doute). Elle se baissa pour les ramasser – probablement une sorte d'automatisme, se dit-elle, parce que les journaux se retrouvaient à présent dans ses bras comme elle revenait lentement, machinalement dans la pièce, sans pouvoir réellement se rappeler les avoir pris.

George, lui, demeurait figé sur place (elle est partie ? Oui, elle est partie), feuilletant fébrilement – oh mon Dieu, voilà, c'est là, c'est là (ce n'est pas un énorme papier, Dieu merci, pas de photo de moi, merci mon Dieu – c'est qui, cette bonne femme ?), mais quoi qu'il en soit, c'était bien là, sous ses yeux :

LE « HÉROS » ARRÊTÉ AU COURS
D'UNE RIXE DANS UN PUB

« Notre concitoyen George Carey, 34 ans, récemment décrété par un confrère "le Héros du jour" après avoir "tenté le coup" alors qu'un homme – appréhendé depuis – tentait de braquer l'agence d'Argyle Street de la Manchester Building Society, où il est employé, a été relâché sous caution hier matin par les forces de l'ordre, accusé d'avoir agressé sans raison Lucy Keyes qui se trouvait avec des amis au Feathers Pub, North Road, mardi soir peu avant la fermeture. Miss Keyes (voir photo), 23 ans, de Camden Town, employée chez Dixon, a déclaré à notre reporter : "Je n'y croyais pas – il était complètement bourré, et il s'est mis à me frapper, comme ça. Je me marie samedi en quinze, mais le médecin a dit que ça aura désenflé d'ici là." Son fiancé, John Post, 25 ans, également de Camden Town, a ajouté : "Je ne comprends pas que la police l'ait laissé sortir comme ça, caution ou pas. C'est un fou, un détraqué – une bête sauvage. Moi, je sais bien ce que je ferais de lui." Miss Keyes et Mr. Post se sont connus chez Dixon, où ils travaillent tous deux. Le procès de Carey est prévu pour la semaine prochaine. La Manchester Building Society se refuse à tout commentaire. »

Les yeux de George papillotaient, tandis qu'il parcourait l'article, s'arrêtait ici et là, redoutait la ligne suivante – manquait le sens d'une bonne partie, revenait en arrière – se ruait en avant, jusqu'à la dernière, dans un étourdissement. Il aperçut, vaguement, un post-scriptum coincé au bas du papier : « Un chauffeur de taxi, dont l'identité n'a pas été révélée, aurait aujourd'hui permis à la police de progresser dans l'enquête sur le braquage de la Manchester. »

George alla cacher le journal derrière la commode de l'entrée ; il le récupérerait plus tard, et le relirait mot à mot, avec un zèle frénétique – dans le bon ordre – et puis le relirait encore, bien attentivement. (Cette *fois*, ils ont bien orthographié mon nom, pas vrai ? Oh que oui – cette *fois*, ils n'ont pas fait d'erreur.) En revenant dans la pièce, il trouva Shirley installée avec le quotidien ouvert devant elle, mais regardant machinalement par la fenêtre (elle avait réussi à ouvrir plus ou moins un rideau, à force de tirer dessus). Il faut que j'aille retrouver Max. Que je le fasse changer d'avis. Il le *faut*. Il le faut.

« Veux-tu un thé ou quelque chose, Shirley ? »

Il faut que j'appelle. J'ai rendez-vous. Pour négocier mon licenciement.

En guise de réponse, Shirley tendit son verre – à présent chargé d'une bonne dose de scotch, tout en ricanant devant l'incongruité de, mon Dieu – pas seulement de cette question, mais de tant d'autres choses.

« Ce n'est pas cette femme... ? fit-elle soudain (intriguée aurait-on dit – mais pas plus que ça non plus). Cette femme avec qui tu travailles ? Celle que j'ai rencontrée à cette abominable soirée de Noël ? »

George se dirigea vers elle, baissa les yeux sur le journal grand ouvert. Puis plissa les paupières.

« Tu as raison, dit-il avec une immense surprise, laquelle ne faisait qu'augmenter et rendre plus aiguë sa totale confusion. Isobel March. Dieux du ciel. Dieux tout-puissants. C'est d'une *bizarrerie* incroyable. »

Chapitre X

Isobel s'était assise sur le banc de pierre, à l'ombre de ce qu'elle appelait maintenant, à part elle, *leur* arbre (vous savez, nous avons un temps absolument magnifique – quelle chance j'ai – du beau temps, en plus de tout le reste). Je me suis levée affreusement tôt, ce matin – Mike est terrible : il adore dormir très tard. La soirée d'hier a été divine : il s'est débrouillé pour nous faire préparer un pique-nique absolument somptueux – il a dit qu'il en avait jusque-là, de la salle à manger – avec tous ces gros types et ces bonnes femmes toutes maigres qui ne cessent pas de vous *regarder* (et il avait raison, vous savez – les gens vous *épient* littéralement ; c'est affreusement mal élevé – quelquefois, je me demande s'ils se rendent même compte de ce qu'ils font. Beaucoup d'entre eux sont étrangers, bien sûr, et je me souviens très bien de ce séjour à Florence avec Maman – ne me demandez pas *quand* c'était – et des gens dans les cafés : ça n'arrêtait pas. Ils n'essayaient même pas d'être discrets ni rien : ils vous observaient, sans vergogne). En plus, il avait emporté une bouteille de champagne, ce qui est très mal : *Écoute*, Mike, ai-je dit – si vraiment tu *dois* arrêter l'alcool, je peux t'aider. Je veux dire, honnêtement – ça m'est parfaitement égal de ne rien boire du tout. Ce à quoi il a répondu – avec ce petit sourire adorablement diabolique qu'il a – Ne sois pas sotte, Isobel : on ne peut pas pique-niquer sans champagne – et de toute façon, boire du champagne, ce n'est pas *boire*, n'est-ce pas ? Le champagne, c'est la *fête*.

Difficile à croire, à présent, que je me suis retrouvée ici parce que j'étais stressée. Dieux du ciel – jamais je n'ai été *moins* stressée, plus détendue que maintenant : je crois que ce que je ressens s'appelle peut-être même du bonheur. C'est grâce à cet endroit, réellement – sûrement ; cet endroit, et Mike, bien sûr. Hier soir, pendant qu'il nous servait les fraises, je lui ai dit Mike, dis-moi – dis-moi franchement : qu'est-ce que tu me trouves ? (Et je voulais vraiment qu'il me le dise, vraiment, parce que s'il existe chez moi la moindre chose que quelqu'un puisse éventuellement trouver un tant soit peu attirante, personnellement, je l'ai complètement perdue de vue.) Il m'a juste répondu : tu es charmante. Et il m'a embrassée.

Je ne suis pas en train de m'illusionner ni rien : je suis un peu âgée pour ce genre de gamineries. Nous sommes tous deux dans un environnement irréel, n'est-ce pas ? Il se trouve que nous sommes tous les deux, ensemble, dans cet endroit si singulier (et ai-je jamais imaginé que je me retrouverais un jour dans un lieu pareil ? J'ignorais même que ça *existait*) – oui, nous nous retrouvons tous les deux ici, au même moment : pure coïncidence non ? Mais la vie – la vraie vie –, c'est différent. Quant à Mike bien sûr – c'est encore un jeune homme. Un jeune homme qui réussit, me semble-t-il – il ne parle jamais de ce qu'il fait, mais ça se devine toujours, ces choses-là, n'est-ce pas ? À cette assurance bien particulière. Et puis sa montre – que j'ai vraiment fini par aimer, beaucoup –, il est évident qu'elle lui a coûté une somme énorme. Donc je ne pourrais pas vous dire (et je n'ose pas me demander) si cette histoire, quoi qu'elle soit, peut continuer, vous voyez – continuer comme ça. Avec Maman, évidemment, ça ne peut être bien facile.

Donc vivons l'instant présent, voilà mon point de vue. Enfin. Pas exactement. Parce que ça, je ne peux pas vraiment – je n'ai jamais pu. Moi, j'aimerais construire quelque chose, et Mike – enfin vous savez : il est gentil, il est adorable ; et maintenant que je l'ai rencontré, je détesterais devoir le perdre. Mais bon : autant ne pas se projeter dans l'avenir.

Isobel se leva soudain, étendit les bras de manière extravagante, et infiniment plus longtemps qu'il n'était nécessaire, comme si elle répétait un accueil enthousiaste qui engloberait la totalité de l'univers – et goûtant aussi la chaleur du soleil sur ses paumes offertes. Je vais voir si Sa Majesté est déjà réveillée – il a peut-être envie d'un café, ou d'un petit déjeuner. Hi-hi – c'est drôle : hier soir, dans la chambre, je lui ai parlé des chats. Je n'ai fait aucune allusion à Maman – j'ai juste parlé des chats. Et il m'a dit qu'il avait une théorie à propos des chats et des chiens : la raison pour laquelle les femmes aiment tant les chats, c'est qu'elles les voient comme un croisement entre une peluche et un bébé – et veux-tu que je te dise pourquoi les hommes aiment les chiens ? Parce qu'ils leur font penser à des *potes*. Je ne sais pas pourquoi je trouve ça tellement drôle – c'est d'ailleurs même peut-être vrai, je n'en sais rien. (Et – histoire de mettre les choses au point – je ne suis pas de ces vieilles femmes esseulées et à moitié névrosées, complètement gâteuses devant leur chat ; en réalité, ça me serait relativement égal s'ils disparaissaient, ou crevaient, ou je ne sais quoi – une chose de moins à m'occuper.) Cela dit, j'ai vite chassé toutes ces pensées, parce que ses mains rampaient sur moi, et moi je frissonnais, je frissonnais – je me souviens que je tremblais de quelque chose de beaucoup plus fort qu'une simple impatience : c'était comme un désir éperdu et retenu jusqu'à la démence, l'envie de ressentir de nouveau tout ce que j'avais ressenti la veille.

Isobel resserra le peignoir blanc autour d'elle – *encore* une chose merveilleuse, ici : on n'a pas besoin de devoir sans cesse décider ce qu'on va *porter*, ce qui est aussi bien pour moi. Jamais je ne m'étais rendu compte à quel point ma prétendue garde-robe est pitoyable – même les meilleurs éléments sont d'une fadeur désolante. Ici, la plupart des gens portent un ensemble de jogging ou un peignoir dans la journée – et d'ailleurs on peut les *garder* en partant (c'est écrit dans l'espèce de gros livre en cuir qu'ils mettent dans les chambres). C'est divin, la douceur de l'herbe qui chatouille vos chevilles quand on marche tranquillement dehors : ça va me manquer, à Londres. Beaucoup de choses vont me manquer, à Londres – et en fait, il n'y en a pas une que je serai heureuse de retrouver. Mon boulot, peut-être (ça me permet de sortir de la maison).

Il y a déjà trois ou quatre personnes dans la piscine. Il en existe une à l'intérieur, aussi, avec une sorte de petit bain bouillonnant d'aspect assez inquiétant, mais par ce temps, tout le monde semble préférer s'éclabousser en plein air, ce qui n'a rien de surprenant. Je les envie – j'adorerais me joindre à eux, vraiment, mais l'état de mes cuisses, derrière, est une véritable honte (ces grands miroirs vous réservent d'horribles surprises). Et je ne l'avais jamais remarqué auparavant, mais mes deux maillots de bain mettent en valeur les sillons et les rides entrecroisés de la peau toute plissée et parcheminée, entre mes seins et juste au-dessus : ça trahit l'âge autant que les mains, selon moi. Mike n'a pas l'air de s'en formaliser – il semble ne pas voir tout ça.

Et tenez, voilà encore une de ces abominables bonnes femmes qui se met à me regarder fixement, comme ça. Mais *qu'est-ce* qu'elle s'imagine avoir devant elle, pour l'amour de Dieu ? Je ne suis pas à ce point *bizarre*, quand même ? Et – ça n'est pas vrai – l'autre là, avec son bronzage orange et tous ses bijoux – la voilà qui (ce n'est pas possible), qui *ricane* carrément, ouvertement. J'aimerais bien avoir assez de cran pour lui rendre son regard – on verrait si ça lui plaît, à *elle*. Et puis son amie, maintenant – encore une femme très dure, à mes yeux (s'imagine-t-elle que ses cheveux peuvent une seule seconde passer pour naturels ?), elle se met aussi à rire ! Oui : à *rire* – je veux dire à rire vraiment, à voix relativement haute, en me fixant ! Très bien – je file (je ne tiens pas à ce qu'elles me voient piquer un fard) : je vais passer par la porte de côté et faire le tour jusqu'au couloir principal (comment les gens peuvent-ils être aussi *grossiers* ? Je me demande si Mike est déjà réveillé). Je vois un homme de service qui vient vers moi ; ils doivent commencer à l'aube, n'est-ce pas, pour que tout soit impeccable avant que les premiers résidents ne commencent à descendre (j'aimerais bien en avoir un comme ça à la maison). Et non, ce n'est pas possible, là – non (je rêve, c'est sûr je rêve) – mais si, pourtant, si : il me regarde bien en face, et son visage est fendu d'un sourire immense, et il vient de *parler* : il m'a dit *Alors, ma chère* – apparemment, vous appréciez *drôlement* votre séjour ici ! A-t-il vraiment pu me dire ça ? Il est passé maintenant – mais il continue de secouer la tête – et bien sûr, je n'ai pas *réagi*. Parce que *comment* réagir ? Dieux du ciel, mais qu'est-ce qui se passe, ici ?

À présent, je commande mon petit déjeuner à la fille d'étage. Du café, oui – et du thé aussi, en fait. Des toasts – de pain complet, je crois. Et ce doit être tout, il me semble – mais je peux appeler en bas, si je veux quelque chose de chaud, n'est-ce pas ? Et la fille m'a répondu Absolument, aucun problème Miss March – et je vous apporte tout ça maintenant, et dans *votre* chambre, probablement ? Enfin *franchement* ! C'est un peu fort, non ? Je veux dire mais quelle – ces gens n'ont vraiment rien de mieux à faire que… ? Dans *ma* chambre, oui. Voilà tout ce que je parviens à articuler. Je suis réellement scandalisée. Ah – voilà Polly (celle qui est si jolie, vraiment gentille), et enfin, à elle je peux le dire, parce que avec Polly, on peut parler – donc je lui dis *Eh bien*, Polly, qu'est-ce que vous en *pensez*, vous ? Mmm ? Selon vous, est-ce que j'ai l'air d'un clown de cirque ? Des oreilles d'âne m'ont-elles poussé pendant la nuit ? Je ne sais pas si je deviens paranoïaque, avec l'âge, mais depuis ce matin, j'ai l'impression que les gens me, enfin – me regardent, vous voyez, tout ça. Puis, dans une piètre tentative d'allégresse : Pensez-vous qu'ils m'auraient prise pour Elizabeth Taylor ?

Que se passe-t-il ? Polly a baissé les yeux – et quoi qu'elle ait à répondre, elle cherche visiblement à parler bas. *Ah*, voilà tout ce qu'elle a trouvé, pour l'instant. Mon Dieu, je ne vais pas aller très loin, avec *Ah*, n'est-ce pas ? Mais elle va dire autre chose, je le sens bien, et l'angoisse me saisit. Polly me fait signe de la suivre dans un bureau, et moi je la suis, évidemment que je la suis. Nous y sommes à présent, toutes les deux, et elle ferme la porte derrière nous.

« Vous n'êtes pas au courant, n'est-ce pas... ? commença Polly, avec une réticence considérable mêlée d'un immense embarras, parut-il à Isobel. Je suis réellement, profondément *désolée* de tout cela, Miss March – nous faisons tout notre possible pour éviter ce genre de choses, mais quelquefois, ces gens abominables... enfin, ils parviennent à entrer, et... »

Isobel la fixait d'un regard sans expression. « Mais que dites-vous ? Écoutez, je suis vraiment navrée si j'ai l'air *obtus*, mais... ? »

En guise de réponse, Polly ouvrit un journal à sensation et le fit glisser vers Isobel qui – tout à fait irritée – baissa les yeux sur la page. Et là, son regard se durcit, se figea – et ses lèvres se mirent à trembler de manière incontrôlable, tandis que ses deux mains s'avançaient pour le saisir. Puis elle regarda de nouveau Polly, le visage tendu : dites-moi, je vous en prie dites-moi que j'ai perdu l'esprit – ou que c'est là une plaisanterie minable et totalement déplacée. Mais Polly contemplait fixement le sol, murmurant d'une voix à peine audible : « Vraiment, je suis absolument… nous sommes tous *consternés* par cette histoire… »

Sur une demi-page, s'étalait une mauvaise photo en couleurs de Mike et Isobel sur le banc de pierre, sous *leur* arbre. D'une main, Mike enveloppait un des seins d'Isobel, et dans l'autre, tenait négligemment une flasque de Bell's. Leurs lèvres étaient jointes. SANDY : LE TOMBEUR DE CES DAMES EST INCORRIGIBLE – tel était l'énorme gros titre, lequel n'avait aucun sens aux yeux d'Isobel qui s'entendit candidement demander à Polly, Mais qui est Sandy ? Je ne comprends pas…

Polly avait soudain l'air encore plus effondré.

« Oh mon Dieu, murmura-t-elle. Alors, vous ne savez vraiment *pas* ? »

Isobel se contenta de secouer la tête, et constata qu'elle lisait déjà le papier :

« L'acteur Mike Bailey, 40 ans, plus connu de millions de téléspectateurs comme Sandy Hall, l'alcoolo séducteur de la série-culte *The Road*, est décidément incorrigible ! Son producteur – exaspéré – l'a expédié à la clinique The Meadows dans le Buckinghamshire (à 300 livres la nuit) pour qu'il règle ses problèmes de femmes et d'alcool – et voilà le résultat ! La cure ne semble pas faire beaucoup d'effet, n'est-ce pas ? Pire encore – la dernière élue est assez âgée pour être sa grand-mère ! Contrairement à celle du mois dernier, la jeune (22 ans) et sculpturale animatrice de jeux télé Lana Hendrix. On entend déjà les commentaires de cette pauvre Cheryl, quand Mike regagnera le domicile conjugal ! Un porte-parole de Granada Televison nous disait hier soir : "La vie privée de Mr. Bailey ne regarde que lui. Nous n'avons rien à ajouter." »

Lorsque Polly eut estimé qu'Isobel était restée immobile assez longtemps pour avoir lu l'article une centaine de fois, elle tendit une main hésitante, qu'elle suspendit à bonne distance du coude d'Isobel.

« Puis-je… vous proposer un thé, peut-être ? Voulez-vous vous asseoir, Miss March ? Mon Dieu – jamais je ne m'excuserai assez pour tout cela. Nous *essayons* de contrôler tous les gens qui entrent ici, mais… vraiment, vous ne saviez pas… vous ne connaissiez pas Mike Bailey ? »

Isobel parut surprise d'entendre une voix résonner dans la pièce.

« Mmm ? Non, je… non. Je ne regarde jamais ces, euh – ces séries, là, ces trucs… je n'ai jamais vraiment le temps… Je crois que je vais y aller, et, euh… est-ce que Mike, Mr. Bailey, a vu ceci ? »

La mortification de Polly était maintenant à son comble.

« Je, euh – je suppose, oui. Son agent lui a envoyé un fax, hier.

— Je vois.

— Il est, euh – en fait il est parti, Miss March. Il y a un petit moment déjà. »

Isobel hocha lentement la tête, les paupières rétrécies – comme si une énigme qui la taraudait depuis des années et des années venait d'être enfin résolue sous ses yeux.

« Et Miss March, votre sœur a téléphoné, aussi, il y a une vingtaine de minutes. Ç'avait l'air assez urgent. Nous avons bien essayé de vous trouver, mais… »

Isobel hocha de nouveau la tête, plus vivement cette fois, et désigna le téléphone posé sur le bureau. Polly lui rendit son signe de tête comme un automate programmé pour ce faire, et sortit à reculons, sans se faire prier, refermant doucement la porte sur elle.

Geraldine décrocha à la seconde sonnerie.

« Isobel – merci mon Dieu. Viens. Reviens tout de *suite*. C'est Maman – oh mon Dieu. Elle a eu une – enfin le médecin pense que c'est une attaque. Oh mon Dieu, Isobel, je suis tellement – c'est ta *faute* – jamais tu n'aurais dû…

– Je viens. J'arrive », dit Isobel, mécaniquement. Elle regarda au-dehors par la fenêtre, regarda le soleil dans les platanes. « De toute façon, je n'ai plus rien à faire ici », ajouta-t-elle, presque dans un chuchotement.

Il va bientôt être l'heure d'appeler mon Adeline. J'ai calculé qu'il me faut sept minutes pour aller à la cabine téléphonique. Mon Dieu – je ne vais pas l'appeler d'ici, n'est-ce pas ? Maudite Enid – la plupart du temps, on la croirait plus morte que vive, un vrai cadavre ambulant, mais par contre, elle a une oreille, je ne vous dis pas – à faire pâlir un éléphant. Et non, je ne peux *pas* prendre le taxi non plus. Je ne prendrais pas ce risque, même pour un trajet si court. Eh oui, je sais – c'est entièrement ma faute – j'ai la tête à l'envers, ces derniers temps. Parce que voilà ce qui est arrivé – je suis allé au Grapes à l'heure de l'apéritif, comme je l'avais dit, et mon Adeline était là, un véritable amour – elle m'a même offert une pinte, carrément. Elle, elle a pris une goutte de vodka. Et ça, je ne peux pas vous dire – j'en ai eu la gorge complètement nouée. Parce que je n'ai pas le souvenir qu'une femme m'ait jamais offert un verre, vous voyez, et ça m'a bouleversé, franchement – saisi, d'un seul coup.

« Reg, commence-t-elle aussitôt, direct. Écoute, Reg – j'ai réfléchi. Ça ne me fait rien si tu as changé d'avis ou quelque chose. Je veux dire – je sais que tu as dit tout ça – pour l'argent et tout, tu sais – dans, disons, le feu de l'action, donc je voulais simplement te dire que ça ne me fait, rien, vraiment, si tu... »

Reg se contenta d'un sourire dément et posa le sac de supermarché sur la table, devant elle : il avait bien tout compté la veille au soir. Cinq mille, pile, presque uniquement en billets de vingt – il avait tout attaché en liasses, avec des élastiques, pour que ce soit joli. Il avait songé à fourrer l'argent dans une sorte d'enveloppe matelassée, quelque chose de ce genre, mais finalement, mon Dieu – le sac de Sainsbury's semblait parfait. Ça avait quelque chose de poétique. Et je peux vous dire qu'il me reste pas mal de pognon : au moins autant, facile. Ça tombera très bien pour nos petits dîners fins au Cumberland (sans oublier la suite).

« Tiens, tout est là, dit Reg – non sans orgueil, et savourant l'instant. Elle est fameuse, la pinte, ici. »

Adeline, les yeux brillants, osa écarter d'un doigt l'ouverture du sac (la petite montre Gucci était adorable à son poignet) – comme si elle craignait de déclencher une alarme, ou qu'il lui explose au nez.

« Je... je n'arrive *pas* à y croire..., chuchota-t-elle. Que quelqu'un puisse faire ça pour moi. Merci, merci *mille* fois, Reg, vraiment, vraiment. Je ne sais pas quoi dire, là. Vraiment.

— Je t'aime – pas vrai ? Bon, dis-moi alors : c'est quoi, cette école d'art, hein ? Tu vas faire comme l'autre, là, Picasso, tu vas peindre des femmes avec trois nez ? »

Adeline se mit à rire. « Naaan – ce n'est pas ça du tout. C'est une école de *design*. Ce qui me passionne vraiment, c'est l'art d'emballer les choses et de les présenter – pour ça, j'ai été gâtée, chez Sainsbury's, je peux te dire.

— J'imagine. Donc, tu veux dessiner, comment dire – des boîtes, des cartons, ce genre de trucs ?

— Ouais — et puis m'occuper entièrement de campagnes de pub et tout. J'aimerais vraiment travailler un jour pour une grosse société – Saatchis, Max Bannister, Bartle Bogle – enfin des mecs comme ça. Honnêtement Reg – jamais je n'ai pensé que ce serait possible. La seule raison pour laquelle je me suis tapé Sainsbury's, c'est que je voulais mettre de l'argent de *côté*, tu vois – mais évidemment, je dépensais tout. Et même sans dépenser tout, je suppose que je me serais retrouvée centenaire derrière ma caisse, avant d'avoir pu accumuler une pareille somme.

— Ouais ? sourit Reg. Eh bien tu vois, ça n'est plus la peine. »

Et je suis allé commander une autre pinte, naturellement. Je sais, je sais, inutile de me le dire : je n'ai jamais fait ça – sûrement pas à midi, et avec le taxi qui attend dehors. Mais bon, écoutez – j'étais là, dans un pub, avec ma petite copine à qui je venais juste de filer cinq bâtons en coupures de vingt usagées, au lieu de sillonner les rues en attendant le client ; je vous dis – j'ai la tête à l'envers (et en plus, c'est *mortel*, je vous assure).

Ensuite, quoi ? Eh bien – je donne rendez-vous à Adeline demain, au Cumberland (je meurs d'impatience) et je reviens aussitôt ici parce que j'ai oublié ma pochette de petite monnaie (je vous dis – complètement retourné), et imaginez-vous que je prends un peu trop juste, au coin de Bluecoat Avenue, donc coup de frein, marche arrière – ha ! Marche arrière ! Tout simple, hein ? Tellement simple que je recule, en effet, mais droit dans un poteau. Personne n'a rien vu, Dieu merci. Résultat des courses : un feu arrière salement amoché. Donc je rentre à la maison aussi vite que possible – il faut que je m'occupe de ça, tout de suite, avant de sortir bosser demain, sinon, le bureau des transports va me tomber dessus comme la misère sur le pauvre monde. En plus, la réparation va être pour moi, parce que avec cette assurance de rats que j'ai – le malus vous ferait monter les larmes aux yeux, vous voyez le truc ? Mais je vais vous dire : je ne pense pas que c'était à cause de la bière, ce qui est arrivé – naaan. Vous savez ce que je pense ? Je pense que c'était l'amour.

Et je réfléchis à toutes ces choses en descendant la rue : j'arrive juste à l'heure – et personne dans la cabine. Donc j'entre, et là, je suis en train de composer le numéro de mon Adeline.

« Salut, Reg ! »

Nom d'un chien de nom d'un chien – je peux vous dire que rien que le son de sa voix, et je me sens flotter sur un truc, là. Nuage.

« Bonjour ma chérie. Ça va ? En forme ? Je t'aime, ma puce.

– Oh, Reg, ça va *génialement* bien ! J'ai les formulaires et tout – j'ai déposé le droit d'entrée. Je suis super-contente ! J'ai plaqué Sainsbury's – tu aurais dû voir la tête de la vieille taupe quand je lui ai dit ! Parce que je vais dans une école d'*art*, hein ? Je l'ai aussi dit à Maman. Elle me fait Mais où as-tu trouvé l'argent, dis-moi ? Alors moi, je lui dis C'est une nouvelle école – c'est gratuit. Ah bon, *gratuit* ? Oh, c'est tellement gentil de leur part ! Elle est à hurler de rire, ma mère – tu peux lui raconter n'importe quoi, et elle gobe tout, sans broncher.

– Tu es impatiente, pour demain ?

– Demain ? Quoi, demain ? Oh, *demain* – oh oui, c'est vrai. Le Cumberland, c'est ça ? Oui – bien sûr que je suis impatiente, Reg : bien sûr. Ils m'ont donné toute une liste de trucs à acheter – des port… je ne sais plus trop – portfolios, je crois. Et puis des crayons, des peintures, et des espèces de gros instruments et tout.

– Ouais ? Je t'apporterai un peu d'argent en plus demain – d'accord ? Tu feras attention, hein.

– Oh, merci *mille* fois, Reg. Tu es génial, tu sais – tu le sais ? Le fait de t'avoir rencontré – ça a changé toute ma vie !

– Moi ? Naaan. Je suis rien du tout. C'est toi qui es géniale, Adeline.

– Oh, excuse-moi Reg, on sonne à la porte. Je vais te laisser. Ce doit juste être Steve.

– C'est qui, Steve ?

– Oh, quelqu'un. Personne, en fait. Bon, il faut que je te laisse – okay, Reg ? On se voit demain. Vivement demain.

– Oui, vivement demain ma chérie. Je t'aime, Adeline.

– Allez, à plus, Reg.

– Ouais – bye. Je t'aime ma chérie – okay ?

– Bye, Reg. »

Je pense, se disait Reg tout en rentrant à la maison d'un pas tranquille, je pense que je sais, maintenant, ce que le mec, là, Roméo, ressentait dans le film. Bon, moi, je suis un vieux croûton, d'accord ? Mais ce sentiment-là, je ne l'ai jamais connu avant – et ce que je veux dire, c'est que je ne suis pas surpris qu'il ait tellement tenu à sa Juliette : si elle ressemblait un tant soit peu à mon Adeline, il y avait de quoi, non ? Cela dit, ça finit mal – mais bon, ça, c'est Hollywood, pas vrai ?

En tournant au coin de sa rue, la première chose que vit Reg était la voiture de police garée pile devant sa maison. C'est marqué Police dessus, regardez – il y a des espèces de bitoniaux jaune citron et orange, et puis le mot Police, en noir, aucun doute possible. Et un mec au volant – le conducteur, quoi. Je m'approche. J'y suis presque, maintenant. Oh bon Dieu, il y a un autre flic à la porte, qui regarde par le judas vitré. Bon, mon petit gars, tu dis quoi ? Qu'est-ce que je dis ? Qu'est-ce que je vais bien pouvoir lui dire, hein ? Comment vais-je *assurer* la situation ? Allez, Reg. *Réfléchis*.

« Bonjour, fit Reg, remontant l'allée en agitant ses clefs.

— Bonjour, monsieur. Vous êtes bien le propriétaire de ce taxi, n'est-ce pas ? » Il consulta un petit carnet. « Numéro 01827 ? »

Reg jeta un bref regard de biais vers le taxi immobile dans l'allée du garage. Quel drôle d'engin : jamais vu une chose pareille.

« Comment – ce taxi ?

— Oui, monsieur. Celui-là.

— Ouais. C'est le mien. C'est moi.

— Donc vous êtes bien Mr. Reginald McAuley. C'est bien ça, monsieur ? »

Reg hocha la tête. Ouais. C'est bien ça. En plein dans le mille (ça m'a bien plu, le côté Reginald). Sa bouche était déjà prête à décrire une moue d'une innocence quasi enfantine (il la sentait monter), quand soudain, à sa grande stupeur, il fut saisi d'une convulsion, déferlant avec une telle brutalité qu'il faillit se plier en deux. Chaque atome de la culpabilité, des sales sentiments qu'il avait tenté d'étouffer et d'écraser, car il n'en appréciait ni les relents ni le toucher, se libérait brusquement pour l'envahir dans la même seconde. Il était quasiment en larmes à présent, et ne ressentait plus qu'une immense faiblesse – il n'avait même pas aperçu le regard inquiet du flic, l'avait à peine entendu demander si tout allait bien monsieur. Simplement, il chuchota Je crois qu'on ferait mieux d'entrer – venez ; il reste là votre collègue ? Dans la voiture ?

Et une fois à l'intérieur, Reg se laissa tomber sur un siège et se mit à table : *Oui* c'est bien moi avec mon taxi qui ai ramassé le type – je ne me suis pas manifesté à cause de tout l'argent qu'il avait laissé, mais vous savez, j'avais *l'intention* de le rapporter, je *voulais* aller trouver les autorités – absolument, absolument – il faut me croire, là... et puis le temps a *passé*, vous comprenez ? Ça aurait fait bizarre. N'est-ce pas ? Et puis les choses se sont calmées, et moi j'ai continué de faire le mort. Mais en fait, je savais que je n'avais pas l'ombre de la queue d'une chance de m'en tirer comme *ça*, hein, parce que je suis un *taxi*, n'est-ce pas ? Et les taxis, on finit toujours par les *retrouver*, n'est-ce pas ? D'ailleurs, la preuve.

Le policier griffonnait rapidement sur son carnet tout en hochant la tête, le visage impassible. Tout juste un gamin, remarqua Reg machinalement : il s'est coupé en se rasant.

« Bien, monsieur, fit-il, comme le récit de Reg se tarissait peu à peu. Je crois que ça va suffire pour le moment. Si vous avez des éléments à ajouter, autant le faire au commissariat, d'accord ? Nous allons prendre votre déposition officielle, vous aurez le droit de passer un coup de fil, et si vous n'avez pas d'avocat...

— Mais — je n'avais *pas* l'intention de mal faire. Vous comprenez ? Jamais je n'ai enfreint la loi auparavant. Ce n'est pas mon genre, ça. Jamais, jamais. Mes potes vont m'en vouloir à mort, parce qu'ils sont tous honnêtes, francs comme l'or, mes potes. Comme tous les taxis. Enfin sauf moi, évidemment. Sauf moi.

— Allez, venez, monsieur. Gardez tout ça pour vos aveux.

— J'ai claqué la moitié de l'argent. Je l'ai investi. »

Sur quoi Reg alla chercher un paquet dans un tiroir.

« Voilà ce qu'il en reste. Je ne sais pas combien ça fait.

— Très bien. On fera le compte au commissariat. »

Et tout en s'installant à l'arrière de la voiture, Reg se disait Mon Dieu, mon Dieu — qu'est-ce que Pauly va penser de son vieux père ? Et puis il se disait aussi : Un coup de fil, c'est ça ? Super — je vais pouvoir appeler mon Adeline (j'ai bien l'impression que pour demain, au Cumberland, c'est un peu râpé).

Le conducteur haussa les sourcils d'un air interrogateur, et l'autre policier, en réponse, écarquilla tout grands les yeux. Tu ne devineras *jamais*, mon petit père. Parce que je ne m'attendais pas à cette histoire, hein ? Quand je pense qu'on s'est juste arrêtés pour dire à ce bougre d'andouille qu'il avait un feu arrière défoncé.

Isobel s'était rendue directement à l'hôpital. Le voyage de retour à Londres avait été, oh mon Dieu – simplement *horrible*. Il semblait à Isobel (dissimulée derrière des lunettes de soleil et un cache-col, et morte de chaleur) que tous les passagers du wagon feuilletaient ce journal-*là* : personne n'avait l'air de lire un journal grand format. *Sauf* Isobel ; enfin – elle ne lisait pas à proprement parler, non, mais elle tenait le *Daily Telegraph* déployé devant son visage. Elle essayait de penser à sa mère, mais ne parvenait qu'à penser à Mike. Cela dit, je suis tout à la fois surprise et contente – nota-t-elle avec circonspection – de voir que je ne me dégoûte pas moi-même, et que je ne me sens en rien minable ; tout au contraire, me semble-t-il – malgré tout ça, j'ai l'impression de m'être enrichie.

Le médecin lui expliqua patiemment que, dans la mesure où il s'agissait quand même d'une attaque, celle qu'avait subie sa mère était relativement bénigne, mais qu'à son âge, c'était néanmoins loin d'être anodin – Isobel comprenait-elle ? Oh, oui, Isobel comprenait très bien – ne comprenait que trop bien : le choc de voir sa fille se faire peloter par un acteur alcoolique de série télé, dans un journal à scandale national, avait déclenché une réaction qui aurait pu lui être fatale ; oh, tout à fait – ça aurait pu la tuer. Évidemment, ça ne l'avait pas tuée. Non – tout ce que ça avait fait, c'était de la rendre encore plus dépendante des soins constants d'Isobel, de sa présence permanente, de sa vie tout entière. Les premiers jours, continua le médecin d'un ton pénétré, sont toujours critiques (eh oui, Isobel l'imaginait bien – généralement, ils le sont, n'est-ce pas ?). Elle récupérera partiellement l'usage de son côté gauche, mais à ce stade, nous ne pouvons absolument pas dire jusqu'à quel point – Isobel comprenait-elle ? Oh mais oui, tout à fait – comprendre était inévitable : l'avenir lui apparaissait très clairement, à Isobel. Sa mère allait se remettre juste assez pour devenir activement impotente et littéralement intolérable, et le stress qu'aurait à supporter Isobel la conduirait tout droit au bord du craquage total. Mais au bord seulement : les gens comme Isobel ne craquaient pas – ils supportaient bravement leurs rapiéçages et leurs accrocs.

Mais au fait, comment sa mère était-elle tombée sur la photo ? Est-il besoin de poser la question ? Isobel n'avait qu'à regarder Geraldine – saisissant ce cadeau du ciel avec un soulagement presque hystérique : elle aura bien plié le journal à la bonne page et l'aura soigneusement posé sur la table basse, juste à gauche de la tasse en Minton sur sa soucoupe, tasse à propos de laquelle Maman faisait toujours une histoire de tous les diables si l'anse n'était pas tournée vers elle, car à présent, elle avait décidé que c'était ainsi qu'elle arrivait le mieux à la saisir, à prendre une gorgée et à la reposer – la saisir, prendre une gorgée, la reposer.

Quand Isobel arriva à la maison, Geraldine avait déjà fait sa valise et attendait (un taxi stationnait devant la porte). Il régnait une drôle d'odeur – mélange de parfums nouveaux et de relents atrocement familiers.

« Ce n'est pas la peine de me regarder comme *ça*, Isobel, attaqua Geraldine, saisissant ses bagages. C'est ta faute – entièrement ta faute. »

Isobel soupira, s'assit.

« J'imagine que tu as raison, dit-elle calmement. Je vais me faire du thé.

— Je ne suis pas sûre qu'il en reste. Je n'ai pas eu le temps de faire des courses, avec toute cette…, oh, ce *drame*. Enfin bref – je pars, là, Isobel. Je ne sais même pas si Keith et les garçons vont me *reconnaître*.

— Ça n'a été que pour quelques jours », dit Isobel. Et de fait, c'était bien tout ce que cela avait duré : quelques jours.

« J'ai eu l'impression d'y passer ma *vie*, fit Geraldine, l'air buté.

— Tu étais vraiment obligée, Geraldine ? De lui faire voir la photo ? Tu aurais dû savoir que ça pouvait quasiment la tuer.

— *Quoi ?* Bon, *écoute*, Isobel – tu ne vas pas te mettre à me reprocher quoi que ce soit, à *moi*. C'est *entièrement* ta faute – du début à la fin. C'est toi qui es partie comme ça – pour faire ce que tu avais à faire. Et c'est *moi* qui me suis tapé la corvée – alors n'essaie pas de me faire porter le chapeau. Que ce soit bien clair, dès le départ. »

Isobel la fixait. « Je suis certaine que tu as raison, dit-elle doucement. Vas-y, maintenant, Geraldine. Va retrouver Keith et les garçons. »

Ce que Geraldine fit dans l'instant. Nom d'un chien – Mais ce n'est pas *croyable*, se disait-elle, tout en fourrant ses bagages dans le coffre du taxi (parce qu'il ne leur viendra jamais à l'idée de vous *aider*, n'est-ce pas ?). Ça, c'est Isobel tout craché, hein. Elle a toujours été comme ça. Ce n'est jamais *elle* qui est en tort, oh que non : c'est toujours quelqu'un d'*autre*. Et puis c'est quoi cette histoire de *photo* ? Jamais entendu parler de *photo*, moi. Non – mais pour être parfaitement honnête (mais évidemment, je ne vais pas dire ça à *Isobel*, n'est-ce pas ? Ça lui ferait trop plaisir), tout ça vient peut-être de ce mélange infernal, avec les *pilules*. Juste ciel

– mais c'était tellement *compliqué* : et les rouges, et les carrées, et ces saloperies de bleues. La moitié du temps, je ne savais plus tout ce qu'elle avait bien pu avaler – et puis, je me demande si je ne les lui ai pas fait prendre deux fois, hier soir (c'est bien possible), parce que bon, *écoutez* – je ne peux quand même pas toujours *tout* me rappeler, n'est-ce pas ? Et puis en plus, elles sont censées toutes être bonnes pour elle, non ? Je n'avais même rien à *faire* là : j'ai un *mari* qui m'attend à la maison, vous savez, et trois jeunes garçons. C'est *là* qu'est ma place. Et c'est là que je retourne, parfaitement.

Repensant à ce coup de fil de George Carey, Isobel voyait à présent le côté vaguement comique de son égotisme effréné, de cet épouvantable manque de finesse qui le caractérisait.

« Isobel, avait-il commencé – un peu comme s'il allait la condamner à la peine capitale. C'est George. George Carey, du, euh, enfin vous savez – du bureau.

– Oui, George. Je sais qui vous êtes.

– Bien. Oui, bon, évidemment. Je suppose que vous avez, euh – entendu parler de ma petite mésaventure ? Apparemment, tout le monde est au courant.

– Je ne sais pas trop de quoi vous voulez parler, George. Je sais que vous avez quitté la Manchester. C'est cela ?

– Non, non. Enfin je veux dire – *oui*, j'ai bien quitté le, euh – mon emploi. J'ai été viré, en fait. Écoutez, tout cela est un peu – je me suis retrouvé pris dans une petite bagarre dans un – mon Dieu, dans un *pub*, vous voyez, et mon procès est prévu pour cette semaine et…

– *Vous*, George ? Dans une *bagarre* ?

– Oui, je sais ! C'est exactement ce que je veux *dire* :

c'est dingue, n'est-ce pas ? Et c'est là où je voulais en venir, en fait. Mon avocat me dit que cela m'aiderait beaucoup si quelqu'un pouvait – enfin, vous voyez, témoigner en ma faveur, parler de ma personnalité, ce genre de chose. Expliquer à quel point je suis quelqu'un de sobre, de travailleur, vous voyez. Et je me suis dit que, peut-être…

— Que ce pourrait être moi. Mon Dieu, je n'y vois aucun inconvénient. Parce que c'est *vrai*, n'est-ce pas ? Vous êtes comme ça.

— Un *peu* que je suis comme ça – je veux dire, bon – j'ai commis une erreur. Et même *moi*, j'ai le droit de commettre *une* erreur, quand même ? Dieux du ciel – j'ai déjà perdu mon *travail* dans cette histoire… je suis un peu aux abois, je ne vous le cache pas.

— Pauvre George. Mais pensez-vous que mon témoignage aura assez de poids ? Celui d'une femme qu'on a vue faire des cabrioles avec une star de la télé, un homme marié, en plus ?

— Mmm… oui, je comprends. J'y ai réfléchi, aussi. Mais je persiste à penser que vous êtes mon meilleur atout. En fait, je n'ai personne d'autre. Je l'ai vu une ou deux fois, ce type, vous savez – Sandy, ou Bailey, ou je ne sais trop quoi. C'est épouvantable. Je ne comprends pas que des gens puissent perdre leur temps à regarder de pareilles idioties. »

Ce cher George Carey : une totale, absolue, monstrueuse absence de pertinence, je crois que tout le monde sera de cet avis. Enfin bref – j'ai fait ce qu'il me demandait, et j'ai apprécié ce que son avocat m'a dit, après : que sans mon témoignage, George aurait pu écoper de la prison ferme. Vous vous rendez *compte* ? George, lui, n'a rien dit. Mon Dieu, pas de quoi s'étonner : à côté, mes petits problèmes à moi font pâle figure. Plus de boulot, un casier judiciaire – et mon Dieu, son *épouse*, cette Shirley : elle était là, le regard mauvais, elle ne l'a pas quitté des yeux. Je préférerais presque Maman à elle. (Laquelle, à propos, est à peu près exactement ce que j'avais prévu qu'elle serait : de retour à la maison, et juste assez remise pour être aussi malade qu'elle le décide, cela pour l'éternité : mieux vaut que je ne m'étende pas sur ça. Disons que je gère comme il est de mon devoir nos déjeuners et dîners de sourdes-muettes, sous un tableau invisible accroché au-dessus de nos têtes, et représentant une double allégorie : la Culpabilité pour moi, et la Mansuétude pour elle.)

Ensuite, il y a eu un moment assez effrayant dans le corridor. Un homme épouvantable s'est rué sur George en lui grondant en pleine figure « C'était ma putain de *fiancée* que tu as cognée, espèce de salopard ! Du sursis ! Du sursis ! Je vais t'en filer, moi, du sursis, espèce d'*enfoiré* ! » (si ce n'est qu'il n'a pas exactement dit enfoiré). Sur quoi il a donné à George un grand coup de poing dans l'estomac – et mon Dieu, vous auriez dû voir son visage, cette expression de choc, de douleur ! On aurait cru qu'il allait *mourir* ! Il était là sur le sol, recroquevillé, se tenant le diaphragme, avec son avocat terriblement embarrassé, qui répétait sans arrêt *Allons*, Mr. Carey – relevez-vous, relevez-vous ! Et George haletait tant qu'il pouvait, et ne faisait que balbutier d'un air incrédule : « Il m'a *frappé*, ce type, il m'a *frappé* – pourquoi personne ne l'a *arrêté* ? Oh mon Dieu – mon *estomac*. On est dans un palais de justice, non ? Alors elle est où, bon Dieu, la justice ? »

Tiens, j'entends le drelin-drelin-drelin d'une petite clochette de cuivre. Le spécialiste a dit que ce serait une bonne idée – un système simple et efficace, a déclaré le spécialiste, qui permettrait à Maman de me prévenir en cas de besoin. De besoin. Voilà ce qu'il a dit, le spécialiste. Si ce n'est, bien sûr, que ce n'est pas le *spécialiste* qui doit vivre nuit et jour avec ce petit engin diabolique – drelin-drelin, drelin, drelin-drelin-

drelin, sans arrêt. Mais bon. Ça n'est pas vraiment ce que l'on peut appeler une *surprise*, n'est-ce pas ? J'imagine que c'est ainsi que les choses devaient être. J'attends une minute, et je vais voir ce qu'elle veut.

Et Mike dans tout ça ? Eh bien non – pas le moindre mot, non pas que je m'attende à avoir de ses nouvelles (il a mon numéro : il m'appellera s'il en a envie). Et ai-je tenté, moi, de le joindre ? En passant par la chaîne de télévision, ou quelque chose de ce genre ? Mon Dieu – j'y ai bien pensé, vaguement, en effet – mais non, non : autant laisser tomber, c'est le mieux, je crois. On m'a dit qu'un journaliste était venu rôder au bureau, mais Mike avait déjà été aperçu en ville avec une nouvelle femme, apparemment – de sorte qu'il a dû charitablement m'oublier. (J'imagine qu'il doit connaître énormément de femmes, dans sa vie : de gens, de manière générale.) J'ai regardé le feuilleton, au fait – je ne vous avais pas dit ? Oui, une fois ou deux – enfin, quand ils le diffusent, en fait – et je dois dire que je ne suis absolument pas d'accord avec le verdict de cet imbécile de George *Carey* : je trouve Mike absolument superbe dans le rôle (mais c'est un peu normal, n'est-ce pas ? Parce que de toute façon je le trouve superbe, n'est-ce pas ? Oui, oui – tout à fait. Et ce sera toujours le cas).

Donc voilà. Fin de ma petite aventure. Des regrets ? Oh, grands dieux non – comment pourrais-je regretter quoi que ce soit ? Si je souhaite *oublier* tout ça, voulez-vous dire ? Oh non, pas du tout – du tout. Je vais le garder bien au chaud en moi, au fond de moi. Parce que après tout – je vais en avoir *besoin*, n'est-ce pas ? Pour pouvoir revivre l'épisode.

Chapitre XI

« *Mike*, espèce de vieux salopard ! Alors, où as-tu encore été traîner, hein ? »

Mike Bailey ferma les yeux et serra les lèvres, acceptation silencieuse d'une nouvelle séance de lourdes plaisanteries téléphoniques gracieusement offerte par un pote (pote, vraiment ?). Il siffla entre ses dents, en direction du téléphone sans fil mains libres posé sur la table, et secoua la tête en une parodie de cabotinage, sur le mode, Eh oui, me voilà pris la main dans le sac.

« Bah, ici et là », fit-il dans un vague rire – tout en désignant le téléphone et en articulant à l'adresse de Sally : *Max* – Max Bannister, d'accord ? Sally – relativement irritée, comme à l'habitude – leva les yeux et fit une légère grimace sous l'éclat des spots chromés de l'applique. Puis, de quatre doigts tendus aux ongles étincelants, elle remit en place sa lourde frange coupée à la diable et secoua la tête avec impatience, afin que la resplendissante, l'extraordinaire crinière longue et blonde revienne encadrer ses pommettes, laissant néanmoins de voluptueuses mèches (plein la main d'un honnête homme) cascader jusqu'à ses seins (là, toujours un peu de dentelle entr'aperçu, juste avant que les monticules bruns ne disparaissent pudiquement). Puis elle continua de feuilleter presque rageusement un nouveau magazine en papier glacé, jetant à chaque page un regard torve autant qu'aveugle.

« Ici et *là* ! rugit Max en réponse. Je me demande où tu as encore été te fourrer – et *fourrer*, c'est le cas de le dire, si j'en juge par les journaux, espèce de crapule. Tu ne peux pas garder ta fermeture Éclair fermée, hein Mikey ? C'est pour ça que je t'aime, vieux salaud.

– Ouais, reconnut Mike. Tu sais bien comment c'est. »

Le message qu'il tentait sans doute de faire passer à Max, par le biais de réponses courtes et non compromettantes, était *D'accord*, Max – pas de problème : je suis okay pour toutes les conneries et les plaisanteries de comptoir que tu voudras – mais pas maintenant, d'accord ? Parce que *Sally* est là, tu vois, et tu sais comment elle *est*, hein ? (Déjà elle me lance ce regard, là, et frappe de l'ongle sur le cadran de sa montre – cela dit, elle ferait probablement la même chose, quel que soit son interlocuteur – mais juste ciel, quand c'est un de mes potes, elle est toujours comme ça.)

« Tu *parles* que je sais comment c'est ! brailla Max. Bon, écoute, mon vieux – la fête que j'organise, tu en es ou pas ?

– Ouais, ouais, Max – c'est super. J'ai reçu le carton. Ça promet d'être géant.

– Il y a intérêt, oui. Pourquoi faut-il toujours que j'appelle des couillons comme toi, qui jamais ne RSVP ? Ça va être la soirée du siècle, mon petit père.

– Comme toujours, Max. Personne ne sait organiser une fête comme notre petit Maxie. Et toi, ça va ? Toujours en pleine nouba ?

– Pas le temps. Je fais du pognon et je baise à droite à gauche. Que veux-tu faire d'autre ?

– Tu ne changeras *jamais*, pas vrai Max ? Écoute – Sally commence à s'agiter, là. J'ai une interview prévue.

– Ah bon ? Eh bien, n'oublie pas la règle d'or : *mentir*. Ça marche toujours. Commence à raconter la vérité, et à tous les coups elle te revient dans la gueule, pas vrai ? Les gens ne *supportent* pas – tu vois ce que je veux dire ? Mais dis-moi, c'était qui, le vieux cageot que tu pelotais ? Ce n'est pas ton style de bagnole habituel, hein ? J'imagine qu'elle était juste à portée de main, quoi.

– En plein dans le mille, Max. Je t'en dirai plus quand on se verra, d'accord ? Bon, il *faut* que je te laisse, là, sinon Sally va me tuer.

– Par contre, *elle*, c'est déjà plus ça. Je m'en occuperais sans problème, je te garantis.

– Tu *m'étonnes*, Max. Bon – j'y vais, là, okay ?

– Bon, ben vas-y, Superstar du Paysage Télévisuel. Tu devrais plaquer tout ça, mon petit gars – tous ces putains de photographes et de journalistes à la con qui déboulent dès que tu te cures le nez. Tu ferais mieux de bosser avec *moi* – déjà, tu te ferais plus de blé, pour commencer !

– Tu as sans doute raison ! Max, je… Max ? Max ? Tu es là ou quoi… ?

– Non, il n'est *plus* là », intervint Sally d'une voix acide – elle avait les muscles du cou tout gonflés (ce n'est jamais bon signe) et regardez, elle a aussi les mains toutes crispées. « J'ai coupé la communication – vous étiez partis pour bavasser toute la nuit. Allez, venez, Mike – on ne peut pas faire attendre cette bonne femme plus longtemps – c'est *important*, cette interview. On limite les dégâts, okay ? Vous mettez en avant le côté J'ai Vraiment Essayé, Vraiment : j'ai essayé de *m'améliorer* – les gens gobent ça, ils adorent.

– Ouais, ouais – vous me l'avez déjà dit.

– Et répétez bien que Cheryl est à vos côtés – n'hésitez pas à l'appeler mon *épouse*, insistez bien, d'accord ? Cette fois, Mike, c'est tout ce que j'ai pu faire pour l'empêcher d'aller directement trouver les hebdos à scandale. Un jour, elle le fera, vous savez.

— Bon Dieu, je sais bien qu'elle le fera. Combien de séances comme ça avez-vous prévues ? Parce que je ne peux pas répondre sans arrêt aux mêmes *questions* à la con ! Je prendrais bien un verre, là.

— Après. *Sûrement* pas avant. Il n'y en a que deux après celle-là. Une à quatre heures –*TV Quick*...

— Oh *nooooon*...

— Je sais – mais vous savez à combien ils tirent. Et la dernière à cinq heures. C'est pour...

— On s'en *fout*, de toute façon. Parce qu'ils posent tous toujours les mêmes putains de *questions* : Qui était l'inconnue de la maison de repos ? Qui est votre dernière petite amie ? Est-ce la jeune femme que l'on a vue en votre compagnie au Ivy, la semaine dernière ? Voyez-vous toujours Lana Hendrix ? Et votre épouse Cheryl, que pense-t-elle de tout cela ? Avez-vous l'intention de vous *amender* un jour ? (Ça veut dire *quoi*, pour eux ?) Et *l'alcool*... ? Pfff, Sally, j'en ai jusque-là, de tout ça.

— Ouais eh bien ce n'est la faute de personne si vous êtes une vedette télé, pas vrai ? Je vais la faire monter – okay, Mike ? Elle s'appelle... attendez, j'ai son nom quelque part, là... Heather Quelque Chose, je crois bien. Enfin bref – soyez *aimable*, d'accord ? Et ne prononcez aucun nom à part... »

Mike soupira. « Je *sais*, je *sais* : Cheryl. Pourquoi agissez-vous comme ça avec moi, Sally ? Vous prenez *plaisir* à me voir stressé, ou quoi ?

— Si j'agis comme ça, c'est parce que vous me *payez* pour le faire, Mike. Grands dieux – mais si vous ne m'aviez pas pour gérer votre vie, vous seriez mort dans un caniveau, à l'heure qu'il est.

— Ce serait peut-être aussi bien.

— Peut-être.

— Vous ne m'aimez *pas*, Sally – n'est-ce pas ?

— Je la fais monter. Je vous aime autant que je *dois*

vous aimer, Mike. C'est-à-dire plus, apparemment, que *vous* n'aimez toutes ces nanas avec qui vous sortez. »

Ça, c'est vache, pensa Mike – tout en observant le profil de Sally qui parlait au téléphone, d'une voix neutre, glacée. Une seule fois j'ai eu envie d'elle – tout au début. Et quand elle m'a dit Non, je me suis dit Eh merde, on s'en fout. Ça, c'est tout moi, j'imagine. Je n'arrive pas vraiment à me *poser* la question de savoir si je les *aime* ou pas : c'est juste Oui ou Non ? Et si c'est Oui, alors super – et sinon : on s'en fout. Mais cette femme, là, à la clinique... Bon Dieu, ce n'est pas possible... j'ai oublié son nom – c'est terrible, hein ? Non, je n'ai pas oublié, elle s'appelle... si, j'ai oublié, vous savez – disparu. Mais elle était bien – vraiment, je l'aimais bien. Je l'aimais beaucoup, en fait. Je sais bien qu'elle avait, quoi – quinze ans de plus que moi ? Et alors ? Je pouvais *parler*, avec elle, vous voyez ? C'est rare, ça.

Oh, mon Dieu, mon Dieu : voilà encore une journaliste en herbe. Je vais avoir droit à C'est un immense plaisir de vous *rencontrer*, Mr. Bailey – et puis elle va poser son petit magnéto, et puis on va faire juste un petit essai pour le *son*, et puis ça va être reparti pour un tour de manège, toujours le même. Et après – tout en décidant de la manière dont elle va m'accommoder sur son papier – elle va me demander : *Mike* (parce qu'à ce moment-là, ce sera Mike – c'est toujours comme ça). *Mike* – pourriez-vous me faire juste une petite dédicace ? Mes amies ne me pardonneront *jamais* si je ne rapporte pas un autographe. Mon Dieu, mon Dieu, j'en ai jusque-là de tout ça, vous savez ? Ça ne peut plus durer, n'est-ce pas ?

Isobel. Voilà, c'était ça, son nom. Je l'aimais bien, celle-là – je l'aimais beaucoup, en fait. Je me demande si je ne devrais pas... ? *Naaan !* Laisse tomber, mon petit père : après la photo dans ce journal de merde, bon

Dieu... elle me cracherait à la figure, aucun doute. Dieux du ciel – ce que je peux faire aux gens, sans même le *vouloir*. Et regardez ce que je me fais à *moi-même*. Résultat, je me retrouve seul, la bride sur le cou.

« C'est un immense plaisir de vous *rencontrer*, Mr. Bailey. »

Pffff. C'est reparti pour un tour de manège, toujours le même.

Hugo s'amusait comme un gamin à faire tourner son fauteuil pivotant en aluminium et cuir rouge vif – suggérant peut-être à la fumée bleue et odorante de son Cohiba Esplendido de former toute une série de halos béatifiques autour de sa tête relativement déplumée. La réunion était terminée depuis quelques minutes, et seuls Max et lui s'attardaient dans la salle – quatorze autres fauteuils de cuir, d'une élégance quasiment sexy, étaient disséminés au petit bonheur, à différentes distances de la grande table en érable et chrome – à présent jonchée de verres, cendriers, gommes jetées au hasard, sans parler des vaisseaux spatiaux gribouillés par Max.

« Non, Hugo – je te dis, mon grand : il faut le reconnaître. Tu peux être sacrément content de toi, déclara Max avec enthousiasme. Sans blague – si tu voyais la tronche que tu fais ! On dirait le chat qui est tombé dans un bol de lait, ou une connerie de ce genre. Mais je ne sais pas comment tu arrives à fumer ces trucs énormes, hein ? Et puis c'est un peu chérot comme suicide, pas vrai ? »

Hugo se pencha vers un cendrier et y déposa avec précaution la briquette de cendres suspendue au bout de son cigare.

« Maintenant, je peux me permettre de me flinguer de la manière qui me convient, tu ne crois pas ?

— Ouais, tu as parfaitement raison, Hugo ! Fais exactement ce qui te chante, mon petit gars. Tu l'as mérité, aucun doute. Je suis ravi pour toi. Cela dit – quand les créateurs ont débarqué avec leurs projets, je me suis dit Ouais ouais – *très joli*, c'est certain : mais est-ce que ces clients vont accrocher ? J'étais inquiet, tu vois – je peux bien te l'avouer.

— Ils ont monté une superbe campagne.

— Oh oui, tout à fait – je ne dis pas le contraire – et je n'ai jamais dit le contraire, depuis le début, pas vrai ? Super-*boulot*, les gars – c'est une campagne terrible que vous m'avez pondue là. Mais, mais il y a le *budget* – voyez ce que je veux dire ? Cinq fois ce qu'on a investi jusqu'à maintenant. Vont-ils se *mouiller* ? Tu comprends ? »

Hugo avait un sourire de grasse satisfaction. « Et c'est là que j'entre en scène.

— Un *peu* que c'est là que tu entres en scène. Je vais te dire, Hugo, vieux machin – il n'y a *personne* qui puisse arracher une signature comme toi. Tu devrais bosser pour le gouvernement, mon petit père. »

Et Max de s'esclaffer de sa propre plaisanterie, tandis que Hugo bramait Pour le *gouvernement* ? Tu *rigoles* ! Bosser pour moins de cent briques par an ? ! Attends, je vois *mal*, là !

« Tu as raison – tu as raison, mon gars ! J'imagine qu'après ce joli coup, tu pourras acheter tous les ministres rien qu'avec ta prime !

— Qui en voudrait.

— Absolument ! Absolument – ils sont aussi bien dans leur Chambre des machinchoses, pas vrai ? Personne n'en voudrait. Bon, alors – qu'est-ce que tu as prévu ce soir, Hugo ? Une petite fête dans le West End, ou quoi ? Qui est-ce que tu vas culbuter comme un malade, ce soir – mmm ? C'est qui, l'heureuse élue ? Tu viens quand même à la soirée, n'est-ce pas ?

– Bien *sûr*, Max – évidemment. Pas question de manquer ça. Non, j'avais l'intention de, enfin – d'inviter Anne d'abord. À manger un morceau quelque part.

– Tu sais ce que j'en pense, Hugo ?

– Ouais, ouais – je sais ce que tu vas me dire. Parce que tu me l'as déjà dit, pas vrai ? J'ai vraiment un *truc* avec elle, tu vois ? Ç'a toujours été, pour être honnête. Je l'ai pas mal vue, tous ces derniers mois, en fait. Et au début, je sais pas, je me disais que c'était comme ça, histoire de sortir avec un mec : un peu comme un ticket-restaurant, si tu veux. Mais récemment – elle a *changé*, Max. Je crois vraiment qu'elle me regarde, comment dire, avec, d'autres *yeux*, tu vois. On pourrait vraiment faire quelque chose ensemble – je parle sérieusement. Je l'aime, en fait…

– J'ai du mal à comprendre ça. Elle ne m'a jamais botté, du tout. Pour moi, c'est la nana qui ne s'intéresse qu'au pognon. Eh oui, je sais, elles s'intéressent *toutes* au pognon, ces salopes – mais surtout celle-ci. Tu vois ce que je veux dire ? Et dès qu'on se trouvait ensemble quelque part, elle prenait un air supérieur – comme si *moi*, je n'étais pas assez bien pour elle ou je ne sais quoi. C'était pas croyable. Et en *plus*, pour ce que tu penses, zéro ! Attends – elle jouait à quoi, là, selon elle ? Et tu as déjà, euh… ? »

Hugo secoua la tête. « Non. Pas encore. Et par rapport à l'argent, elle peut en avoir autant qu'elle veut… enfin, en ce qui me concerne. C'est uniquement pour les gosses qu'elle en veut, en fait. Ils sont mignons comme mômes, Adrian et Donna. Il leur faudrait un père. »

Max se redressa brusquement, les yeux exorbités.

« *Attends*, là ! fit-il d'un ton extrêmement solennel. Attends, attends, attends ! Tu ne vas pas te mettre à tenir ce genre de *discours*, Hugo, mon vieux. Tu ne vas pas te mettre un boulet au pied, quand même ? Hein ? Il s'est barré où, son mari, d'ailleurs ?

— Pour autant que je le sache, il est toujours avec Gladys.

— C'est qui, cette *Gladys* ? »

Hugo leva un regard vif, comme s'il était pris en faute. « Comment — tu ne veux pas dire — pas *ma* Gladys — pas *Glads*, ce n'est pas vrai ? »

Hugo le regarda fixement. « Je croyais que tu étais au courant. Ouais, Gladys — la charmante jeune femme qui a failli me tuer d'un coup de bouteille.

— Je n'ai plus de nouvelles, plus rien, depuis qu'elle s'est tirée — et je n'en veux pas d'ailleurs. Saloperie d'ingrate. Ouais, c'est vrai, hein — elle t'avait moitié assommé. C'est une cinglée. Mais je vais te dire un truc — on était carrément faits pour s'entendre, Glads et moi. Elle a eu tort de partir. Pour moi, c'est une erreur. Enfin bref. Donc elle est avec le mari d'Annie, c'est ça ? Drôle d'histoire. Et toi, tu en pinces pour Annie. On joue aux chaises musicales, pas vrai ?

— Et toi, Max ? C'est qui, la dernière en date ? Toujours la nana de la com' ?

— Shirl ? *Naaan !* Elle a fait son tour de manège. Je l'ai éjectée. Imagine-toi qu'elle avait l'intention de *s'installer* ici.

— Tu rigoles.

— Comme je te le dis. Non — maintenant, je suis sur une petite nana de la pub — Charlie. Adorable.

— Quoi — Charlotte, tu veux dire ? Mais bon Dieu, Max — elle a l'air d'avoir quinze ans ! Tu veux bien dire la grande, là ? Avec les jambes ?

— Ouais. Et les nibards comme…

— … des obus, ouais — je la connais. Mignonne.

— *Mignonne ?* Elle est carrément *adorable*, je te dis. Tiens — ça va te faire marrer : quand j'ai fait passer les

entretiens, hein… la vieille Monica me fait comme ça
— On n'a pas *besoin* d'elle, Max : qu'est-ce qu'elle aurait à *faire* ici ?

— Sacrée vieille Monica. Elle ne voit que dalle, hein ?

— Bah, c'est une *femme*, hein ? Enfin, je *pense* que c'en est une – dur à dire, avec Monica. En tout cas – *moi*, je lui ai vite trouvé quelque chose à faire, à Charlie, tu penses. Ça n'a pas traîné. D'ailleurs – j'ai rencard avec elle pour une vidange-graissage, là, maintenant. Si tu veux bien m'excuser, Hugo…

— *Évidemment*, Max – évidemment. Il y a des priorités dans la vie, pas vrai ?

— C'est ça que j'aime bien chez toi, Hugo : tu *comprends* les choses – et tu comprends parce que, à la base – tu es un *mec*, hein ? Tiens – tu sais ce que Mike, Mike Bailey m'a dit, une fois ?

— Mike. Ça fait une sacrée paie que je ne l'ai pas vu. Il va bien ?

— Il vient à la soirée – il te le dira lui-même. Non – je vais te dire ce qu'il m'a dit une fois : il m'a dit – les *femmes*, hein ? les femmes, elles aiment les chats, parce qu'ils ressemblent à la fois à des bébés et à des nounours et à des conneries comme ça, d'accord ? Et les hommes aiment les chiens parce que les chiens, ça ressemble à des *mecs*.

— Je n'y avais jamais pensé.

— Non – moi non plus. Mais il met dans le mille, là, non ? Je parie que si les chiens pouvaient discuter et boire un coup, tu ne trouverais plus de bonnes femmes que dans les bordels !

— Nom de Dieu, Max ! Tu as l'esprit bizarrement tourné.

— Je sais. Ce sera ma perte. »

Et tandis qu'ils ricanaient et toussaient à qui mieux mieux, l'interphone posé sur le bureau, près du coude gauche de Max, se mit soudain à faire chorus.

« Ouais, Monica ?

– Max – Charlotte est là, elle voudrait vous voir. »

Max adressa à Hugo force clins d'œil et mimiques évocatrices.

« Ouais, parfait – envoyez-la-moi, Monica – z'êtes un amour. Hugo part, justement.

– Oh, et Max – Shirley Carey a encore appelé. Vous ne pouvez pas lui dire de cesser ? Ça fait déjà cinq fois, aujourd'hui.

– *Vous*, dites-lui de cesser. Je ne veux pas avoir affaire à elle. Balancez-lui une indemnité de départ, pour solde de tout compte – on va dire cinq... cinq cent mille, si nécessaire – et dites-lui de ne plus faire chier. »

Et comme Hugo sortait discrètement, tandis qu'apparaissait Charlie (grand sourire, longues jambes, et le reste – j'aime bien tout ça, chez une fille), Max se contenta de secouer la tête, les yeux agrandis par l'incrédulité.

« Dire qu'elles ne pigent rien ! lança-t-il à Hugo. C'est vrai, hein ? Allez, ma Charlie, viens vite voir tonton Maxie et grimpe sur cette table comme une bonne petite fille, mmm ? »

« Au *Sophie's* ! s'écria Anne d'une voix suraiguë. Je suppose que tu veux *plaisanter*, Hugo. Dieux du ciel – mais c'est là que cette infection de Max *Bannister* m'a invitée, l'autre fois. Quelle horreur, ce déjeuner ! Non, tu es en train...

– C'est un chouette restaurant.

– Je parle, Hugo : tu es en train – je ne sais pas si tu t'en rends compte, en fait ? Tu es en train de devenir comme lui, un peu plus chaque jour. Je veux dire est-ce que *tout* le monde, dans la pub, doit absolument être d'une prétention et d'une *vulgarité* sans nom, en permanence ? C'est inscrit dans la *constitution* ?

– Oh, Anne, pour l'amour de Dieu, grommela Hugo. Il faut toujours que tu fasses du cinéma. Non, je pensais simplement que l'endroit te plairait, c'est tout. Si tu ne veux pas aller au Sophie's, on ira ailleurs – pas de quoi en faire tout un plat. On ira où tu voudras.

– Oui, eh bien pas au *Sophie's*, ça c'est sûr. Beaucoup trop tape-à-l'œil. » Non – rien ni nulle part qui puisse me faire un tant soit peu penser à ce type. J'ai essayé, vous savez – j'ai vraiment essayé de l'apprécier, un minimum – j'ai même vaguement cédé à son insistance. Je n'ai pas pu (je ne sais pas *comment* font les autres, franchement). Naturellement, ç'a été la fin des petits cadeaux ; la dernière fois que j'ai entendu parler de lui, il avait dans le collimateur une pauvre malheureuse qu'il appelait, juste ciel, Shirl, la reine de la galipette. Pas possible, un homme pareil. Pauvre Shirl, qui qu'elle soit. « Non, si on allait simplement à l'italien, au coin ? Honnêtement, je n'ai pas très faim, d'ailleurs. Ou bien on peut rester ici, si tu préfères – ça m'est égal.

– Très bien, concéda Hugo – légèrement rasséréné –, ça me convient très bien, de rester ici – pas de problème. On fait livrer quelque chose, tu veux dire ? Parfait. Aucun problème. Et puis on va à la soirée, d'accord ? Mais Adrian et Donna ? Ils sont… ?

– Ils sont en train de *dîner* – pas au Sophie's, j'imagine – plutôt au Burger King. Ils sont avec leur *père* : c'est son jour. Et Nan les a accompagnés, aussi, donc il n'y a pas grande… quelle *soirée*, Hugo ? Tu sais bien que je n'aime pas beaucoup tous ces trucs-là. J'ai passé des années à essayer de faire comprendre ça à Jeremy.

– Donc, euh – il voit souvent les enfants, alors ? Il vient souvent ici ? Attends, tu as dit *Nan*, Anne ? Quoi, la Nan de dans le temps – Nan la nounou ? Je croyais que tu… ?

– Oh, je t'en *prie*. Oui, *oui* – je l'ai renvoyée, il y a des *siècles* de cela, quand Jeremy est parti – mais bon, Hugo, tu sais bien dans quel *état* j'étais. Je devenais *folle* avec ces deux-là, et ils n'arrêtaient pas une seconde avec elle – Maman, Maman, Maman, est-ce qu'elle va *revenir* ? Quand est-ce que Papa va *revenir* ? Sans arrêt, sans arrêt. Je n'avais *pas* l'intention de la reprendre, mais j'ai téléphoné à l'agence pour qu'ils m'envoient, mon Dieu – *quelqu'un*, n'importe qui, avant de perdre la tête, et... enfin, elle était *disponible*, par extraordinaire, donc je lui ai parlé et tout ça, et elle m'a dit à quel point les enfants lui *manquaient*, etc., etc., je ne sais pas – finalement, ça m'a paru la meilleure chose à faire. Elle sait tellement *bien* s'y prendre, avec eux...

– Mais tu disais que Jeremy et elle... ?

– Oui, eh bien c'est ce que je *pensais*. Vraiment, à l'époque, j'en étais *persuadée*, mais vu la manière dont Nan et Jeremy continuent à jurer leurs grands dieux qu'il n'y a strictement rien eu entre eux – j'ai plus ou moins fini par les croire. Enfin – je peux même dire que je les *crois*, tout à fait – juste ciel, je ne comprends même pas comment j'ai pu être aussi soupçonneuse, au départ. Je devais être un peu cinglée, j'imagine. Tu veux un verre, Hugo ? Une goutte de vin, quelque chose ? On peut peut-être commander des pizzas... et je dois dire qu'elle est absolument *extraordinaire* avec les enfants – ils font tout ce qu'elle leur dit. Moi, je peux bien m'égosiller, ils restent là à me *regarder*. »

Hugo hocha la tête, lentement. Il fit la moue.

« Oui – je vois, je vois. Je ne refuserais pas un verre de vin d'Alsace, si tu en as. Je vais l'ouvrir, d'accord ? Je ne savais pas que c'était Nan que tu avais prise.

– Il y en a plein au frigo. Bien sûr, Hugo – je n'oublie pas que sans ta fabuleuse générosité, vraiment...

– Oh, je t'en *prie*, Anne...

– Non, réellement – sans toi, je n'aurais pu engager absolument personne – et je t'en suis sincèrement reconnaissante, Hugo – sincèrement. Sans Nan, je serais dans une camisole de force, à l'heure qu'il est. »

Hugo s'employait toujours à hocher la tête, sans désemparer.

« Mais les enfants, ça a besoin d'un père... »

Là, c'était au tour d'Anne de hocher la tête – ce qu'elle fit, en rétrécissant les yeux.

« Oui... tu as raison sur ce point, je sais bien. Je le sais de plus en plus.

– Écoute, Anne... tu sais ce que j'ai toujours dit. N'est-ce pas ? Mmm ? Je veux dire – je t'ai toujours dit ça, n'est-ce pas ? Que je serais *plus* qu'heureux de...

– Tu veux bien aller chercher le vin, Hugo ?

– Non, écoute-moi : tu sais à quel point je tiens à toi, Anne – et que jamais je ne te laisserais tomber – que jamais je ne, enfin – je ne te *tromperais* ni rien – et quant aux enfants, mon Dieu...

– Écoute, Hugo : tu as été d'une gentillesse extraordinaire, et jamais je ne l'oublierai. Et si tu décidais maintenant de ne *plus* l'être, je comprendrais parfaitement, mais... ce que je pense, Hugo, c'est que *oui*, ils ont besoin d'un père, bien sûr... mais je pense aussi que ce devrait être *leur* père, leur *propre* père... vois-tu, Hugo ? Comprends-tu ? »

Sur le visage de Hugo, une sorte d'abrutissement effaré commençait de laisser la place au doute et à l'incrédulité – ces derniers bientôt oblitérés par la stupéfaction la plus totale, avant qu'une douleur cuisante commence de dérouler le rideau, annonçant ainsi la fin de la représentation.

« Je... je vois, parvint-il à articuler. Et depuis combien de... euh... enfin, tu as forcément *discuté* de tout ça avec lui – lui, là – n'est-ce pas ?

– Avec *Jeremy*, Hugo. Il s'appelle Jeremy – ne sois pas bête.

– Avec *Jeremy*, oui – tu en as parlé avec lui – dis-moi ?

– Disons qu'on y a fait... allusion. Comme à une vague

possibilité, rien de plus. Je ne dis pas que c'est ce qui va *arriver*, ni rien... Écoute, Hugo – on oublie tout ça pour le moment. Mmm ? Explique-moi, cette soirée – c'est quoi exactement ?

– Mmm ? Oh. Je t'ai dit, la semaine dernière. C'est chez Max.

– Chez *Max* ! Oh noooon – tu veux dire qu'il sera *là* ? Oh non, Hugo – je ne me sens pas de taille à affronter ça.

– Mon Dieu..., fit Hugo, lentement – un peu comme s'il récapitulait quelque complexe et troublante opération de calcul mental. Oui, je... enfin j'imagine qu'il va être *là*, Anne, puisqu'il donne cette soirée, que cette soirée se passe chez lui, oui, franchement, je crois qu'il y a pas mal de chances pour qu'il soit là, pour ne rien te cacher.

– Ne sois pas – tu n'as pas besoin de faire de *sarcasme*, Hugo. Je te posais simplement la question. Quoi qu'il en soit – je ne crois pas que ce soit une bonne idée pour moi.

– Non. Très bien. En fait, ça m'est un peu égal que tu viennes ou que tu ne viennes pas.

– Mais *toi*, tu vas y aller – c'est ça que je dois comprendre ? Mon Dieu, c'est parfait. Je trouve ça juste un peu *puéril*, mais bon : c'est ton problème, n'est-ce pas ?

– Je vais chercher le vin.

– Si tu veux. Je t'avoue qu'honnêtement, le vin m'est un peu sorti de la tête, mais vas-y, ouvre ce que tu veux, Hugo, et décide, pour le repas. »

Hugo secoua la tête.

« Je n'ai pas faim. »

Sur quoi Anne se renversa dans son fauteuil et ferma les yeux.

« Très bien. Moi non plus. »

Jeremy se voyait considérablement soulagé par la présence de Nan, ça, il peut vous l'assurer. Il était effaré, réellement, de se sentir toujours à ce point maladroit, mal à l'aise en compagnie de ses propres enfants. Ce qui n'était pas le cas auparavant – enfin, pas à un tel degré en tout cas –, lorsque tout était, enfin vous voyez, plus *normal* ; quand j'étais là en permanence, légitimement. Et ça fait un drôle d'effet de revenir à la maison, aussi : je n'ai pas pu me résoudre à la vendre, pour finir – j'ai fini par adopter le point de vue d'Anne à ce propos. Comment pourrais-je *encore* leur ôter quelque chose, à Adrian et Donna ? Ce n'est pas leur faute, n'est-ce pas – toute cette histoire ? Et Adrian, vous savez – il a donné un coup de collier fantastique (je suis terriblement fier de lui) – et je sais, oui je sais, je comprends très bien qu'entendre les parents se rengorger sans cesse, c'est quelque chose d'affreusement écœurant, mais on ne peut pas s'en empêcher, en fait. Je veux dire – entrer à Westminster : ce n'est pas une mince affaire.

Donc oui – j'ai réussi, je ne sais pas *comment*, à réunir assez d'argent pour payer le premier trimestre (et ne me demandez pas combien, par pitié) et j'ai signé un prêt personnel pour, oh, vous savez bien – l'uniforme, plus une liste d'accessoires et de matériel suffisants pour équiper tout un régiment en partance pour une campagne d'hiver dans le plus hostile des climats, mais bon, voilà – c'est comme ça de nos jours. Je me suis un peu plus investi dans mon travail, ces derniers temps (c'est aussi bien – Maria n'a plus trop l'air de s'en soucier, maintenant), de sorte que pour l'emprunt immobilier aussi, je m'en tire à peu près (il reste juste quelques arriérés) – mais j'ai dû renoncer à tout ce qui est nounou et femme de ménage parce que sinon, mon Dieu – c'est carrément le loyer de *Maria* que je n'arrivais plus à payer, n'est-ce pas ? Enfin vous voyez. Et après tout, je *vis* avec elle, n'est-ce pas ? (Mais plus pour très longtemps, me semble-t-il – et jusqu'à quel point cela tiendra-t-il à *moi*, eh bien – je préfère ne pas m'avancer : on verra bien comment les choses évoluent, d'accord ?) Mais Anne s'est débrouillée pour reprendre Nan, et une espèce de Mexicaine qui, apparemment, vient tous les matins et s'agite en tous sens, un aspirateur à la main. Je ne sais absolument pas comment tout cela est possible, car même à présent que nous avons récupéré Nan – qu'ils ont récupéré Nan –, Anne a l'air tout à fait résolue à ne plus jamais travailler. J'imagine que ça devient vite une habitude – quand un changement se produit, on s'y adapte. Vous savez qu'elle a vendu ma paire de fauteuils Barcelona ; j'ai simplement fait une remarque en notant leur absence, le week-end dernier, quand je suis passé prendre Adrian et Donna – qu'*est-ce* que tu en as fait, cette fois ? Oh oui, a-t-elle dit – de ce ton suprêmement détaché qu'elle seule peut prendre : je les ai vendus. Ça couvrira peut-être les premiers mois de salaire de Nan, je ne sais pas. Et, mis à part le fait que c'étaient en soi des objets d'une extrême beauté – un véritable idéal esthétique (parfois, je pouvais passer une heure à simplement tourner autour, comme autour d'une proie, à me gorger de leurs proportions parfaites, de cette vastitude, de cette sublime finesse des pieds, sous tous les angles imaginables : je ne me souviens pas de m'y être jamais assis, pour les raisons habituelles – pourquoi abîmer la perfection ?)... oui, comme je disais – mis à part l'aspect *artistique* des choses, ces fauteuils étaient en fait indiscutablement à *moi*, et non pas dans la communauté de biens – et je suppose qu'autrefois j'aurais fait une histoire terrible à ce propos (si ce n'est qu'autrefois cela ne serait jamais arrivé, n'est-ce pas ?). Mais à présent, tout me semble tenir en équilibre si instable, si précaire, et je me sens moi-même si parfaitement échoué entre deux univers – deux modes de vie très distincts que séparent des distances infranchissables – que finalement, je pense qu'il est préférable de laisser tomber. Ce qui était probablement la chose à faire dès le départ, quand... quand je l'ai *rencontrée* : j'aurais dû le voir, alors. Parce que le changement, voyez-vous, ce n'est pas vraiment mon truc – réflexion, je m'en rends compte, singulièrement pathétique de ma part, au point où nous en sommes – mais bon, que dire d'autre ? C'est la vérité.

Quoi qu'il en soit – ces bizarres après-midi et soirées que je passe avec les enfants sont infiniment plus aisés (moins pénibles) maintenant que Nan nous accompagne. Je veux dire – ces fast-foods épouvantables, avec leur lumière atroce, qu'ils ont l'air de tant apprécier : moi, je m'y sens comme un véritable *extraterrestre*, vous voyez ? Et quand une fois installés, ils me débitent comme une mitrailleuse tous ces trucs effrayants qu'ils ont l'intention de se fourrer dans le ventre, moi je reste là à sourire en hochant la tête, sans comprendre un traître *mot*, franchement, parce que ça ne ressemble pas du tout, mais alors pas du tout à ce que l'on peut appeler commander un repas dans un endroit *normal*, n'est-ce pas ? (Déjà, quand Adrian était tout petit, c'était le cas : c'est Anne qui s'occupait de tout.) Donc je me retrouve là devant les caisses à essayer de me rappeler si c'était un Double Mac-Truc ou un Triple Mac-Machin ou bien un autre multiple de quelque chose d'aussi imprononçable mais de complètement différent, si c'est de la mayo ou l'autre sauce non moins inquiétante qu'ils sont censés « offrir », et s'ils ont demandé une boisson pétillante Petite (pour moi, c'est déjà trop), Moyenne (c'est-à-dire énorme) ou Grande (d'une dimension littéralement obscène, et si typiquement américaine). Sur quoi Donna change toujours – *toujours* d'avis au dernier moment, parce qu'elle a vu qu'avec le menu enfant de la semaine (attendez, vous voulez me faire croire, sérieusement, que toutes les autres saloperies qu'ils proposent sont destinées à des *hommes* et des *femmes*, à des *adultes* ?), on a une *Barbie* ou je ne sais quoi – résultat : on reprend tout de zéro – juste ciel. *Bon*, Donna – alors c'est le Miam-Miam pour les petits (ça, c'est de l'éducation, pas vrai ?) avec un jus d'orange que tu veux, c'est ça ? Et trois pailles, oui. Bien. Tu es sûre ? Bon – parfait... et toi, Adrian, tu prends... ? (Là, je fais une pause, espérant de toutes mes forces qu'il va s'adresser directement à la femme compréhensiblement comateuse dont le doigt reste suspendu au-dessus du clavier, et lui détailler dans un charabia incompréhensible la montagne d'horreurs sur laquelle il a finalement arrêté son choix, et généralement, ça marche – et il a l'air presque fier, savez-vous, de commander tout ça.) Et moi ? Oh – moi, mon Dieu, je prendrai juste un café, merci beaucoup. Vous ne faites pas d'espresso, n'est-ce pas ? Ni de cappuccino. *Latte ?* Non ? Non – bon, eh bien un café *café*, dans ce cas, oui, voilà (le même que la dernière fois : du jus de vaisselle brûlant dans un gobelet immense et tout mou et une sorte d'écharde de plastique destinée à touiller le contenu d'une capsule d'émulsion radioactive absolument impossible à *ouvrir* – oui, voilà, merci infiniment : c'est *parfait*).

Quoi qu'il en soit – c'est Nan qui gère ce cauchemar, à présent – et Adrian est là pour l'aider à porter les plateaux. Moi, je reste coincé derrière une petite table de Formica, mes narines faisant des pieds et des mains pour nier et refuser l'accès aux relents de désinfectant qui imprègnent tout ici (ils sont sans cesse en train de nettoyer – ce qui, et j'imagine que c'est là perversité de ma part, ne fait que me rappeler la *saleté*). Je dois en outre faire tout mon possible pour contenir l'impatience presque hystérique de Donna à propos du mini-poney qui va bientôt (le plus tôt sera le mieux) lui échoir, assorti d'un micro-peigne destiné à démêler sa crinière mauve. Des univers parallèles : il semblerait que nous hantons tous des univers parallèles qui parfois se chevauchent.

Tiens, les voilà qui arrivent (regarde, Donna – regarde : Adrian apporte ta Mac-Crado Box – il agite la boîte), et tout ce qu'il me reste à faire à présent, c'est de me concentrer pour ne pas regarder, ne pas même lever les yeux, tandis qu'ils se livrent au massacre. Elle est adorable comme tout, n'est-ce pas ? Nan. Une vraie bonne personne, selon moi : elle ne vit que pour les gosses, ça se voit. Elle se préoccupe des autres (et moi ? Je me pose la question). Juste avant d'entrer ici, elle m'a demandé Dites-moi, Jeremy, comment va, euh... ? J'ai répondu, Quoi, qui – Maria ? Oh, magnifiquement, pour autant que je puisse dire. Et j'aurais peut-être dû en rester là – mais je ne sais pas, cette fraîcheur, cette ouverture aux autres lisible dans son regard, sur tout son visage, m'ont poussé à ajouter sereinement, Vous voyez, Nan – en fait, je ne la connais pas *vraiment* : tout ce que je parviens à faire, c'est deviner là où son instinct la pousse. Elle a souri, tout simplement, et m'a répondu avec une infinie légèreté : moi, je ne suis pas douée pour ça – pour connaître les gens, toutes ces choses ; quant à leurs instincts – ce n'est même pas la *peine*. C'est réellement touchant : comment une fille si jeune pourrait-elle savoir *quoi que ce soit*, franchement ?

« Assieds-toi là, Donna », dit Nan – disposant des cubes de polystyrène et des pochettes en carton pleines à ras bord de bâtonnets orange et très probablement cancérigènes, aux yeux de Jeremy. « Adrian, tu vas t'asseoir à côté de Papa, d'accord ? Et ne commence pas à *piocher*, Adrian : attends que nous soyons tous servis. N'ouvre pas la boîte comme ça, Donna – tu vas tout arracher. Adrian – aide-la à ouvrir sa boîte. Parce que regarde, Donna – il y a une image à colorier, au dos, tu vois ? Tu n'as pas envie de la *déchirer*, si ? On fera le coloriage à la maison, avant de se coucher. »

En eût-il eu la place, Jeremy serait tombé de son minuscule siège comme, sans prévenir, un hululement suraigu s'échappait soudain de Donna (à chaque fois, cela le terrassait, il le reconnaissait volontiers : comment un être aussi petit pouvait-il faire autant de *bruit* ?).

« Qu'est-ce qui ne va *pas*, ma chérie ? s'enquit aussitôt Nan, avec sur le visage une expression d'inquiétude sincère mêlée d'un calme tout professionnel. Tu t'es fait *mal* ?

– Oh, *arrête ça*, Donna ! » fit Adrian, comme les hurlements se prolongeaient sans vergogne, montant encore d'un ton – au grand embarras et à la non moins grande contrariété de Jeremy (*Comment* peut-elle ? Tout le monde *regarde* !).

« Qu'est-ce qu'elle a ? » telle fut la piètre contribution de Jeremy – question posée avec autant de bonne volonté qu'il parvenait à en réunir (mieux vaut montrer que je suis effectivement concerné, n'est-ce pas ?).

Tandis qu'Adrian attaquait résolument la partie la plus charnue de son hamburger, et que Jeremy tâchait de ne pas se détourner, de repousser la terrible envie de se trouver n'importe où, absolument n'importe où mais pas là, Nan écartait doucement les cheveux du visage écarlate et trempé de larmes de Donna, tentant d'établir au moins une vague brèche dans la muraille sonore, la respiration de Donna à présent désintégrée en une série de sanglots hoquetants et précipités – comme si, croyait Jeremy, chaque tentative pour inspirer la laissait encore plus stupéfaite que la précédente.

« Ça – c'est – le – *carrosse* ! parvint-elle enfin à éructer. C'était la semaine du *poney*, et ils m'ont donné le *carrosse* et j'ai le... !

– Oh, *franchement*, Donna, chuinta Adrian. Il n'y a pas de quoi *pleurer* comme ça.

– *Si, si !* s'écria Donna, en proie à une extrême indignation.

– Ccchhhh, Donna, ccchhh, ma chérie, fit Nan d'une voix très douce.

– Mais *si*, Nan – il y a de quoi pleurer, parce que je l'ai *déjà*, le carrosse – je l'ai eu la semaine *dernière*, et…

– Bon, très bien Donna, fit Nan d'une voix apaisante. On va voir ce qu'on peut faire. »

Et Donna, ses grands yeux humides à présent emplis d'une foi éperdue, contempla Nan qui s'extirpait du siège en souriant et se dirigeait de nouveau vers les caisses.

« Quel *bébé* ! laissa tomber Adrian.

– Oh tais-toi, Adrian, cracha Donna avec – perçut Jeremy – une étonnante férocité. Tu aimerais bien, toi, avoir le carrosse de la Princesse de l'Été et pas de Poney de Barbie pour le *tirer* ? Ça ne te ferait pas *rire*, hein ? »

Mais toute douleur, toute affliction devait être instantanément oubliée, comme Nan réapparaissait brusquement, agitant d'un air malicieux non seulement le poney rose et mauve, mais également une sucette pour Adrian et une pour Donna.

« Oh *merci*, Nan ! s'exclama Donna avec élan, s'acharnant déjà sur l'emballage de cellophane. Tu peux garder le carrosse, Adrian. »

Ce à quoi Adrian répondit, outré, dans une projection de parcelles de frites :

« Mais j'en ai rien à *faire*, moi, de ton pauvre carrosse de Barbie. Et puis – si, tiens, je vais le prendre – Action Man pourra le rétamer avec son lance-missile. »

Et tandis que Donna caressait la crinière du petit poney, que Nan riait, sobrement mais avec attendrissement, qu'Adrian recommençait à s'empiffrer (Je vais prendre les frites et les nuggets de Donna – elle les laisse toujours, hein, Nan ?), Jeremy contemplait la scène, remerciant le Seigneur de ne pas l'avoir condamné à devoir gérer ce dernier petit drame familial. Comment aurais-je fait ? Très honnêtement, je pense que je me serais levé de table, que je serais sorti et que j'aurais hélé le premier taxi venu, les abandonnant tous les deux à leur sort. Dieux du ciel : après toutes ces années, je n'ai toujours aucune idée de ce que c'est que d'être *père*. (Mon problème à moi aussi, c'est que j'ai le carrosse, peut-être – mais rien pour le tirer.)

Jeremy jeta à Nan un bref regard, assorti d'un sourire d'appréciation complice et fraternelle, mais elle ne s'en aperçut nullement (complètement passé à côté), alors Jeremy se dit Oh bon, très bien, dans ce cas – je laisse tomber. Insister, cela paraîtrait forcé, maladroit. Il reporta toute son attention sur le café infect posé devant lui, se demandant vaguement s'il pouvait prendre le risque d'en boire une petite gorgée, et quand elle leva les yeux vers lui, Nan ne put lire qu'indifférence et désintérêt dans ce regard fuyant qui était le sien.

Ç'avait été un sale moment, Nan pouvait vous l'assurer – le plus dur qu'elle ait jamais vécu. La pire chose qu'elle ait jamais connue – dix fois plus terrible que toutes les douleurs, toutes les tristesses endurées jusqu'alors. Elle s'était crue en sécurité – en sécurité, et pour de bon, et c'était la première fois, avec Jake (son homme). Tout d'abord, elle ne l'avait pas cru quand il l'avait regardée droit dans les yeux en disant d'une voix dure : Fiche le camp – fiche le camp, et tout de suite, Nan. Et embarque tout ton bordel avec toi. Eh bien Jake, avait-elle répondu – tu trouves ça très amusant, très sympathique comme accueil, pour quelqu'un qui rentre à la maison ? Il reste quelque chose à boire, ou tu as tout vidé, gros cochon ? Et puis soudain, Susie s'était littéralement matérialisée, surgie de nulle part – presque comme si elle était sortie du corps même de Jake, quelque chose comme ça : à un instant, il y avait là Jake (son homme), et l'instant suivant, sans avoir compris comment, Nan se trouvait face à eux deux. Ils arboraient un visage inexpressif, une sorte de masque de plastique – tentant peut-être de ne pas se montrer ouvertement accusateurs, non, mais sans du tout se laisser aller à une quelconque faiblesse : ils paraissaient solliciter les muscles de leurs pommettes afin de faire barrage à toute tentative d'expression et se liguer, avec une volonté stoïque, pour montrer un front uni.

Et là, Nan était devenue folle. Ce n'est pas *vrai* ! Voilà ce qu'elle hurlait sans cesse : Ce n'est pas *vrai* ! Parce qu'elle avait bien *vaincu* Susie, elle l'avait *annihilée*, n'est-ce pas ? Nulle femme au monde ne pouvait ressusciter de cette mort absolue que Nan avait tramée. Et Jake ! Jake ! Je *t'aime*, tu ne peux *pas* faire ça. *Comment* peux-tu faire ça ? Ne fais pas *ça* ! Et Jake maintenait fermement écartés les poings de Nan qui menaçaient de voler en tous sens, se contentant de répéter d'une voix sombre *Non*, Nan, *Non* – tu ne m'aimes *pas* et je ne t'aime *pas* – je ne t'ai jamais aimée. C'est à *Susie* que j'appartenais – et c'est à elle que je reviens. Et Susie ? Susie demeurait un peu à l'écart, les mains mollement posées sur les hanches, contemplant le sol et secouant lentement la tête au fur et à mesure que se jouait cette vilaine scène : c'était *blessant* – infiniment plus blessant pour Nan que si elle l'avait attaquée à coups de couteau : un tel détachement dans la victoire constituait l'ultime et cruelle blessure, l'entaille qui précède la mise à mort, aux yeux de la pauvre créature vaincue, folle de douleur.

Toutefois, Nan ne s'était pas enfuie, l'âme écorchée et le désespoir au cœur. Comment aurait-elle pu ? Elle était là au beau milieu de chez *elle*, vous ne comprenez pas ? Chez elle, et Jake (son homme) lui tenait la main – même s'il la lui tenait pour l'écarter, et pas pour l'attirer, et la repoussait, encore plus, encore plus vers la porte. Nan résistait de ses tout derniers lambeaux de force – sans se soucier de la honte, du chagrin qui s'épanouissaient, insensible même à la réelle douleur physique de ses fins poignets maltraités. Ses pieds patinaient en arrière, tandis que tout son corps – toujours raidi – cédait peu à peu sous la pression colossale, incessante de Jake (son homme !) qui la repoussait comme un bulldozer vers la porte, puis hors de l'appartement (elle réussit à libérer une de ses mains et s'accrochait éperdument au chambranle, à la poignée, à n'importe quoi), et très certainement hors de sa vie. Elle se débattait toujours de manière incontrôlable quand le bruit métallique du verrou que l'on tournait lui traversa le corps comme une décharge électrique. Et là seulement, dans le couloir blême et interminable, elle se calma, tenta de ne pas pleurer piteusement et échoua lamentablement : ses épaules la secouaient toute à chaque sanglot convulsif et, les larmes ruisselant, elle s'éloigna lentement, pas à pas.

Elle n'avait nulle part où aller. Et cela, s'était-elle dit en frissonnant, bien des jours après, devait apparaître évident à tous les inconnus qu'elle avait pu croiser. Parce qu'un homme – un connaisseur en matière de femmes errantes, possiblement – lui avait lancé, non sans gentillesse, Alors ma petite dame : on n'a nulle part où aller ? Et Nan croyait se souvenir d'avoir secoué la tête d'un air absent, sur quoi l'homme (petit, sec – un Asiatique, peut-être, quelque chose comme ça) lui avait adressé un large sourire, et Nan, si désolée, s'en était sentie pitoyablement reconnaissante et provisoirement réconfortée. Il l'avait emmenée dans ce qu'ils appelaient un « hôtel », un endroit minable et minuscule situé, elle devait s'en apercevoir le lendemain matin, quelque part à Paddington. Il n'attendait apparemment rien de plus d'elle que ce que le réceptionniste lui avait glissé au travers du comptoir – et Nan, malgré la laideur de son coin de chambre étriqué et relativement crasseux, visiblement délimité par une cloison montée à la hâte, s'était allongée sur le lit étroit et avait envié le couple qui, juste derrière celle-ci, semblait, entre deux insultes et deux accusations furieuses, s'envoyer mutuellement cogner la tête contre la paroi ; elle les enviait simplement d'être ensemble.

Elle s'était réveillée, ou avait été réveillée tant de fois au cours de cette nuit-là, que vers les cinq heures et demie, six heures du matin, elle décida avec une sorte de tristesse résolue (elle se sentait si épuisée, en dépit du chagrin) qu'il était temps d'entamer cette longue et pénible journée. Il y avait une bouilloire, qu'elle brancha ; elle but ce qui était du chocolat chaud, ainsi que l'indiquait le sachet, simplement parce qu'il était posé là – et sans ajouter de sucre, car il n'y en avait pas. Cette horrible, mesquine parodie de chambre coûtait trente livres la nuit (elle avait réglé d'avance, en espèces, machinalement) – beaucoup plus qu'elle ne pouvait se permettre de dépenser au-delà de quelques jours (c'est-à-dire beaucoup plus longtemps qu'elle ne parviendrait à le supporter).

Quand elle sortit, l'immeuble empestait le lard grillé, ce qui, pour quelque raison absurde, lui fit monter les larmes aux yeux. Elle composa le numéro de Jake, sachant qu'elle allait entendre sa propre voix sur le répondeur. Elle s'écouta attentivement réciter l'annonce puis – fermant les yeux pour ne laisser filtrer aucune image – reposa doucement le combiné. Elle appela l'agence. Demain, elle avait les jumelles, comme prévu, mais ensuite – avait-elle oublié ? – la famille partait pour le reste du mois et Non, je crains que non – nous n'avons rien d'autre pour l'instant, mais nous vous contacterons dès que quelque chose se présentera. Eh bien, euh... Nan avait calé : J'ai, euh – j'ai *déménagé*, en fait, donc le numéro que vous avez là ne... n'est plus le bon. Donc c'est moi qui vous appellerai. Puis elle composa le numéro de Jake, sachant qu'elle allait entendre sa propre voix sur le répondeur. Elle s'écouta attentivement réciter l'annonce, puis dit – hésitante au départ, puis plus assurée au fur et à mesure qu'elle accélérait son débit – qu'elle avait besoin de ses affaires : voici mon adresse actuelle (l'endroit où je suis descendue).

C'est – de manière assez prévisible, si Nan y avait songé – ce pauvre vieux Carlo que l'on avait chargé de s'occuper du déménagement. Il monta cartons et valises sur trois étages d'escalier étroit et, une fois dans la chambre minuscule avec Nan, s'excusa de ne pas trouver la moindre place pour les déposer.

« Oh – mets-les sur le lit, Carlo, tu veux bien ? Je te remercie mille fois – je suis désolée que tu aies dû... ouais, là, c'est très bien. Je m'en arrangerai plus tard.

– Bon. Eh bien – je crois que je vais y aller.

– Oh non, Carlo – reste un... mon Dieu, je n'ai rien à t'offrir, en fait – il est bien évident que je ne m'installe pas ici pour longtemps, donc je n'ai rien... non, j'ai un truc génial en vue, en fait – là, c'est juste, enfin tu vois... Mais tu restes un peu, quand même ? Je vais te faire une place.

– Eh bien..., céda Carlo (oh *merci*, mon cher, cher Carlo, se dit Nan – je n'ai plus parlé à *quiconque* depuis...). Deux minutes, alors. »

Mais Nan n'arrivait pas vraiment à entamer une conversation légère, sur le mode *Alors, dis-moi, comment va tout le monde ?* Parce que, franchement, elle ne se sentait pas la force de le savoir. De sorte que, désirant peut-être rompre un silence gêné, c'est Carlo qui s'éclaircit la gorge avec grande application et commença :

« Tu es au courant, pour Tony ? Sûrement, hein.
– Pour Tony ? Oh – *Tony*. Non. Qu'est-ce qui lui arrive ?
– Tu ne sais pas ? C'était dans le journal. Avec photos et tout. Incroyable.
– Comment ça ? Qu'est-ce qui s'est passé ?
– Eh bien – grands dieux, c'est tellement… En fait, j'ai du mal à y croire, mais – vraiment, tu ne sais pas ? Je pensais que tout le monde était au courant.
– Au courant de quoi ?
– Eh bien – cet enfoiré a braqué une banque ! »
Nan resta un instant bouche bée.
« Braqué une… !
– Je sais. Incroyable, hein ? Il s'est fait arrêter, naturellement. N'importe qui aurait pu lui dire qu'il n'était pas fait pour ce genre de truc. À cette heure-ci, il est logé, nourri et blanchi aux frais de Sa Majesté, comme on dit.
– Tu *plaisantes* !
– Du tout. Il en a pris pour deux ans. Il ne va probablement pas purger *toute* sa peine – ça n'arrive jamais. Mais quand même. Aux dernières nouvelles, il aurait été de mèche avec un chauffeur de taxi, imagine-toi. Enfin, c'est ce qu'ils disent dans les journaux – ils ont partagé l'argent entre eux. Lui aussi s'est fait pincer.
– Mais grands dieux – mais pourquoi diable Tony ferait une chose aussi idiote – braquer une banque, tu te rends compte ? »

Carlo toussa légèrement. « Eh bien, euh – je suis surpris que tu ne le saches pas, Nan. Il l'a fait pour toi. »

Cette fois, Nan avait les yeux hors de la tête.

« Pour *moi* ? Il l'a fait pour *moi* ? Mais qu'est-ce que tu veux dire par là, Carlo ? Comment aurait-il pu…

« – Il *t'aimait*, Nan. Il pensait que comme ça, il pourrait peut-être te récupérer, voilà tout. Ça paraît dingue, oui – mais c'est l'amour qui vous rend comme ça, n'est-ce pas, Nan ? Qui vous rend dingue. »

Et plus tard, quand Carlo fut parvenu à se retirer en douceur, non sans un intense soulagement, Nan se laissa aller sur l'immonde couvre-lit et réfléchit. Une seule chose la rassérénait, dans tout cela : pas une fois Carlo n'avait demandé le chemin des toilettes (et c'était aussi bien – si vous les voyiez !), et Nan lui en avait plaisamment fait la remarque. *Non*, avait-il annoncé d'un ton triomphal : j'ai *gagné* – j'ai réussi à y *aller*. Apparemment, il était à présent parfaitement régulier et assidu, grâce à un nouveau et merveilleux médicament américain (qui vous précipite vers les lieux à la seconde où vous percevez le moindre fumet de, disons – de bacon en train de frire, ce genre de chose : c'est d'ailleurs à cet instant qu'il était parti). Et Nan était ravie pour Carlo, de manière parfaitement disproportionnée : cela lui apportait un bien-être inexplicable.

Mais comme cette belle humeur s'éventait et disparaissait, plus vite encore qu'elle n'était née, Nan se décida à regarder les choses bien en face : il lui fallait trouver un travail – et un endroit où vivre. Elle avait besoin d'une maison, d'une *habitation*, et de gagner un peu d'argent, d'une manière ou d'une autre. C'étaient là deux choses nullement impossibles à trouver, mais Nan savait très bien qu'une fois qu'elle les aurait, cela ne lui suffirait pas. S'occuper des enfants des autres ne constituait aucunement – comment cela aurait-il pu ? – un substitut à la tendresse d'un homme. Et à présent, cet homme – qui, Nan en avait bien conscience, n'avait jamais été la tendresse incarnée – a purement et simplement disparu, d'ailleurs il est avec une autre. Ce qui n'est pas bon, oh que non. Mauvais, voilà ce que c'est : mauvais.

Et à propos d'enfants – connaissez-vous la dernière ? Mais oui – celui de Nan était prévu pour la fin de l'année : ils n'étaient pas absolument certains de la date, mais ils l'estimaient aux alentours de la mi-décembre. Et cela, savez-vous, pourrait constituer l'arme fatale, qui ferait voler en éclats le couple Jake-Susie. Certes, si le bébé était celui de Jake ; seul problème, le père est un taulard, maintenant. Eh bien, je vais quand même le garder, parce que j'adore les enfants – vraiment. (Tony m'enverra peut-être un mandat postal, pour m'aider à donner au petit être la chaleur et le confort dont il aura besoin.)

Nan, votre ancienne patronne a appelé, lui avait confié la directrice de l'agence : bien sûr, je n'ai pas donné de réponse pour vous, ni rien, parce que hum, vous ne vous êtes pas quittées dans les meilleurs termes, si je me souviens bien ? À moins que je ne me trompe complètement ? Non, avait confirmé Nan, vous ne vous trompez pas le moins du monde : c'est tout à fait ça. Mais Anne ne veut sûrement pas que je *revienne*, quand même ? Oh, mais si elle le *souhaitait*, je serais tellement, tellement *heureuse* – j'y retournerais même pour moins cher qu'avant (la maison est tellement agréable, et Adrian et Donna m'ont vraiment, vraiment manqué, vous savez). Mon Dieu *oui*, assura la directrice de l'agence, sans hésitation : elle semble effectivement désireuse de vous reprendre. (Est-ce que Nan est *réellement* libre, avait insisté Anne – eh bien *demandez*-le-lui, contactez-la, suppliez-la au besoin, vous voulez bien ? Dites-lui que nous sommes prêts à payer plus cher qu'avant.)

Ce coup de fil m'a sauvé la vie, se disait Nan. Je viens de donner cent vingt livres à cet affreux bonhomme, en bas, pour avoir eu le droit de rester quatre jours et quatre nuits enfermée dans cette cellule humide et crasseuse, en ne m'échappant que pour acheter des biscuits et des magazines (je ne supporte rien d'autre). Passé l'effarement initial, Tony n'a pas beaucoup occupé mes pensées. Pour tout vous dire, je pense que Carlo a inventé cette histoire – encore que Tony puisse être parfois très, très bizarre, donc on ne peut pas savoir. Il était *disponible*, vous voyez – et les types bien (les seuls qui vaillent la peine) sont toujours pris. Et si personne n'en veut – mon Dieu, pourquoi en voudrais-je, moi ?

Quoi qu'il en soit – me voilà en train de feuilleter des magazines – et même les magazines me rendent dingue, surtout les derniers numéros de déco et art de vivre. Regardez-moi ça – lisez plutôt ces imbécillités (typiques) :

« Le petit pavillon n'était guère qu'une coquille vide quand David et Rebecca ont relevé le défi – de plus timorés auraient baissé les bras devant la tâche à accomplir, mais c'était mal les connaître. "Il y a eu des moments, avoue Rebecca, où nous nous sommes dit : Mon Dieu, dans quoi nous sommes-nous *lancés* ?" Mais après deux ans de travail acharné, ils sont fiers du home ravissant que nous avons photographié pour vous. »

Ouais, se disait Nan – eh bien moi, je préférais la semi-ruine de départ : qui a jamais cru que les frises au pochoir faites maison étaient une décoration ingénieuse ? Mmm ? Et pouvez-vous me dire, en fait (dites-le-lui donc) à quoi *sert* un drap de calicot écru jeté sur une simple tige de fer forgé ? Ça me rappelle la saloperie de mousseline de Susie – complètement *idiot*, n'est-ce pas ? Et ça ! Regardez-moi ça !

« En panne d'idées pour une table basse ? Pourquoi ne pas faire comme Simon et Marion ? C'est tout simple : trouvez une vieille porte à cinq panneaux que vous découpez en trois, rabotez les bords et assemblez soigneusement à l'aide de joints bout à bout et de colle extraforte, avant d'appliquer jusqu'à cinq couches d'enduit. »

Nom d'un chien – ça, pour être *simple*... Ce ne serait pas simple, d'aller simplement acheter une table basse ? Quant aux termes qu'ils utilisent : vous avez lu l'article sur les poignées de porte ? Oui oui – vous avez bien entendu : un article sur les *poignées* de porte : « Nous adorons cette réinterprétation funky d'un grand classique toujours très en faveur... » Hallucinant, non ? Et sur les pubs, les gens ont l'air de passer leur temps à traîner pieds nus sur des divans grands comme des paquebots, à rigoler comme des malades – avec devant eux, posés sur la table basse (possiblement improvisée avec leur porte d'entrée et celle de la cuisine, va savoir), deux grands verres de vin rouge à côté d'une bouteille pleine et *non ouverte* (et *ça*, ce serait un truc utile à connaître). Quant aux magazines de mode, ils me font simplement me sentir *grosse* et *seule*, et du coup je me venge sur les biscuits. Si ça continue comme ça – et je ne plaisante pas – je vais devenir *folle*.

Donc vous voyez, n'est-ce pas, à quel point le coup de fil d'Anne a été non seulement un coup de chance complètement inespéré, mais presque littéralement une bouée de sauvetage ? Bien sûr, j'étais nerveuse à l'idée de me retrouver devant elle (elle pouvait brusquement s'énerver, sans prévenir), mais juste ciel – j'avais à peine fait deux pas dans le couloir qu'Adrian et Donna se sont précipités vers moi en poussant des cris de bienvenue (Donna m'avait enlacé les jambes de toutes ses forces et poussait des piaillements de joie – elle a failli nous faire tomber toutes les deux).

« En tout cas, ils ne vous ont pas oubliée », sourit Anne. (Mon Dieu, mon Dieu, faites qu'elle reste, se disait-elle. J'adore mes enfants, bien sûr que je les adore, mais il faut, il faut absolument qu'ils me *lâchent* un peu.)

« Ils m'ont terriblement manqué », dit simplement Nan. Et les larmes roulèrent sur ses joues, incontrôlables.

« Adrian, Donna – filez dans votre chambre pendant – on ne discute *pas* ! – pendant quelques minutes, d'accord ? Il faut qu'on *parle* un peu, Nan et moi.

– Mais tu vas *rester* ? fit Donna d'une voix implorante. Hein, Nan ? Tu ne vas pas encore partir et nous *laisser* ? »

Nan s'apprêtait à répondre quelque chose – mais elle était si bouleversée que nul son ne sortit de ses lèvres.

« Mais bien sûr que *non* », dit Adrian avec une belle assurance. Puis il leva des yeux agrandis par l'interrogation : « N'est-ce pas, Nan ? »

Nan se contenta de sourire comme une innocente et secoua la tête, tandis qu'Anne chassait les enfants.

« Ça fait plaisir de vous revoir, Nan, déclara Anne, calmement, une fois qu'elles furent seules. Voulez-vous boire quelque chose ? Il y a du vin d'Alsace dans le… ou bien du *thé*, si vous préférez ? Oui ?

– Non, ça va très bien », dit Nan – contemplant ce dont elle se souvenait si bien : le divan, les tapis – ce miroir, là-bas (tiens, où sont passés ces deux fauteuils bizarres, là ?).

« Bien, écoutez – d'abord, je tiens à *m'excuser*, reprit Anne, assez vivement (si je ne le fais pas maintenant, je sais que je ne le ferai jamais). Je me rends compte que cela a été stupide de ma part de vous accuser de… enfin vous savez – Jeremy et vous. J'ai eu tort, complètement tort. Je le vois bien à présent.

– Je vous l'avais *dit*. » Voilà tout ce que Nan put répondre.

« Oui. Et Jeremy aussi. Ma seule justification, c'est… le stress. Je traversais une sale période – avec Jeremy qui, vous voyez – enfin qui partait, comme ça – avec je ne sais qui, la femme avec qui il vit maintenant…

– Il ne va pas… ?

– Revenir ? Qui sait ? On n'en sait rien. On en a discuté, mais… Enfin, *vous*, vous revenez, n'est-ce pas ? C'est de ça que nous parlons. »

Nan hocha la tête. « Oui. Je reviens. J'aimerais beaucoup revenir.

– Oh, je suis *si* contente. Les enfants sont absolument ravis, comme vous l'avez vu. Je pense que votre départ les a un peu traumatisés, vous savez. Je regrette infiniment tout cela.

– C'est solide, les enfants, sourit Nan. Ils se remettront.

– Vous êtes très… très généreuse, fit Anne, de manière tout à fait inattendue – sentant une vague de honte l'envahir, et incapable de s'y soustraire.

– Je crois que je vais aller chercher mes affaires, maintenant, dit Nan.

– Votre chambre est prête. Donc, c'est quand vous voudrez. Nan ? »

Nan lui jeta un regard presque méfiant.

« Mmm… ?

– Je voulais juste vous dire – *merci*. »

Nan renifla. « Vous n'avez pas à me remercier. C'est vous qui m'avez sauvée. »

Anne lui toucha le bras, légèrement.

« Nous nous sommes peut-être sauvées l'une l'autre », dit-elle.

« Elle va vraiment rester, hein, Adrian ?

— Ouais, ouais – bien sûr. T'inquiète pas. Sinon, elle ne serait pas là, tu ne crois pas ? D'ailleurs, je ne sais toujours pas pourquoi elle est partie, à la base.

— Ça va être bien maintenant », s'exclama Donna – sa voix s'étranglant une fois de plus en un gargarisme de joie. Je vais pouvoir sortir ma Barbie Qui Pleure, maintenant. Dans un tiroir, j'avais rangé une Barbie avec des cheveux comme Nan, pour qu'elle pleure et pleure et pleure, toute seule. Mais maintenant, je peux la sortir et lui essuyer les yeux et la moucher.

— Tu es *cinglée*, Donna – tu le sais ?

— Non je ne suis pas cinglée. Ça a *marché*, pas vrai ? Ça l'a fait revenir. Mais j'ai aussi un Ken Qui Pleure. Il est là-dedans, en attendant Papa.

— Ce serait bien, dit Adrian, si Papa revenait. J'aimais beaucoup plus Maman quand ils étaient ensemble tous les deux, mais maintenant, je ne sais plus. Peut-être qu'il va revenir. Peut-être. »

Donna jeta un coup d'œil dans un tiroir de sa commode.

« Je crois que oui, dit-elle. Regarde, Adrian – regarde. Ken ne pleure plus aussi fort qu'avant. »

Et, malgré lui, Adrian regarda.

« Tu as peut-être raison. »

Chapitre XII

Max était certain – maintenant, il l'était – d'avoir parfaitement réussi à réunir, affiner, apprivoiser et enfin tresser les éléments divers et essentiels à une soirée inoubliable. (« Continuez donc à faire tourner ce *champagne* », avait-il admonesté une serveuse fort impressionnée et fort nerveuse, tout en remettant d'aplomb son petit tablier en ruché, d'un geste sec : « Ne restez donc pas plantée là – qu'est-ce qui ne va pas, chez vous ? Faites ce pour quoi on vous paie, ma fille – et *bougez*-vous un peu, nom d'un chien. »)

Le duplex avait une allure superbe (il venait de faire revernir le Steinway, n'est-ce pas ? Je peux vous dire que ça reluit drôlement, maintenant : plein les mirettes) ; et la vue sur la Tamise, depuis les trois terrasses principales – décorées de guirlandes d'ampoules blanches et protégées par un auvent –, n'était pas, Max le savait, de celles que l'on oublie (sûrement pas ces gens-là, en tout cas). À peu près tout le monde avait répondu à l'invitation – et bon Dieu, pourquoi auraient-ils refusé ? Il y a bien deux trois cloches – deux trois paumés qui errent comme des âmes en peine, mais bon, c'est inévitable, n'est-ce pas ? Une nana idiote embarquée à la dernière minute : mon Dieu – on ne va pas blâmer les mecs pour ça, hein ? Si tu veux impressionner à mort une petite cruche bien roulée, quoi de mieux qu'une des fameuses soirées de Max Bannister ? Mmm ? Ça tombe sous le sens.

L'ambiance sonore est bonne – on entend toujours la musique en fond (j'ai essayé un orchestre *live*, un jour – infernal, tout le monde était obligé de gueuler), mais on entend surtout un brouhaha de conversations et de rires, comme quelque chose de vivant – et ça, c'est l'idéal. Donc ce que je vais faire, là, c'est prendre ma Charlie par sa minuscule taille et traverser la foule d'un air très dégagé, en serrant les mains de qui, selon moi, le mérite (voilà, j'y suis, et que j'aime son roulement de hanches : plus je vieillis, plus je me dis que tout est dans les hanches, si vous voyez ce que je veux dire. Finalement, c'est le plus subtil, n'est-ce pas ? Le plus *discret*, voilà ce que je veux dire. Je veux dire – dans la rue, tu vois tous ces nibards avec une bonne femme autour, et bon : je ne dis pas que ce n'est pas sympa – ça ajoute au bonheur de l'humanité, je ne vais pas nier ça – mais quand vient l'heure de faire une pause, pour moi c'est quand même ces putains de hanches qui emportent l'affaire, à tous les coups : les hanches, et les jambes qui en jaillissent. C'est d'ailleurs pour ça que ma Glads me manque, pour être honnête : bon – une *cinglée*, d'accord. Tout à fait – elle est mûre pour la camisole et la cellule capitonnée, aucun doute – mais question autres capitons, c'est une princesse, pas vrai ?).

Et vous savez quoi – si je n'ai pas complètement la berlue (Ouais, *bon*, Charlie – *okay* : tu ne me speedes pas comme ça, d'accord ?) – ouais – mais *naaan*, pas possible. Parce que j'ai cru l'apercevoir, ma Glads, juste là-bas, il y a une seconde. Et grands dieux – elle n'est jamais à court de balles, vous savez : invit ou pas invit, elle y va si elle en a envie – et vous pouvez me dire qui va se mettre en travers de son chemin, hein ? Vous pouvez ? Ha, non vous ne pouvez pas.

« Max – ça y est, je t'ai trouvé. Alors, comment va, vieux salaud ?

– Mike ! Mon petit Mike : *super*. On s'occupe de toi, c'est bon ?

– Tu les pendrais avant de les virer, sinon, pas vrai, Max ?

– Bonsoir, fit Charlie d'une voix soumise.

– Ah ouais, grogna Max. J'avais oublié. Ouais – tiens, Mike, je te présente Charlotte, Charlie pour les intimes.

– Salut, fit Mike.

– J'ai l'impression de déjà vous connaître, minauda Charlie. Je ne rate jamais un épisode.

– Ouais ? fit Mike, par pur automatisme. C'est gentil.

– Tu es venu seul, Mike ? J'allais justement montrer ma nouvelle œuvre d'art à Charlie – tu viens jeter un coup d'œil, d'accord ?

– Ouais, pas de problème, Max. Sally est quelque part par là – je l'ai perdue de vue. Et pourtant – elle me quitte rarement d'une semelle – et regarde ce que je bois, putain ! Plus de flotte que de scotch : voilà, ça, c'est Sally. »

Max se mit à rire. « Tu ferais mieux de la remercier à deux genoux, mon petit père. Sans elle, tu serais déjà mort.

– Ouais. C'est aussi ce qu'elle dit.

– Qu'est-ce qui se passe dans le prochain épisode ? s'enquit Charlie. Vous quittez Wanda ou quoi ? »

Max émit entre ses dents un sifflement agacé et leva les yeux au ciel, puis lui assena une bonne claque sur les fesses.

« Arrête de nous *tanner*, sois sympa – hein, Charlie ? Mike est à une *soirée*, là, d'accord ? Il n'a pas envie de parler de tout ça, okay ? »

Et pendant que Charlie, rougissante, murmurait une excuse, Mike se disait Ouais – Max a raison : je n'en ai vraiment pas envie. Cet après-midi, j'ai étudié le script avec les scénaristes, en fait – eh oui, puisque vous me posez la question, je vais *effectivement* plaquer la vieille Wanda – et avez-vous la moindre idée de ce que cela *signifie*, dans cet univers parallèle, cet univers de dingue dans lequel je vis ? Cela signifie que je vais recevoir des sacs entiers de lettres haineuses – vous ne me croyez pas ? Mais si. Sally va devoir s'en coltiner des piles et des piles – et toutes ces cinglées, ces tarées de bonnes femmes diront Comment avez-vous *pu* ? Comment avez-vous pu abandonner Wanda, avec ses deux petits mômes ? Elle ne vous a jamais fait de *mal*, n'est-ce pas ? Elle est beaucoup trop bien pour vous : les hommes sont tous *pareils*, décidément. Dieux du ciel. Les gens ne font simplement pas la différence entre la fiction et la vie réelle – eh oui, oui, on m'a expliqué ça mille fois : à leurs yeux, ce qui se passe sur l'écran est plus *vrai* que leur vie de tous les jours. Ce qui – quand vous passez la moitié de votre vie sous les traits d'une quelconque ordure appelée Sandy Hall, et l'autre à vous demander pourquoi diable vous le faites – vous donne envie, soit de hurler de terreur devant les tristes débris de la santé mentale de la race humaine, soit de reprendre un autre verre et de disparaître tranquillement de la surface de la terre. Vous savez – dans ces moments-là, je repense à Isobel, à la maison de repos. Elle ne savait sincèrement, réellement pas qui j'étais (et qui, sincèrement, réellement, étais-je ?) – et vous voyez, je n'ai pas vraiment cherché à le lui dissimuler, non – mais je n'avais pas envie que cela change, que cela brise quelque chose. Bon, naturellement tout s'est brisé, de toute façon. C'est toujours comme ça. Je pense que je vais l'appeler. Elle n'est pas comme toutes les autres – je pouvais vraiment *parler* avec cette femme, vous savez ? Mon amie. Spéciale. Je pourrais parler à qui, ici ? Ouais : je crois que je ne vais pas trop traîner. Et puis je l'appelle : pourquoi pas ?

Sans avoir conscience de s'être aucunement déplacé, Mike se retrouvait à présent avec Max et Charlie dans une alcôve peu profonde et à peine éclairée, à côté de la baie vitrée donnant sur la vue la plus spectaculaire. Il se souvenait quand même vaguement, en effet, d'avoir eu la main secouée par divers inconnus qui le regardaient droit dans les yeux, l'air mauvais, tandis que leur bouche se tordait en un rictus de connivence censé exprimer une *amitié* parfaitement illusoire, ou quelque chose de cette nature. Max avait agrémenté le voyage de tout un répertoire fort maîtrisé d'ébouriffages de cheveux, tapages sur l'épaule et autres câlins derrière l'oreille – tandis que Charlie affrontait silencieusement des femmes hostiles et outrageusement maquillées, dont le regard tout comme les lèvres aux commissures amères exprimaient le plus profond dédain, les hommes, eux, se contentant de rétrécir les yeux à l'approche de ses seins.

« Vous voyez, expliquait à présent Max – désignant à Mike et Charlie une grande toile carrée, d'un mauve strident balafré de jaune acide –, le dernier truc en vogue, maintenant, c'est une de ces Marilyn de Warhol : c'est complètement *commun* – voyez ce que je veux dire ? Il n'y a plus que ça partout. Mais notez bien qu'en même temps, Warhol reste toujours aussi valable, dès qu'il s'agit d'investissement déco, alors que faire, dans un cas pareil ? Bon – pas non plus question de Mao à la tribune – trop laid, ce con – et puis personne n'a envie de passer la journée à regarder une vache ou une vieille boîte de soupe – vous me suivez ? Donc, c'est là-dedans que tu mets ton pognon, mon vieux – une des premières séries de Liz Taylor. La classe, cette bonne femme – et très chouette du point de vue artistique, à mon humble avis. Qu'est-ce que tu en penses ? »

Max avait pris son visage épanoui, prêt à accueillir toute forme de félicitations (je suis assez content : en jetant un coup d'œil, j'ai vu que, ouais – la soirée est bien lancée maintenant : les gens commencent à se lâcher un peu – les nanas à exhiber leurs nichons, avec l'air un peu vicelard), et donc ne s'offusqua pas de sentir qu'on le tiraillait par la manche – c'est toujours comme ça dans une soirée, hein ? On en sort en petits morceaux, ce n'est que normal – mais là, ça devient un peu abusif, cette impatience (okay ?), parce que mon cher vieil ami Mike Bailey est en train de faire un commentaire sur Liz Taylor, et que c'est drôlement difficile de se concentrer avec quelqu'un qui n'arrête pas de vous démancher le bras en vous soufflant dans le cou.

« S'il te *plaît*, Max, s'il te *plaît* – je voudrais qu'on parle. »

Bon, attendez, là – ça n'est pas du *tout* le genre de truc que l'on dit dans une soirée, ça, n'est-ce pas ? Donc moi, ça commence à me gonfler légèrement, parce que je suis en train de parler avec un *ami*, n'est-ce pas ? Donc je me retourne, et mon regard tombe droit sur cette petite garce de Shirley Carey – c'est elle qui me tanne, avec un regard tragique – et immédiatement, je fonce dans le tas : *Bon*, ma fille, ça ne va pas du *tout*, cette histoire, je te le dis tout de suite. Comment es-tu entrée ? Enfin bref, on s'en fout – parce que maintenant, tu *sors*. Hugo ! Hugo – viens par ici une seconde, tu veux ? J'ai besoin de toi. Désolé, Mike – la petite dame a l'air de s'être perdue. Hugo – ouais, Hugo (et le ton de Max se fit soudain d'une discrétion criminelle, comme il chuchotait à l'oreille de Hugo) : tu me débarrasses de cette *garce*, d'accord ? Tu te débrouilles, fais comme tu veux – casse-lui les pattes si nécessaire : je veux simplement qu'elle *dégage*.

– Max, je t'en *prie* ! insistait Shirley. Max, je *t'aime* !

– Bon, allez, fit Hugo d'une voix calme. Allez, venez, Shirley – on va se prendre un verre, d'accord ?

– *Tire-toi*, marmonna Max. Hé, Mike ! Ne t'éloigne

pas comme ça – reviens, qu'on discute un peu. Ne t'inquiète pas pour *ça* !

– Je t'en *prie*, Max. J'ai *besoin* de toi – *garde*-moi – je *t'aime*...! »

Et, voyant la menace grandir et se préciser dans les yeux de Max, Hugo entraîna Shirley au loin, doucement mais fermement (dieux du ciel – elle ne lui facilitait pas la tâche), au-delà des groupes qui bavardaient, dépassant le bar et traversant la piste de danse en direction du vestiaire.

« Écoutez, Shirley, fit-il d'une voix douce, vous savez bien comment ça se passe. »

Les yeux de Shirley n'étaient plus que deux flaques de maquillage en bouillie – et d'en être consciente la faisait redoubler de larmes amères.

« Mais pourquoi ne... pourquoi ne veut-il même pas me *parler* ?

– Avec Max, il y a un moment pour parler – et un moment où il n'y a plus rien à dire, j'imagine. »

Ce qui, se dit-il, doit être excessivement agréable. Pour ma part, ces temps-ci, j'ai l'impression de rester là, sur la touche, à regarder avec de grands yeux les nanas qu'il fait défiler – toutes plus chouettes que ce que je ne parviendrai jamais à avoir. Je veux dire – prenez Shirley. Je ne lui ai jamais accordé guère d'attention (mon Dieu, quand une femme est avec Max, on évite, naturellement), mais même en cet instant – avec ces lèvres qui tremblotent et ses cheveux en meule de foin, eh bien très franchement, on devine le potentiel, n'est-ce pas ? Un joli petit corps – et si elle s'essuyait un peu le nez et tout, elle serait superbe, selon moi : une femme comme ça, tu peux la sortir partout.

« Je vais vous dire quoi, reprit Hugo. Vous avez mangé ? Ça m'étonnerait, hein. Vous n'avez pas dîné ? Non ? »

Shirley serra les lèvres et secoua la tête d'un air obstiné, comme un enfant qui, bien campé sur ses jambes, refuse de dénoncer un camarade.

« Eh bien écoutez, continua Hugo, de toute façon, c'est un peu bruyant ici, vous ne trouvez pas ? Pourquoi ne pas vous, euh – enfin, vous refaire un peu une beauté... vous savez où se trouve la salle de bains, je suppose ? Oui – oui bien sûr, excusez-moi. Désolé. Et puis après, on pourrait peut-être, je ne sais pas – aller manger un morceau au Sophie's, par exemple ?
– *Ha!* explosa Shirley. C'est toujours *là* que Max m'emmenait. »

Ce qui déclencha chez elle un nouvel accès de sanglots irrépressibles, et chez Hugo une nouvelle avancée de sa réflexion : j'ai bien l'impression que c'est le genre de chose qui m'arrive sans arrêt – n'est-ce pas ? Mais avec Anne, je commence juste à oser me dire que les jeux sont largement faits (ma mise est perdue d'avance), donc qu'ai-je à redouter, je me pose la question, d'un petit dîner avec Shirley ? Laquelle avait à présent maîtrisé ses larmes et répondait, encore toute secouée :

« Vous êtes... très gentil, Hugo. Oui, c'est une bonne idée, tout à fait. Allons-y, maintenant. »

Hugo sourit. Oui, gentil, je le suis, se dit-il ; eh oui – allons-y, maintenant.

Shirley, brusquement et cruellement consciente de, oh mon Dieu – du *spectacle* qu'elle devait offrir aux yeux de tous, était très très pressée de gagner la salle de bains. Elle ouvrit grande la porte et y pénétra en hâte – les surfaces de marbre pêche et de miroir si envahissantes, si étincelantes qu'elle n'aperçut pas, tout d'abord, Charlotte qui se tenait là-bas – adressant une moue à son propre reflet, ébouriffant ses cheveux puis les laissant retomber pour voir comment ils mettaient en valeur la toute dernière expression de son regard. Shirley était sur le point de faire marche arrière et de s'enfuir – toute rouge et instantanément mal à l'aise (écœurée) face à cette confrontation malvenue : la fille, cette fille, là, non seulement l'avait supplantée, mais avait également été témoin, et s'était sans aucun doute moquée, des pitoyables, pathétiques tentatives de Shirley pour ramener Max à elle, ne fût-ce que pour pouvoir *parler* une minute (*parle-moi* – dis quelque chose, je t'en prie : doux Jésus, Max – pourquoi ne veux-tu même plus me *parler*, à présent ? Est-ce vraiment ainsi que les choses se passent ?).

Je me contenterai, même si c'est un moindre mal, de pouvoir filer avec Hugo – mais comment faire face à cette fille, là, qui contemple sereinement ma répudiation totale ? Hugo, ou quelqu'un comme lui, c'est à présent une absolue nécessité, vous comprenez : après tout ce que j'ai vécu avec Max, comment pourrais-je m'en aller comme ça, simplement, discrètement ? Pour retourner m'enfermer au creux de ce nid pourrissant où m'attendent George, grands dieux, et les enfants, et c'est tout ? Parce que si George était pénible avant – et le mot est faible, je vous prie de me croire –, maintenant que cette insupportable prétention l'a quitté (et qu'avait-il d'autre à offrir, en fait ? Qu'est-ce qui se cachait, si vous voyez ce que je veux dire, derrière celle-ci ?), il s'est transformé en un de ces traînards languissants – toujours à tourner en rond dans la maison, parce que toujours sans boulot (et quand, si jamais, se présentera-t-il une occasion ?), et à préparer café sur *café*, mon Dieu – et pour nous *deux*... Et il boit pas mal maintenant – pas mal d'alcool, chose qu'il ne faisait jamais – mais il est vrai que c'est un criminel à présent. Et puis il surfe sur le Net. Je sais, je sais, mais voilà : je crois que ça veut tout dire. Il a décidé, ce pauvre George, que la musique classique (laquelle, pour autant que je le sache, n'a jamais joué le moindre rôle dans sa vie quotidienne) est à présent pour lui le moteur le plus essentiel de son existence. Il envoie des trucs sur un site. Un type tout aussi illuminé l'a baptisé « Elvis », et George – ce pauvre George, avec son sens habituel de la dérision, s'est jeté là-dedans sans hésitation. Il envoie des trucs sur un site Web – et maintenant, il les signe « Elvis ». Peu, très peu de gens visitent ce site : il est rare que George reçoive un courrier quelconque.

« Ne vous enfuyez pas, sourit Charlie. J'allais sortir. »

Shirley fut frappée par la douceur du ton. Elle s'était préparée à de l'acidité, voire à une agression de chatte en furie – mais c'était là quelque chose de tout autre. Néanmoins, elle ressentait encore le besoin de défendre ce qui n'était de toute évidence plus son territoire.

« Ne vous croyez pas si *maligne* », répondit Shirley d'une voix sèche – ce n'est pas exactement ce que je voulais dire, mais c'est mieux que rien (on s'en contentera).

Charlie eut un large sourire et fit mine de toucher Shirley, rapidement, quelque part entre le visage et les épaules.

« Je ne suis pas *fière* de moi, si c'est ce que vous voulez dire. Ne vous inquiétez pas : je l'aurai. Je l'aurai pour nous deux – et pour toutes les pauvres connes qui nous ont précédées. J'ai mon plan. »

Un nuage de perplexité traversa rapidement l'esprit embrumé de Shirley, puis continua de planer là, tandis que Charlie continuait :

« Le comportement de Max, hein ? Ça ne peut plus durer. Vous voyez – j'avais la naïveté, comme vous peut-être... de croire que j'étais spéciale, que j'avais été choisie : élue, vous comprenez ? Il m'a fallu un temps fou pour voir que tout ce que j'étais, c'était la *dernière* en date. Donc, quand il en aura assez – ou bien si je dépasse un tant soit peu les limites qu'il a fixées, il me larguera, n'est-ce pas ? À dégager. »

Shirley ne pouvait que hocher la tête d'un air atone, les larmes se pressant de nouveau, prêtes à monter.

« Bon, reprit Charlie. Mais moi, j'ai des *preuves*. Je l'enregistre presque tout le temps – j'enregistre ses mensonges, ses commentaires sexistes. En outre, il y a des gens qui témoigneront pour moi, le moment venu – des gens présents ici, à qui je raconte tout. Même *Monica*. Elle en particulier, d'ailleurs. »

Shirley se sentait comme une gamine idiote.

« Donc… vous allez… ? » Voilà tout ce qu'elle trouvait à dire.

« Je vais le menacer, oui – quand le moment sera venu. Un petit scandale dans les feuilles de chou du dimanche ? Il verrait ça d'un mauvais œil. Harcèlement sexuel ? Licenciement abusif ? *Viol*, même ? Non, si je connais bien Max – il n'apprécierait pas trop. Et s'il veut éviter tout cela, il n'aura qu'une chose à faire, c'est casquer. Et sérieusement, encore. »

Shirley sentit une sorte de crispation étrange tirailler les commissures de ses lèvres : comme si sa bouche s'apprêtait, de manière tout à fait involontaire, à décrire cette chose si rare depuis quelque temps : un sourire.

« Donc vous prendrez l'argent… et motus.

– Oh, que *non* ! » L'espace d'un instant, Charlie parut en extase. « Je prendrai l'argent, ça c'est sûr. Et puis je le balancerai, pour de l'argent, encore. J'ai l'impression de devoir ça aux femmes en général. Et à moi-même en particulier. »

Peut-être Shirley aurait-elle fait quelque commentaire, mais Charlie lui avait déposé un léger baiser sur la joue avant de filer d'un pas résolu, la laissant réfléchir à tout cela, les yeux agrandis. Le vacarme de la soirée frappa Charlie en plein visage, comme elle se glissait derechef dans le brouhaha et l'agitation à présent beaucoup plus intenses – cris et hululements divers jaillissant ici et là, qui semblaient hisser la soirée au niveau d'une frénésie confinant parfois à la démence.

« *Charlie*, espèce de sale petite dragueuse ! s'exclama Max. Où étais-tu passée ? Je t'ai cherchée partout. C'est avec *moi* que tu dois rester, d'accord ? » Sur quoi il lui pinça rudement un sein – tirant et écrabouillant le téton. « Je vais te baiser à couilles rabattues, quand ils seront tous barrés, je peux te dire, ma fille. »

Et Charlie rit. Elle rit, et rit, et rit encore, jusqu'à ce que Max en ait plus que marre, bordel – attends, elle a pété les plombs ou quoi ? Bon – allez, ça suffit maintenant, Charlie, on se calme : tu veux me faire honte, c'est ça ? (Silence, jusqu'à ce que je te le dise.)

Max retourna à ses hôtes, se frayant un chemin dans la masse des invités de plus en plus rouges, de plus en plus bruyants, de plus en plus soûls – acceptant remerciements et félicitations, ignorant d'un geste de la main le trait d'esprit émoussé par l'usage – et traînant Charlie dans son sillage, tel un somptueux trophée. Ils finirent par atteindre une des terrasses (on est bien ici, hein Charlie ? Il fait doux, ça ne pue pas plus que ça – et au moins, on peut s'entendre penser).

« *Mike !* Je te croyais barré en douce. Viens donc prendre un verre, mon vieux.

– Il faut que je passe un petit coup de fil, Max. Bon, alors juste un, et puis je…

– Vous avez assez bu, intervint Sally, juste derrière son épaule. N'oubliez pas le tournage, demain matin. »

Mike leva les yeux au ciel, prenant les étoiles à témoin.

« Tu vois ce que je dois supporter… », soupira-t-il.

Max hocha la tête avec énergie – tout en donnant, de l'index tendu, de petits coups dans l'épaule de Monica.

« Je *vois*, mon gars – je *vois*. Avec elle, c'est pareil. Je suis sûr qu'elles se sont liguées contre nous, qu'elles ont comploté quelque chose dans leur coin, là. Alors qu'est-ce que vous avez combiné, Monica ?

– Ne soyez pas *idiot*, Max, fit Monica d'un ton sec.

– Bon, je vais essayer de trouver un coin tranquille, déclara Mike, presque pour lui-même. Il faut que je passe un coup de fil rapide. À quelqu'un à qui j'ai vraiment envie de *parler*...

– Mais revenez, sans faute », fit Sally d'une voix brève.

Mike parti, Max et Charlie rejoignirent les invités (Viens par là, Charlie – il y a un pauvre mec à qui je veux te montrer). Sally ne quittait pas des yeux la tête de Mike qui s'éloignait – avec un coup d'épaule de temps à autre, comme il se frayait un passage de biais dans la foule.

« Il s'arrête », dit-elle.

Monica hocha la tête. « Une femme... ?

– Quoi d'autre ? Ça ne cesse jamais.

– Ils sont tous comme ça. Ils font tous ça. Mais finalement – quelle importance, pour nous, ce que le type a en *tête* ? »

Sally mordit brièvement sa lèvre inférieure, détourna le regard.

« Ça importe, dit-elle doucement, si par hasard on l'aime, ce salaud. »

Monica leva les yeux vers elle, une seconde.

« Non, ça importe peu. Croyez-moi. Parce qu'on n'obtient rien en retour. Mais c'est dur, n'est-ce pas ? Quand ils ne se doutent de rien. »

Sally gardait le regard rivé sur ce qu'elle pouvait apercevoir de Mike et de la femme, si loin, parmi la masse des corps.

« Oui », dit-elle.

D'abord, la taille – cette taille si fine, cette cambrure vertigineuse, se dit Mike plus tard : peut-être, oui, à moins que ce n'aient été les hanches qui y prenaient naissance avant de s'épanouir – et puis les longues jambes hâlées, haut perchées sur ces chaussures incroyables. Elle s'était littéralement mise en travers de son chemin – lui avait pratiquement barré la route.

« Salut, fit-elle. Je peux vous dire quelque chose ? »

Mike lui sourit, bien sûr qu'il lui sourit (pourquoi ne lui aurait-il pas souri ?) – et fit son possible pour occulter le spectacle largement offert de toutes les glorieuses concavités et rotondités qui composaient là une jeune femme exceptionnellement séduisante, mais en l'espace de quelques secondes, se retrouva saisi par cette lueur qui scintillait dans chacun de ses yeux, et trahissait la promesse (mais la vit-il, à ce moment-là ?) d'un changement de programme imminent et la menace d'une intimité réelle, voire même trop réelle.

« Il faut juste que je..., commença Mike. Grands dieux, quelle cohue. Vous m'entendez ? Oui ? Il faut juste que je passe un petit coup de fil, que je trouve un endroit plus... quelqu'un à qui je dois, enfin vous voyez – parler. »

Et tout comme si Mike n'avait pas prononcé une parole, la femme répéta, sur le même ton exactement :

« Je peux vous dire quelque chose ?
— Quoi ? Me dire quoi ?
— Ce que j'ai pris au petit déjeuner ? »

Bon, se dit Mike : une folle. Ou alors elle est bourrée. Ou elle a pris de la coke. Quoi qu'il en soit, je peux lui glisser entre les pattes et passer mon coup de...

« J'ai pris, reprit-elle, implacable, une tasse d'eau chaude, trois branches de céleri, un comprimé de charbon de bois et un nouveau-né. »

Ouais ; c'est bien ce que je pensais : une cinglée. Mais par contre – quel visage. Et la chute de reins – et ce bras hâlé, là – qui se tend vers mes cheveux, les effleure. Tiens, je n'avais pas remarqué toutes ces lumières colorées qui jouent sur les reflets et les courbes de la robe.

« Mike, dit Mike. Mike Bailey.

– Et alors ? C'est juste un nom, un nom comme un autre. Moi, je devrais m'appeler Vesta Jameson. Ce devrait être mon nom.

– Mais… ce n'est pas le cas, donc ?

– Gladys. Mais en fait, ce devrait être Vesta Jameson – et je vais vous expliquer pourquoi. Juste avant ma conception, mon père avait mangé deux énormes currys tout préparés, des trucs à emporter, vous voyez ? Il les avait fait descendre avec une bouteille et demie de whisky irlandais. Après, il a lâché ma mère et a roulé sur le côté, raide mort. C'est moi que vous regardiez, n'est-ce pas ? »

Et Mike de penser Non – je ne regardais rien, je ne vous avais même pas vue. Mais là, ce n'était plus le cas (il la voyait à présent).

« Très intéressant, cette histoire, Gladys. Vous devriez m'en dire plus.

– Maria. je m'appelle Maria. Que voulez-vous savoir de plus ?

– *Maria ?* Oh. Je pensais que vous aviez dit…

– Quoi ? Vous pensiez quoi ?

– Gladys. Je pensais que vous aviez dit…

– Pas du tout. Non, je n'ai pas dit ça. Pourquoi aurais-je dit ça ? Puisque ce n'est pas mon nom. Gratis. Voilà ce que j'ai dit. Parce que c'est ce que je suis pour vous : gratis. »

Mike l'observait de tout près – déjà moins conscient du vacarme et de l'agitation qui l'entouraient de toute part.

« Je peux aller vous chercher un verre ?

– Non. Je pense que l'alcool ne fait que vous brouiller la tête. Cela dit, j'aimerais bien vous lécher jusqu'à ce que mort s'ensuive. Vous savez – j'ai vraiment failli ne pas venir à cette soirée : je n'étais même pas invitée. »

Mike jetait de brefs regards à droite et à gauche, et son esprit tournait à plein régime derrière le clignement de ses paupières ; il passait la langue sur sa lèvre supérieure perlée de sueur, puis sur sa lèvre inférieure, avec d'infinies précautions.

« Pourquoi ne pas – ne pas sortir d'ici, en fait ? Mmm ? J'ai un endroit – pas trop loin. Un endroit tranquille. Moi aussi j'ai failli ne pas venir, mais bon – vous connaissez Max, n'est-ce pas ? Il est très insistant.

– Oui. Cela dit, avec Max, tout est dans la façon de l'aborder. »

Mike se faisait pressant à présent : il avait posé une paume contre la gorge de la fille – geste décisif, il le savait : j'ai l'impression de ne plus toucher terre, plus du tout – et en même temps (et grands dieux, selon mes critères – je n'ai quasiment rien bu, ce soir) l'impression de basculer et de tomber.

Il la saisit par le coude. « Venez, Maria – *allons*-y, chuchota-t-il, la voix sifflante, avant que, euh – que quelqu'un nous *voie*. Partons, tout de *suite*. »

Maria leva les yeux vers lui, le fixa, et lui offrit son sourire, ce sourire-là. « Je croyais que vous aviez un coup de fil à donner ? s'enquit-elle.

– Mmm ? fit Mike, sincèrement perplexe. Oh – oh, *oui*. Non – oubliez ça. Aucune importance. On y va *maintenant*. J'ai *trop* envie de vous. »

Sans le quitter du regard, elle approcha peu à peu les lèvres, jusqu'à effleurer celles de Mike – brusquement parcouru d'un torrent de douce chaleur, comme elle l'embrassait à pleine bouche, puis laissait ses lèvres abandonnées, immobiles contre les siennes. Et il reçut comme un coup de lance cette sombre intensité qui émanait de ses yeux profonds, explosant en mille éclats de lumière, tandis qu'elle s'écartait doucement pour mieux le contempler ; il ne put que la contempler en retour, luttant pour ne pas perdre l'esprit.

« Je suis à *toi*… », chuchota-t-elle simplement, d'une voix à peine audible.

Et voilà, c'est chose faite. Mike gisait sur son lit dévasté, plissant les paupières pour échapper aux rais blancs de soleil que les stores verticaux ne pouvaient contenir plus longtemps. Jamais auparavant – quel qu'ait été son mal-être, réel ou imaginaire –, jamais il n'était allé aussi loin : il avait peine à croire qu'il avait pu faire cela – ne parvenait même pas à se demander comment, ni pourquoi. Ce n'était qu'une *femme*, franchement (n'est-ce pas ?) – qu'est-ce qui l'avait ainsi poussé à l'*écouter* ? Mon Dieu – cela allait probablement au-delà, bien au-delà des simples *mots*, se disait vaguement Mike : oui – c'était son essence même qui avait mystérieusement suscité ce sentiment de totale appartenance. L'essence même de cette femme. Cette femme.

Il avait manqué le tournage. Complètement. À chaque fois, cette pensée lui arrachait une grimace. Il lui était déjà arrivé d'être en *retard*, oh certes (nombreux étaient les regards mauvais et les apartés venimeux parmi le reste de la production, qui poireautait en le maudissant depuis l'aube – en attendant que Mr. Mike « Je-Me-Prends-Pour-Qui » Bailey daignât traîner son cul jusqu'au maquillage et émergeât enfin en costume, à l'heure qui lui convenait, sous les traits de ce personnage à peine moins fiable et à peine plus irresponsable qui avait pour nom ce Salaud de Sandy Hall). Oh certes ; mais de là à ne pas se pointer du *tout*… !

Et *bien sûr* que Sally était pendue au téléphone depuis l'aurore : la première fois, c'était pour le réveiller, comme à l'habitude ; à la deuxième, elle s'était montrée plus insistante. Aux troisième et quatrième, avaient figuré injonctions à voix perçante et commentaires acides, la cinquième s'était révélée ouvertement insultante. Et Mike, lui, avait continué de gésir là, panique et culpabilité faisant des roulés-boulés dans sa tête, à chaque nouveau message qui couinait hors du répondeur pour venir forer son trou à l'intérieur de son crâne ; et puis il y avait Maria, qui lui caressait la poitrine et insufflait comme un parfum dans ce même crâne vide aux connexions engluées.

« Ccchhh... Ne t'en fais pas. Ccchhh... Ce n'est rien. Ccchhh... Laisse tomber. Ccchhh...

– Je... je ne peux *pas* laisser tomber... c'est... c'est mon *travail*... »

Et il laissait tomber, pourtant, parce qu'elle glissait, se laissait glisser contre lui, sur lui, Maria, et l'intensité effrayante de cette sensation lui arrachait un cri. Au huitième ou neuvième coup de fil, Sally était hystérique – une réelle inquiétude rejoignant à présent la quasi-panique – et Mike avait su qu'il allait falloir répondre, d'une manière ou d'une autre : décrocher, et mentir, mentir – sinon, elle finirait par appeler la police pour qu'ils défoncent la porte. Mais qu'est-ce que je vais pouvoir *dire*, bon Dieu de bon Dieu ? Enfin, c'est *Sally*, quoi – elle m'a déjà *tout* entendu dire – donc... donc *quoi* ?! Je ne peux tout de même pas encore lui faire le coup des crevettes pas fraîches, tout de même ? Impossible. Oh mon Dieu – j'ai déjà dans la bouche l'acidité, l'amertume de sa voix méprisante. Maintenant, il est même trop tard pour filer dare-dare au studio (mais vous savez quoi, même s'il existait encore l'ombre de la queue d'une chance pour que je puisse arriver à une heure un tant soit peu décente, je sais parfaitement que je continuerais de me vautrer dans cet enchantement inédit et mortifère, jusqu'à ce que soit passé tout risque de ce genre).

Il l'observait – les yeux suivant malgré lui le balancement harmonieux de ses hanches tandis que, fraîche et nue, elle s'éloignait lentement. Elle m'a dit deux choses : que son véritable nom est Marsha (ce que je ne comprends pas) – et m'a demandé à quelle heure, selon moi, elle devrait appeler pour qu'on lui apporte ses affaires. Et moi, je me suis entendu répondre (c'est ma voix sans être la mienne) À l'heure qui te conviendra – c'est absolument quand tu voudras Maria, comme il te plaira.

La voilà qui fait halte sur le seuil, et tourne la tête vers moi.

« Tu es à *moi*... », chuchote-t-elle simplement, d'une voix à peine audible.

Chapitre XIII

Jeremy était assis sur une chaise Barcelona. Oui, se disait-il – je suis satisfait, je suis enchanté de retrouver Mies : j'ai été trop longtemps privé des choses que j'aime. Pour le moment, je n'ai que cette unique chaise – achetée avec la gratification très inattendue, reçue pour avoir livré ces deux duplex (Dieu sait que j'avais été soulagé en décrochant ce contrat) tout à la fois en avance sur le programme, et pour un budget bien inférieur à ce qui avait été prévu. J'ai failli en acheter deux – les choses vont mieux par paire, vous ne trouvez pas ? – et puis je me suis dit Non : tu commences par récupérer une chose que tu aimes vraiment, dont tu as vraiment besoin, et ensuite seulement, tu vises la complétude.

Grâce au ciel, c'est déjà le soir – et je suis bien, là, seul. Au début, en rentrant à la maison, j'ai eu du mal à m'y faire – à me réadapter : le terme ne me semble pas trop fort. J'avais cru que je me, enfin vous voyez – comme je disais, que je retrouverais mes marques pour reprendre allégrement le cours des choses là où je les avais, euh – abandonnées. Mais en fait, ç'a été bizarre – déstabilisant, tout à fait. J'avais le sentiment que les enfants me tournaient sans arrêt autour, pleins d'anxiété – avec force démonstrations d'amour (chose qui me crevait le cœur : Pa*paaaa*, faisait Donna : Pa*paaaa*), et en même temps me regardaient un peu comme une bombe non désamorcée échouée sur la plage : à manipuler, si c'était absolument nécessaire, avec précaution – sinon je pouvais (une fois de plus) me désintégrer.

Anne aussi – elle a été bien aimable de me reprendre, et je dis ça en toute sincérité – mais elle aussi continue de me regarder comme *ça* : elle estime au quotidien l'évolution de la situation. Est-ce que nous ne pensons pas, l'un ou l'autre, que les choses risquent à nouveau de dégénérer ? Peut-être sommes-nous tous deux tombés dans un désespoir serein (je dois pour ma part être dans cet état de détachement qui suit le traumatisme). Elle a recommencé à travailler, Anne : cela paraît, disons, plutôt la satisfaire (compte tenu des circonstances). Elle me semble plus vite fatiguée, ces derniers temps ; en tout cas, elle se couche tôt. En fait, j'occupe toujours la chambre d'amis, donc ça ne peut pas – pas directement en tout cas – avoir un lien avec ce genre de chose, enfin je ne pense pas. De sorte que le soir, je me retrouve souvent seul – Adrian et Donna bien au chaud dans leurs lits, évidemment, et Nan quelque part à l'étage, vaquant à ses diverses occupations (elle joue de la basse, du jazz très bluesy, très discrètement – et elle lit énormément, m'a-t-elle dit un jour : à l'époque où nous parlions).

Je viens d'allumer une cigarette – apparemment, j'ai recommencé. Je prends sur la table basse (une Mies, également – cadre en X et plateau de verre : tout à fait plaisant à l'œil) ce qui, je suppose, doit être un de ces livres de poche qu'elle achète par paquets – elle les laisse traîner partout dans la maison. Alors, c'est qui, ça ? Jamais entendu parler. Voyons – première page : « Il faisait déjà nuit quand Martin quitta la maison. » D'accord. Vous savez, je crois que c'est précisément ce genre d'introduction qui m'a dégoûté de la lecture depuis, oh mon Dieu – depuis des lustres : enfin, de la fiction, en tout cas. Cette sorte de mouvement implacable, aléatoire qui vous dépose quelque part, comme ça – ces personnages dont, de but en blanc, vous êtes censé partager le destin : ça m'a toujours glacé – et je sais que ça semble bizarre. Le simple fait de me trouver là avec « Martin » – et on ne sait absolument pas de qui il s'agit – qui vient de quitter une maison (la sienne ? pas la sienne ?) alors que la nuit tombe. Prenez un autre bouquin, et vous vous retrouverez complètement ailleurs, naturellement – disons avec une femme d'une cinquantaine d'années qui, je ne sais pas – se dissimule dans une arrière-salle pour échafauder des plans. C'est un peu comme – comment dire… ? Comme quand vous rentrez à Londres par le train – je ne sais pas si vous… ? Et tout d'un coup…

« Il fait *noir*, là-dedans », fit soudain une voix – résonnant dans toute la pièce, au point de le faire sursauter.

« Nan, fit-il, fort soulagé que ce ne soit pas un cambrioleur. Je ne vous avais pas entendue descendre.

– Je cherchais mon… oh, le voilà. Vous n'êtes pas en train de le lire, Jeremy, si ? Parce que sinon, je peux très bien…

– Mmm ? Oh non – non. Je l'ai pris, comme ça. Non – je réfléchissais simplement à… comment dire – à toute cette part d'*arbitraire* qu'il y a dans le travail des écrivains, des metteurs en scène, enfin tous ces gens-là. C'est comme quand vous rentrez à Londres par le train – tenez, Nan, il y a une bouteille de vin ouverte, là, si ça vous tente –, vous voyez… ? Vous êtes dans le train, vous arrivez presque à, je ne sais pas – Paddington, Victoria, enfin peu importe – et vous voyez toutes ces petites fenêtres éclairées : la lumière papillotante des télévisions, et un meuble de salle de bains et les gens en train de faire leur vaisselle dans la cuisine – et vous passez devant tout ça, à toute vitesse – et chaque scène est comme une pièce de théâtre en miniature – une histoire en soi. Et le simple fait que l'on connaisse *quelqu'un* – à peine ou intimement –, c'est tout bonnement parce que, n'est-ce pas, on a rencontré ce quelqu'un à un moment de notre vie, vous voyez ? Et que tous les autres, tous les autres sur terre, mon Dieu... on ne les a *pas* rencontrés... Je crois que c'est ça qui me terrorise.

Nan hochait la tête, tout en se versant du vin. « Oui... », dit-elle d'un ton pensif, prenant place sur le divan. « Je pense que je vois – non, je vois *très bien* ce que vous voulez dire, en fait. Vous vous souvenez de ce film de Hitchcock ? Au début ? *Psychose*, je crois bien – et là, dans le genre terrifiant... – à moins que ce ne soit un autre, *Vertigo* ou je ne sais quoi. Mais bref, ça commence par une image de New York vu du ciel, enfin une ville...

– Oh oui, je le *connais*, celui-là : ensuite, la caméra descend...

– Et tout d'un coup, on distingue les immeubles, les rues, les vitrines...

– Oui ! s'exclama Jeremy avec enthousiasme, se penchant en avant. Et enfin, une *seule* fenêtre – et la caméra paraît comme hésiter avant de zoomer droit sur cette fenêtre précise, oui...

– Mais ç'aurait pu... si c'est bien ce que vous voulez dire – ç'aurait pu être n'importe quelle autre fenêtre ? » s'enquit Nan.

Jeremy hocha vivement la tête. « Oui. C'est exactement ce que je veux dire. C'est effrayant.

– Pourquoi effrayant ?

– Pourquoi effrayant... ? Parce que cela signifie que... cela signifie qu'on ne contrôle rien. Et je sais *bien* qu'on ne contrôle rien, évidemment que je le sais – il faudrait être un parfait crétin pour ne pas le savoir... mais simplement, je n'ai sans doute pas envie qu'on me le *rappelle*. Qu'on me le démontre aussi clairement. C'est tout. »

Comme ce jour, là – ce jour qui, même aujourd'hui, ne peut être qualifié de si lointain – où Maria est revenue, car elle a fini par revenir, à la maison. Elle n'a rien dit, rien du tout – ce n'était pas vraiment la peine. Et moi aussi j'ai à peine parlé. Je ne lui ai pas demandé où elle avait passé la nuit – rien de ce genre. Parce que où qu'elle l'ait passée (et avec qui) était chose bien négligeable : tout ce que je voyais, moi, c'est qu'elle n'était pas *là* – le reste comptait peu. Parce que mon Dieu, comment cela aurait-il *pu* compter ? Réfléchissez – si vous n'êtes pas là, vous ne pouvez aucunement, n'est-ce pas, avoir la moindre influence réelle sur la vie d'autrui ? Si vous n'êtes pas là, juste ciel – difficile à croire que les autres continuent à *exister*. Et non seulement les autres, mais les *objets* également : durant tout le temps que j'ai passé avec Maria, mes perceptions étaient tout à la fois avivées et amorties. Il n'y avait que moi et Maria (ses hanches, ses membres) – et aucune, aucune autre *chose* ne m'a jamais traversé l'esprit, ne fût-ce qu'une fois : le temps (Est-ce qu'il pleut ? Possible) – la télé (Qu'est-ce qui passe ? Je sais pas) – dîner dehors (On sort ? Pas trop envie) – les vacances (Tu pars ? Attends, tu plaisantes). Mais j'imagine que, prises dans un contexte plus large, toutes ces choses continuaient d'*exister*, quand même… ? (J'ai beaucoup souffert quand elle m'a annoncé que je partais – et en même temps j'ai été soulagé que ce soit la fin, comme d'habitude. Parce que je n'ai jamais *vraiment* pensé que je la comprendrais toujours – si encore elle avait été simplement gentille ; je ne devinais même pas où ses instincts la poussaient. Mais pourtant, il me manque – oh que oui –, il me manque encore, ce baiser vénéneux du danger.)

« C'est comme les vacances, reprit soudain Jeremy. Vous voyez – je veux dire la fin des vacances – à la mer, par exemple. Chaque matin, vous avez regardé les employés de plage, vous les avez observés installer les chaises longues, disposer les coussins, dresser les parasols. Puis vers onze heures ils allument le barbecue – et de même le soir, quand l'orchestre commence à jouer. Et un peu plus tard, tout est démonté, remballé, éteint. Vous avez *vu* tout ça – vous avez *vécu* tout ça ; vous savez comment ça *fonctionne*. Et pourtant, une fois rentré, le premier soir, vous n'arrivez simplement plus à imaginer que ça *continue*. Puisque vous n'êtes plus là, ça ne peut pas *durer* – vous voyez ? Et la chose la plus terrible, c'est que...

– Mon Dieu Jeremy : vous prenez les choses tellement à cœur...

– À cœur ? Non, je ne vois pas en quoi. Mais écoutez – la chose la plus *terrible*, n'est-ce pas, c'est que vous, enfin nous, enfin je, je ne compte pour *rien*. Et que, au bout du compte – je n'existe pas. Et ne parlons même pas de l'ordre suprême des choses – je n'ai aucune importance, à aucun niveau. Aucune influence, sur rien. Je veux dire – je *pensais* en avoir, quand – enfin vous savez, quand je suis *parti* d'ici... je n'en tirais aucune *fierté*, ni rien, mais au moins je pensais avoir laissé une *trace* quelconque. Mais à présent que je suis revenu, mon Dieu – c'est clair, non ? Rien n'a *changé*, n'est-ce pas ? Rien. Rien de ce que je dis, rien de ce que je fais n'a la moindre influence sur quiconque ou sur quoi que ce soit. Et c'est vrai, ce doit être vrai pour nous *tous*. Non ? »

Jeremy, voûté sur sa chaise, s'adressait au plancher – et de fait, il y mettait tout son cœur –, puis soudain, il leva les yeux et regarda Nan, peut-être en quête de réconfort, et fut surpris de constater qu'elle n'était plus sur le divan, et plus encore de la trouver assise sur le tapis, à ses pieds – les yeux brillants d'ardeur, et sans aucun doute braqués sur lui.

« Je ne crois pas cela, Jeremy, dit-elle avec une infinie sérénité. Je suis certaine que c'est *l'inverse* qui est vrai – je le sais. Ça *peut* durer – et ça *va* durer. Vous ne voyez donc pas ? Il *faut* que ça dure. »

Plus tard, beaucoup plus tard cette nuit-là, Jeremy s'aperçut qu'il avait peine à simplement reconstituer la teneur de ses propos de la soirée. Il se souvenait seulement qu'il s'était penché en avant pour l'embrasser, et qu'elle l'avait étreint de toutes ses forces.

DU MÊME AUTEUR

Vacances anglaises
Éditions de l'Olivier, 2000
et « Points », n° P857

N'oublie pas mes petits souliers
Éditions de l'Olivier, 2001
et « Points », n° P1011

Drôle de bazar
Gallimard, 2002

S. O. S.
Éditions de l'Olivier, 2004

RÉALISATION : PAO ÉDITIONS DU SEUIL
IMPRESSION : S.N. FIRMIN-DIDOT AU MESNIL-SUR-L'ESTRÉE
DÉPÔT LÉGAL : AVRIL 2004. N° 65405 (67359)
IMPRIMÉ EN FRANCE

Collection Points

DERNIERS TITRES PARUS

P1131. Livre de chroniques, *par António Lobo Antunes*
P1132. L'Europe en première ligne, *par Pascal Lamy*
P1133. Les Nouveaux Maîtres du monde, *par Jean Ziegler*
P1134. Tous des rats, *par Barbara Seranella*
P1135. Des morts à la criée, *par Ed Dee*
P1136. Allons voir plus loin, veux-tu?, *par Annie Duperey*
P1137. Les Papas et les Mamans, *par Diastème*
P1138. Phantasia, *par Abdelwahab Meddeb*
P1139. Métaphysique du chien, *par Philippe Ségur*
P1140. Mosaïque, *par Claude Delarue*
P1141. Dormir accompagné, *par António Lobo Antunes*
P1142. Un monde ailleurs, *par Stewart O'Nan*
P1143. Rocks Springs, *par Richard Ford*
P1144. L'Ami de Vincent, *par Jean-Marc Roberts*
P1145. La Fascination de l'étang, *par Virginia Woolf*
P1146. Ne te retourne pas, *par Karin Fossum*
P1147. Dragons, *par Marie Desplechin*
P1148. La Médaille, *par Lydie Salvayre*
P1149. Les Beaux Bruns, *par Patrick Gourvennec*
P1150. Poids léger, *par Olivier Adam*
P1151. Les Trapézistes et le Rat, *par Alain Fleischer*
P1152. À Livre ouvert, *par William Boyd*
P1153. Péchés innombrables, *par Richard Ford*
P1154. Une situation difficile, *par Richard Ford*
P1155. L'éléphant s'évapore, *par Haruki Murakami*
P1156. Un amour dangereux, *par Ben Okri*
P1157. Le Siècle des communismes, *ouvrage collectif*
P1158. Funky Guns, *par George P. Pelecanos*
P1159. Les Soldats de l'aube, *par Deon Meyer*
P1160. Le Figuier, *par François Maspero*
P1161. Les Passagers du Roissy-Express
       par François Maspero
P1125. À ton image, *par Louise L. Lambrichs*
P1162. Visa pour Shangai, *par Qiu Xiaolong*
P1163. Des dahlias rouge et mauve, *par Frédéric Vitoux*
P1164. Il était une fois un vieux couple heureux
       par Mohammed Khaïr Eddine
P1165. Toilette de chat, *par Jean-Marc Roberts*
P1166. Catalina, *par Florence Delay*
P1167. Nid d'hommes, *par Lu Wenfu*
P1168. La Longue Attente, *par Ha Jin*
P1169. Pour l'amour de Judith, *par Meir Shalev*

P1170. L'Appel du couchant, *par Ghamal Ghitany*
P1171. Lettres de Drancy
P1172. Quand les parents se séparent, *par Françoise Dolto*
P1173. Amours sorcières, *par Tahar Ben Jelloun*
P1174. Sale Temps, *par Sara Paretsky*
P1175. L'Ange du Bronx, *par Ed Dee*
P1176. La Maison du désir, *par France Huser*
P1177. Cytomégalovirus, *par Hervé Guibert*
P1178. Les Treize Pas, *par Mo Yan*
P1179. Le Pays de l'alcool, *par Mo Yan*
P1180. Le Principe de Frédelle, *par Agnès Desarthe*
P1181. Les Gauchers, *par Yves Pagès*
P1182. Rimbaud en Abyssinie, *par Alain Borer*
P1183. Tout est illuminé, *par Jonathan Safran Foer*
P1184. L'Enfant zigzag, *par David Grossman*
P1185. La Pierre de Rosette, *par Robert Solé / Dominique Valbelle*
P1186. Le Maître de Petersbourg, *par J. M. Coetzee*
P1187. Les Chiens de Riga, *par Henning Mankell*
P1188. Le Tueur, *par Eraldo Baldini*
P1189. Un silence de fer, *par Marcelos Fois*
P1190. La Filière du jasmin, *par Denise Hamilton*
P1191. Déportée en Sibérie, *par Margarete Buber-Neumann*
P1192. Les Mystères de Buenos Aires, *par Manuel Puig*
P1193. La Mort de la phalène, *par Virginia Woolf*
P1194. Sionoco, *par Leon de Winter*
P1195. Poèmes et Chansons, *par Brassens*
P1196. Innocente, *par Dominique Souton*
P1197. Destins volés, *par Michael Pye*
P1198. Gang, *par Toby Litt*
P1199. Elle est partie, *par Catherine Guillebaud*
P1200. Le Luthier de Crémone, *par Herbert Le Porrier*
P1201. Le Temps des déracinés, *par Elie Wiesel*
P1202. Les Portes du sang, *par Michel del Castillo*
P1203. Featherstone, *par Kirsty Gunn*
P1204. Un vrai crime pour livres d'enfants, *par Chloe Hooper*
P1205. Les Vagabonds de la faim, *par Tom Kromer*
P1206. Mr Candid, *par Jules Hardy*
P1207. Déchaînée, *par Lauren Henderson*
P1208. Hypnose mode d'emploi, *par Gérard Miller*
P1209. Corse, *par Jean-Noël Pancrazi et Raymond Depardon*
P1210. Le Dernier Viking, *par Patrick Grainville*
P1211. Charles et Camille, *par Frédéric Vitoux*
P1212. Siloé, *par Paul Gadenne*
P1213. Bob Marley, *par Stephen Davies*
P1214. Ça ne peut plus durer, *par Joseph Connolly*
P1215. Tombe la pluie, *par Andrew Klavan*